La nieta de la maharaní

La nieta de la maharaní

Maha Akhtar

Traducción de Enrique Alda

Rocaeditorial

Para Duncan Macaulay

Líbano

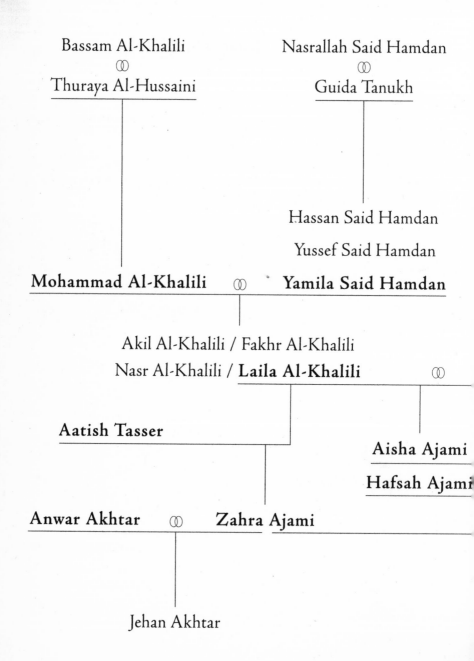

Bassam Al-Khalili
⊗
Thuraya Al-Hussaini

Nasrallah Said Hamdan
⊗
Guida Tanukh

Hassan Said Hamdan

Yussef Said Hamdan

Mohammad Al-Khalili ⊗ **Yamila Said Hamdan**

Akil Al-Khalili / Fakhr Al-Khalili
Nasr Al-Khalili / **Laila Al-Khalili** ⊗

Aatish Tasser

Aisha Ajami

Hafsah Ajami

Anwar Akhtar ⊗ **Zahra Ajami**

Jehan Akhtar

INDIA

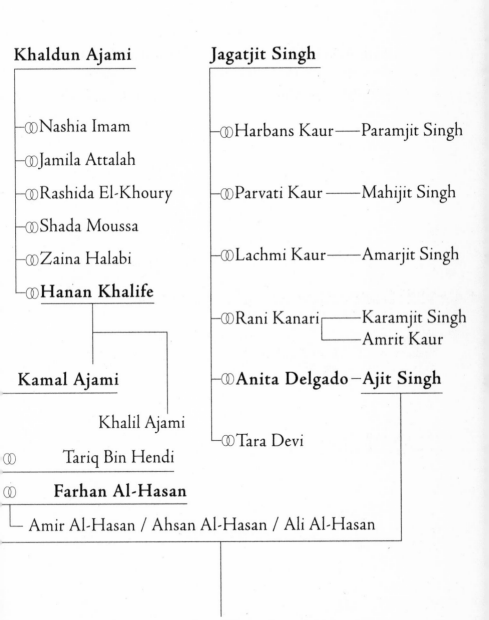

Khaldun Ajami

⊗ Nashia Imam
⊗ Jamila Attalah
⊗ Rashida El-Khoury
⊗ Shada Moussa
⊗ Zaina Halabi
⊗ **Hanan Khalife**

Kamal Ajami

Khalil Ajami

⊗   Tariq Bin Hendi

⊗   **Farhan Al-Hasan**

Amir Al-Hasan / Ahsan Al-Hasan / Ali Al-Hasan

Jagatjit Singh

⊗ Harbans Kaur ——— Paramjit Singh

⊗ Parvati Kaur ——— Mahijit Singh

⊗ Lachmi Kaur ——— Amarjit Singh

⊗ Rani Kanari ——— Karamjit Singh
                ——— Amrit Kaur

⊗ **Anita Delgado** — **Ajit Singh**

⊗ Tara Devi

Maha Akhtar

Título original inglés: *The Maharani's Hidden Granddaughter*
© 2008, Kimberly Maha Akhtar

Primera edición: abril de 2009
Segunda edición: mayo de 2009
Tercera edición: junio de 2009

© de la traducción: Enrique Alda
© de esta edición: Roca Editorial de Libros, S. L.
Marquès de la Argentera, 17, Pral.
08003 Barcelona.
info@rocaeditorial.com
www.rocaeditorial.com

Impreso por Brosmac, S.L.
Carretera de Villaviciosa - Móstoles, km 1
Villaviciosa de Odón (Madrid)

ISBN: 978-84-92429-97-4
Depósito legal: M. 27.432-2009

Prólogo

*B*ien entrada la noche, yo seguía en las oficinas de la CBS, en el despacho de Dan Rather del noticiario *60 Minutes*. Sujetaba el teléfono entre el hombro y la cabeza mientras esperaba hablar con Julia Callaghan, encargada del registro civil de Sydney, Nueva Gales del Sur, Australia. La musiquilla de fondo hizo que me sumiera en mis pensamientos y que, al tiempo que observaba el escritorio doble, intentara recordar cuándo había sido la última vez que lo había mandado pulir. «Debería llamar a Johnny, de *Evening News*, y pedirle que viniera», pensé. Miré la antigua máquina de escribir Royal que siempre había estado encima y todas las fotografías y baratijas que habían cruzado la calle el día de la mudanza. Sobre el tablero había una montaña de papeles. En su momento todos tuvieron su importancia, pero hacía tiempo que nadie los tocaba. Me di cuenta del montón de notas adhesivas con números de teléfono: Richard Leibner, agente; Leslie Moonves, presidente de CBS Corporation; Andrew Heyward, presidente de CBS News; Mary Mapes, la desafortunada productora del programa sobre el historial del presidente Bush en la Guardia Nacional. Y me pregunté si Rather los revisaría algún día. A un lado descubrí unas coloridas moscas de pesca junto a las que había una fotografía de Edward R. Murrow sacada en Londres durante la Segunda Guerra Mundial y, un poco más allá, un libro antiguo de Herodoto forrado en piel. Murrow y Herodoto, dos de los héroes de Dan. «¡Dios mío! ¿Por qué habrá pasado todo esto? ¿Por qué estamos aquí? ¿Por qué no se limitó a dimitir en vez de tener que soportar el dolor y la humillación de aceptar presentar *60 Minutes* para luego no tener nada que hacer?».

Dan Rather podría haber ido directamente al panteón en el que reposan Edward R. Murrow, Charles Collingwood, Eric Severeid y otros legendarios periodistas de la radio y la televisión. Pero en vez de eso, había preferido trasladarse al otro lado de la calle y caer en el olvido. Fue un trayecto corto. Abandonó un edificio siendo el rey, para convertirse en un plebeyo en el de enfrente.

—¿Señorita Akhtar?

—¿Sí? —contesté.

—Lo siento, señorita Akhtar —dijo la voz con marcado acento australiano de Julia Callaghan—, pero me temo que no existe ningún documento que certifique su nacimiento en Sydney.

—¿Qué? —pregunté sin dar crédito a lo que acababa de oír—. ¿Cómo es posible?

Mi madre siempre me había contado que nací en el hospital Saint Margaret de Sydney. De hecho, de niña me encantaba escuchar la historia de cuando mi madre estaba en un cóctel con mi padre, con un vestido de color verde esmeralda y amarillo, y se dio cuenta de que había roto aguas y de que se ponía de parto. «Y entonces naciste tú, *beti*», me decía Zahra mientras yo sonreía abrazada a mi osito, con los ojos medio cerrados por el sueño. «¿Te dolió, *umma*?», le preguntaba cada vez que oía la historia. «Nada, hija mía —me tranquilizaba—. Tu parto fue el más fácil del mundo.»

—Hemos agotado todas las posibilidades —continuó Julia Callaghan—. Como sabe, llevamos seis meses con este caso y siento tener que comunicarle que hemos llegado a un callejón sin salida. No podemos probar que haya nacido en Sydney. De hecho, podría asegurar que en ningún lugar de Nueva Gales del Sur.

—¿No hay forma de volver a comprobarlo con el apellido de soltera de mi madre? —supliqué.

—Lo hemos revisado todo, con el apellido de casada de su madre y con el de soltera, y puedo afirmarle que no dio a luz en Australia en 1965.

—Puede que haya alguna errata en la inscripción o algún error en la fecha...

—Señorita Akhtar, sé que es una situación desagradable para usted, pero le aseguro que he cotejado más de una vez la información que me proporcionó sobre su madre y que he estudiado la década de 1960 a 1970 minuciosamente.

—¿Podría hablar con alguna otra persona? —insistí.

—Me temo que soy la única que puede ayudarla. La verdad es que no disponemos de demasiado personal y he trabajado a conciencia en su caso. Si se lo paso a mi superior, éste se limitará a devolvérmelo —explicó Julia Callaghan con amabilidad.

—Me resulta difícil creer que no pueda hacer nada más —repliqué poco dispuesta a rendirme—. En algún sitio he tenido que nacer. No puedo haber aparecido de la nada, a menos que lo mío haya sido una nueva versión de la Inmaculada Concepción.

—Señorita Akhtar, quizá debería hablar con su madre. Siento tener que decírselo, pero ¿ha pensado alguna vez en la posibilidad de haber sido adoptada? —planteó Julia Callaghan con delicadeza.

—¿Adoptada? ¿Yo? ¿Y por qué no me lo habría dicho nadie?

—Señorita Akhtar, no me cabe duda de que hay una explicación lógica para su situación. Estoy segura de que si habla con su madre...

—No puedo —susurré.

«¡Dios mío! —pensé—. Seguramente se estará preguntando por qué no hablo con mi madre en vez de pasar por todo esto.» Pero ¿cómo iba a hablarle de la tensa y turbulenta relación que manteníamos? ¿Cómo iba a contarle que no podía imaginarme teniendo una conversación de más de dos frases con ella? Julia Callaghan no sabía que estaba en el lecho de muerte. ¿Cómo iba a confesarle que ese año su vida se había derrumbado?

Se produjo un silencio.

—Muchas gracias por todos sus esfuerzos. De verdad, se lo agradezco mucho. Siento haberla presionado tanto.

—No se preocupe, señorita Akhtar. Yo también siento no haber podido ayudarla más. Mucha suerte. Manténgame informada de lo que averigüe. Tengo mucha curiosidad por su caso —aseguró Julia Callaghan.

—Sí, claro. Le enviaré un correo electrónico.

Colgué el teléfono y miré el reloj. Eran las diez y media de la noche. Abrí la puerta y me encontré al portero limpiando.

—¿Todavía está aquí, señorita? —me preguntó.

—Sí, Hector —contesté con una sonrisa distraída.

—No debería quedarse hasta tan tarde. Es mejor estar en casa con la familia —me aconsejó.

«¿Qué familia? Acaban de decirme que no existo.»

Asentí, me puse el abrigo y cogí el bolso. Afuera hacía frío, era víspera del día de Acción de Gracias. «¿Y ahora qué?», me dije mientras un viento helado me golpeaba en la calle 57 de Manhattan.

Capítulo uno

Todo empezó en septiembre de 2004, durante la semana del día de Acción de Gracias.

Estaba en Madrid, en el legendario Café de Chinitas, esperando con avidez la actuación de Antonio Pitingo, un nuevo cantante de flamenco que empezaba a hacerse un nombre en el circuito.

—¿Otra copa de rioja, señora? —me preguntó el camarero. Miré el escenario vacío en el que habían colocado dos sillas y recordé que aquel local era uno de los primeros cafés de música en vivo que había abierto sus puertas a finales del siglo XIX.

—¿Quiere un rioja, señora? —repitió.

—Sí, gracias —contesté, al tiempo que oía el molesto timbre del móvil en las profundidades de mi bolso. Me pregunté quién podría ser. En Nueva York eran más de las ocho de la tarde, lo que quería decir que no podía estar pasando nada en *Evening News*. Miré el número. Tenía el prefijo 975, era un teléfono de CBS News. «¡Mierda! ¿Qué habrá pasado? Pero si es el martes antes del día de Acción de Gracias —pensé—, y Dan se ha ido, o eso espero. Me dijo que se marchaba a Austin. ¿Y si no se ha ido y está en pie de guerra? ¡Mierda! ¡Mierda! ¡Mierda!»

—¿Sí? —respondí intentando fingir que estaba en Nueva York y no en un tablao flamenco en el centro de Madrid.

—¿Maha? —preguntó una voz femenina.

Una Vespa pasó a toda velocidad incluso antes de que consiguiera asimilar la pregunta. «¡Mierda!» El sonido de esas motos está tan relacionado con Europa que seguramente la persona que me llamaba se habría dado cuenta de que no estaba en Estados Unidos. «¿Y qué? Es la semana del día de Acción de Gracias y tengo derecho a disfrutar de mi tiempo libre —me recordé—. No tengo por qué estar encadenada al escritorio de mi oficina en el estudio 47.»

—¡Hola, Maha! Soy Sandy Genelius.

«¡Sandy Genelius! ¿Qué demonios querrá? ¿Y por qué sigue en su oficina a las ocho de la tarde un día festivo.» Sandy era la vicepresidenta de comunicaciones corporativas de CBS News, uno de los muchos jefes que había tenido a lo largo de los años. Nunca me había llevado bien con ella.

—Hola, Sandy —la saludé con tono de verdadera sorpresa—. No esperaba tu llamada. ¿Va todo bien?

—¿Dónde estás?

—Bueno, he decidido tomarme un par de días de descanso... Sé que Dan va a estar fuera toda la semana... Se ha ido, ¿verdad? Quiero decir, no está en la oficina ni nada parecido, porque el viernes pasado me dijo que se iba a Austin a ver a su mujer... —Noté que estaba balbuciendo.

—Mira, siento mucho molestarte en tu semana de vacaciones, pero necesito saber si puedes venir mañana a la oficina.

—Sí, claro... Supongo que podré. ¿Qué pasa, Sandy?

—¿Por qué no vienes mañana y lo hablamos? —sugirió.

—¿No puedes darme una pista? Me gustaría saber a lo que nos enfrentamos para que se me vayan ocurriendo ideas en el viaje de vuelta —repliqué. No me agradaba la idea de que me arruinaran mi perfecta semana en España porque a alguien se le hubiera roto una uña.

—Estoy segura de que sabes que Leibner ha estado hablando con Moonves —aventuró Sandy.

—Sí, por algo relacionado con el contrato.

—Bueno, pues Dan ha decidido dimitir como presentador el 9 de marzo de 2005.

«¿Qué? ¿Que Dan va a renunciar a su cargo? ¡Imposible! Seguro que se trata de un error.» No podía creerlo. Tenía que haber pasado algo. Seguro que, como de costumbre, Leibner lo había jodido todo. Dan no quería dimitir. Se lo había dicho una y otra vez. Quería seguir hasta el 2006, año en que celebraría su vigésimo quinto aniversario como presentador de *CBS Evening News.*

No llegué a ver la actuación de Antonio Pitingo, porque cogí el primer avión que salía hacia Nueva York.

El 9 de marzo de 2005 Dan Rather presentó por última vez *CBS Evening News,* su programa número 6.240. Fue el final de una era en CBS News. El proceso que había conducido a esa situación había sido largo y complejo. Pero, al final, Rather fue despedido de forma fulminante, quedó desacreditado en la CBS y, como castigo, lo condenaron al olvido y a la indiferencia.

Justo después del Día del Trabajo de 2004, sesenta días antes de las elecciones presidenciales de Estados Unidos, *60 Minutes II* emitió un reportaje manipulado sobre el servicio prestado por el presidente George W. Bush en la Guardia Nacional. Dan Rather fue el responsable de ese segmento. La reacción en contra de CBS News y del presentador comenzó a la mañana siguiente, pero Rather se mantuvo firme en su versión durante dos semanas más, hasta que al final se le obligó a pedir disculpas. Fue un momento difícil para la empresa. El centro de teledifusión estaba plagado de todo tipo de rumores, sobre todo después de que rodaran varias cabezas como consecuencia del escándalo y Leslie Moonves designara una comisión investigadora para averiguar qué había pasado y qué se había hecho mal. CBS News todavía no se había recuperado de las secuelas de aquel asunto y se especulaba sobre lo que le sucedería a Dan Rather. «¿Escaparía al castigo? ¿Por qué no había protegido a su equipo?», se preguntaba mucha gente.

Casi doce semanas después, me encontré redactando un comunicado en nombre de Dan Rather en el que declaraba que llevaba tiempo pensando en dejar *Evening News* y que lo haría definitivamente el 9 de marzo. Aquello significaba el fin del imperio Dan Rather.

Por si todo eso no fuera suficiente, poco después de Año Nuevo, a comienzos de enero de 2005, cayó la segunda bomba.

Υ

Hacía quince años que Duncan Macaulay, un escocés de los de falda y espada ancha a lo *Braveheart*, bebedor de whisky de malta solo, con adusto sentido del humor y una mezcla entre Clint Eastwood en su etapa de vaquero y Sean Connery, era mi media naranja. Duncan y yo nos conocimos en una cita a ciegas en un restaurante de Nueva York en 1990. Llevábamos juntos desde entonces, sin matrimonio, porque ninguno de los dos teníamos la necesidad de formalizar algo que funcionaba a la perfección.

Era un jueves por la noche de un sorprendente templado mes de enero en Nueva York. Llegué a casa cansada y de mal humor, con ganas de pedir una hamburguesa con patatas fritas y tomar una copa de vino con Duncan. Nada más abrir la puerta, *Dougall*, que llevaba con nosotros desde febrero de 2000, me saludó saltándome encima. «Me encanta este perro. Siempre hace que me sienta bien. Es increíble lo contento que se pone al verme.»

—¡Hola, *Dougall*! Tú si que te alegras, ¿verdad? —lo saludé después de que saltara hacia mí para darme un lametazo en la nariz.

—¡Duncan, ya estoy en casa! —grité mientras me quitaba el abrigo para colgarlo en el perchero. Dejé la pesada mochila que llevaba cerca de la puerta y me senté en la banqueta del vestíbulo de nuestro apartamento en Carnegie Hill para quitarme las botas—. ¡Menos mal! ¡Qué alivio andar sin estos tacones de diez centímetros! Seguro que me estoy destrozando la espalda, el tipo... ¿Dónde está Duncan?

—¡Duncan! —volví a llamar en voz más alta. Sabía que estaba en casa porque había visto su abrigo y su sombrero colgados. «¿Dónde estará? Seguro que hablando por teléfono», pensé mientras me dirigía hacia la cocina con *Dougall* pegado a los talones, pues sabía que le iba a dar de comer.

Duncan entró en la cocina con una extraña expresión en el rostro.

—¡Hola! —lo saludé alegremente.

—¿Quieres una copa de vino? —me ofreció Duncan.

—Me encantaría.

18

—¿Qué tal las cosas en El Álamo? —preguntó mientras descorchaba una botella de su tinto favorito.

—Como siempre. Es una pena. Sé que tengo que poner punto y final, pero no logro reunir las fuerzas para hacerlo. Todo ha acabado. No consigo hacerme a la idea y no sé cómo ha podido hacerlo Dan —confesé cogiendo la copa que me ofrecía Duncan.

—Bueno, en cierta forma se lo ha buscado.

—Mira, no volvamos sobre el tema. —No quería empezar otra discusión sobre Dan Rather y su estilo de vida. Ya había tenido suficientes a lo largo de los años.

—Muy bien, dejémoslo estar. Ya sabes que me cae bien. Es un tipo extraño, pero en el fondo es buena persona.

Cuando pasamos al cuarto de estar, me di cuenta de que la mente de Duncan estaba en otro sitio. Como conocía esos estados de humor, para quitarle hierro a la situación y que todo discurriera con suavidad, empecé a despotricar sobre mi día y a comentar cosas sin importancia.

—Duncan, ¿estás bien? —pregunté finalmente.

No obtuve respuesta y supe que algo pasaba. De hecho, presentí que tenía que ver con su trabajo.

—¿Quieres otro vino? —le ofrecí. Como seguía sin decir nada, cogí su copa y me fui a la cocina. Volví con las dos llenas, me senté y permanecí callada esperando a que Duncan se diera cuenta. Como no reaccionaba, lo intenté de nuevo—. ¿Estás preocupado por algo? —Su silencio empezaba a torturarme.

—¡Duncan! ¿Qué demonios te pasa? No has dicho ni tres palabras desde que he llegado. Mantengo conversaciones más largas con *Dougall*.

—Maha, tengo que ir a Londres —confesó al final.

—¿Cómo? ¿Eso es lo que te pasa? ¿Estás deprimido porque tienes que ir a Londres?

—Maha... —empezó a decir.

—Ya lo sé. Tienes que ir a Londres y por alguna razón no te apetece ir. No lo entiendo... Vas a todas horas y te encanta. ¿Qué problema hay esta vez?

—Maha, escúchame. Tengo que irme a Londres.

—Sí, Duncan. Ya lo has dicho.

—¿Me estás escuchando?

19

—Por supuesto —repliqué enfadada—. Lo que no entiendo es por qué te molesta tanto este viaje en particular.

—Maha, me han ofrecido un trabajo.

—¿Qué? —grité—. ¡Duncan! ¡Eso es fantástico! ¡Me alegro por ti! Estoy muy orgullosa. ¿De qué se trata? —pregunté ansiosa por saber más.

—El grupo inversor de Dubai al que he estado asesorando quiere allí una presencia continua. Tienen planeado hacer grandes inversiones en Europa y Norteamérica, y me han propuesto que sea su representante en Londres.

—¡Guau! ¡Impresionante! Pero eso supone que tendrás que irte... —Al caer en la cuenta dejé la frase sin acabar.

—Sí, Maha, es lo que he estado intentando decirte.

—¡Dios mío! Creía que se trataba de un viaje como los demás.

En ese momento fui consciente de que mi rostro reflejaba toda la incertidumbre y ansiedad que sentía. ¿Qué significaba aquello? ¿Qué supondría para nosotros? ¿Llevábamos quince años viviendo juntos y ahora Duncan iba a mudarse a Londres mientras yo permanecía en Nueva York? ¿Funcionaría? ¿Qué pasaría con nuestra relación? ¿Qué estaba pasando? Primero mi vida profesional se iba al traste y, al parecer, mi vida personal también.

—¡Duncan! ¿Qué quiere decir eso? ¿Qué va a pasar?

—Maha, ya sé que es muy duro, pero tengo que aceptar ese trabajo. Este tipo de oportunidades no se presentan todos los días y ya sabes lo mal que lo he pasado últimamente.

—Lo sé...

—Mira, lo de Dan está prácticamente en las últimas. ¿Por qué no le pones fin de una vez? Para entonces ya habré encontrado una casa en Londres y podremos decidir dónde queremos vivir los tres.

—¿Cuándo tienes que irte?

—Quieren que ocupe el puesto el 1 de marzo.

Me acurruqué en sus brazos con lágrimas en los ojos.

—Venga, Maha. No llores. Deberías estar contenta de que tenga trabajo y no tenga que quedarme en casa fingiendo que soy Ted Kaczynski y que estoy escribiendo mi manifiesto.

—Me gustabas cuando eras como Ted —sollocé al darme

cuenta de que se iría pronto y de que cuando volviera a casa no habría una copa de vino esperándome. Tendría que servírmela yo misma.

El 28 de febrero, justo después de que Duncan se fuera, Nueva York se vio afectada por una tremenda tormenta de nieve. Mientras daba el paseo matinal con *Dougall* entre montañas blancas, fui ordenando mentalmente todo lo que tenía que hacer ese día, incluido llamar a Londres a tía Hafsah. Mi pasaporte británico estaba a punto de expirar y para renovarlo la embajada británica en Washington me exigía una serie de documentos, como una partida de nacimiento, y otros papeles que yo no tenía, pero estaba segura de que mi tía sí me los proporcionaría. «¿Qué hora será en Londres? Podría llamarla ahora mismo. No tiene sentido esperar a que el día se estropee.»

Contestó mi tío.

—¡Tío Farhan!

—¡Maha! —exclamó éste lleno de alegría.

—¿Qué tal estás? ¿Qué tal la familia?

—Muy bien, muy bien. Todos estamos muy bien. ¿Y tú, cariño? Ya me he enterado del lío en el que has estado metida. Hemos seguido las noticias sobre Dan Rather y el presidente Bush.

—Sí. No ha sido nada fácil y cuando Dan se vaya, las cosas aún empeorarán más.

—Ese hombre debería tener más conocimiento. ¿Por qué no dimite con dignidad?

—No lo sé. Ojalá lo hiciera, sería lo mejor. Tío Farhan, siento cortarte de esta forma, pero estoy en la calle rodeada de nieve. Ya te llamaré más tarde para charlar un rato, ahora necesito hablar con la tía Hafsah antes de que me olvide de todas las preguntas que tengo que hacerle.

—Maha, tu tía está en Beirut.

—¿Y por qué se ha ido allí?

—Maha, tu madre está en Beirut.

—¿Qué? —grité con la voz tan alta que la gente que había a mi alrededor me miró extrañada—. ¿Qué quieres decir con que mi madre está en Beirut? ¿Por qué no está en Karachi?

21

—Está muy enferma.

—Por favor, tío Farhan, todos sabemos por lo que ha pasado todos estos años.

—Mira, Maha, no quería ser yo el que te diera la noticia, le han diagnosticado cáncer.

El tiempo se detuvo. Mi mundo se detuvo. Tenía la Blackberry en la mano, pero no oía nada. Mis ojos estaban abiertos, pero no veía nada. Ni siquiera me percataba del caos circulatorio en torno a mí. Tenía la mente en blanco. Lo único que recordaba era el dolor y la pena en los ojos de mi madre cada vez que la miraba. Sólo me acordaba de las constantes críticas de mi padre hacia ella. Se me llenaron los ojos de lágrimas y me di cuenta de que no conseguía recordar la última vez que la había visto sonreír, reírse o disfrutar de verdad.

—¡Señora, apártese!

Un taxista que intentaba recoger a un pasajero me sacó de mi ensimismamiento. En otro momento le hubiera soltado un improperio, como haría cualquier neoyorquino, pero no lo hice.

El móvil volvió a sonar y contesté pensando que sería de nuevo mi tío, pero no, era Dan Rather que me llamaba a las seis y media de la mañana para hablar sobre lo que Howard Kurtz había escrito sobre él en el *Washington Post*. Escuché pacientemente sus protestas sobre lo que yo debería hacer, lo que debería hacer él y lo que deberíamos hacer los dos.

—Creo que tenemos que contestarle, Maha. Es pura mentira. Es el tipo de tonterías conservadoras y de derechas que le gusta escribir a Howie.

—Sí, Dan —contesté impávida.

—No entiendo por qué no me ha dado nunca una verdadera oportunidad. Finge que le caigo bien, pero creo que está en la nómina de algunas de esas sanguijuelas republicanas.

—Sí, Dan.

—¿Tienes alguna opinión propia o te vas a limitar a decir sí a todo lo que diga? —preguntó Dan enfadado.

—Sí, Dan.

—¿Qué demonios te pasa esta mañana? Necesito tus ideas más que nunca.

—Sí, Dan.

—Ya veo que no vamos a llegar a ninguna parte —añadió enfurecido—. No sé qué te pasa. Ya nos veremos —se despidió antes de colgar enfurruñado.

—Sí, Dan.

Volví a casa completamente aturdida.

Marqué varias veces el número de la casa de mi madre en Beirut antes de conseguir establecer comunicación. Contestó mi tía Hafsah.

—Tía Hafsah —la saludé con voz entrecortada.

—Hola, Maha. Has hablado con el tío Farhan, ¿verdad?

—Sí, ¿qué tal está mi madre?

—Está bien. Incluso me atrevería a decir que bastante animada —contestó Hafsah.

—¿Por qué no la llevas a Londres? Hay un montón de terapias y tratamientos nuevos.

—Ya lo hemos hecho, cariño. Estuvo seis meses en Londres con nosotros.

—¿Y por qué no me lo dijisteis? ¿Por qué no me ha llamado nadie? Tienes mi número de móvil. Ya sabes que puedes ponerte en contacto conmigo cuando quieras.

—Nos pidió que no te molestáramos. Dijo que no quería ser una carga para ti.

—¡Por Dios, tía Hafsah! ¡Eso es ridículo! He pasado largas temporadas en Sevilla, ¿crees que no me habría acercado a Londres?

—No sé qué decirte, hija mía. Mira, acabamos de volver a Beirut. ¿Por qué no vienes a verla después de que la instale? Estoy segura de que le encantará.

—De acuerdo, pero prométeme que me llamarás o me enviarás un correo electrónico informándome.

Mi tía lo prometió.

No era el mejor momento para preguntar por una partida de nacimiento. «Bueno, no puede ser tan complicado», y entonces decidí intentar resolverlo yo misma desde mi despacho en *60 Minutes*.

23

Υ

Al final, tras más de seis meses, doscientas cuarenta y dos cartas, sesenta y cinco correos electrónicos e innumerables llamadas telefónicas a medianoche, volví a casa una fría noche de noviembre después de enterarme de que no había nacido en Australia. Tenía una desagradable sensación en la boca del estómago y la cabeza me iba a toda velocidad intentando encontrar una explicación. «¡Santo cielo! —pensé mientras paraba un taxi que acababa de entrar en la calle—. ¿Qué pasa? ¿Por qué no hay ningún registro de mi nacimiento? ¡Es absurdo! ¿Por qué iba a decirme *umma* que había nacido en Australia si no era verdad? Y si no nací allí, ¿por qué tuve un pasaporte australiano cuando era niña?» Sabía que pasaba algo muy raro, pero no conseguía atar cabos.

—¿Va a decirme adónde vamos, señorita? —preguntó el taxista mientras nos dirigíamos hacia el este por la 57.

Estaba tan absorta en mis pensamientos que había olvidado darle la dirección.

—¡Perdón! —exclamé mirando rápidamente por la ventanilla para saber dónde estábamos; en ese momento pasábamos por delante de Tiffany's, en la Quinta Avenida—. A la 93 con Lex, por favor.

—¿Está bien, señorita? —preguntó el taxista mirándome por el retrovisor.

—Sí, gracias. Tengo demasiadas cosas en la cabeza, eso es todo.

—Pues da la impresión de que llevara todo el peso del mundo a la espalda. ¿Dónde trabaja? ¿En la CBS? ¿Qué pasa con el chiflado de Dan Rather? ¿Lo conoce? ¿Qué narices pretendía metiéndose con el presidente?

«¿Por qué todo el mundo me pregunta por Dan Rather?», pensé mientras el conductor proseguía con su perorata. Asentí sin pronunciar palabra y me dediqué a observar los magníficos edificios residenciales de Park Avenue a través de la ventanilla, para disuadirlo de intentar entablar conversación. En cuanto entré en casa, *Dougall* reclamó mi atención con sus saltos, me hizo sonreír y consiguió distraer mi mente del rompecabezas que intentaba resolver.

Me senté frente al televisor con una copa de vino, y el perro se tumbó en su sofá preferido. Recordé mi séptimo cumpleaños, fue el día en que mi madre me compró un par de *ghungroos* y consintió en satisfacer mi pasión por el *kathak*, la danza clásica india. «¡*Chalo*, Maha!», me gritó al pie de la escalera el día que me llevó a Kathak Kendra, la mejor escuela de danza india de Delhi, para hacer una prueba ante el pandit Krishna Maharaj. «¡Cuánto camino recorrido! Del *kathak* al flamenco, de Delhi a Nueva York, de Karim Al-Mansour a Duncan Macaulay. ¡Caray!, hacía mil años que no me acordaba de Karim.» Aquellos días parecían pertenecer a otros tiempos y, a medida que recordaba, uno de ellos, cuando tenía quince años, se impuso con fuerza sobre los demás.

Capítulo dos

«Intento reírme de ello
disimularlo con mentiras
lo intento
y me río
mientras oculto las lágrimas
porque los chicos no lloran
los chicos no lloran.»

La voz de Robert Smith, cantante de The Cure, atronaba en mis auriculares mientras yo repetía la letra de la canción y cambiaba la palabra «chicos» por «chicas».

—Las chicas no lloran, las chicas no lloran.

Tenía quince años y estaba en mi habitación, en la casa de Londres de tía Hafsah. Tumbada en la cama, escuchaba música en un *walkman*, el pequeño magnetofón con auriculares que acababa de salir al mercado. Le había suplicado a mi tía que me comprara uno y ésta, complaciente, había acabado por ceder y me lo había regalado por mi cumpleaños.

Como era obvio, no oí que llamaban a la puerta y me sobresalté al notar una mano en el hombro. Era mi madre, Zahra.

—¿Qué quieres?

—Maha, he llamado y...

—¿Por qué has entrado así?

—*Beti*, he llamado, pero no me has oído.

—Claro, tengo el *walkman* puesto.

—¿Qué es eso? ¿Por qué lo llaman así?

—¿No lo sabes? Es que no te enteras de nada.

Me daba perfecta cuenta de que mi madre estaba desesperada porque la dejara entrar en mi vida, pero había decidido no hacerlo. Zahra estaba convencida de que si dejaba pasar el tiempo repararía el daño que me había causado siete años atrás, un día que nunca podré olvidar. Mis padres me hicieron creer que nos íbamos a Londres de vacaciones y, sin ni siquiera avisarme, me dejaron en la Bedales School, un internado para niñas. Mientras lloraba, herida y asustada, ellos regresaron a Karachi. Por lo que a mí se refería, mi madre, la única persona en la que había confiado, me había traicionado. Y en aquel momento decidí no perdonarla nunca.

—¿Qué quieres? ¿Por qué has venido a Londres?

—El director del Gulf Bank ha organizado una cena esta noche. Tu padre trabaja para ellos y es importante que acudamos.

—Estupendo, venís para una cena, pero no tenéis tiempo para verme bailar en Delhi...

—Eso no es justo, Maha. Sabes que siempre le hemos ocultado a tu padre que bailas. ¿Cómo iba a pedirle que fuéramos a verte?

—Por si lo has olvidado, madre, te recuerdo que llevo tres años actuando y no entiendo por qué no has venido a verme, sin él me refiero. No me importa que no venga, pero tú podrías haberlo hecho si hubieras querido. Karachi no está tan lejos de Delhi.

—Ya conoces a tu padre, jamás me dejaría ir sola. Puede que cuando nos mudemos a Kuwait...

—Pues va siendo hora de que le pierdas el miedo y te enfrentes a él. No hace otra cosa que insultarte y decirte que eres tonta e ignorante. ¿Por qué no le pagas con la misma moneda? Estamos en 1980 no en 1880. Si realmente quisieras venir a verme bailar, encontrarías la forma de hacerlo.

Zahra suspiró resignada.

—Te prometo que un día iré.

—Ya, en mi próxima reencarnación. He visto cómo te arrodillas delante de él para cortarle las uñas de las manos y de los pies. ¡Qué asco! ¿Cómo puedes humillarte tanto? Y mientras tanto él ahí, sentado sobre la toalla como si fuera el rey del mundo. Te trata como a una esclava.

Zahra no hizo caso de mi diatriba.

—Maha, tu padre quiere que vengas con nosotros a la cena de esta noche.

—¿Qué? —pregunté sorprendida, mientras me quitaba los auriculares—. ¿Para qué demonios quiere que vaya?

—Quiere presentarnos a su nuevo jefe.

—¿Por qué? ¿Por qué tengo que conocerlo?

—Porque el jeque Ibrahim Al-Mansour quiere vernos a todos.

—No lo entiendo. ¿Un árabe gordo quiere conocer a toda la familia Akhtar? ¡Estupendo! ¡Fantástico!

—¡Maha, por favor! ¡Un poco de respeto! ¡Ya sé que no lo tienes, pero al menos, disimula!

—¿Respeto a quién? ¿A él? ¿Al árabe gordo para el que trabaja?

—Quiero que estés lista a las siete.

—¡Ni hablar! ¡No pienso ir! Me voy al cine a ver la última película de *La Guerra de las Galaxias*.

—¡Ya basta! Lo quieras o no, sigo siendo tu madre. Al cine puedes ir otro día, esta noche vamos a ir a cenar a casa del jeque Ibrahim Al-Mansour.

—¿Y Jehan? ¿También va?

—Tu hermana no se encuentra bien —mintió Zahra.

—¿Y qué le pasa a la pobrecita? ¿Se ha roto una uña?

—Maha... Quiero que estés lista a las siete —dijo Zahra mientras se dirigía a la puerta. Antes de salir se dio la vuelta—. Y, por favor, ponte un vestido y péinate.

Le saqué la lengua cuando se alejaba y volví a ponerme los auriculares.

Boys Don't Cry estaba acabando, el siguiente tema era *Killing an Arab*. Me hizo gracia la coincidencia.

Cuando acabó la canción miré el reloj. Era mediodía. «Tengo tiempo. Queréis que vaya a una cena sin decirme por qué, excepto que se trata de un asunto familiar en el que mi hermana no va a estar presente... ¡Ja! ¡Os vais a enterar!» Me puse una cazadora vaquera y cogí el metro hasta King's Road.

A las siete menos cuarto alguien llamó a la puerta de mi habitación.

—¿Dónde estás, Maha? —Era la voz de mi tía Hafsah.

—En el baño, voy enseguida.

Un minuto después, cuando salí, mi tía se quedó tan pasmada con mi aspecto que fue incapaz de articular palabra.

En King's Road me había cortado mi larga melena castaña oscura al estilo de Robert Smith, el cantante de The Cure. Llevaba un peinado tipo mohawk, tan cardado que parecía un nido de pájaro. Me había perfilado los ojos con un lápiz de color negro hasta parecer un mapache y me había pintado los labios con carmín rojo sangre. Llevaba una *abaya* de Hafsah tipo caftán, larga y negra.

—¿Qué tal estoy, tía? ¿Te parezco lo suficientemente presentable para una cena familiar en casa del jeque Ibrahim Al-Mansour?

—Ven al cuarto de baño, ahora mismo —me ordenó Hafsah con voz amenazadoramente baja.

—Pero tía, ¿no tengo aspecto de buena chica musulmana? Si hasta me he puesto uno de tus caftanes.

Hafsah me cogió del brazo y me arrastró hasta el cuarto de baño. Teníamos exactamente seis minutos antes de que aparecieran mis padres.

—Límpiate ese maquillaje —me conminó.

Mientras lo hacía, buscó otro caftán en el armario de su cuarto. Cuando volvió al baño, mis ojos seguían teniendo restos de pintura y mis labios todavía estaban demasiado rojos.

—Vuelve a lavarte la cara con aceite de oliva.

—¿Qué?

—¡Haz lo que te digo!

El maquillaje desapareció por completo y mi piel volvió a estar limpia y radiante. El aceite había conseguido que hasta me brillaran las largas pestañas negras.

Sonó el timbre.

—¡Que Alá nos ayude! —exclamó Hafsah mientras me metía la cabeza bajo el grifo para quitar la laca y la gomina.

—Ya hablaremos de esto mañana. Ahora péinate y ponte un pañuelo de gasa en la cabeza.

—¡Ni hablar! —protesté.

—Ya lo creo que lo harás, o te daré una paliza que no vas a olvidar. Y me da igual lo que diga tu padre.

Hafsah se vertió un poco de aceite de oliva en las manos y lo aplicó en mi pelo aún mojado. Me secó la cabeza con una toalla, me peinó la melena hacia atrás y me puso una goma. Me recogió los mechones que caían sobre la cara, me colocó un pañuelo negro en la cabeza sin apretarlo y lo sujetó al caftán.

A las siete y cinco, mi tía y yo bajamos al salón, donde mi tío Farhan había recibido a mis padres.

—¡Maha, estás preciosa! —exclamó Zahra aliviada.

No dije nada, ni tampoco mi padre, y todos se levantaron para marcharnos.

Mi padre, Anwar Akhtar, mi madre y yo llegamos a las siete y media en punto a la casa en Mayfair del jeque Ibrahim Al-Mansour, jefe de Anwar.

—¡Buenas tardes, Anwar! Bienvenido a nuestro hogar —lo saludó al tiempo que le daba un abrazo y le besaba en las mejillas—. Ésta debe de ser tu esposa.

—Sí, es Zahra, mi mujer.

Zahra sonrió educadamente al jeque.

—Y ésta es mi hija de quince años, Maha.

—Alá te ha bendecido con una hermosa mujer y una hermosa hija.

Miré al resto de invitados que había en la casa. Todos iban muy arreglados, en especial las mujeres. La mayoría de los hombres eran árabes y vestían el *thawb* tradicional, una camisa larga de algodón, bajo el *bisht*, una especie de túnica, y un sencillo tocado blanco o *keffiyeh* sujeto con un *agal*, un cordel de color negro. Era capaz de adivinar de qué país venía cada una de las mujeres sólo con ver sus vestidos. Las que llevaban ropa europea eran libanesas, las que iban cubiertas de pies a cabeza eran saudíes y las mujeres de la región del golfo de Oriente Medio, vestían más o menos como yo, excepto que bajo los largos y negros caftanes seguro que llevaban ropa y lencería de Chanel, Dior o Givenchy.

Sirvieron las bebidas en un amplio salón de techo alto exageradamente recargado, una auténtica cacofonía de dorados, sedas y brocados. Las mujeres estaban en un extremo de la habitación y los hombres en el otro. Me senté al lado de mi ma-

31

dre, con un vaso de zumo de granada. Estaba callada y sombría, perdida en mis cosas. Cuando algunas de las mujeres intentaron hablar conmigo, me limité a sonreír y a bajar la vista. Enseguida empezaron a cuchichear sobre lo perfecta que sería como esposa de sus hijos.

No me fijé en el grupo de hombres que formaba un corro alrededor de mi padre y del jeque Ibrahim Al-Mansour, y que hablaban entusiasmados mientras me dirigían alguna mirada furtiva, ni tampoco presté atención a que mi madre hacía lo propio con ellos. Antes de cenar, Anwar hizo un gesto para que Zahra y yo nos reuniéramos con él, el jeque y otros tres hombres en un saloncito anexo.

—Maha, éstos son mis hijos Karim, Abdullah y Mohammad —dijo el jeque.

Los miré directamente a los ojos y, cuando estaba a punto de acercarme para estrecharles la mano, mi madre me sujetó por el hombro y me retuvo con firmeza.

—Quédate aquí conmigo y compórtate, por favor. Hazme caso esta vez —me susurró Zahra.

La miré extrañada, pero obedecí. Me hubiese gustado preguntarle por qué nos habían elegido para esa íntima reunión masculina cuando en la habitación de al lado había más de cincuenta personas.

—Bueno, Anwar, ¿te parece bien que tomemos una copa aquí antes de cenar? —preguntó el jeque.

—Por supuesto, señor —contestó éste servilmente.

Zahra y Khadija, esposa del jeque, que acababa de entrar, estaban sentadas en un sofá, mientras que Anwar y el jeque estaban en otro, Abdullah y Mohammad en un tercero, y Karim y yo en un cuarto. Todos los presentes nos lanzaban subrepticias miradas.

Cuando Anwar y el jeque empezaron a discutir de negocios, Zahra trabó una conversación trivial con Khadija. Para entonces, Abdullah y Mohammad me miraban sin ningún pudor.

Decidí romper mi silencio.

—Así pues, Karim... Te llamas Karim, ¿verdad?

—Sí.

—¿A qué te dedicas?

—Soy el primogénito.

—¿Y eso que significa?

Karim me miró sin entender.

—Te lo preguntaré de otra forma, ¿qué supone ser el primogénito?

—Quiere decir que puedo hacer lo que quiera.

—¿Vas a la universidad?

—Bueno, mi padre quería que fuera a Oxford o a Cambridge, pero era muy difícil entrar.

—¿Y qué hiciste al acabar el colegio?

—Seguir a mi padre a todas partes.

—¿Vas a ser banquero como él?

—No creo. Mi padre es el presidente del banco porque mi tío es el emir de Kuwait.

—Ya veo.

No tenía nada más que hablar con Karim Al-Mansour. No cabía duda de que era un diletante desprovisto de aspiraciones, capacidad o deseo de conseguir algo por sí mismo. Por suerte, no tenía necesidad de hacerlo, formaba parte de la familia que gobernaba uno de los países petrolíferos más ricos del golfo de Arabia.

Lo miré con mayor detenimiento. «¡Jesús! ¡Es feo hasta decir basta!» Era bajo, gordo, llevaba gafas de culo de vaso y tenía dientes prominentes. No podía verle el pelo porque lo llevaba tapado con un *keffiyeh* blanco. Al igual que la mayoría de hombres árabes, lucía barba y bigote.

De nuevo intenté iniciar una conversación.

—¿Qué haces en tu tiempo libre, Karim? ¿Te gusta leer? ¿Viajar?

—Sí, me gusta mucho viajar. Me parece muy interesante lo de ir a otros países y ciudades.

«Por fin», pensé.

—Y cuando vas a esos países, ¿te gusta conocer su historia, su idioma y su cultura?

—Sí, claro, me encanta ir a los mejores hoteles y de compras. —No dije nada—. De los idiomas no tengo que preocuparme, siempre viajo con un intérprete.

Para el resto de las personas que había en la habitación, parecíamos llevarnos muy bien. Yo estaba sentada en el borde del sofá y era la viva imagen de una chica musulmana bien educada, mientras que Karim estaba recostado, seguro de sí mismo, con las piernas cruzadas, una mano en el respaldo y la otra en el brazo del sofá. No dejaba de mirarme. Por el contrario, yo procuraba por todos los medios evitar que nuestras miradas se cruzasen, me parecía repulsivo. En vez de ello, tenía la vista puesta en mis manos cruzadas.

Me esforcé cuanto pude en comportarme de manera civilizada con Karim, ajena a las decisiones que se estaban tomando acerca de mi futuro.

—Es muy guapa —dijo la madre de Karim a Zahra.

—Gracias, Khadija —contestó ésta mirándome—. Sí, está saliendo bastante bien de esa etapa tan extraña.

—Me gusta que se vista a la manera tradicional. En los tiempos que corren hay demasiadas chicas árabes que insisten en vestirse según la moda occidental. Tienes suerte de que se sienta apegada a sus raíces culturales. ¿Es religiosa?

—Creo que el Ramadán ha sido muy duro para ella porque ha estado interna en un colegio, pero siempre celebramos juntas el *Eid-ul-Fitr* y el *Eid-ul-Adha*.

—¿Ha hecho el *Hajj*?

—Todavía no, pero hace unos años, de vuelta a casa desde Delhi, nos detuvimos en Yeddah porque yo quería hacer la *Umrah*, y ella me acompañó.

—Buena chica —dijo Khadija sonriendo de forma aprobatoria.

Zahra miró a su marido, que seguía hablando con el jeque. Éste asentía y al mismo tiempo se acariciaba la barba sin apartar la vista de mí.

—Bueno, Anwar, tienes una hija encantadora. Será una estupenda primera esposa para mi hijo. Parece sana y lo suficientemente fuerte como para tener muchos hijos.

—Jeque Ibrahim, le aseguro que no encontrará a nadie como Maha. Hará muy feliz a su hijo.

El jeque seguía acariciándose la barba, algo que siempre hacía cuando estaba sumido en sus pensamientos.

—Anwar, sólo hay una cosa que me preocupa... —Anwar Akhtar esperó inquieto el final de la frase—. ¿Cuánto tiempo ha estado estudiando en Occidente?

—Su alteza, a pesar de que ha pasado algunos años en un internado aquí, en Bedales, le aseguro que la hemos vigilado de cerca y sabe perfectamente cuáles son sus raíces; tiene muy presente su herencia cultural y las tradiciones en su vida cotidiana. La religión es muy importante para ella. Ayuna durante el Ramadán, incluso cuando está en el colegio.

El jeque parecía complacido. Por supuesto no sabía que prácticamente todo lo que le había dicho Anwar era mentira.

—¿Pero no crees que el haber crecido y estudiado en Occidente le habrá influido de forma negativa y con ideas erróneas sobre cómo ser una buena esposa?

Anwar intentaba dar con la respuesta adecuada. La mayoría de la gente se quedaba gratamente impresionada cuando les decía que yo era la mejor de mi clase en Bedales. Por primera vez, mi talento se volvía en su contra.

—Por ejemplo, ¿sabría aceptar el que Karim tomara otra esposa?

—Excelencia, es una chica muy flexible. Entiende muy bien nuestra cultura. No olvide que es libanesa.

—Sí, claro. No me acordaba de que tu mujer es libanesa. Imagino que le habrá enseñado todo lo relacionado con el mundo árabe. Bueno, eso me deja más tranquilo.

Anwar Akhtar suspiró aliviado. Estaba hecho. Había cerrado un trato con el jeque Ibrahim: como señal de buena voluntad y para consolidar su entrada en el Gulf Bank, me casaría con el primogénito del jeque. Anwar Akhtar y el jeque habían acordado la cantidad de dinero, casas en Kuwait, Londres y París, coches, criados, joyas y otros bienes materiales que me serían entregados, así como los que correspondían a mi familia. El jeque Ibrahim me había comprado para su hijo. El resto, incluida la ceremonia, era pura pompa y circunstancia.

«¡Cielos! —pensé—. ¡Vaya lío con Karim y su familia! Era tan joven y tan rebelde. No tenía ni idea de nada, aunque creía saberlo todo. Me pregunto qué habría pensado entonces si alguien me hubiese dicho entonces que trabajaría con The Cure o que me convertiría en una de las chicas Rather. O lo que habría contestado si alguien me hubiera asegurado que rompería con las tradiciones de mi familia, resuelta a hacer lo que me dictaba el corazón, mi destino.»

Cuando desperté de mi ensueño eran las cuatro de la mañana. *Dougall* me miró con cara somnolienta.

—¿Qué hago? —le pregunté antes de coger el teléfono—. Tía Hafsah, tengo que hablar con mi madre. ¿Cuándo puedo ir a Beirut.

Hafsah hizo todo lo posible por retrasar aquel viaje y aún tardé varias semanas en llegar a Beirut.

Capítulo tres

Sentada en mi escritorio de la redacción del programa *60 Minutes*, miraba hipnotizada el logotipo de Google en la pantalla de mi ordenador sin saber por dónde empezar. «¿Qué hago? Es decir, ¿qué narices se hace cuando se ha vivido media vida como una persona y al cabo de cuarenta años te dicen de repente que eres otra?» Lo que había descubierto de labios de mi tía y de mi madre respondía a muchas de las preguntas que me rondaban por la cabeza; de pronto veía con claridad cosas que ocurrieron en mi niñez y que nunca había entendido. Aunque todo me seguía pareciendo muy extraño, una gran putada. Apoyé los codos en la mesa y miré distraída el destello de la pantalla.

Comprobé la hora en el móvil, eran las ocho y media. La oficina estaba vacía. «Qué curioso. Esta gente hace horarios de banco. *60 Minutes* es completamente diferente a *Evening News*. Allí la gente se quedaba hasta tarde, incluso el propio Dan si se estaba cociendo una buena historia.» Sin embargo, en ese momento, Dan Rather y yo, su fiel ayudante, languidecíamos en un programa en el que Dan no había sido bien recibido y nadie se preocupaba de disimular lo contrario. «¿Por qué estoy pensando en Dan Rather y en sus problemas», me pregunté con la cara entre las manos mientras veía mi macabro reflejo en la pantalla. La palabra Google parecía estampada en mi frente.

«Tengo que enfrentarme a todo esto, no puedo limitarme a hacer como si no pasara nada.» El problema era que no sabía

cómo asimilar lo que acababa de descubrir. No podía hacerme
a la idea. Había una parte de mí que no daba crédito. ¿Cómo
iba a cambiar mi vida después de las últimas noticias? ¿Tendría un aspecto diferente? ¿Sentiría de forma diferente? ¿Me
convertiría en alguien distinto a quien era o a quien había sido
toda mi vida? Estaba hecha un lío y mis pensamientos vagaban en tantas direcciones que ya no sabía por dónde empezar.
Con la cabeza entre mis manos intenté pensar, pero lo único
que conseguí fue revivir la conversación con mi madre una y
otra vez.

Finalmente, fui a Beirut para ver a mi madre antes de las
fiestas de Navidad y pasé allí casi seis semanas. A mediados de
enero regresé a Nueva York. El viaje había resultado ser un auténtico varapalo emocional. Sentía que todo aquello me superaba, me venía demasiado grande. No dejaba de pensar en el
momento en el que le había preguntado a mi madre dónde había nacido y había obtenido mucho más que una simple respuesta.

—*Umma*, tengo que preguntarte algo. Es muy importante.
—Zahra cerró los ojos—. Quiero saber dónde nací.

Zahra me miró sin responder.

Cogí su frágil mano y me la acerqué a la cara.

—Maha, Anwar Akhtar no es tu verdadero padre. Y no naciste en Sydney, sino en esta cama. Tu padre era el maharajkumar Ajit Singh de Kapurthala. Su padre era el marajá Jagatjit
Singh, cuya cuarta esposa, la madre de Ajit, era una mujer sencilla que se llamaba Anita Delgado. Era malagueña, bailaora de
flamenco.

Miles de imágenes se sucedían a toda velocidad por mi
mente. Imágenes de mi infancia, de mi madre, de Delhi, de Kathak Kendra, mi antigua escuela de baile, de *guruji*, mi gurú de
la danza, de algunas de mis actuaciones, del internado de Bedales, de Bryn Mawr, de las giras con The Cure, de los años con
Dan Rather y de los acontecimientos que lo habían conducido
a su ruina.

Mi pasión por el flamenco y Sevilla me había llevado hasta
donde estaba. Descubrí esa forma de baile varios años atrás, a

sugerencia de un señor mayor con el que tropecé por casualidad en un cóctel en Nueva York. Buscaba algo que me llenase, algo que me entusiasmara, algo que me devolviera las ganas de vivir, la *joie de vivre*. La danza *kathak* había desempeñado ese papel durante mi adolescencia, pero desde la muerte de mi adorado gurú, cuando tenía diecisiete años, había abandonado los *ghungroos*. Por otro lado, un cofre de cuero que compré en Granada durante unas vacaciones con mi familia en 1975 me recordó la fascinación que sentí por el flamenco desde un principio. El cofre y el tipo del cóctel fueron lo que me empujaron hacia el baile. Me quedé sorprendida de la facilidad con la que lo aprendí, de que enseguida entendiera español sin haberlo estudiado nunca y de lo impaciente que estaba por ir a Sevilla. Me asombré de lo rápido que entré en el mundillo sevillano y de lo bien que me sentía allí. Todo aquello que antes no dejaban de ser curiosas coincidencias empezó a tener sentido después de la conversación con mi madre. Lo inexplicable tenía explicación.

Me levanté y fui a la oficina de Rather para contemplar la ciudad. Era una habitación reducida, mucho más pequeña que el grupo de oficinas que constituían sus dominios en *Evening News*. A pesar de todo, había conseguido llevar allí sus muebles preferidos para sentirse como en casa. Me dirigí a las ventanas desde las que se veía el Hudson, y Nueva Jersey al otro lado. Aquello era un lujo. Las oficinas de *Evening News* estaban encima del estudio 47, desde el que se emitía en directo todas las noches, y las ventanas daban al plató. Me senté en el amplio y cómodo sillón de cuero de Dan y miré a mi alrededor. Giré la butaca para poder ver los edificios de Nueva Jersey recortados sobre el horizonte y el río.

Observé mi reflejo en el cristal. Había cumplido cuarenta y un años; era alta y esbelta; tenía el cuerpo de una bailarina y una cara hermosa. No era una belleza clásica, como la de mi madre, pero había algo sensual en mí. A menudo me encontraban cierto parecido con Sofía Loren, aunque nunca había hecho mucho caso al comentario. En más de una ocasión recuerdo haberle preguntado a mi tía si me parecía más a mi padre o a mi madre, y Hafsah siempre contestaba de forma diplomática diciéndome que era una mezcla de los dos. Ahora sabía la res-

39

puesta, tenía respuestas a más preguntas que simplemente a la de a cuál de mis padres me parecía más.

Mi pelo era largo y castaño, mis ojos grandes y marrones, bordeados por unas largas pestañas negras que se curvaban ligeramente hacia arriba y les daban forma almendrada, y unos sensuales y carnosos labios rojos que sobresalían exuberantes y dibujaban una amplia y alegre sonrisa. A pesar de tener rasgos marcados y oscuras facciones fáciles de recordar, mi tez olivácea podía hacerme pasar por india, iraní, árabe, griega, egipcia, italiana del sur o andaluza, haber nacido en Oriente Medio o incluso en cualquier país al sur de la frontera de Estados Unidos, de México para abajo. Toda mi vida me había divertido con esa apariencia camaleónica y casi nadie conseguía precisar a qué grupo racial pertenecía. En Nueva York mucha gente pensaba que era hispana, mientras que en Sevilla creían que era cordobesa. Una vez, uno de mis amigos prometió llevarme al museo del famoso pintor Julio Romero de Torres para enseñarme el cuadro *La chiquita piconera*. Según él, me parecía tremendamente a ella.

Permanecí sentada embelesada con mi reflejo e intentando encontrar respuestas a la avalancha de preguntas que se agolpaban en mi mente, tratando de encontrar sentido a lo que había ocurrido con mi ordenada vida. Hasta ese momento lo había sido. Sólo mi trabajo era imprevisible y dependía de los caprichos de un presentador envejecido y de los acontecimientos que eran noticia. Me encontraba en un territorio desconocido, como una barquichuela agitada en alta mar.

De repente oí algo a mi espalda. Estaba tan absorta en mis pensamientos que no había visto ni oído entrar a Héctor.

—¡Señorita! ¡Otra vez a estas horas! Trabaja mucho más que los demás —dijo el portero sonriendo mientras recogía los papeles.

—Héctor... —suspiré mientras apoyaba las manos sobre el escritorio para levantarme—. ¿Te parezco diferente a antes de las vacaciones de Navidad?

—Señorita, usted es muy guapa. Si fuera más joven la llevaría a bailar salsa toda la noche.

Sonreí, era la única persona que había sido amable conmigo desde que nos trasladamos a *60 Minutes*.

40

—En serio, Héctor. ¿Has notado algo?

—Señorita, parece una bonita puertorriqueña —aseguró mientras empujaba el carrito con los papeles que tenía que triturar.

Aquel comentario me provocó una risita. Me levanté del sillón y miré a mi alrededor. No tardaríamos en quedarnos los dos sin trabajo. Dan no iba a durar mucho en *60 Minutes,* sabía que Richard Leibner estaba negociando la fecha de su despido. Tampoco me sorprendía demasiado. Dan no había conseguido causar impacto con aquel programa. De hecho, apenas iba por la oficina. «Es mejor así.» Allí no tenía nada que hacer. Se limitaba a ganar tiempo, como yo.

Salí sintiéndome perdida por completo. Todo me parecía incierto, demasiado cargado de dudas. La estabilidad y seguridad de que había disfrutado a lo largo de quince años en CBS News se habían visto minadas y no tenía ni idea de cómo acabaría todo aquello. Unos meses antes estaba segura de que apoyaría a Dan hasta el final y que después, tras un merecido descanso, buscaría otro trabajo en los medios de comunicación. Pero ya no lo tenía tan claro. No sabía ni siquiera quién era y mucho menos qué quería en la vida. Cogí el bolso y me fui a casa.

Durante las siguientes semanas intenté aceptar la confusión que se había apoderado de mí. Cada día, puntualmente, iba al trabajo para ocuparme de lo poco que había por hacer, pero tras la llamada matutina de Dan interesándose por las novedades o por si había nuevos mensajes, la jornada se me hacía interminable. Ya no tenía nada en qué ocupar la mente ni el tiempo. Cuando llegué al programa *60 Minutes* no tenía mucha vida social, pero después dejó de existir; me dedicaba a pasar el tiempo ensimismada y a compartir mis noches con *Dougall.* Llamé a Duncan para ponerle al día de lo sucedido en Beirut, pero no entré en detalle y sólo se lo conté por encima porque todavía no había sido capaz de asimilarlo.

Después de pensarlo bastante decidí hablar con mi tío Farhan para que me ayudara a darle un viso de realidad a una situación que me parecía auténtica ficción. Al fin y al cabo, él había presentado a mi madre a Ajit Singh.

41

—Tío Farhan, ¿qué recuerdas de Ajit Singh? Ya sé que fue hace mucho tiempo, pero seguro que te acuerdas de algo.

—Fue hace más de cuarenta años, Maha. La verdad es que apenas tuve trato con él. Teníamos amigos comunes y nos vimos en alguna fiesta, eso es todo —me aclaró.

—Pero ¿no era una especie de diplomático? Creo que eso es lo que me dijo la tía Hafsah.

—Sí, en cierta forma, sí. Trabajaba para la Comisión India de Comercio.

—¿Y era un príncipe de verdad?

—Bueno, para ser más exactos, era el hijo de un príncipe.

—¿Sabes algo de su familia?

—No llegué a conocer a ninguno de ellos. Una vez vi de pasada a su madre en Madrid, pero sólo le estreché la mano. Y no coincidí con ninguno de sus parientes indios.

—¿Estuviste en contacto con él? Quiero decir, ¿lo viste después de 1964?

—Creo que me tropecé con él en dos ocasiones, una en Londres y otra en París, a finales de los sesenta. Después perdimos el contacto.

—¿Era una buena persona?

—Creo que sí, Maha. Era amable, elegante, muy sociable, el alma de todas las fiestas.

—Tía Hafsah me dijo lo mismo.

—¿Por qué no te pones en contacto con la familia de Kapurthala? Estoy seguro de que son muy amables.

—¿Pero qué quieres que haga? ¿Llamo a uno al azar y le digo: «¡Hola, soy Maha Akhtar, una de tus primas, la hija ilegítima de Ajit Singh»?

—Bueno, yo no lo haría así. Pero creo que te vendría bien hablar con ellos y explicárselo todo. Quizá podrías escribirles una carta antes.

—Sí, tío, todo eso me parece muy bien, pero ¿a quién demonios escribo o llamo?

—Bueno, seguramente sigue habiendo un marajá. ¿Por qué no empiezas por él?

—¿Y cómo lo encuentro? ¿Lo busco en el listín indio de teléfonos? ¿En Internet? —pregunté un tanto frustrada.

—Pues no es mala idea —dijo Farhan riéndose.

—No te rías, por favor. Piénsalo bien. ¿No crees que les parecería muy extraño que me presentara en su casa? ¿Y si piensan que sólo me interesa el dinero de la familia?

—Eso tiene gracia. Diles que no es lo que andas buscando.

—¿Y por qué iban a creerme?

—¿Porque no te hace falta ese dinero?

—Pero tío, es una historia muy extraña. De repente, después de tantos años, surjo de la nada. ¿Y si piensan que soy una impostora?

—Siempre puedes hacerte una prueba de ADN.

—No puedo, Ajit Singh está muerto. ¿Cómo iban a confirmarla?

—Sí, es verdad, tienes razón.

—¿No te das cuenta de que hay un montón de cazafortunas que pretenden tener parentesco con linajes como el de Kapurthala o con cualquier familia de la nobleza?

—Sí, claro, pero la aristocracia india ya no tiene dinero ni propiedades, tierras o joyas. Casi todos tienen que trabajar para ganarse la vida.

—¿Imaginas lo rara que me sentiría si me presentara en su casa? —insistí.

—¿Y qué vas a hacer? ¿No sientes curiosidad? ¿No quieres conocerlos, a pesar de que Ajit no era del todo indio?

—Creo que me lo guardaré para mí. Tampoco tengo por qué hacer nada.

—No, pero supongo que te gustaría conocer a tu nueva familia. Estoy seguro de que te aliviaría, Maha.

—No puedo hacerlo, tío. Tengo más de cuarenta años y no he tenido relación con esa gente.

—¡Espera! ¿Qué me dices de la parte española de la familia? ¿Quedará alguien vivo?

—No tengo ni idea. Podría intentar averiguar algo la próxima vez que vaya a Sevilla.

—Mantenme informado. En cierta manera me siento un poco responsable, fui yo el que presentó a tu madre a Ajit.

—No te eches la culpa.

—Si no lo hubiera mantenido en secreto hasta ahora tú no estarías a estas alturas con esa conmoción emocional y psicológica… —empezó a decir Farhan preocupado.

43

—Eran otros tiempos, otras circunstancias, no te atormentes —lo interrumpí.

Los días posteriores a la conversación con mi tío reinó en mí la indecisión, pero al final se impuso la curiosidad y empecé a investigar sobre mi familia aristócrata de la India. Entré en Google, nerviosa por lo que podría encontrar. Tecleé el nombre de mi padre biológico, Ajit Singh, y lo borré. Volví a escribirlo y lo borré de nuevo. No sabía por qué estaba tan asustada. Después de haber hecho tantas búsquedas para Rather no conseguía entender ese desasosiego. Le pedí a mi madre que me enseñara alguna fotografía, pero en la casa de Beirut no había ninguna, la mayoría estaban en casa de mi tía Hafsah, en Londres. Por tercera vez tecleé el nombre de mi padre en el buscador, apreté la tecla de retorno y esperé el resultado. Allí aparecían varios Ajit Singh, pero ninguno parecía encajar. Encontré un catedrático del Queen's College de Cambridge y el fundador de un partido político en Uttar Pradesh; el marajá de Marwar Jodhpur en el siglo XVII también se llamaba Ajit Singh. Nada. Lo siguiente que tecleé fue maharajkumar Ajit Singh de Kapurthala. Pero tampoco encontré gran cosa, sólo alguna mención en el árbol genealógico de la familia, nada sobre su vida o su trabajo, ni fotografías ni detalles. El resto, alguna referencia de pasada como hijo de una bailaora de flamenco española que fue la quinta esposa del marajá Jagatjit Singh de Kapurthala, pero los artículos se centraban más en la fastuosa vida llena de glamour de su hermosa madre, Anita Delgado.

Por lo que leí, deduje que Anita Delgado se había convertido en una heroína española, con una vida de auténtica Cenicienta, excepto porque la protagonista del cuento acaba viviendo feliz y comiendo perdices. Mientras que en el caso de Anita, el marajá se había divorciado de ella tras el enorme escándalo por tener una aventura con uno de sus hijos mayores. A pesar de todo descubrí que se la conocía como la maharaní española y que había conseguido avivar la imaginación de la península Ibérica con la historia de su boda con uno de los hombres más ricos de la India. Era más famosa por su belleza que por su destreza como bailarina. De hecho, sus padres la habían enviado, a ella y a su hermana, a una escuela de baile para que pudieran contribuir en el mantenimiento de la casa. Por suerte para la empobrecida familia Delgado, a Anita le tocó la lotería cuando el marajá de Kapurthala se fijó en ella. A partir de entonces, llevó una vida de incalculable lujo, decadencia y excesos sin límite en la India y, evidentemente, a todo el mundo le encantaba la historia de la joven malagueña que había pasado de la pobreza absoluta a la mayor de las riquezas.

«Pero ¿y mi padre biológico? ¿Cómo voy a saber algo de él?»

Capítulo cuatro

$\mathcal{M}$i pasión por el flamenco tiene su origen en el increíble matrimonio en París, en ceremonia civil, entre una joven bailaora española de diecisiete años embarazada y un marajá indio de treinta y cinco, hace ahora un siglo.

Era la primavera de 1906. Toda España estaba pendiente de la boda del Borbón Alfonso XIII con la princesa Victoria Eugenia de Battenberg, nieta de la reina Victoria. Se había fijado como fecha del enlace el 31 de mayo y el séquito que acompañaba a la joven princesa llegó a Madrid a comienzos de ese mes. La capital española era una gran fiesta con espectáculos, desfiles y celebraciones organizadas para los jefes de Estado, miembros de la aristocracia europea y sus séquitos, que habían acudido para asistir a la boda real.

La princesa llegó un día precioso y soleado. Anita Delgado, una joven de dieciséis años, esperaba junto a su hermana mayor, Victoria, y sus padres, Candelaria Briones y Ángel Delgado, en la esquina de la calle Montero con la Puerta del Sol, para ver el paso de todas esas personalidades de camino al palacio. Cuando Jorge, duque de York y príncipe de Gales, y su esposa María de Teck pasaron seguidos de una comitiva de príncipes, duques, condes, marqueses y barones, se escuchó una atronadora salva de aplausos. Anita y Victoria se agarraron de la mano y saludaron entusiasmadas al desfile de dignatarios.

—¡Mira, Anita! —gritó su hermana Victoria—, ¡fíjate en ese coche! —Anita estiró el cuello para intentar ver lo que le indicaba Victoria. Cegada por el sol, se hizo sombra con una mano y logró divisar un enorme coche descapotable plateado, en cuyo interior iba sentado uno de los hombres más extravagantes que había visto en su vida. Después no pudo apartar la vista de aquel misterioso príncipe de tez morena y barba, vestido con una larga túnica azul de seda con brocados, sentado regiamente con la mano derecha sobre la empuñadura de plata de un bastón de marfil y la izquierda en el asiento. Llevaba un suntuoso turbante de seda azul turquesa en cuyo centro lucía un grueso broche que parecía un pavo real con plumas engarzadas en piedras preciosas. Cuando el coche se acercó lentamente, Anita se dio cuenta de que ese hombre la miraba, había fijado la vista en ella y en nadie más, sus poderosos ojos oscuros parecían querer abrirse camino hasta su alma y la obligaban a mirarlo.

—¡Anita! —exclamó Victoria dándole un codazo—. ¡Fíjate en todas la joyas que lleva!

Y la verdad era que lucía varios collares de perlas, pesadas gargantillas, brazaletes, anillos, oro, diamantes y esmeraldas. El aspecto de su séquito aún era más impresionante: unos hombres altos y fornidos vestidos con pantalones ajustados, dagas curvas en el cinturón, turbantes plateados con una piedra preciosa en el centro y adornados con una pluma de pavo real que ondeaba con el viento. Cuando pasó aquel exótico grupo, un audible murmullo se elevó desde la muchedumbre y la gente se volvía para preguntar de dónde serían y especular sobre su procedencia: «Cuba», sugirió alguien. «¡Qué va! Son egipcios», dijo otro. «¿Serán africanos?», preguntó una tercera voz. «Es árabe, un moro como los que estuvieron aquí hace siglos», concluyó alguien. Todo el mundo estaba fascinado por el aspecto de Jagatjit Singh, de treinta y cuatro años, marajá de Kapurthala, un principado en el estado de Punjab, al norte de la India.

La familia Delgado procedía de Málaga, donde regentaban un pequeño café que atendía principalmente a trabajadores, pescadores, gitanos y algún que otro viajero, y con el que obtenían lo justo para ir tirando. Vivían con la abuela y Joaquina, la tata, en una pequeña casa que pertenecía a la madre de Ángel Delgado. En los primeros años del siglo XX, Málaga sufrió una terrible riada que sepultó bajo el agua todas las tierras cercanas, una plaga de filoxera que arrasó los viñedos y una epidemia de gripe que mermó su población. Incapaz de llegar a fin de mes, Ángel Delgado empezó a pensar en trasladarse a Madrid y, tras la muerte de su madre por causa de la gripe en 1905, decidió vender la casa y el café con la esperanza de empezar de nuevo en otra ciudad.

Pero las cosas no mejoraron, Ángel no conseguía encontrar trabajo y, conforme pasaban las semanas, observaba cómo iban desapareciendo las pocas pesetas que poseían. Mientras tanto, Anita y Victoria habían empezado a ir a clases de baile en secreto. En aquellos tiempos, los artistas solían frecuentar los estudios de baile en busca de jóvenes y bonitas mujeres que posasen para ellos, al tiempo que los propietarios de clubes se afanaban por encontrar jóvenes y guapas bailarinas. De ese modo fue como los propietarios del Central-Kursaal, un nuevo cabaret y teatro de variedades, encontraron a Anita y Victoria, a las que también habían elegido los pintores Anselmo Miguel Nieto y Leandro Oroz para que posaran para ellos. Ángel Delgado se enfureció cuando los dueños del Kursaal le preguntaron por sus hijas, pero la realidad era que la familia estaba sin un céntimo y tenía que decidir entre pasar hambre o dejar que sus hijas bailaran en el Central-Kursaal por unas diez pesetas diarias. Anita, con dieciséis años, y Victoria, con dieciocho, empezaron a actuar con el nombre artístico de Las Hermanas Camelias, en calidad de teloneras. Más conocidas por su belleza que por su talento para el baile, interpretaban un corto repertorio de sevillanas y boleros mientras se cambiaban los decorados y se preparaba el escenario para los números principales.

De las dos, Anita era la que se estaba convirtiendo en una estrella. Tenía una belleza cautivadora, pero, sobre todo, lo más seductor en ella era su inocencia. El Kursaal era un local muy popular en el que los famosos se mezclaban con los intelectuales, los pintores, escritores y poetas bohemios de la época, junto con una buena caterva de políticos, empresarios, cortesanas

49

y toreros, que acudían a ver artistas de la talla de Mata Hari, Pastora Imperio o La Argentina.

Anita llegó a tener mucho trato con este nutrido grupo de intelectuales, que no tenían dinero, pero eran la *crème de la crème* del mundillo artístico español: Julio Romero de Torres, Ramón María del Valle-Inclán, Ricardo Baroja, Anselmo Miguel Nieto y Leandro Oroz, que iban todas las noches a aplaudirle.

Al día siguiente del desfile, el apuesto Jagatjit Singh, el joven marajá que había viajado desde Bombay para asistir a la boda del rey de España, estaba en boca de todo Madrid. La gente hacía comentarios sobre su turbante, su lujoso atavío y sus espectaculares joyas. A pesar de ser realmente uno de los hombres más ricos de la India, la fortuna de Jagatjit aumentaba rápidamente en cada una de esas conversaciones, en las que se desataban las lenguas y se hacían correr rumores.

—Procede de un Estado soberano más allá de Persia —comentó alguien del grupo de intelectuales del Kursaal—. Y de una de las más antiguas, puras y nobles familias de la aristocracia india —añadió antes de tomar un vaso de vino mientras todos esperaban a que Anita saliera a escena.

—He leído en algún sitio que es un soberano benevolente —dijo Valle-Inclán.

—¿Es amigo de los Borbones o sólo ha venido como séquito del príncipe de Gales? —preguntó Baroja tirando la ceniza del cigarrillo al cenicero.

—No lo sé, pero lleva treinta años en el trono de Kapurthala, desde que tenía cinco años —les informó Valle-Inclán.

Jagatjit Singh era buen amigo del futuro Alfonso XIII, que había insistido en que estuviera presente en su boda, aunque también mantenía una amistosa relación con Jorge, duque de York y príncipe de Gales, y futuro Jorge V, que creyó importante que formara parte del séquito de la joven princesa inglesa en Madrid.

—Me pregunto qué pensará del Kursaal —intervino Leandro Oroz mientras se pasaba los dedos manchados de pintura por el pelo.

—Seguramente se enamorará de Anita —concluyó Miguel de Nieto en voz baja, antes de tomar un buen trago—, y nos la arrebatará.

—Querrás decir que te la arrebatará —bromeó Baroja.

—Eres un cachorrillo enamorado —comentó de guasa Valle-Inclán mientras los demás empezaban a pitorrearse de Miguel de Nieto.

El marajá Jagatjit Singh de Kapurthala era un hombre imponente. Alto, moreno y guapo, había cautivado a la sociedad londinense y parisina con sus elegantes trajes, su refinada educación y la distinguida forma en que se comportaba. Considerado como un verdadero caballero, en el sentido más amplio de la palabra, se había convertido en parte integrante de la alta sociedad. Vividor y gran anfitrión, disfrutaba organizando cenas en ambas capitales, en las que también tenía casa. La prensa le seguía los pasos en cuanto llegaba a alguna ciudad y pronto se ganó una fama que lo hacía destacar como una figura memorable en todos los grandes acontecimientos sociales de Europa.

Pero lo más importante, aparte de todas esas frivolidades, es que era un hombre de ideas progresistas. Kapurthala era un principado que seguía bajo dominio del marajá, que había firmado un tratado con los ingleses. Amado por su pueblo, respetado por sus iguales, los otros príncipes de la India, y por la administración británica, tenía reputación de ser tolerante, justo y equitativo, y permitía a su pueblo vivir en paz y practicar sus religiones sin miedo a represalias. El concepto que tenía de su país favoreció la construcción de una infraestructura con influencia occidental, dotada de colegios, hospitales, comisarías de policía y mercados. Además, encargó a varios arquitectos franceses que diseñaran palacios al estilo del de Versalles, las Tullerías y Fontainebleau en su reino al pie del Himalaya. Jagatjit Singh era francófilo y quería imbuir Kapurthala con la esencia de París y el *savoir vivre* parisino. Era un gran hombre de Estado que aprendía de los reyes y jefes de Gobierno con los que convivía en Occidente y a los que insistía en que le visitaran en Kapurthala.

Y

A Jagatjit Singh le gustaba Madrid. La embajada británica había dispuesto una serie de alojamientos más que adecuados para los miembros de la comitiva real y les había proporcionado intérpretes que les facilitarían sus desplazamientos por la ciudad. A pesar de que no hablaba español, lo entendía gracias a que dominaba el francés. No perdió tiempo en encargar a su secretario personal que averiguara qué se podía hacer en Madrid. Quería conocer al pueblo y no sólo a la *jet set* y a la aristocracia, sino también a escritores, poetas, pintores, escultores y artistas.

Su reputación de hombre de mundo le precedía y nadie rechazó sus invitaciones a las cenas que organizó al poco de su llegada. A la gente le fascinaba su porte, sus ricas vestiduras indias, sus turbantes y los fabulosos alfileres con que los adornaba, casi todos ellos encargados personalmente en la casa Cartier de París.

Jagatjit, que quería conocer los gustos españoles en música y baile, decidió ir al Central-Kursaal. Esa noche, el cabaret estaba a rebosar. Parte de la delegación británica también había elegido ver algo de flamenco aquel día. Los intelectuales estaban muy nerviosos y no paraban de fumar. El club era muy popular, pero jamás había tenido un público tan ilustre.

Los amigos de Anita, que estaba en su camerino decidiendo con qué empezaría, habían conseguido contagiarle su nerviosismo. Se miró en un espejo y formuló la pregunta a su reflejo, aunque éste no se mostró muy comunicativo. La cara que la miraba era de lo más espectacular. Se había perfilado sus oscuros y soñadores ojos con un lápiz de color negro, se había pintado los labios con carmín y se había pellizcado las mejillas para darles color. Llevaba su largo pelo negro recogido en un moño y se había colocado una rosa roja en la oreja.

Había llegado el momento en el que Las Hermanas Camelias debían salir a escena para su primer número. En aquella ocasión, y en deferencia a todos los británicos presentes en el público, actuarían dos veces en vez de una. Ramón del Valle-Inclán y Anselmo Miguel Nieto se encontraban entre bastidores, ya que su mesa se había adjudicado a clientes que pagaban.

—¿Todo bien, Anita? —le preguntó Valle-Inclán mientras se acercaba al extremo derecho del escenario.

Las hermanas saldrían cada una por un lado y se reunirían en el centro para bailar una sevillana.

Anita asintió y permanecieron detrás del telón de terciopelo negro para observar el bullicioso público. Las volutas del humo de los puros se elevaban haciendo espirales antes de desaparecer en la neblina, se oía el entrechocar de las copas y los camareros iban afanosos de un lado a otro. El aire estaba cargado con una expectación que hacía que saltaran unas chispas casi visibles. Anita juntó las manos para rezar y oyó que el cantante se aclaraba la voz. Después empezó la salida. Aquélla era especial, poderosa, cautivadora, la de un corazón desgarrado. Notó un hormigueo en todo el cuerpo. Se sintió envuelta, arropada.

El telón se abrió y salió a escena. Lo hizo lenta, majestuosamente. Se oyó un murmullo entre el público. Llevaba un vestido color escarlata que, aunque usado, le sentaba de maravilla. A pesar de que no podía ver a nadie debido a las luces, cuando su mirada barrió el local, todos los hombres pensaron que los estaba mirando directamente a ellos.

Jagatjit Singh, que en ese momento daba instrucciones a su secretario, no se percató en un principio de su presencia. Pero cuando se dio la vuelta y su mirada se posó sobre la pequeña bailarina vestida de rojo, ya no pudo apartar los ojos de ella. Enseguida se dio cuenta de que era la joven que había visto unos días antes en la esquina de la Puerta del Sol. Entonces le había hipnotizado, pero en ese momento estaba fascinado. La combinación de la música con la dulzura de la canción, el rítmico taconeo, los ligeros movimientos de los brazos y la forma en que se arremolinaba su vestido embriagaban por sí solos, pero fue su aura, su aspecto y la graciosa, aunque salvaje forma en que se movía, lo que cautivaron el alma del marajá. Cuando bailaba se convertía en un animal salvaje que él quería domesticar.

Al final del baile el publicó pidió a gritos que actuara de

53

nuevo. Incluso cuando Anita se retiró, el marajá siguió aplaudiendo. Quería volver a verla. Pensó que si aplaudía con fuerza y durante el suficiente tiempo, volvería a salir y se sentó a esperar impaciente la segunda actuación de Anita aquella noche. Ésta apareció con un vestido blanco de organza que contrastaba con el ceñido vestido rojo que había lucido en el número anterior. Todo el mundo se puso en pie cuando apareció y permaneció así, sin dejar de vitorearla, durante su actuación. Las bulerías desataron su picardía y empezó a sonreír y a flirtear con los presentes. Cuando finalmente hizo una reverencia, los aplausos y vítores duraron cinco minutos.

Un caballero muy bien vestido la esperaba entre bastidores con un ramo de camelias en la mano.

—Señorita —la saludó quitándose el sombrero con gesto reverencial. Anita lo miró, pero su madre intervino antes de que pudiera decir nada.

—¿Qué quiere? —preguntó bruscamente Candelaria Briones.

—Soy el secretario de su alteza real Jagatjit Singh, marajá de Kapurthala —contestó en un español perfecto—. He venido para comunicar a la señorita que su talento ha impresionado a su excelencia y querría invitar a las artistas a su mesa para celebrar con champán el éxito que han cosechado esta noche —Hizo una pausa—. Acompañada de su familia, por supuesto —añadió rápidamente.

—Lo siento mucho —dijo don Ángel amablemente al darse cuenta de que su esposa estaba a punto de explotar—, quizás en otra ocasión.

Los dos hombres hicieron una ligera reverencia para despedirse.

El secretario del marajá dio unos pasos y se detuvo.

—Señor, ¿se ofendería usted o su esposa si le entregara estas flores a la señorita?

Don Ángel asintió y cogió el ramo.

—Ya se las daré yo.

En cuanto desapareció, Candelaria Briones explotó.

—¿Quién se ha creído que es? —gritó—. ¿Cómo ha podido pensar que con regalarle unas flores íbamos a dejar que la niña se sentara a su mesa?

—Candelaria, por favor —Ángel Delgado intentó calmar a su mujer.

—Además, ni siquiera nos gusta el champán —añadió mientras el secretario del marajá desaparecía al otro lado del telón.

Anita estaba en el camerino mientras tenía lugar aquel encuentro. El corazón le latía a toda velocidad, le sudaban las manos a causa de los nervios y tenía la cabeza hecha un lío, pues no sabía cómo interpretar la invitación del marajá. «¿Por qué habrá dicho mamá que no nos gusta el champán? —pensó mientras se cepillaba sus largas, oscuras y gruesas trenzas—. No lo he probado nunca y dudo mucho que lo haya hecho ella.»

La noticia de que el marajá indio estaba enamorado de Anita recorrió todo Madrid y cuanto más se repetía, más se recargaba y adornaba. Por supuesto, los más contentos eran la camarilla de amigos de Anita, a excepción de Anselmo Miguel de Nieto, que ahogaba sus penas en una botella tras otra de vino barato.

Jagatjit Singh volvió al Central-Kursaal la noche siguiente y la siguiente, resuelto a poseer a esa bailarina. Y todas las noches su secretario iba al camerino con la misma invitación, para encontrar todas las noches la misma negativa por parte de los padres de Anita, hasta que llegó un momento en el que su rechazo empezaba a ser una muestra de mala educación. Fue Ricardo Baroja quien determinó que aquello se había convertido en una cuestión de honor nacional y reunió al grupo y a los propietarios del Central-Kursaal para hablar con los Delgado, que, tras muchas vacilaciones y reservas, cedieron y aceptaron la siguiente invitación del marajá. Tras la sexta actuación a la que había acudido, la familia Delgado se sentó a la mesa del marajá. Era también la primera vez que Anita veía el resto de actuaciones del Kursaal, ya que sus padres siempre se la llevaban volando en cuanto acababa su número. Al ser un cabaret, era difícil que hubiera silencio durante el espectáculo, pero durante las pausas, Jagatjit Singh, a través de su secretario, consiguió hablar con Anita y elogió su baile, además de ser especialmente efusivo en cuanto a su belleza. Ésta le lanzaba miradas furtivas de vez en cuando y se fijó en que tenía los dientes muy blancos. A pesar de que estaba oscuro, notaba que tenía los ojos fijos en ella, con una mirada inflexible y tan intensa como la que le había lanzado en la Puerta del Sol.

A partir de aquel día, tomar una copa de champán con el marajá después de su actuación se convirtió en una costumbre y en todas esas ocasiones Jagatjit aprendía una nueva palabra para describir su belleza, hasta conseguir hacer sonreír a la joven de dieciséis años.

—¿Puedo decirle otra vez lo hermosa que está esta noche? —la piropeó mientras estaban sentados una noche.

Anita se sonrojó y apartó la mirada, aunque estaba encantada.

El marajá fue directo al grano.

—Señorita, me muero por usted. Me recuerda a las misteriosas mujeres persas. Desde el momento en que la vi mis días y mis noches se han visto colmados con imágenes de su hermosa piel blanca como la nieve del más alto pico del Himalaya y su pelo, que me recuerda la más oscura noche sin luna en el Punjab, sus labios... Nada en este mundo me agradaría más que sentirla cerca... estoy henchido de deseo por usted.

Anita se alarmó. No había entendido todo lo que le había dicho, pero había pronunciado las suficientes palabras en español como para desconcertarla. ¿Le estaba proponiendo matrimonio? Al fin y al cabo, ese tipo de conversaciones se daban entre personas que se aman y que están prometidas. «Seguramente es un malentendido. Debe ser el idioma», pensó mientras se preguntaba dónde estaría el intérprete.

—Mañana tengo que bailar, excelencia. ¿Quizá después...? —propuso con cautela con la esperanza de aclarar las cosas mientras cenaban, con el intérprete.

—La esperaré al final de la actuación, señorita Delgado —aseguró el marajá con una amplia sonrisa. Llamó a su secretario, que había estado esperando no muy lejos de ellos y éste acudió enseguida con una bolsa de terciopelo color burdeos—. Tome, señorita, cinco mil pesetas... como anticipo —le ofreció, satisfecho porque hubieran llegado a un acuerdo con tanta facilidad.

—¿Para qué es este dinero? —preguntó Anita un tanto desconcertada.

—Para lo que quiera.

—Pero es mucho, excelencia.

—Estoy seguro de que valéis cada céntimo, querida —dijo Jagatjit inclinándose para acariciarle el pómulo con el pulgar.

—No... le entiendo... —se excusó Anita mirando los billetes que tenía en la mano.

—Mañana pasarás la noche conmigo —le conminó el marajá con un creciente tono de impaciencia en la voz.

Entonces cayó en la cuenta. La estaba comprando, al igual que se compra a una cortesana, una querida o incluso a una prostituta callejera.

—¿Cómo se atreve? —preguntó montando en cólera—. ¿Quién se ha creído que es? ¿Cree que puede comprarme sólo porque tenga mucho dinero? Pues no señor, no puede.

Jagatjit se levantó de la silla escandalizado, con ojos centelleantes.

—¿Que cómo me atrevo? —replicó lanzándole una mirada feroz—. ¿Que cómo me atrevo? —repitió—. ¡Me atrevo porque soy el marajá de Kapurthala!

—¡Me da igual quién sea! ¡Jamás pasaré una noche con usted! —le espetó. Su hermoso príncipe se había convertido en un asqueroso sapo y estaba tan enfadada y dolida que lágrimas de pura furia se deslizaron por sus mejillas—. ¡Quédese con su dinero! ¡Me da asco! —gritó arrojando la bolsita de terciopelo a sus pies.

El marajá se quedó de piedra. Nadie se había atrevido a hablarle así. Tras un momento de silencio desconcertante, recobró la compostura, abandonó el Kursaal y dejó que los amigos de Anita la consolaran, para gran desconcierto de su séquito. Las mujeres que conocía sabían muy bien que no debían decir o exteriorizar nada negativo en su presencia, así que no tenía ni idea de cómo comportarse ante las lágrimas o la cólera de una mujer, ni tenía el más mínimo interés por saberlo.

Pero, después, el que hubiera rechazado su oferta le intrigó. Se trataba del trofeo inalcanzable que debía conseguir. Así que durante el resto de su estancia en Madrid se dedicó a perseguirla. De hecho, al día siguiente envió una nota en la que se disculpaba, entregada en mano, en la que incluía una invitación para que los Delgado vieran el desfile nupcial del rey de

España desde uno de los balcones de su casa. Aceptaron. El 31 de mayo amaneció luminoso y despejado, pero antes de que terminara el día, Madrid sufrió una gran conmoción. Se produjo un intento de asesinato de la pareja real cuando regresaban a palacio después del enlace. Alfonso XIII y la reina Eugenia salieron ilesos, pero murieron varios espectadores y muchos resultaron heridos. Debido al caos que se produjo, la delegación británica y el resto de jefes de Estado y miembros de la monarquía europea abandonaron la ciudad a las pocas horas del incidente. Sin tiempo para decir o hacer nada en relación a Anita, Jagatjit Singh viajó a París, decidido a escribir a su bailarina española desde allí.

Las cartas empezaron a llegar y las cantidades de dinero que le ofrecía aumentaban cada vez más, pero Anita seguía rechazando sus ofertas. A pesar de ello, no consiguió enfriar su ardor. Un día llegó una misiva que contenía una propuesta de matrimonio. Leandro Oroz, al que se la leyó, insistió en que debería pensar seriamente en esa proposición. «¡Dios mío, Anita! No seas tonta. Podría cambiar tu vida por completo, por no decir la de tu familia. No todos los días se conoce a un rey tomando chocolate con churros —Anita se rio al imaginarlo—. En cualquier caso, no te quedes callada. Tienes que contestarle.»

Siguió su consejo y escribió una nota apenas legible, llena de faltas de ortografía. Se la leyó a Oroz y le pidió que la enviara al marajá a París. De camino a la estafeta de correos, éste pensó si sería el tipo de carta que debía enviarse a Jagatjit Singh. Creyó que no era lo más indicado, reunió a los amigos del Kursaal y, tras abrirla con vapor, les leyó las dos líneas que contenía. Valle-Inclán, en defensa del honor nacional, llegó a la conclusión de que aquello no funcionaría y se puso a redactar una nueva misiva en la que todos colaboraron y que después tradujeron al francés. Tras varias botellas de vino, innumerables tapas, disputas y versiones, finalmente llegaron a un acuerdo y enviaron la carta al marajá, sabedores de que éste se enamoraría aún más de la mujer en cuya carta había una muestra de la mejor literatura española de aquellos años.

Y eso es lo que sucedió. El marajá cayó perdidamente enamorado. Incitada a aceptar por su familia y amigos, y deslumbrada ante la perspectiva de un futuro tan fascinante, Anita accedió a la propuesta. Al poco tiempo llegó a Madrid el comandante de la guardia personal de Jagatjit Singh, para acompañarla junto a su familia, incluida Joaquina, la «tata», a París, donde éste pasaba una temporada.

Cuando el tren salió de Madrid a finales del verano de 1906, Anita no pudo evitar pensar en el hombre que la enviaba a Francia, que le pedía que abandonara todo lo que conocía y que renunciara a ello por una vida a la que todavía no podía hacerse idea. «¿Qué será realmente —pensó—, el amor de mi vida o un matrimonio de conveniencia que saque a mi familia de la miseria?» Cuando al día siguiente llegó a París, hacía un tiempo gris, lluvioso y desapacible.

La instalaron en el palacete de Jagatjit en la Rue de Rivoli durante varios meses, mientras seguía una rigurosa formación para convertirse en princesa. Miss Emily, hija soltera de un venerado general francés, hizo las veces de guía y con el tiempo se hicieron amigas. Acorde con su estatus de futura maharaní de Kapurthala, aprendió inglés y francés; le enseñaron cómo vestirse y maquillarse, e incluso cómo caminar con majestuosidad. Aprendió a comportarse en la mesa, cómo utilizar la vajilla, cubiertos y copas; a tocar el piano, a jugar al ajedrez, cómo montar a caballo y el arte de la conversación. Gracias a que su familia estaba en un apartamento cercano, pudo concentrarse en su aprendizaje y llegó a ser una estudiante modélica. Poco después de su llegada, a finales de noviembre de 1906, el marajá partió para la India y la dejó en manos de su competente personal, con estrictas instrucciones de lo que deseaba que aprendiera, e insistió en que miss Emily, que supervisaba la educación de Anita, le enviara informes diarios de su progreso.

A pesar de no procurarle compañía, Jagatjit era generoso con su bailarina española y le obsequiaba con todo lujo imaginable mientras esperaba el momento oportuno: sus armarios estaban llenos de la última moda en alta costura francesa y encargaba todas sus joyas a Cartier, su joyero personal. La fortuna del marajá era conocida y disfrutaba gastando espléndidas sumas de dinero para que le engarzaran unas piedras preciosas de incalculable valor.

El marajá regresó a París en junio de 1907. Anita estaba nerviosa y esperaba no defraudar las expectativas de aquel hombre que había sido tan generoso con ella y con toda su familia.

—Anita, por favor —le suplicó miss Emily mientras esperaban la llegada de Jagatjit Singh a la Rue de Rivoli—. Estás preciosa, no te preocupes tanto.

—Pero miss Emily, ¿que pasará si no le gusta lo que ve y no soy lo que quiere? —insistió Anita mientras se mordía el labio inferior e iba de un lado al otro del salón que había junto al vestíbulo.

—¿Cómo no va a gustarme lo que vea? —se oyó que decía la voz del marajá y Anita se paró en seco. Se dio la vuelta y se topó con su príncipe. Le brillaron los ojos y la adrenalina que fabricó su cuerpo la rodeó con un aura que el marajá jamás había visto. Fue directo hacia ella sin apartar la vista de sus ojos y Anita no apartó la mirada.

—Estoy muy orgulloso de ti, mi hermosa bailarina española —confesó mientras le cogía delicadamente las manos y le besaba la frente. Por primera vez, Anita se sintió segura en su presencia. Vio dulzura en sus ojos, una suave luminosidad que le pareció la prueba de que ese hombre se preocupaba por ella. La pareja se casó en una ceremonia civil en París en julio de 1907 y sus testigos fueron la familia Delgado y miss Emily. Con un vestido muy elegante, Anita resplandecía cuando se colocó orgullosa al lado del marajá, que derrochaba gallardía con un traje azul marino y sombrero de copa.

Poco después, los recién casados viajaron a Londres, donde se hospedaron en el Savoy durante unas semanas y disfrutaron de la ciudad, el uno del otro y de una intensa vida social. Durante esas semanas de viaje de novios, Jagatjit Singh mostró orgulloso a su hermosa y joven bailarina española a toda la buena sociedad londinense en cenas, teatros, conciertos y fiestas, la mimó y le concedió hasta el más mínimo deseo. Le agradaba comprobar que los esfuerzos de su personal en París habían dado frutos y que había aprendido la suficiente etiqueta como para encandilar a sus amigos. De hecho, le sorprendieron muchísimo sus buenas maneras, dado el pobre bagaje del que había partido.

Sin embargo, por muy enamorado que estuviera de esa mujer española de larga melena castaña y ojos soñadores, en Londres no la presentó oficialmente como su esposa. En aquellos tiempos, que los príncipes indios estuvieran acompañados de actrices, cantantes y bailarinas durante sus viajes por el extranjero, y que incluso alguno se casara con ellas, se había convertido en una moda. Los británicos no veían con buenos ojos esos matrimonios, sobre todo si las mujeres en cuestión provenían de familias humildes. Tenían una desdeñosa opinión de ellas y las consideraban unas simples cazafortunas que seducían a los miembros de la realeza india para chuparles la sangre. Los recientes escándalos les habían dado la razón. Las aventuras de algunos rajás y nizams que habían llegado a perder el corazón y sus fortunas en manos de jóvenes sin escrúpulos habían aparecido en primera página de numerosas publicaciones y Whitehall había decidido que era necesario controlar la libido y la riqueza de los soberanos indios. Jagatjit Singh actuó con cuidado y prefirió pecar de cautela en lo relativo a la educación de Anita en París, que se llevó a cabo con las máximas precauciones y sólo se dejó en manos del personal de confianza.

Tampoco había informado a su familia de la India sobre esa boda civil. Sabía que ésta hubiera preferido que mantuviera a Anita como concubina en vez de casarse con ella en una ceremonia tradicional sij. Seguía habiendo un profundo abismo entre Oriente y Occidente y muchos de esos matrimonios transculturales habían resultado ser desastrosos una vez consumida la pasión inicial, ya que muchas mujeres occidentales no comprendían la vida y costumbres de la India. Además, resultaba más fácil tener concubinas que esposas. Una concubina cumplía con su cometido y si debido a ello tenía hijos, resultaba fácil ocuparse de ellos. Pero una esposa era un tema más delicado, sobre todo en cuestiones de hijos y herencias. Las esposas indias siempre estaban preocupadas porque algún día sus maridos firmaran algo estando ebrios que adjudicara su fortuna a alguna extranjera o a los mestizos resultantes de ese tipo

61

de matrimonios. Así que a pesar de que aceptaban a regañadientes sus relaciones con mujeres occidentales, el matrimonio implicaba una serie de derechos que protegían con uñas y dientes. Por supuesto, los celos también desempeñaban su papel, ya que se sentían terriblemente inseguras en lo relativo a la diferencia del color de la piel, pues una piel blanca significaba que se pertenecía a una clase superior.

Pero Jagatjit Singh era el marajá de Kapurthala y no creía necesario tener que justificar su amor ni ante los británicos ni ante su familia. Estaba decidido a casarse en una ceremonia tradicional sij en Kapurthala, con toda la pompa y esplendor propios de los rituales védicos, y que Anita se convirtiera oficialmente en su mujer, algo que los británicos y su familia tendrían que aceptar como hecho consumado. Había dado instrucciones para que comenzaran los preparativos de la inminente celebración. Con todo, había momentos en los que le preocupaba el que quizá le estuviera exigiendo demasiado en muy poco tiempo, sobre todo sabiendo que apenas le había contado nada sobre su vida en Kapurthala.

Ignorante de las maquinaciones políticas que tejían el telón de fondo de lo que sería su boda, la joven Anita estaba emocionada con esa nueva vida en la que era el centro del universo de su marido, rodeada de amor y lujo. A petición del marajá, posó para pintores, escultores y fotógrafos, para colocar sus trabajos en el palacio de Kapurthala.

Durante su última noche en Londres, optaron por cenar en un salón privado del Savoy.

—Su alteza lo espera en el gran salón, señora —anunció el mayordomo con arrogancia—. ¿Tendría la amabilidad de acompañarme, por favor?

Anita fue tras el alto sirviente y mientras esperaba a que abriera la puerta, hizo algo que jamás había presenciado: la anunció.

—La señora Ana Delgado Briones, excelencia —pronunció con voz solemne mientras abría las puertas vidrieras para que Anita hiciera su entrada.

Cuando la vio aparecer, Jagatjit Singh se quedó sin habla. Parecía un cuadro de John Singer Sargent, tenía los graciosos movimientos de un felino y su ser colmaba de tal manera el ambiente que aquel amplio salón parecía reducirse en su presencia. Fue hacia él e hizo una reverencia.

—Gracias por todo, alteza.

El mayordomo había abierto una botella de champán y la dejó en un cubo con hielo para que se mantuviera fría.

—¿Sirvo las copas, señor?

Jagatjit asintió.

—Tráenos un poco de caviar y unos blinis.

—Anita, eres la viva imagen de la belleza, la visión de todo lo que deseo en este mundo —dijo cogiéndole las manos.

Anita no supo qué responder.

—Me gustaría que esta noche llevases algo que estoy seguro me causará un gran placer verlo en tu persona.

—Como deseéis, alteza.

Tiró de un cordón e inmediatamente apareció su secretario personal con una caja de color rojo de Cartier.

—Gracias.

El secretario hizo una reverencia y se retiró.

—Cierra los ojos, quiero que sea una sorpresa —dijo con una pícara sonrisa en los labios mientras la llevaba frente a uno de los espejos—. No hagas trampa. ¿Tienes los ojos cerrados?

—Sí —aseguró Anita entre risas.

Entonces le colocó un exquisito collar de esmeraldas y diamantes en el cuello. La casa Cartier lo había confeccionado en exclusiva para el marajá según un antiguo diseño mogol. Las esmeraldas tenían un color verde oscuro y los diamantes, de Sudáfrica, eran perfectos. Después le puso con dulzura unos pendientes a juego. Anita estaba temblando.

—¿Te he asustado?

—Un poco —contestó con los ojos todavía cerrados.

—Bueno, abre los ojos y dime lo que opinas —dijo Jagatjit con las manos sobre sus hombros.

Lo primero que vio en el espejo fue un moreno y atractivo hombre detrás de ella, con la cabeza muy cerca de la suya. Una imagen que recordaría el resto de su vida. Supo que lo amaba y que él la amaba a ella. Ninguno dijo nada, pero su silencio habló por los dos.

Entonces fue cuando se fijó en el collar y los pendientes de esmeraldas y diamantes, y sonrió a Jagatjit en el espejo.

63

—Estás muy guapa, mi bailarina —dijo deslizando las manos de los hombros a la cintura. La envolvió en un abrazo y la besó con cariño en la cara. El corazón de Anita bombeaba con tanta fuerza que le costaba respirar.

—Anita, me dejas sin aliento. No puedo dejar de pensar en ti ni un solo momento.

Le dio la vuelta para ponerla frente a él. Le levantó la barbilla para poder mirarla a los ojos, bajó la cabeza y posó sus labios con gran ternura en los de ella. Le puso los brazos en la espalda y Anita cruzó las manos en la nuca del marajá. Experimentó un millón de emociones que recorrían su cuerpo y su mente: se sintió feliz, hermosa, valorada, querida, pero sobre todo, segura. Sintió que nada en el mundo podía hacerle daño y aquella sensación hizo que se le saltaran las lágrimas. Cuando el marajá las vio correr por sus mejillas le cogió la cara con las manos y la miró a los ojos.

—Nunca te haré daño, amor mío y no dejaré que nadie te lo haga. Si alguien se atreve a tocar un pelo de tu hermosa melena, lo mataré —aseguró antes de volver a besarla.

Cuando Anita regresó a París, estaba enamorada y embarazada del príncipe. En octubre de 1907, el marajá la dejó allí con una nueva dama de compañía, madame Dijon, una mujer francesa que había vivido en Kapurthala con su marido, ya fallecido, y con Lola, una joven malagueña. Él se adelantaba a la India para supervisar los preparativos de la boda y asegurarse de que todo saldría como había planeado.

El día anterior a su partida, Jagatjit estaba en el palacete de la Rue de Rivoli, sentado junto a una ventana que daba a los jardines de las Tullerías, mientras se tomaba un whisky de malta y contemplaba la puesta de sol tras los tejados de París. Anita se acercó y le dio un beso.

—¿Quieres que te deje solo?

—No, cariño. Ven y siéntate conmigo.

Se acomodó en su regazo y disfrutó de la vista con él. Fascinada por la lujosa vida que llevaba y la inesperada ternura con que la trataba después de aquella burda proposición inicial, había acabado por querer de verdad a su glamouroso marido, aunque también le intimidaba lo rico y poderoso que era.

Jagatjit le besó la frente. El color del sol poniente sobre la piel y el pelo de Anita la envolvió en un brillo dorado. «Mi querida esposa, ¿por qué no te he preparado para lo que te espera? —se reprochó a sí mismo—. He estado tan preocupado de tu educación que no te he contado nada de la forma de vida ni de la cultura de la India. Y, lo que es peor, no te he hablado de Kapurthala.» Sus ojos se llenaron de lágrimas al imaginar cuál sería la reacción de su confiada joven esposa occidental cuando se enterara de que tenía otras cuatro esposas y un harén lleno de concubinas de las que no le había hablado. Tampoco había mencionado a sus hijos. «¡Dios mío! ¿Cómo voy a explicárselo?» Pero ya era demasiado tarde para cambiar el rumbo de los acontecimientos y permaneció callado.

Acabó su vaso de whisky, levantó a su adormilada mujer y la llevó a la cama. Al día siguiente salía de viaje temprano hacia Marsella. Iba a ser un día muy largo.

El viaje de Anita a la India se hizo con todo secreto para evitar problemas con los británicos. Que una joven española de diecisiete años viajara a la India para reunirse con su marido, que era marajá, no estaría bien visto. A comienzos de noviembre de 1907, Anita se despidió de su familia en París y viajó con madame Dijon y Lola hasta Marsella, donde embarcaron en un buque francés, el *S.S. Aurora*, con destino a Bombay. Anita no dejaba de darle vueltas a la cabeza, se sentía insegura tanto del amor del marajá como de todo lo que le esperaba.

¿Cómo sería la vida en su nuevo país? ¿Le daría la bienvenida su pueblo o la rechazaría? ¿Sabían o les importaba dónde estaba España? ¿Habían visto alguna vez bailar flamenco? ¿Estaría ella, una joven bailarina de origen humilde y pobre en la que por casualidad se había fijado uno de los hombres más ricos de la India, a la altura de lo que se esperaba de ella? Sólo había dos cosas que le dieron fuerzas para subir la pasarela: era la esposa legal de Jagatjit Singh, en virtud de la ceremonia civil celebrada en París unas semanas antes, y estaba embarazada.

El 13 de diciembre de 1907 Anita salió a cubierta para ver por primera vez la India. Miró hacia Bombay y descubrió una enorme y extensa ciudad que, para sus ojos poco acostumbrados, le pareció muy extraña. En el muelle vio vacas, cabras, perros y gallinas. Se fijó en que la gente tenía la piel muy oscura, casi negra; algunas mujeres iban cubiertas de pies a cabeza y otras llevaban unos vestidos que dejaban al aire el estómago. Vio niños desnudos correteando, unos gritaban y lloraban, y otros estaban sentados en el barro y sonreían. Del puerto provenía un hedor insoportable y hubo de ponerse un pañuelo perfumado en la nariz. Vio chabolas hechas con un trozo de tela y cuatro palos; la gente se sentaba debajo, era su hogar.

Después de descansar un par de días en el hotel Taj de Bombay, Anita, su dama de compañía y su sirvienta subieron al lujoso tren privado del marajá en dirección a Jalandhar, en el norte del Punjab. Una vez dejaron atrás Bombay y sus extensos suburbios, contempló una forma de vida que no había cambiado en miles de años. Le pareció fascinante, aunque en cierta forma le abrumó pensar que iba a ser su nuevo hogar. Las estaciones en las que se detuvieron parecían muy desorganizadas, con gente que gritaba y corría de un lado a otro, sin saber dónde iba. Era una locura, un mar humano que profería gritos y chillidos: voces, *rickshaws* que hacían sonar la bocina, el claxon de los coches y el ruido de hombres y bestias intentando salir del tumulto. Las multitudes que intentaban subir a los trenes se aplastaban contra los vagones, se veían caras pegadas a los cristales, cuellos estirados, gente que empujaba e incluso subía por encima de otras personas con sus animales para no quedarse en tierra. «Las estaciones de tren de la India son como un circo», pensó Anita mientras contemplaba la escena que tenía delante.

—Madame Dijon —preguntó a su dama de compañía—, ¿por qué hay tanta gente con la boca roja? ¿Es por el curry?

Madame Dijon levantó la vista del bordado y sonrió.

—Es porque mastican *paan* —le explicó—. Son hojas de betel con las que envuelven las nueces de esa planta, pasta de lima e incluso tabaco o fruta en conserva, coco y especias.

—¿Y por qué la mascan? —preguntó Anita mirando distraída por la ventanilla.

—Al parecer combate el mal aliento y ayuda a hacer la digestión —contestó madame Dijon volviendo su atención al bordado.

—Pues es muy desagradable verles escupir esa saliva roja —dijo Anita arrugando la nariz.

—Es que el *paan* no se come, se mastica y se escupe.

—¿Y la gente escupe en sus casas? —quiso saber Anita horrorizada.

—¡No, cariño! Utilizan escupideras —explicó madame Dijon sonriendo y Anita, a la que se le revolvieron las tripas sólo con pensarlo, volvió a mirar el paisaje cuando el tren salió de la estación.

«Qué joven es —pensó madame Dijon—, pero qué valiente. No creo que yo tuviera valor para hacer lo que está haciendo ella. Ha dejado atrás a su familia, su vida y todo lo que conocía para estar con el príncipe, para vivir con él en un país tan extraño y tan diferente al suyo. *Eh bien! C'est beau l'amour!*»

Anita aún se puso más nerviosa conforme se acercaban al final del trayecto. Cuando el tren del marajá entró en la estación de Jalandhar, la multitud que había acudido para darles la bienvenida prorrumpió en una tremenda aclamación. Anita llevaba un vestido largo de seda y un chal de pashmina profusamente bordado para protegerse del frío. Esperó unos minutos hasta que los criados extendieron una alfombra roja desde su vagón hasta el andén. En cuanto bajó, la banda interpretó el himno de Kapurthala. Anita sonrió tímidamente y saludó con la mano a los curiosos que querían ver a la futura esposa. Detrás de la guardia personal del marajá, que se alineó a ambos lados de la alfombra, la multitud arrojaba pétalos de flores a su paso, y suspiró aliviada cuando finalmente Jagatjit la cogió de la mano y la condujo al coche que los llevaría a palacio.

—Debes de estar cansada, querida —dijo preocupado.

—Lo estoy —admitió Anita—, pero también ansiosa por ver mi nuevo hogar.

Cuando el coche entró en los terrenos de palacio soltó una exclamación al ver los inmensos jardines cubiertos de nieve y las hileras de árboles que se perdían en la lejanía. Sonrió abiertamente a su marido y éste se sintió aliviado al verla tan contenta, al menos, de momento.

Jagatjit había decidido construir un palacio para ella como regalo de bodas. Se llamaría L'Elysée y sería una réplica de Versalles. Todo en aquel lugar era francés, desde los trabajado-

67

res, que habían llegado desde París para construirlo, hasta los dorados espejos y entrepaños, el elegante mobiliario, la porcelana, las arañas de cristal, incluso los tapices se habían encargado en Les Gobelins, la fábrica real de tapices de París. Los criados indios a cargo del lugar irían vestidos con pelucas blancas, chaquetas bordadas, medias de seda, encajes y cintas, en un intento por recrear el esplendor de la corte del Rey Sol.

L'Elysée no estaría terminado hasta poco después del primer aniversario de bodas de la pareja y su construcción apenas había comenzado cuando Anita y Jagatjit llegaron en enero de 1908. Así que Anita se instaló en un palacio más pequeño a pocos kilómetros de Kapurthala llamado Villa Buona Vista y construido en 1886. Cuando vio un busto suyo de mármol en la entrada soltó un gritito de sorpresa, recorrió el palacio con el entusiasmo de una adolescente, maravillada por todo lo que veía. Su habitación, en el primer piso, estaba suntuosamente decorada y sonrió al ver sus perfumes favoritos, de Roger & Gallet, sobre el tocador y una botella de Evian en la mesilla. Se dio la vuelta y le dedicó una amplia sonrisa al marajá, fue hacia él y le dio un fuerte abrazo.

—Gracias, mi príncipe —dijo con la mejilla apoyada en su pecho—. Es como un sueño hecho realidad.

Se oyó una discreta tosecilla en la puerta. El jefe del Estado Mayor del marajá esperaba con un fajo de papeles.

—Disculpe, alteza.

Jagatjit le hizo un gesto con la cabeza para indicarle que saldría enseguida.

—Tengo que irme, mi hermosa bailarina y, según la tradición, no podré verte hasta el día de la boda, pero he escogido con cuidado unas criadas del séquito de mi madre para que te ayuden. Te explicarán lo que madame Dijon ignore —dijo pasándole un dedo por la mejilla y mirándola a los ojos—. Pero si necesitas o te preocupa algo, avísame y vendré.

Anita asintió con tristeza. No quería que se fuera, pero sabía que tenía que hacerlo. Permaneció junto a la ventana, maravillada con los jardines de estilo francés que se extendían más allá de donde alcanzaba su vista. Allí seguía cuando entró madame Dijon, seguida por varias mujeres.

—¿Señora, me permite presentarle a sus doncellas? Ésta es

Bibi Kumari, la gobernanta que lo supervisará todo por usted y estará al cargo de sus joyas; Chhaya, encargada del guardarropa; Ayesha y Chimnabai, que se ocuparán de su aspecto y, finalmente, Sumity y Chanda, que permanecerán siempre cerca de sus habitaciones para cualquier cosa que necesite.

Anita se volvió hacia Bibi Kumari, que le dedicó una amplia sonrisa.

—*Namaste, raniji* —la saludó juntando las manos en posición de rezo y arrodillándose para tocar los pies de Anita.

Ésta alargó la mano para ayudarla, pensando que quizás había perdido el equilibrio al hacer la reverencia.

—No, *raniji* —la corrigió—. Es la forma en que saludamos y mostramos respeto. Los jóvenes tocan los pies de sus mayores y la gente de las castas bajas los de las personas que están por encima de ellos.

—¿Qué pies he de tocar yo? —preguntó Anita.

—*Raní*, usted es una princesa, no tiene que tocar los pies de nadie.

Anita miró a su alrededor y de repente se sintió muy sola. No entendía esas nuevas costumbres. El niño se movió y tuvo que reprimir las náuseas. Se sentó en una de las sillas y colocó las manos en el vientre.

—*Raniji*, deje que la ayude —se ofreció Bibi Kumari—. ¿Quiere que le prepare un té con menta y miel?

Anita sonrió agradecida y asintió con la cabeza.

Anita se sintió reconfortada por aquella mujer, como lo estaba con madame Dijon y Lola, que habían permanecido a su lado todo aquel tiempo. Sabía que Bibi no se mofaría a sus espaldas de su ignorancia y que sería una aliada en su nueva vida.

Había algo en Bibi Kumari que hacía que se sintiera atraída por ella. Era una mujer mayor, pasados los cincuenta, con una encantadora sonrisa y unos ojos que parecían reflejar un alma generosa y alegre.

—¡Ayesha! Rápido, prepara un té y corta menta en el jardín.

Para cuando quiso darse cuenta, Ayesha ya había vuelto con el té. Anita no lo había probado nunca.

—Bibi, es delicioso, gracias.

69

Bibi Kumari sonrió, al igual que Ayesha.

—*Raní sahiba*, no quiero que se preocupe por nada —le pidió Bibi—. La prepararemos para todas las ceremonias de la boda. Estaremos con usted a todas horas, la guiaremos y le explicaremos todo, para que no tema nada cuando llegue el niño.

Hasta su llegada a Kapurthala, Anita no supo que su marido tenía cuatro mujeres, cuatro hijos y una hija, y unas ciento veinte concubinas. Lo único que sabía era que tenía una gran familia, pero debido a su ingenuidad, timidez e inseguridad, no le había preguntado por su vida privada antes de conocerla. Se han contado muchas historias, unas más lascivas que otras, sobre cómo descubrió la poligamia de su marido. La más probable es la más sencilla: la curiosidad. Era inevitable que lo descubriera. Ella provenía de una familia reducida y le había extrañado no conocer a ningún miembro de la suya que, por lo que le habían dicho, era muy numerosa.

Cuando repasó mentalmente el tiempo que habían estado juntos, cayó en la cuenta de que jamás le había contado muchas cosas sobre la India. Y ella, en su ingenuidad, tampoco le había preguntado, creyendo que su vida sería más o menos como la que habían llevado en París, aunque con diferente telón de fondo. Creía que era el príncipe con el que siempre había soñado, el hombre por el que, de buen grado e ilusionada, había renunciado a la vida que conocía, al baile y a su independencia. ¿Había sido todo una farsa? ¿Se reducía a que quería volver a la India con una mujer española? Miró los hermosos jardines y pensó en Jagatjit. Estaba en un país extranjero, sin familia ni amigos a los que confiarse, y dependía económicamente de un marido que creía conocer, pero que quizá no era así.

Una vez desvelado el secreto, realmente no tenía elección: podía volver a España, una perspectiva que no le entusiasmaba dadas las circunstancias, o quedarse. Se decidió por lo segundo y se convenció a sí misma de que Jagatjit le había dicho la verdad, lo creyera o no. Fuera cual fuera el caso y tanto si lo perdonó como si no, pronto se dio cuenta de que era su favorita y de que la adoraba.

Y

Los rituales védicos comenzaron después de Año Nuevo. Madame Dijon, que había ayudado con la organización de la boda y con el protocolo que debía mantenerse con los invitados extranjeros, dejó a Bibi Kumari a cargo de las actividades diarias de Anita. Una mañana entró silenciosamente para ver qué tal se sentía su señora. Estaba dormida y la dejó descansar. Ya eran más de las doce cuando volvió, pero Anita acababa de abrir los ojos.

—*Raní sahiba*, ¿ha descansado bien? Ha dormido mucho. Me alegro porque es bueno para usted y para el niño, pero ahora hay que moverse.

Bibi Kumari hizo sonar la campanilla y les pidió a Ayesha y Chimnabai que prepararan el baño, los aceites, los jabones y las especias.

—Si no le importa, *raniji*, deje que llame a Chhaya para que le digamos qué ropa debe llevar en cada una de las ceremonias que empezarán mañana.

—Pues claro, Bibi.

Se enderezó en la cama y se puso unas grandes almohadas en la espalda. Frente a ella tenía una bandeja con el desayuno español, las gruesas rebanadas de pan, tomate, aceite de oliva, sal y café que había pedido. Mientras lo tomaba, Bibi Kumari y Chhaya entraron con varios metros de lo que parecía tela y los dejaron al pie de la cama.

—Muy bien, decidme qué es lo que va a pasar y qué he de hacer.

Bibi Kumari sonrió, le gustaba esa joven. Estaba claro que tenía un espíritu aventurero y, lo que era más importante para su futuro en la India, parecía estar enamorada del marajá. Al igual que la mayoría de las mujeres indias, Bibi no había salido nunca de su país. Nunca había conocido a ninguna mujer extranjera ni sabía de las enormes diferencias que existían entre las culturas occidentales y orientales, pero estaba contenta de poder explicar a su nueva señora lo que tenía que hacer.

—*Raní*, las ceremonias las preside un sacerdote que recita las antiguas oraciones en sánscrito a los dioses y diosas para que bendigan la unión. Además de las oraciones se hacen ofrendas de todo tipo a esas deidades, como abundantes pastelillos, flores, incienso, aceites aromáticos, especias, pan y cerea-

71

les. Después, los dioses bendicen a través del sacerdote los regalos que la novia entrega a su marido. Más tarde, el padre de la novia y sus hermanos los llevan a la casa del marido. Como su familia no está aquí, todas nosotras, junto con Lola y madame Dijon, nos encargaremos de llevar los regalos a su excelencia. Si quiere, podemos ayudarle a escogerlos.

Anita sonrió y mordió una tostada.

—*Raní sahiba*, sus saris, mantones y joyas estarán listos mañana para que los revise. Pero para los rituales de las bendiciones tendrá que llevar un sencillo sari de algodón teñido con cúrcuma y el borde con henna.

Anita parecía confusa.

—La cúrcuma es una especia muy importante en nuestras ceremonias, además de en la comida —le explicó Chhaya—. Tiene el color del azafrán y pertenece a la familia del jengibre. La henna es un tinte natural que normalmente es de color naranja o rojo.

Chhaya le enseñó los saris y al tocarlos Anita comprobó su delicadeza.

—Su excelencia, este algodón ha sido tejido por el sacerdote del templo de Ganesh y está bendecido.

Anita se fijó en que no había ni corchetes ni botones para sujetar el sari.

—Un sari tiene cinco metros de tela, *raniji*, y se sujeta al cuerpo con pliegues y dobleces —le explicó Chhaya.

—¿Y qué lleváis debajo? ¿Os ponéis un *brasier*?

Bibi sonrió ante la ingenua pregunta de Anita.

—*Begumji*, en vez de sujetadores llevamos una cosa que se llama *choli* y que sujeta los pechos. Se ata en la espalda, un poco como los corsés, así que podremos darle la forma que desee.

Anita parecía intrigada.

—¿Dónde se llevan a cabo los rituales?

—Normalmente en casa de la novia, pero esta vez se harán en el patio de sus jardines privados, frente al salón, y nosotras seis seremos su familia. Una vez acabados, se da de comer al sacerdote. Después dispondrá del resto del día para decidir qué ropa llevará en la boda y para descansar —dijo Bibi Kumari.

—¿Qué pasa durante las noches?

—Normalmente los parientes de la novia se juntan y hacen fiestas en las que se canta y se baila.

—Bueno, quizá podamos hacer alguna aquí y así podré enseñaros cómo se baila flamenco —sugirió Anita.

Pasó el resto del día con Ayesha y Chimnabai. Éstas le frotaron la piel con una pasta hecha con especias y después le dieron un masaje con aceite de almendra. Le pusieron aceite de oliva en el pelo y la obligaron a sentarse durante horas para que se le impregnara en la cabeza. Prepararon una máscara hecha con huevos, miel y yogur, que le aplicaron en la cara hasta que empezó a gotearle en el cuello. Por la tarde descansó un poco hasta los siguientes rituales de belleza.

Las primeras ceremonias de bendición comenzaron al alba del 14 de enero. Chhaya y Bibi Kumari no se separaron de Anita que, a pesar de todo lo que se había preparado, estaba muy nerviosa. Habían colocado las mesas sobre las que se llevarían a cabo los rituales, las habían cubierto con caléndulas, el incienso ardía y las velas estaban encendidas. El sacerdote comenzó tocando una campana para despertar al dios Ganesh y después sopló una caracola para indicar el comienzo de la ceremonia. Se hicieron ofrendas de incienso y aceite. Más tarde se rociaron una serie de hierbas sobre las flores y también se arrojaron al aire, en dirección a la novia. Anita estaba sentada con las piernas cruzadas, la cabeza tapada con el *pallu* del sari —la parte que va por encima del brazo izquierdo hasta el suelo— y las manos unidas como si estuviera rezando. Bibi Kumari la miró y sonrió. Anita le devolvió la sonrisa. No podía creer lo que estaba sucediendo en el cuento de hadas en el que se había convertido su nueva vida.

Cuando el sol se alzó en el cielo, el sacerdote volvió a soplar la caracola. Hizo diversas ofrendas a Ganesh de pan, leche, agua de lago, pastelillos y siete frutas diferentes: mangos, cocos, bananas, higos, guayabas, piñas y panapén. Mezcló las especias y las frotó en la cara, manos y pies de Anita, sin dejar de cantar. Después cogió una hoja de papiro, la mojó en aceite de oliva y la pasó por la cara, los hombros, las manos, las rodillas y los pies de Anita. Al final del ritual el sari estaba manchado con especias, hierbas y aceite. El sacerdote también bendijo unos granos de arroz que arrojó a la novia. Finalmente sumer-

73

gió unos pétalos de rosa en aceite de esa misma flor y los puso en las manos de la novia y de todas las mujeres presentes, que los arrojaron al aire. El rito finalizó con el rezo de todas las mujeres a Ganesh por un feliz matrimonio.

Después de aquello, Anita estaba agotada, pero aún tenía que estar presente en otras catorce ceremonias similares, todas preparadas especialmente por el sacerdote para bendecir la unión. Aquella noche Bibi Kumari había preparado una típica cena india durante la que enseñó a su señora la forma adecuada de sentarse en el suelo o cómo reclinarse sobre cojines o bancos bajos para comer.

—Normalmente no hacemos comidas completas, solemos picar —le explicó Bibi.

—¡Como las tapas! —exclamó Anita.

Después Bibi Kumari le enseñó cómo se comía con las manos.

—Primero se meten en el cuenco con agua y se limpian las uñas con el limón. Después se parte un trozo de pan y con él se coge lo que se desee probar.

Las sirvientas disfrutaban enseñándole cómo comer con los dedos y enseguida empezaron a oírse risas en el salón.

—Enseñadme cómo bailan las mujeres indias en una boda.

Bibi y Chhaya se levantaron y bailaron mientras las otras cuatro mujeres cantaban y llevaban el ritmo con las palmas.

—Es muy parecido al flamenco, estáis improvisando —dijo Anita entusiasmada.

Se levantó y con lentos movimientos les enseñó algunos pasos del tango flamenco. Después, la futura princesa y las mujeres que la servían empezaron a bailar juntas. Anita se sentía a gusto, sin duda porque, al igual que ella, provenían de familias humildes y sencillas.

Mientras tanto, Jagatjit estaba en sus habitaciones asegurándose de que su secretario y su mayordomo organizaban su agenda de forma que pudiera ver a sus otras cuatro mujeres e hijos, y tuviera tiempo para estar con su madre, la mujer que lo había criado al morir su verdadera madre cuando tenía tres años. Se preocupaba por Anita y pedía constantes informes sobre sus progresos.

—Kabir Singh —pidió a uno de sus ayudantes—, pregunta

a Muhabbat Rai si va todo bien en el harén. No tengo tiempo para ver cómo están las mujeres.

—Sí, señor —contestó Kabir Singh.

Y por fin llegó el 28 de enero. La ceremonia nupcial comenzaría al amanecer. Anita se despertó a las tres de la mañana para empezar a vestirse y prepararse. Nueve días antes le habían entregado el sari y las joyas que llevaría. De pie mientras el grupo de mujeres se ocupaba de ella, le entraron ganas de llorar. Siempre había soñado con un hermoso vestido blanco, velo y una cala en la mano para recorrer el pasillo de alguna iglesia de Málaga. Aquello era muy diferente. No parecía una boda, sino teatro.

Tres horas más tarde, a las seis, la novia ya estaba lista. La seda roja de su *lehnga*, la falda larga típica del Punjab, se había tejido a mano en Benarés y estaba bordada con hilo de oro. Sus cinco metros estaban doblados y plegados para ajustarse al cuerpo; el *choli* le quedaba de maravilla y Chhaya le había puesto en la cabeza una **dopatta** de gasa de seda de casi dos metros, también bordada a mano con hilo de oro. Iba cubierta de pies a cabeza con rubíes y diamantes, desde un **tika** en medio de la frente a un anillo en el dedo pequeño del pie. Le habían pintado las manos y los pies con unos intrincados dibujos de henna, le habían perfilado los ojos con kohl y le habían enrojecido los labios con una pomada.

—Está muy guapa —la tranquilizó madame Dijon dándole un beso en la mejilla.

Bibi Kumari la ayudó a llegar al pie de la escalera donde Jagatjit la esperaba junto con el jefe del Estado Mayor. Los dos soltaron una exclamación: él porque la vio bajar vestida como una novia india y ella porque era la primera vez que lo veía con el traje sij de ceremonia. Llevaba una túnica de terciopelo azul zafiro, bordada con hilo de plata sobre unos pantalones blancos ajustados, zapatillas de piel de becerro bordadas, daga en el cinturón y un resplandeciente turbante a juego con el sari de Anita, tachonado con tres mil perlas y diamantes. Llevaba la cara oculta con una cascada de perlas y flores de jazmín entrelazadas con hilo de seda, sujeta al turbante.

A pesar de su embarazo, Anita iría al templo subida en uno de los elefantes favoritos de Jagatjit. Éste y Muhabbat Rai la acompañaron hasta el elefante que la esperaba arrodillado y la ayudaron a acomodarse en una silla de oro macizo, con esmeraldas y rubíes.

El elefante también iba adornado y lucía unos brocados de seda. Le habían colocado unos jaeces de esmeraldas y un tocado de diamantes. Jagatjit Singh la siguió a lomos de un caballo blanco. Cuando llegaron al templo, los sacerdotes ya habían empezado los cánticos. Un fuego ardía frente a Ganesh. Muhabbat Rai la condujo hasta donde tenía que sentarse, frente a una cortina de seda que ocultaba a Jagatjit, que estaba al otro lado. La ceremonia duró dos horas, durante las que la pareja estuvo sentada de frente mientras los sacerdotes continuaban con sus cánticos y hacían sus ofrendas a los dioses. Llegado el final, descorrieron la cortina y la novia y el novio pudieron verse ya convertidos en marido y mujer. Comenzó la música y los sacerdotes soplaron sus caracolas mientras los asistentes arrojaban cientos de flores de mogra y jazmín sobre la feliz pareja. Tras la ceremonia para elegir el nombre que llevaría Anita, sentaron al marajá y a la maharaní en dos tronos y los pesaron. La suma total de su peso se repartiría en oro entre el pueblo de Kapurthala.

Ya era oficial: Anita Delgado se había convertido en la maharaní Prem Kaur, quinta esposa de Jagatjit Singh. Al acabar la boda todo el mundo fue a los salones del palacio de Kapurthala, donde el personal había organizado un espléndido banquete para los miles de invitados. Entre ellos se encontraban la mayoría de príncipes indios, como los marajás de Patiala y Baroda, y el nizan de Hyderabad, buenos amigos de Jagatjit. Robert MacGregor y Vikram Singh, sus amigos de Cambridge, habían acudido, al igual que el conde de Minto, gobernador general de la India, y Mahatma Gandhi y Mohammad Alí Jinnah, futuro fundador de Pakistán.

Vestida con un sari tejido con hilo de oro y profusamente enjoyada, Anita estaba deslumbrante y disfrutaba mucho, a pesar de que empezó a sentirse cansada conforme pasaban las horas. Jagatjit no se apartó de su lado. Las festividades se prolongaron hasta el día siguiente. Había sido una fiesta de veinticuatro horas que no había acabado, pues las celebraciones continuaron diez días más.

Tres meses después de su inolvidable boda, Anita dio a luz a un niño de cuatro kilos. Le pusieron el nombre de Ajit Singh, quinto hijo del marajá y quinto maharajkumar de Kapurthala. Los astrólogos reales habían vaticinado que el joven príncipe había nacido con una estrella muy especial, que estaba bendecido con un tremendo carisma y que siempre estaría rodeado de gente.

—Esa estrella le brindará muchas posibilidades y oportunidades —susurró el pandit del templo a Bibi Kumari—, pero nunca dará vueltas alrededor de Agni* Bibi Kumari rezó una oración.

—Todavía es un recién nacido, *punditji,* puede que cambie.

—Quizá, siempre estará con muchas mujeres y rodeado de gente, pero no veo ni un hogar ni una familia en su carta. No tener familia ni hogar significa no tener raíces en la tierra. Siempre será un trotamundos.

A Anita le costó un tiempo reponerse del parto y siguió sin alejarse de sus dependencias, aislada de todos excepto de sus criadas y de su marido, que cenaba con ella la mayoría de las noches. Siguió pensando en si su regalada vida de lujo como maharaní de Kapurthala sería simplemente un sueño del que se despertaría para encontrarse de nuevo viviendo en el destartalado y exiguo piso que compartía con sus padres y su hermana Victoria en Madrid. Tenía la impresión de que podía conseguir todo lo que una joven podía desear: el amor de su marido, el marajá; una opulenta vida que rozaba la decadencia; una vida social que la mantenía ocupada y en la que era centro de atenciones, por no mencionar los viajes, las cacerías, ropas y joyas que serían parte integrante de su nueva vida como aristócrata india.

Mientras tanto, las otras cuatro maharanís —Harbans Kaur, Parvati Kaur, Lachmi Kaur y Rani Kanari— estaban muy intrigadas con la extranjera que parecía haber conseguido que su marido perdiera interés por ellas. Corrían todo tipo de rumores dentro y fuera de la *zezana* de las abandonadas reinas.

77

---

* En algunas ceremonias nupciales de la India, los esposos rodean varias veces una estatua del dios Agni. *(N. del T.)*

Harbans Kaur era la primera esposa de Jagatjit. No era aristócrata, pero sí hija de una familia noble y rica del norte del país. Era más reservada que el resto de esposas y más sencilla, pero había cumplido con su obligación y le había proporcionado al marajá un hijo, Paramjit Singh, siguiente en la línea de sucesión al trono. Parvati era hija del marajá de Katoch, un clan de Rajput, que también había dado un hijo al marajá, Mahijit Singh, al igual que Lachmi, hija del marajá de Bushashr, también en Rajastán, y madre de Amarjit Singh. Por último estaba Rani Kanari, la alegre, inteligente, hermosa y vivaz hija del rana de Jubbal, madre de Karamjit Singh y de la única hija del marajá, Amrit Kaur. De las cuatro, Rani Kanari era la única, además de Anita, que había acompañado a Jagatjit en sus viajes a Occidente. Era una persona culta, refinada y elegante. Le encantaba vestirse como las occidentales y era una animada compañera en las fiestas y cenas a las que acudía el marajá cuando estaba en Europa, ya que se sentía a gusto en compañía de hombres y mujeres blancos.

—No durará mucho con ella —comentó Parvati—. Lo único que está haciendo es demostrar a los ingleses que él también puede casarse con una mujer blanca.

—Pero si es una plebeya... —protestó Rani—, una puta de clase baja que conoció en un club. Es una bailarina, así que debe de ser una puta.

—Alguien me dijo que tuvo que enseñarle a comportarse, a comer, caminar y vestirse adecuadamente —dijo Parvati—. ¿Os lo imagináis? Tuvo que enseñarle a ser una princesa antes de casarse con ella.

—Bueno —intervino Harbans haciendo una pausa—, no cabe duda de que es una plebeya. Me pregunto si nos la presentará algún día. Por cierto —añadió al recordarlo—, también me han dicho que está viviendo con ella. ¡En la misma habitación!

—¿Por qué? Creía que tenía sus propias dependencias —replicó Parvati y Harbans se encogió de hombros—. La verdad es que a mí me da igual conocerla —añadió—. Todas las mujeres blancas son iguales. Ya sabéis lo que dicen, se limitan a tumbarse y a pensar en su querida Inglaterra.

Todas se echaron a reír.

—Ésta pensará en España —comentó Lachmi, con lo que consiguió que aún rieran más.

—¿Cómo habrá conseguido convertirse en su favorita? —intervino Parvati mientras jugueteaba con los pesados brazaletes de oro que llevaba en la muñeca.

—¡Qué pregunta más tonta, Parvati! Es blanca, cómo no va a ser la favorita —gimoteó Lachmi.

—A mí no me parece tan guapa —confesó Harbans.

—No sé por qué le tenéis tantos celos —las reprendió Rani Kanari—. ¿Qué tiene ella que no tengamos nosotras?

—Mira quién va a hablar, porque has estado en París y Londres ya te crees como ellas —le espetó Lachmi.

—Eso no es verdad —se defendió Rani Kanari.

—Me han dicho que sigue llevando vestidos occidentales —les informó Parvati mientras cogía una uva de un cuenco de frutas.

—Seguramente piensa que tiene demasiada clase como para vestir un sari —dijo Lachmi con amargura.

—Al parecer tiene un pelo negro muy bonito —comentó Rani Kanari.

—*Aare baba*, seguramente se lo teñiría para seducirlo —advirtió Harbans—. Ya sabéis cómo son esas mujeres blancas, harían cualquier cosa por pescar a nuestros hombres.

—Alguien comentó que la había dejado embarazada antes de casarse con ella —dijo Lachmi.

—¿Y? ¿Qué quieres decir con eso? —preguntó Parvati.

—¿Por qué se casó con ella? ¿Por qué no la mantuvo como una cortesana? —preguntó Lachmi—. Ahora que ha tenido a su hijo tendremos que preocuparnos por la herencia de los nuestros.

—Seguro que sólo quiere su dinero —apuntó Harbans antes de coger un **kalakand** de la bandeja de los dulces.

—Pues, claro —corroboró Parvati—. No seáis ingenuas. ¿Qué creéis que quieren todas esas mujeres blancas?

—¿Qué? Yo no lo sé —preguntó Rani Kanari con malicia.

—¡Dinero! —exclamó Parvati tirándole una uva.

—Bueno, no todas buscan el dinero —continuó Rani Kanari.

—No, buscan el dinero, las joyas, el título... —añadió Parvati con sarcasmo.

—Conociéndolo se me hace difícil imaginar que esa chiquilla española pueda satisfacerlo —intervino Harbans.

—Deja que te diga algo —repuso Rani Kanari—. No creo que las mujeres blancas sepan qué hacer con nuestros hombres en la cama. Cuando se pasa la novedad de acostarse junto a una piel blanca, no consiguen mantenerlos satisfechos.

—¡Tienes razón! —aseguró Parvati—. Por eso somos mejores que ella. Nosotras sabemos hacer cosas que otras mujeres no saben.

Harbans le lanzó un higo.

—Me importa un higo si no vuelve nunca más, yo ya he cumplido con mi obligación —dijo riéndose mientras Rani mordía el fruto y lo abría de una manera muy sugerente.

—Como todas —dijo Rani Kanari.

—Ahora tenemos que asegurarnos de que cuida primero de nuestros hijos —dijo Lachmi mientras se acercaba a la ventana que daba a Villa Buona Vista, donde vivía Anita, para ver si conseguía divisar a la bailarina española. Volvió al centro de la habitación donde las cuatro mujeres estaban tumbadas con indolencia en unos cojines, vestidas con sus mejores trajes y engalanadas con joyas por si por una casualidad el marajá les hacía una visita.

Anita nunca se hizo amiga de las otras esposas del marajá ya que nunca vivió en el harén. No tenía por qué hacerlo. Era la favorita, la que, a pesar de lo que dijeran las otras maharanís, consiguió mantener la atención del marajá durante varios años.

A partir de 1910, Anita y el marajá pasaban la mayor parte del tiempo de viaje: primero viajaron por la India, por Decán, Rajastán y el sur, y después, a partir de 1913, por Europa, norte de África, Norteamérica y Sudamérica durante largos periodos de tiempo. Estuvieran donde estuviesen, el marajá y la maharaní de Kapurthala eran los personajes más famosos de la escena social. Los fotógrafos los seguían allá donde fueran. Anita tenía un estilo propio y una forma de vestirse tan particular que todas las revistas de moda querían que saliera en ellas, al igual que las revistas de sociedad. Como de costumbre, los periodistas exageraban la parte de Cenicienta de su historia.

Había aparecido en revistas como *American Vogue* y *British Tatler* con poco más de veinte años, tanto con vestidos occidentales como con saris indios. Hubo un tiempo en el que la princesa aparecía en los ecos de sociedad de prácticamente todos los periódicos de Delhi a Nueva York.

La Primera Guerra Mundial comenzó el 28 de julio de 1914 y Anita y el marajá acompañaron a las tropas que éste había enviado a Francia. Después partieron en visita oficial a la Exposición Internacional de 1915, que se celebró en San Francisco y que conmemoró la apertura del canal de Panamá el año anterior.

De allí fueron a Sudamérica y su primera escala fue Buenos Aires. Conocedor de su deseo de aprender tango argentino, Jagatjit animó a Anita a hacerlo durante su estancia en esa ciudad. La maharaní entró en contacto con el director del Teatro Colón y le comentó que había sido bailaora de flamenco en Madrid y que quería que le diera unas clases. Éste aceptó encantado. Al principio se mostró reticente, ya que hacía tiempo que no bailaba, pero en cuanto salió a la pista notó que aquellos movimientos le salían de forma natural.

Jagatjit continuó consintiéndole todos los caprichos, le compró todo lo que quiso, la llevó a los mejores restaurantes y le presentó a la *crème de la crème* de la sociedad sudamericana.

En 1916, tras varios meses en Sudamérica, volvieron a París. Mientras Jagatjit fue a Londres a reunirse con funcionarios del Foreign Office, Anita permaneció en la ciudad de la luz para ayudar a las tropas sij que combatían junto a los británicos. Organizó numerosos envíos de ropa: calcetines gruesos, abrigos y cualquier cosa que les diera calor. Aunque su mayor tarea fue asegurarles que llevaría personalmente sus cenizas a la India si morían en el campo de batalla. La muerte no era a lo que más temía el batallón sij, sino a que sus cenizas no llegaran a Kapurthala.

Una noche antes de abandonar París para regresar a la India, Anita estaba cenando con su marido cuando Jagatjit le preguntó si era feliz. Anita esperó un momento antes de contestarle que sí, que en París, lejos de la realidad que entrañaba su situación, era feliz.

—Jagatjit, me encanta estar casada contigo, viajar contigo,

81

ser la madre de tu hijo y ser tu esposa, y me siento feliz cuando estamos juntos.

—Querida, me arrepentiré toda la vida por no haberte explicado las costumbres indias antes de llevarte a mi país. Quiero que sepas que estoy muy orgulloso de ti.

Anita le lanzó una mirada socarrona.

—Te saqué de tu tierra y te llevé a París decidido a cambiarte. Deseaba que te convirtieras en lo que yo quería, casi de la noche a la mañana. Te exigí demasiado, Anita. Por si fuera poco, no fui sincero contigo. De hecho, te mentí e hice todo lo que estaba en mi poder para ocultar la verdad. Sin embargo, te has enfrentado con todos los retos y has estado a la altura. Es algo de lo que puedes estar orgullosa.

A Anita le emocionó que valorara las cualidades de las que estaba más orgullosa y le impresionó que asumiera toda la culpa de lo que había sucedido. Durante un tiempo se permitió creer que sería siempre el verdadero amor de Jagatjit. Así que cuando descubrió que volvía a estar embarazada, se alegró.

Pero las cosas cambiaron de forma dramática. La hermana de Anita, Victoria, murió por la gripe en París en 1918. Anita había intentado por todos los medios salvar a su hermana, pero al final no pudo. Además soplaban vientos de cambio en la India y Jagatjit Singh se vio atrapado en la situación política del momento.

En ese momento la India estaba a punto de estallar. Una vez terminada la Primera Guerra Mundial las autoridades británicas empezaron a tener graves problemas. El antiguo gobernador general, lord Chelmsford, un colonialista de la vieja guardia, regresó a Inglaterra y fue reemplazado por el conde de Reading, de ideas más progresistas. A pesar del cambio, la situación fue de mal a peor.

Cuando Mahatma Gandhi, un joven abogado indio educado en Oxford, volvió a la India en 1916, puso en marcha la campaña «Abandonad la India». Los movimientos nacionalistas que habían comenzado a enraizarse encontraron un claro líder en Gandhi, cuyas ideas se basaban en la desobediencia civil a través de la no violencia. Una filosofía que atrajo a la juventud, incluido Ajit, al que habían inculcado el idealismo y el optimismo cuando todavía iba al colegio en la India.

Durante la Primera Guerra Mundial, la lealtad y buena voluntad de la India hacia Gran Bretaña había sido ejemplar, había contribuido con hombres, alimentos, dinero y munición. Sin embargo, los disturbios en el Punjab y Bengala estaban paralizando la administración regional británica, que puso en marcha unas medidas draconianas para poner fin a aquellos disturbios. El coste de la guerra también pasó factura a la India que, irritada por sus fricciones con el Gobierno británico, quería la independencia. Se invistió al gobernador general con unos poderes que le permitían sofocar la sedición silenciando a la prensa, reteniendo a los activistas políticos sin juicio previo, arrestando a supuestos traidores sin mandamiento judicial y juzgándolos en «tribunales especiales».

En abril de 1919, miles de personas se reunieron en Jallianwala Bagh, en Amritsar, para celebrar el año nuevo sij. La gente había viajado durante días desde todas partes de la India. El ejército británico, al mando del brigadier general Reginald Dyer, abrió fuego sobre una multitud desarmada de hombres, mujeres y niños, y causó más de mil muertos y varios miles de heridos. La excusa de Dyer fue que se vio rodeado por un ejército revolucionario y que tuvo que darles una lección. Aquella masacre desencadenó una protesta masiva.

Todo aquello creó una tensión que provocó un desacuerdo entre el marajá y la maharaní, exacerbado por la tristeza de Anita por la muerte de su hermana. Jagatjit volvió a Londres para colaborar en los trabajos de reconstrucción de Europa una vez acabada la guerra y la dejó sola en la India. Cuando las complicaciones en su embarazo le provocaron un aborto, Anita cayó en una profunda depresión de la que le costó años recuperarse. Los médicos le recomendaron reposo y aire de la montaña.

Un día estaba en el jardín Villa Buona Vista muy abatida cuando Bibi Kumari sugirió hacer un viaje a Simla.

—La vista del Himalaya le alegrará el corazón, ya verá.

Convencida de que el cambio le sentaría bien, aceptó.

El viaje al norte fue muy estimulante y el relajado ritmo de vida del campo reconfortó su ánimo. Durante su estancia viajó

83

incluso más al norte, a Cachemira, donde la acogió el marajá de Cachemira y le proporcionó un hermoso palacio a orillas del lago Dal con unas impresionantes vistas del Himalaya.

Pero Anita se sentía sola. Notaba que su marido se alejaba de ella y que su relación se debilitaba, y en el plano emocional no estaba lo suficientemente fuerte como para reparar la ruptura que veía venir. Sucedió al poco tiempo. Continuó recibiendo cartas, pero cada vez más cortas, más formales y secas.

Para superar su depresión en ausencia de su marido buscó en otra parte el amor, atención y cuidado que necesitaba, y lo encontró. Se la veía a menudo en compañía de un hombre con el que paseaba del brazo por los jardines Shalimar, haciendo picnics, viendo películas, hablando, escuchando música, bebiendo vino o simplemente disfrutando de un amigable silencio. Se rumoreó que se trataba de uno de sus hijastros, fruto de un matrimonio anterior del marajá, aunque también había quien creía que era un primo de Jagatjit.

Cuando finalmente regresó a Kapurthala, descubrió que el estatus de «favorita» lo tenía una joven británica que el marajá había conocido en su último viaje a Londres.

Aunque ella también lo había sido, Anita no fue capaz de soportar aquella flagrante muestra de infidelidad por parte de su marido. El matrimonio se rompió y Anita pasó los dos años siguientes sola. Aparentemente era libre, joven e independientemente rica, pero se aburría y se sentía estancada. Todavía hermosa a los treinta y cuatro años, de vez en cuando aceptaba alguna invitación para ir de caza, patinar o jugar al tenis. También hizo que le instalaran un proyector en su villa y disfrutaba viendo películas.

Con los años llegó a ser famosa por las fiestas que ofrecía, consideradas las mejores del norte de la India, muchas de ellas con temáticas exóticas. Todo el que era alguien en Delhi o en los principescos estados vecinos del Punjab soñaba con una invitación a sus veladas. Continuó ofreciéndolas, además de recepciones para tomar té, y mantuvo la casa llena de invitados europeos. Viajaba constantemente a Europa y mantenía una correspondencia regular con todos sus allegados.

En aquellas veladas, muchos de los marajás y nizams la pretendían y le regalaban extraordinarias joyas en unos rebuscados intentos de cortejo. Más de uno la consiguió. Por puro aburrimiento y para vengarse de su marido por haberla engañado y por sus infidelidades, tuvo una aventura amorosa con el nizam de Hyderabad, uno de los hombres más ricos del mundo y buen amigo del marajá. A Anita le divertía juguetear con él y le encantaban las atenciones que tenía con ella, sobre todo las espléndidas joyas que le regalaba. Los rumores que pudieran correr sobre su persona no le importaban en absoluto, incluso cuando llegaban a oídos del marajá.

Aunque intentaba mantenerse ocupada, en realidad su vida estaba vacía y se entregaba a actividades sociales que no tenían ningún sentido para ella y su soledad. Pasaba los días leyendo, escribiendo su diario, dando largos paseos sola por los jardines de Villa Buona Vista y cuidando de sus numerosos perros. Pensó en cómo su madre había tenido que hacer economías para ahorrar y poder pagarle las clases de baile y con el éxito al que había renunciado cuando Jagatjit apareció en su vida. Pasaba mucho tiempo en el patio recordando y ensayando sus movimientos y ritmos favoritos.

Estaba ganando tiempo, esperaba a que Ajit cumpliera dieciocho años porque no quería poner en peligro sus derechos como quinto hijo del marajá. Pero conforme pasaba el tiempo, más desdichada se sentía. La comunicación con el marajá había desaparecido definitivamente y de vez en cuando le enviaba alguna nota a través de los criados o del jefe del Estado Mayor.

Por su parte, Jagatjit no sabía qué hacer con ella. Miraba las notas, redactadas con letra infantil, y las leía una y otra vez. Estaban en 1925 y Anita sólo tenía treinta años. ¿Cuánta culpa tenía él en aquella embarazosa situación? Una vez apaciguada su cólera inicial, tuvo que admitir que seguía queriéndola. Con todo, la vergüenza que había atraído hacia su persona poniéndose en una situación comprometida con otros hombres, in-

85

cluidos algunos de sus amigos, como había acabado por descubrir, no podía pasarse por alto o siquiera perdonarse.

Consultó a Muhabbat Rai, su jefe del Estado Mayor para intentar aclarar lo que decía la gente. El gobernador general ya le había hecho saber que se sentía muy incómodo con todos los rumores que había provocado.

—Jagatjit, por desgracia su comportamiento no ha sido el que corresponde a un miembro de la realeza y en consecuencia se habla de ella de forma despectiva, lo que dice poco en vuestro favor. Creo que necesitáis divorciaros y dejarla partir.

Más tarde, la interpretación india del escándalo llegó a la misma conclusión, pero por motivos diferentes.

—Mira, amigo, nos hemos divertido con todos esos extranjeros, pero no entienden nuestra cultura ni nuestras costumbres. Puede que dentro de mil años las cosas cambien, pero de momento, tienes que cortar por lo sano con ella.

Finalmente, en 1925, cuando Ajit se preparaba para ir a Cambridge, Jagatjit Singh, marajá de Kapurthala, se divorció de Anita Delgado.

Los abogados del marajá en Londres redactaron un acuerdo económico: Jagatjit compró un apartamento en París y otro en Madrid para Anita y le concedió una generosa suma de dinero mensual, además de criados para sus dos residencias. También le permitió llevarse la mayoría de sus joyas, excepto algunas que debían quedarse en Kapurthala. Los amigos y socios del marajá pensaron que estaba siendo demasiado generoso, dadas las circunstancias, pero Jagatjit se mantuvo firme en su decisión.

Bibi Kumari y Chhaya no dejaron de llorar mientras preparaban los cincuenta baúles que viajaron con Anita, en los que astutamente habían escondido las joyas que le regalaran los marajás y nizams por los que se había dejado seducir. Cuando se fue no se despidió de nadie, excepto de sus criadas. No lo creyó necesario.

Cuando salió al cálido sol indio y subió al coche que la llevaría a la estación de tren, no había nadie para despedirla. Ni siquiera echó la vista atrás. De haberlo hecho quizás habría divisado al marajá tras la cortina de su estudio.

Después de Anita hubo muchas otras mujeres en la vida de

Jagatjit, incluida una checoslovaca que se convirtió en su sexta esposa. Pero ninguna cautivó su corazón y su alma como lo había hecho ella. Puede que fuera su inocencia o su ingenuidad lo que la hacía tan seductora, quizá su voluntad por convertirse en lo que quería ser o, tal vez, fue algo tan simple como el amor. Fuera lo que fuese, el marajá siguió en contacto con Anita y hasta el día de su muerte jamás olvidó su cumpleaños.

En cuanto a ella, volvió a Europa donde vivió entre España y Francia hasta 1962, fecha en que murió. Todas las noches, antes de acostarse, abría el cajón de su tocador, sacaba una Biblia y rezaba una oración antes de volver a cerrarlo. Tras su muerte su hijo descubrió esa Biblia y la foto que había dentro: una del marajá y su bailarina española sacada en Londres en 1907, uno de los momentos más felices de su vida.

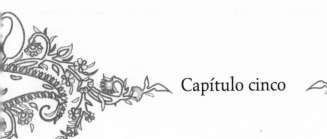

Capítulo cinco

Quince años más tarde, Laila Ajami, una joven libanesa considerada como unas de las mujeres más guapas de Beirut, tuvo una hija a la que llamó Zahra. Laila tenía más o menos la misma edad que Ajit Singh, el hijo de Anita y Jagatjit. Dos décadas más tarde, la forma en que la familia Ajami y la familia real de Kapurthala se unirían acarrearía más penas que alegrías, destruiría vidas y haría pedazos sueños y esperanzas. El 17 de octubre de 1941, día en que nació Zahra, todo el mundo aseguró que había heredado la belleza de su madre.

—¡Es preciosa! —exclamó la madre de Laila, Yamila, mientras la acunaba en sus brazos—. ¡Felicidades, hija! —dijo devolviéndosela a Laila, que estaba a punto de echarse a llorar.

—Mi niña preciosa —murmuró ésta antes de recostarse y de que la comadrona se llevara al bebé. Entonces, dejó que sus lágrimas cayeran y mojaran la empapada almohada.

—¿Laila? —preguntó su madre poniéndole cariñosamente la mano en el hombro—. ¿Laila? ¿Qué te pasa, cariño?

Pero nada podía consolarla. Cuanto más intentaba calmarla, más intensos se volvían los sollozos, llegando a rozar la histeria.

—¡No lo entiendes! —repetía una y otra vez—. ¡No lo entenderás nunca! —lloriqueó mientras se ponía en posición fetal.

—¿Qué le pasa, doctor Hasbany? —preguntó Yamila Al-Khalili volviéndose hacia éste.

—No se preocupe, señora. Son los sentimientos habituales después de un parto —la tranquilizó mientras se lavaba las manos y volvía a bajarse las mangas de la camisa—. Le daré algo para los nervios.

—Sí, y yo iré a buscar un poco de agua de rosas —dijo Yamila con el entrecejo fruncido por la preocupación—. *Mais c'est très étrange! Vous êtes d'accord, docteur?* —insistió antes de salir—. No le había pasado nunca. Los otros dos partos fueron diferentes —añadió refiriéndose a sus otras dos nietas.

—*Au contraire, madame* —la contradijo el doctor Hasbany sonriendo—. Es muy normal. La niña ha nacido sin problemas, pero Laila está muy sensible. Suele pasar.

—Ojalá tenga razón, doctor Hasbany. Voy a pedirle a la criada que traiga el agua —dijo antes de cerrar la puerta.

El doctor Hasbany rondaba los setenta años. Era un hombre amable y simpático que había sido el médico de la familia Al-Khalili durante décadas. Había traído al mundo a Laila en esa misma cama hacía más de veinticinco años y después la había ayudado en el parto de sus tres hijas. Había pocas cosas en esa familia que no supiera.

—¡Doctor Hasbany! ¡Ojalá me muriera! ¡No puedo más! ¡No soporto la pérdida de...!

—Venga, Laila, no seas egoísta. Tienes que recuperarte. Acabas de dar a luz a una preciosa hija y tienes otras dos de las que ocuparte.

—¿Y cómo podré seguir adelante sin él? —gimió Laila.

—Lo harás, todos lo hacemos —aseguró el médico con firmeza.

—Doctor Hasbany, por favor, no comente...

—Laila, te traje a este mundo y también a tus tres hijas. Puedes estar segura de que tu secreto está a salvo —aseguró apretándole una mano para tranquilizarla.

Laila lo miró, tenía la cara abotargada y sudorosa por el esfuerzo del parto y las lágrimas; los ojos rojos e hinchados, el pelo mojado y enmarañado, y el blanco camisón de lino empapado. A pesar de todo, Laila Al-Khalili, que entonces tenía veintiséis años, seguía siendo una mujer espectacularmente guapa.

—Gracias, doctor, estoy en deuda con usted.

—*Ce n'est rien, mon enfant.*

Yamila entró en la habitación seguida por una joven que llevaba una bandeja con vasos y una jarra fría de agua de rosas, en la que había puesto algunos pétalos. Encantada de que su hija pareciera más calmada, se inclinó hacia ella y empezó a hacerle mimos y a acariciarle el pelo.

—Ahora duerme, hija mía. Cuando te despiertes lo verás todo de otra forma.

Yamila fue a despedir al médico y cuando volvió se sentó en silencio junto a Laila hasta que ésta se durmió, exhausta. Miró la cara de su hija y pensó en lo joven e inocente que parecía. Todavía se acordaba de cuando era niña, de lo que la habían mimado y por todo lo que habían pasado con ella. Hizo un gesto a la criada para que abriera las ventanas. Cuando la brisa del Mediterráneo le refrescó la cara, empezó a recordar tiempos pasados. Las ondulantes cortinas blancas, los muebles, la amplia cama, la parte para sentarse, nada había cambiado mucho desde que su hija Laila había nacido allí mismo en enero de 1914.

Cuatro años antes de su nacimiento, Yamila se había casado en Beirut con Mohammad Al-Khalili. La familia Said y los Al-Khalili tenían mucha relación y siempre habían pensado que sus hijos acabarían casándose. Los padres musulmanes laicos de Mohammad formaban parte de una familia trabajadora de clase media de Sidón, al sur de Beirut. Yamila procedía de una empobrecida familia cristiana maronita de la cercana Tiro, que aseguraba ser descendiente de la familia Maan, llegada al Líbano en el siglo XII para luchar contra los cristianos. Como las dos familias eran amigas, las diferencias religiosas jamás fueron un obstáculo en sus relaciones.

Mohammad Al-Khalili ganó mucho dinero gracias al auge comercial que experimentó el Líbano al finalizar la Primera Guerra Mundial. Yamila y él se convirtieron en una de las parejas más ricas e importantes de Beirut. Llevaban años intentando tener familia, así que cuando Yamila se quedó embarazada, su alegría fue inmensa. Al enterarse de que no podría volver a dar a luz, su hija se convirtió en el centro de sus vidas y de sus mimos. A pesar de todo, también se quedaba al cuidado de las diferentes niñeras que tuvo, ya que Mohammad tenía que viajar a menudo y Yamila solía acompañarle.

Laila Al-Khalili había sido, al igual que su hija recién nacida, Zahra, una niña de una belleza excepcional. Creció hasta convertirse en una angelical niña, después en una encantadora adolescente y más tarde en una espectacular joven. Tenía unos almendrados ojos verdes, labios carnosos y sensuales, amplia y cautivadora sonrisa que mostraba unos dientes perfectos y una piel de porcelana, coronada por una espesa mata de pelo color castaño oscuro. Su voluptuosa figura hipnotizaba a los hombres. Creció acostumbrada a tener a todos y todo lo que quería, sin esfuerzo alguno.

En 1930 Beirut empezaba a ser la París de Oriente Próximo: cosmopolita, elegante y rica, tanto en historia como en cultura. También se había convertido en un próspero centro financiero que atraía riquezas, dinero y negocios de todo el mundo, aunque en especial de Europa. Debido a su procedencia y al tipo de negocio al que se dedicaba Mohammad, los Al-Khalili se movían en diferentes círculos sociales y, desde muy joven, Laila tuvo relación con distintos tipos de culturas y actividades, lo que le confirió una sofisticada pátina que ocultaba su inocencia provinciana.

A pesar de que sus padres la matricularon en el moderno Lycée Français, los estudios nunca se le dieron bien. Su pasatiempo favorito era sentarse frente al espejo para contemplarse. En cuanto su cuerpo se desarrolló, pasó del pequeño espejo de su cómoda al de cuerpo entero del baño. Cuando tenía unos trece años se dio cuenta de que atraía a los hombres y rápidamente aprendió a sacarle partido. En aquellos tiempos sus padres pasaban más tiempo fuera que en casa, así que la tenía a su entera disposición. Se había ordenado a los criados que le dieran todo lo que pidiera. A esa edad empezó a beber vino y champán, y, poco después, probó por primera vez un narguile en cuya cazuela ponía tabaco afrutado con melaza y perfumado con aceites aromáticos. Ese tipo de pipa se ofrecía habitualmente como digestivo a los invitados de distintas edades y de ambos sexos después de la cena. Añadir opio o hachís era opcional, pero Laila pronto determinó que los opiáceos eran imprescindibles.

Por muy escandalizadas que estuvieran las niñeras por su conducta, ninguna decía nada a sus padres por miedo a las historias que Laila pudiera inventar como represalia y que sin duda las llevaría a perder su empleo. Al contrario, para congraciarse con ella, empezaron a enseñarle el arte de dar placer al

92

hombre con el que algún día se casaría. Todavía no le habían elegido ninguno, pero lo normal era que las jóvenes iniciaran su educación en esas cuestiones a temprana edad, ya que seguía siendo habitual que los padres casaran a sus hijas poco después de que fueran capaces de engendrar un hijo.

El día que Laila acompañó a sus padres a la embajada francesa el Día de la Bastilla, tenía casi quince años y era una joven deslumbrante. El embajador y su mujer habían organizado un cóctel en los jardines de su residencia con vistas al Mediterráneo y después una cena al aire libre. Laila había decidido que ya iba siendo hora de perder la virginidad y aquella noche encontró un candidato ansioso por cumplir su deseo en el hijo del embajador francés, que tenía veinticinco años y estaba de visita en Beirut mientras su mujer, embarazada de su segundo hijo, lo esperaba en París. El hecho de que estuviera casado no le importó en absoluto, ya que únicamente lo veía como un interesante experimento y no quería dar comienzo a una engorrosa aventura.

Llevaba un vestido largo de chiffon estilo griego, de talle alto y marcado escote. La combinación del ribete de satén y el ondulante chiffon, junto con el tableado y los plisados, resaltaban a la perfección su figura aún en ciernes. El tono verdoso combinaba con su tez y suavizaba el verde de sus ojos hasta convertirlo en avellana. Su doncella, Lina, le había hecho un peinado alto del que caía una cascada de rizos sujeta con una peineta de nácar. Llevaba un brazalete con forma de serpiente y unas anchas pulseras de oro. Parecía una auténtica diosa griega.

Cuando entró en los lujosos jardines de la embajada francesa acompañada por sus padres, todo el mundo se volvió para mirarla. Mientras bajaba el sendero bordeado de rosales en cuyo extremo esperaban el embajador francés, su esposa y su hijo para recibir a los invitados, se oyeron murmullos de admiración.

—*Monsieur Al-Khalili... et Madame! Vous êtes ravissante ce soir!* —exclamó Pierre de Maupin mientras se inclinaba para besar la mano de Yamila Al-Khalili. Mohammad Al-Khalili hizo lo propio con la esposa del embajador—. Van acompañados de una auténtica joya —la alabó el embajador mientras lanzaba giosa mirada a Laila—. *Mademoiselle, vous êtes comme* e —confesó al tiempo que le besaba la mano, retrasando quizá demasiado el momento de apartar los labios.

—Éste es nuestro hijo —intervino Antoinette de Maupin sin dejar de mirar a su marido.

—Jean François de Maupin —se presentó el joven entrechocando los talones mientras besaba la mano de Yamila, antes de estrechar la de Mohammad—. *Enchanté de faire votre connaissance.*

—Y ésta es nuestra hija —dijo Yamila.

—*Je suis très heureuse de vous connaître* —murmuró Laila. François no consiguió articular palabra y se limitó a mirarla mientras la acompañaba al jardín.

—Mademoiselle Al-Khalili —consiguió balbucir finalmente—, sólo estaré unos días en Beirut, pero...

—¿Le gusta lo que ha visto? —lo interrumpió Laila al tiempo que olía la rosa que acababa de ofrecerle.

—Me encanta Beirut, mademoiselle. El casco antiguo es muy pintoresco y...

—Muy bien, monsieur, veré si puedo reservarle algo de tiempo para que disfrute de las maravillas de Beirut.

—Me encantaría, mademoiselle. Me pongo en sus manos —aseguró Jean François lanzándole una elocuente mirada.

—¿Vamos a cenar? —propuso Laila. La seducción del guapo y rubio aristócrata francés estaba siendo demasiado fácil. Tenía que frenarlo un poco antes de que sus padres empezaran a preocuparse por la embarazada esposa ausente e interfirieran en sus planes.

De hecho, la madre de Jean François echaba pestes a su amiga, Valerie de la Sadliere, sobre el obvio interés que su hijo demostraba por la adolescente Al-Khalili.

—Por la forma en que se comporta con esa golfilla, uno pensaría que es soltero y sin compromiso.

—Antoinette, te preocupas demasiado —la calmó Valerie—. Sólo están flirteando. No hay nada malo en ello, ¿no te parece?

—Sea lo que sea, no tiene por qué hacerlo delante de todo el mundo —replicó Antoinette exasperada.

—Cálmate, todos sabemos cómo es Laila Al-Khalili. ¡Por

Dios! Esa chica flirtearía con cualquiera, incluso con hombres lo suficientemente mayores como para ser su padre. Yo que tú no me preocuparía —la tranquilizó.

Antoinette hizo un tardío intento por cambiar a los Al-Khalili de la mesa principal a la que iban a sentarse su marido, su prendado hijo y ella, pero Jean François ya se las había ingeniado para ocupar con Laila una mesa para dos, en un extremo del jardín. Allí pasaron la velada, ajenos a las miradas y comentarios del resto de invitados, dedicados a mirarse tiernamente a los ojos.

—¿Cuándo volveré a verte? —preguntó Jean François mientras servían el café y los *petits macarons*.

—¿Te gustaría dar un paseo en barco por el Mediterráneo? —sugirió Laila.

—¿Mañana?

Laila negó con la cabeza.

—Ve al puerto deportivo dentro de dos días, a las diez de la mañana, y busca el *Laila*. Te recogeré allí —propuso antes de levantarse de la mesa y alejarse sin volver la vista atrás.

Al día siguiente, Mohammad y Yamila salieron de viaje hacia Estambul. En cuanto se fueron, Laila dio órdenes para que prepararan el yate.

—Lina, asegúrate de que haya suficiente champán y caviar a bordo —pidió a su doncella.

La mañana de la cita, Laila fue al puerto deportivo con Lina y vio a Jean François, que llevaba esperando una hora. Su ansiedad le molestó. Le gustaban los desafíos y ése estaba resultando no estar a la altura. Pero como estaba dispuesta a perder la virginidad con ese hombre, decidió hacer la vista gorda. Le permitió ayudarla a subir a bordo y, mientras Lina los instalaba, dio órdenes al capitán para que zarpara y se dirigiera hacia el norte, bordeando la costa hasta el golfo de Chekka, para poder disfrutar de un litoral especialmente atractivo.

Conforme avanzaba la mañana y bebían champán, Jean François se puso cada vez más amoroso y no parecía esperar otra cosa que consumar su deseo de poseerla allí mismo, en el yate. Pero Laila tenía otros planes. Había organizado aquella excursión en barco únicamente para abrirle el apetito por lo que le reservaba.

95

—¿Puedo acompañarte a casa? —preguntó Jean François cuando llegaron al puerto al caer la tarde.

—Gracias, pero voy con Lina. No correré ningún peligro —contestó Laila con una deliberada interpretación errónea de sus intenciones.

—Sí, claro —aceptó visiblemente decepcionado.

Laila se compadeció de él.

—¿Te gustaría cenar conmigo, monsieur De Maupin? —propuso después de que éste hubiera hecho una reverencia para despedirse y le hubiera cogido la mano para besársela deteniendo en ella los labios.

—Sin duda —respondió con voz ronca, lo que consiguió que Laila tuviera que reprimir una sonrisa.

—Bueno, entonces ven a casa a las nueve. —Retiró la mano sin más y entró en el coche que la esperaba para llevarla junto a Lina a la residencia de los Al-Khalili.

Le encantaba teatralizar y estaba decidida a utilizar al máximo sus dotes en aquel trascendental acontecimiento de su vida. Así que cuando Jean François llegó a la gran puerta de hierro de la mansión a las nueve en punto fue conducido por un criado por el fragante jardín hasta llegar a dos tramos de escaleras, tras las que recorrió lo que le pareció un interminable pasillo. Finalmente se encontró en una habitación con una piscina de agua cristalina, en la que habían arrojado pétalos de rosa. Había suntuosos cojines por todas partes y una suave brisa soplaba a través de las cortinas de chiffon dorado de la más fina seda. Una embriagadora mezcla de aromas a canela, clavo, jazmín y lila flotaba en el ambiente. «Parece una escena sacada de un antiguo harén», pensó Jean François mientras esperaba a su anfitriona.

Laila apareció por fin cubierta de pies a cabeza en chiffon de color negro. Se puso delante de él sin decir palabra y se quitó el velo lentamente. Jean François contuvo el aliento. A la luz de las velas, su largo y castaño pelo parecía jaspeado en oro. Tenía la piel empolvada de color moca. Se había perfilado los ojos con abundante kohl y se había puesto una máscara de tono verde dorado en las pestañas, que resaltaba el color de sus ojos.

Mientras Jean François intentaba recobrar la calma, Laila le sirvió vino antes de recostarse sobre los cojines y mirarlo de forma incitante por encima de su copa. Había preparado un narguile y le invitó a compartirlo. El tabaco los relajó y después hicieron el amor suavemente; Jean François no sabía que era virgen y así lo había deseado Laila.

Jean François volvió a la embajada francesa al amanecer y soñó con ella. A partir de entonces se tuvo que conformar con sus sueños. Laila declinó cortés, pero firmemente, sus posteriores invitaciones e intentos de verla antes de regresar a París. Había cumplido.

Laila empezó a preferir a extranjeros mayores y ricos, con menos potenciales complicaciones —funcionarios de alto rango en visita oficial y hombres de negocios adinerados— y, con el tiempo, sus conquistas llegaron a incluir al embajador francés que sucedió al padre de Jean François. Aquellos escarceos no pasaban inadvertidos. El ambiente social beirutí aún era reducido y, en especial las mujeres que se sentían amenazadas por ella, no aprobaban su libertino comportamiento y su falta de respeto por el estado marital de sus parejas.

Los padres de Laila, que pasaban largas temporadas ausentes, tardaron un tiempo en enterarse de los cotilleos, pero cuando finalmente se enteraron, Mohammad exigió a Yamila que hablara con su hija y averiguara qué estaba pasando. Ninguno de los dos creía que lo que habían oído acerca de su adorada hija fuera verdad.

Yamila llamó a la puerta del cuarto de su hija. Abrió Lina, la doncella con la que más relación tenía.

—¿Dónde está Laila?

—Se está vistiendo, señora.

—Lina —la llamó Laila desde el cuarto de baño. Ésta se quedó paralizada y miró a Yamila antes de contestar. Entonces la puerta del baño se abrió de golpe—. ¡Lina! ¡Cuando te llamo quiero que vengas enseguida! ¿Qué te pasa? ¿Estás sorda o qué?

Laila se calló al ver a su madre.

—Estaba hablando conmigo —la disculpó Yamila con voz calmada.

—Pero la necesito, mamá. Tiene que acabar de peinarme. Voy a salir y llego tarde.

—¿Dónde vas? Tu padre y yo acabamos de volver y esperábamos cenar contigo.

97

—No puedo, tengo que ir a una fiesta. Podemos comer mañana. Esta semana estoy muy ocupada.

—¿Qué está pasando, hija mía? Se oyen muchos rumores y estamos preocupados por ti.

—Mamá, ya sabes lo que le gusta hablar a la gente. Fuiste tú la que me dijiste que siempre buscarían algo que decir, porque me tienen celos.

—Sí, Laila, pero los chismorreos también pueden hacerte daño. Hemos oído que vas a demasiadas fiestas en las que corre el champán y que fumas en narguile.

—Mamá, todo el mundo lo hace. En el zoco todos tiene un té y una pipa en la mano.

—Laila, ésos son hombres del zoco y tú eres Laila Al-Khalili. ¿Quieres compararte con ellos?

—¡Pues claro que no lo estoy haciendo! —replicó mirando con insolencia a su madre—. Simplemente estoy intentando explicarte que en este rincón del mundo el narguile forma parte de nuestra cultura y que no deberías escandalizarte tanto.

—¡Ya basta! No voy a discutir contigo. ¡Tienes que dejar de hacerlo!

—Muy bien, lo dejaré —aseguró Laila encogiéndose de hombros para dar a entender que ésa no era su intención en absoluto.

—Hay que organizarte una boda conveniente y las buenas familias retirarán sus propuestas si continúas comportándote de esa forma —aseguró Yamila con un tono que había pasado a ser suplicante.

Laila se alejó de ella.

—¿No podríamos hablar de todo esto mañana? —sugirió por encima del hombro mientras se dirigía de nuevo al baño—. ¡Vaya! Ahora tendré que volver a peinarme.

Aquéllas fueron las últimas palabras que oyó Yamila antes de que cerrara la puerta de golpe.

—¿Y bien? —preguntó Mohammad cuando se reunió con ella en el salón, donde había estado yendo de un lado al otro con un vaso de vino en la mano.

—Ya sabes que tu hija es muy tozuda...

—Lo sé —replicó impaciente—. ¿Qué pasa? ¿Cómo es posible que tenga tan mala reputación? La hemos educado bien.

Le hemos dado todo lo que quería. Hemos confiado en ella cuando nos íbamos...

—Mohammad, escúchame —lo interrumpió—. ¿Por qué no nos la llevamos en el próximo viaje? No ha salido nunca de Beirut. Esta ciudad es su único mundo y se cree el centro. Pero en el extranjero hay muchas chicas guapas y bien vestidas. Entonces se dará cuenta de que no es la única y que debería tener más cuidado con su reputación.

—¿Y si nos sale el tiro por la culata?

—¿Qué podemos perder?

Mohammad no encontró respuesta.

Así que, como regalo por su decimoséptimo cumpleaños, Laila acompañó a sus padres a París. Alquilaron un apartamento elegantemente amueblado en una bocacalle de la avenida Kebler durante seis semanas. Como de costumbre, Mohammad y Yamila le permitieron todos sus caprichos. Cenaron en Maxim's y en la Tour d'Argent, compraron todo lo que le gustó en Chanel, Dior y Madame Gres, y gastaron una fortuna en Guerlain y Hermes, en un último intento por sobornar a su hija. Y, mientras permanecieron en París, funcionó.

Pero cuando regresaron a Beirut a comienzos de la temporada social de otoño, Laila olvidó enseguida todas las promesas que había hecho y volvió a las andadas. De hecho, su reputación empeoró aún más, ya que sus aventuras empezaron a ser más numerosas y sus conquistas de mayor alcurnia.

Un día que sus padres estaban de viaje, Laila decidió dar un paseo por el zoco, en el casco antiguo de la ciudad. Buscaba alguna baratija como regalo sorpresa para uno de sus amantes. Los ojos de los vendedores no dejaban de seguirla mientras iba de un puesto a otro. Por una vez, absorta como estaba en su búsqueda, no se dio cuenta de que era el centro de atención hasta que oyó una voz que se dirigía a ella.

—Una joven guapa como tú no debería andar sola por el zoco.

Era una voz autoritaria, a la vez que sensual, con cierto acento inglés. Laila se volvió, pero aquel hombre estaba en la sombra. Se puso la mano encima de los ojos y se acercó a la penumbra para poder verlo. No era alto, pero sí lo suficiente como para que tuviera que levantar la vista. Tenía los ojos de color ámbar, pelo castaño claro peinado hacia atrás, con un mechón que le caía sobre el ojo izquierdo, y piel clara, pero bronceada. Llevaba una camisa blanca de lino abierta y Laila se fijó en la gota de sudor que se deslizaba de su cuello al pecho. El hombre sacó un pañuelo de su pantalón color caqui y se la secó sin dejar de mirarla.

—Se lo agradezco, pero no se preocupe, conozco bien el zoco.

—No me cabe duda, pero no deja de ser un zoco en el Levante —replicó muy serio.

—Bueno, entonces a lo mejor le gustaría acompañarme para que me sienta más segura —sugirió con tono insinuante.

—Ya lo he hecho, sin que me viera.

Laila sonrió. Se dio la vuelta y empezó a andar, pero con paso lento, invitándolo a que la siguiera. ¿Quién era? Había visto hombres más guapos que él en su vida y era mucho más joven que los que solían gustarle, pero tenía algo que le atraía.

Mientras paseaban juntos empezaron a hablar con toda naturalidad, a elegir objetos y a comentar sus virtudes. Laila se detuvo en uno de los puestos en el que había narguiles hechos a mano y oyó que su acompañante hablaba en árabe con el vendedor, aunque no consiguió entender lo que decía. Como no estaba interesada en comprar ninguno, siguieron andando hasta que aquel desconocido propuso tomar un té con menta.

—Me encantaría, pero he quedado para comer —replicó Laila. Era verdad.

—¿Qué te parece mañana?

—Sí, mañana me parece bien.

—¿Quedamos aquí, frente al salón de té, a esta misma hora?

—Sí —contestó sonriendo.

—Muy bien, estaré encantado de volver a verte —se despidió haciendo una reverencia.

Laila volvió a sonreír y echó a andar.

—No te acuerdas de mí, ¿verdad? —oyó que decía a sus espaldas. Se volvió, pero ya había desaparecido. Notó que el corazón le latía con fuerza y que en lo único que podía pensar era en volver a verlo. Estuvo a punto de salir corriendo en su busca para decirle que había cambiado de planes y que podía quedarse. Pero no lo hizo. ¿Cómo se llamaría? ¿Por qué tendría que acordarse de él?

Lo recordó mientras volvía a casa en coche. Iba al liceo, era un par de años mayor que ella. Alguna vez lo había sorprendido mirándola desde lejos, pero jamás habían hablado. En aquellos tiempos no le había dado importancia porque le sobraban atenciones por parte de otros chicos. ¿Por qué se había comportado con tanto distanciamiento?

Al día siguiente, Laila Al-Khalili, la glamourosa y solicitada chica más sexy de Beirut, se enamoró por primera vez, mientras tomaba una taza de té.

Aatish Tasser era un joven sirio nacido en Damasco y los orígenes de su familia se remontaban al tiempo de las Cruzadas. Estaba en Beirut documentándose para escribir una novela histórica sobre sus antepasados. Era un hombre sencillo, pero inteligente, además de pobre. Había alquilado un apartamento tan pequeño encima de una tienda del zoco que sólo cabía una cama, una mesa y una silla. Sin embargo, disfrutaba de una vista espectacular de la playa y el Mediterráneo. A Laila le encantaba contemplar la puesta de sol desde la ventana y ver cómo cambiaba el color del cielo, de azul intenso a turquesa, turmalina, violeta, morado e índigo, hasta convertirse en un profundo y oscuro negro azulado.

A pesar de que Aatish estaba loco por Laila, se mostraba reacio a formar parte de su vida social, a acompañarla a fiestas que le parecían frívolas —conversaciones insustanciales con demasiadas copas encima— o a aceptar el decadente comportamiento de algunos de sus amigos. Laila no lo animó a conocer a su círculo íntimo. No es que estuviera avergonzada de él, todo lo contrario, lo adoraba, sino que se daba perfecta cuenta de que no encajaría. También sabía que a sus padres no les gustaría como posible pretendiente, así que mantuvo en secreto su relación. No le resultó difícil, ya que cuando empezó a verlo más a menudo su interés por la vida social de Beirut disminuyó drásticamente. Su cortejo era de lo más sencillo: Aatish le compraba un helado y un té con menta, en vez de champán y caviar; daban paseos por la playa, la llevaba al cine, mantenían conversaciones

101

sobre su libro y su vida, y él la sondeaba con intención de saber quién era realmente. Laila se sentía hechizada porque un hombre la tomara en serio, y no uno cualquiera, sino un escritor respetado, alguien interesado en algo más que su belleza física, que no podía ofrecerle las mismas prebendas materiales con las que le atosigaban otros pretendientes y que, sin embargo, no se sentía inferior por no poder hacerlo.

Era la primera vez en su vida que tenía relación con otra religión. Ninguno de sus padres era religioso y había crecido sin observar formalmente la fe. Aatish era musulmán creyente y le enseñó que la fe era una cualidad importante, la fe en uno mismo y en los demás.

—Así pues ¿la fe significa que confías plenamente en mí cuando voy muy arreglada y espectacular a las fiestas? —se burló en una ocasión.

—Por supuesto —respondió Aatish convencido.

—¿Y cómo puedes estar seguro de que te soy fiel? Sobre todo ahora que me conoces y estás al tanto de mis muchas aventuras, casi tantas como dice la gente —insistió medio en serio. Había sido absolutamente sincera con él y le alivió observar que no la había juzgado, sino que se había limitado a escucharla, a aceptarla y a quererla.

—Si enjaulas a un pájaro siempre intentará escapar, pero si lo dejas volar con libertad hay muchas probabilidades de que vuelva a ti por voluntad propia.

Le habló del islam y le describió la belleza y tolerancia inherente en su religión, omitiendo el fanatismo que habían introducido los sultanes y los turcos durante los siglos XIV y XV. Laila pensó que abrazar las creencias de Aatish la acercaría más a él y empezó a leer el Corán. También dejó de beber y de fumar el narguile, al menos, delante de él. Y no porque se lo hubiera pedido, sino porque quería hacerlo por él.

—Si te apetece tomar una copa de champán de vez en cuando, no renuncies por mí, amor mío —la animó una vez.

—No, quiero hacerlo por ti.

—No, cariño, si lo haces ha de ser por ti, no por mí. No me importa que te emborraches todas las noches, te seguiré queriendo igual. Hazlo porque te sientas bien en tu interior, no por agradarme a mí.

Laila entendía lo que quería decirle, pero aún así lo hizo por él. Empezaba a sentir respeto, admiración y pasión por él.

Cuando de vez en cuando salía con sus amigos tomaba alguna copa o fumaba un narguile, pero cuando estaba con él no necesitaba hacerlo. Así comenzó la escisión entre su vida pública y su vida privada, una escisión que con el tiempo caracterizaría su vida.

Cuando hizo el amor por primera vez con Aatish, éste le entregó un regalo, un pequeño pomo para guardar kohl en el que había grabados unos antiguos jeroglíficos. Lo había comprado en el zoco el día que se había tropezado con ella, con la esperanza de poder regalárselo algún día. Fue aquello lo que no consiguió oír cuando Aatish hablaba con el vendedor. Cuando abrió la cajita en la que estaba guardado, se le saltaron las lágrimas.

—Amor mío, no tenía intención de hacerte llorar, sino de hacerte feliz —aseguró mientras la consolaba en sus brazos.

Pero Laila siguió llorando en su hombro porque en ese momento tan temprano de su relación, supo que lo quería. También sabía que sus padres jamás le dejarían unirse a él, algo que había alejado de su mente tanto como había podido en las semanas que llevaban juntos.

Cuando se quedó sin lágrimas, abrió el cierre de la cadena de platino que llevaba al cuello, quitó un colgante de diamantes, y colgó el pomo para kohl. Aatish le ayudó a cerrarlo mientras ella se apartaba el largo, castaño y brillante pelo. Fue al pequeño espejo que había en el cuarto de baño para ver qué tal le quedaba y Aatish la siguió. Observó su reflejo ruborizada, con los ojos brillantes y el pelo suelto, y tocó suavemente el colgante con forma de pentáculo.

—Es muy bonito, muchas gracias —aseguró sintiendo que las lágrimas volvían a agolparse en sus ojos.

—Eres tú la que lo haces bonito —la corrigió mientras la contemplaba en el espejo y la rodeaba con sus brazos. Los dos sonrieron alegres ante su entrelazado reflejo y grabaron aquel momento en su memoria.

Durante aquellas primeras semanas la vida en casa era igual que siempre. Mohammad Al-Khalili seguía prosperando y había conseguido unos lucrativos contratos para reconstruir

103

ciertos tramos del canal de Suez. Estaba concentrado en su trabajo y no en su díscola hija, y Yamila se alegraba de su evidente mejora en humor y comportamiento. Pero una noche en la que Mohammad y Yamila estaban a punto de irse de una fiesta, Mohammad salió a llamar al chófer y oyó una conversación que lo trastornaría todo.

—¿Sabes cómo ha conseguido Al-Khalili esos contratos? —dijo una voz al tiempo que Mohammad se escondía en una hornacina para poder seguir escuchando sin ser visto—. Gracias a su hija.

—Sí, parece estar muy bien relacionada en los lugares adecuados —aseguró entre risitas otra voz—. No me extraña que le dé tanta libertad y la deje salir sin carabina. Según me han contado, se lo hizo con el embajador francés y con el inglés.

—¿A la vez?

—Eso es lo que he oído.

Mohammad se quedó de piedra cuando los hombres se echaron a reír. Después se alejó, pues no quería que lo vieran. Era un serio y honrado ciudadano, y, sin embargo, la gente hablaba de su hija como si fuera una puta y lo ridiculizaban por inducirla a serlo. Eso no podía seguir así. Estaba tan enfadado que ni siquiera fue capaz de articular palabra de camino a casa, a pesar de que Yamila le preguntó en varias ocasiones qué le ocurría.

—¿Dónde está mi hija? —gritó a los criados en cuanto abrió la puerta.

—Deje que lo averigüe, señor. Preguntaré a las doncellas de mademoiselle —dijo el mayordomo.

Mohammad se sirvió un gran vaso de whisky y esperó en silencio junto a Yamila.

—Mohammad, ¿qué pasa? ¿Dímelo, por favor? —se atrevió a preguntar finalmente Yamila.

—Por si no lo sabes, toda la ciudad habla de nuestra hija como si fuera una puta y, según dicen, yo hago de proxeneta para favorecer mis negocios. Eso es lo que he oído cuando salíamos de la fiesta.

—No puede ser verdad —exclamó Yamila horrorizada—. Lo que pasa es que es muy guapa y la gente tiene celos de que todo el mundo le preste atención, pero...

—¡Déjalo, Yamila! Ya he oído demasiadas veces tus excusas. ¡Se acabó!

—Monsieur, mademoiselle no está en casa. Está en una fiesta en el hotel Ambassador —le informó el mayordomo, que acababa de volver.

—¡Envía un chófer a recogerla ahora mismo! —ordenó.

El mayordomo asintió y se fue.

Laila no estaba en el hotel Ambassador, sino con Aatish. Pensando que sus padres no volverían hasta las dos o las tres de la mañana, había decidido cenar con su amante antes de salir a la una para poder estar en la cama antes de que llegaran a casa. La pareja acababa de hacer el amor cuando se oyó un tímido golpe en la puerta.

—¿Quién es? —preguntó Aatish.

—Soy Lina, señor. Estoy buscando a mademoiselle, es muy importante que vuelva a casa.

—¿Qué pasa, Lina?

—Mademoiselle, su padre ha vuelto temprano con su madre y está muy enfadado. Ha preguntado que dónde estaba y el mayordomo le ha dicho que en el hotel Ambassador con unos amigos.

—¿Ha enviado un chófer para recogerme?

—Sí, pero no se preocupe. Tengo un taxi esperando. Nos llevará al hotel y desde allí podremos volver con el chófer —sugirió Lina.

—¡Eres un cielo! —dijo Laila, pero después se calló—. ¿Y qué hago? Jamás habría ido al Ambassador vestida así.

—He dejado un vestido en la parte de atrás de la casa, cerca de las habitaciones de los criados. Si no le importa, puede cambiarse en mi habitación antes de entrar.

—¿Qué haría sin ti, Lina? —preguntó Laila aliviada.

—Tenemos que darnos prisa —la acució mientras corrían por el zoco hacia el taxi.

Un poco más tarde, vestida y compuesta, entró en el salón en el que estaban sus padres, fingiendo estar enfadada.

—Papá, la fiesta era fantástica, ¿por qué me has hecho volver? —preguntó quitándose los guantes de terciopelo y arrojándolos a una silla. Miró de reojo a su madre para ver si la expresión de su cara denotaba lo que estaba pasando.

105

—¿Qué fiesta? No me habías dicho nada —le espetó Mohammad con una voz tan suave que Laila supo que estaba muy enfadado.

—Bueno, no había nada que contar. Era en el Ambassador...

—¿Y qué embajador era, Laila? —preguntó con sorna.

—¿De qué me estás hablando?

—Te he preguntado que qué embajador...

—Ya te he oído. Era el hotel, papá —lo interrumpió confusa.

—Bueno, según lo que he oído, has estado con el francés y con el inglés a la vez, además de con otros más.

—¿Cómo puedes creer esas estupideces? ¡Es totalmente ridículo! —exclamó visiblemente desconcertada.

—Sea verdad o mentira no voy a permitir que se hable de mi hija de esa forma. A partir de ahora no volverás a salir de esta casa sin acompañamiento. Y te casarás en cuanto tu madre y yo te encontremos un marido conveniente.

—Pero papá... —empezó a protestar.

—¡Vete a tu habitación! ¡Sal de mi vista!

106 Cuando a la semana siguiente Mohammad y Yamila fueron a El Cairo, nada pudo impedir que Laila siguiera viendo a Aatish o que asistiese a la fiesta de cumpleaños del embajador inglés, al que ni siquiera conocía. Aquella fiesta en 1934 fue una noche trascendental en su vida, ya que, en ella, el padre de Zahra, Kamal Ajami, vio por primera vez a la mujer que se convertiría en su esposa.

Kamal Ajami era un palestino nacido en Biblos en 1908, en el seno de una familia en la que habían nacido cuarenta y tres niños. Su padre, Khaldun Ajami, tuvo seis esposas en total, cuatro al mismo tiempo, de acuerdo con la tradición musulmana. Khaldun se casó con su última mujer cuando tenía setenta y nueve años, y su joven esposa, Hanan, hija del ulema local, dieciséis.

El padre de Hanan estaba desesperado por casarla y Khaldun, aburrido, empezaba a sentirse viejo. Así que un día que un grupo de hombres, entre los que se encontraban Khaldun y el ulema, estaban tomándose un té con menta y fumando una **bookah**, el ulema le sugirió que para aliviar su aburrimiento y volver a sentirse joven, lo que necesitaba era casarse con una joven virgen, también añadió que su hija era guapa y estaba disponible. Hanan no era realmente guapa. De haberlo sido la habrían casado el primer día que tuvo la regla. Aunque tampoco era fea, simplemente era sencilla y callada, y no tenía la misma chispa que sus hermanas.

Un año después de casarse con un hombre lo suficientemente mayor como para ser su abuelo, tuvo un hijo, Kamal, y un año más tarde a su hermano Khalil.

Kamal Ajami había sido el cuadragésimo segundo hijo de Khaldun. Cuando llegó a Beirut en 1927 no tenía mucho dinero, pero era joven, entusiasta y estaba lleno de energía. Enseguida se dio cuenta de que mientras Biblos era un centro de comercio, Beirut era la capital de la banca del mundo árabe y empezaba a conocerse como la Suiza de Oriente Próximo por su poder financiero. Kamal olvidó el comercio y decidió ser banquero. Los franceses seguían teniendo una importante presencia en Líbano y Siria, así que consiguió un cargo medio en el Banco de Siria y Líbano, una empresa privada francesa, e utilizó su puesto para empezar a hacerse un nombre en la sociedad beirutí.

Cuando lo invitaron a la fiesta de cumpleaños del embajador británico se sintió afortunado y pensó aprovechar la ocasión para hacer cuantos contactos influyentes pudiera. Pero sus planes cambiaron en cuanto vio a Laila Al-Khalili. No tanto por el hecho de que fuera guapa, que lo era sin duda, sino porque tenía cierta presencia, un aura de autosuficiencia. Llevaba un traje negro de satén que parecía que lo hubieran cosido con ella dentro. No tenía tirantes y la falda tenía un corte en la parte delantera que le permitía andar. Sobre el ajustado vestido se había puesto un echarpe de chiffon estilo imperio, un toque de recato y elegancia. Llevaba una estola de visón y unos pequeños pendientes de diamantes. Ninguno de esos detalles escapó a la mirada de Kamal.

Después de observar que hablaba y conversaba con varios hombres, reunió el suficiente valor como para presentarse.

—¿Me permite la audacia de decirle que me ha cautivado tan total y absolutamente con su deslumbrante belleza que no he podido quitarle los ojos de encima en toda la noche? —dijo

107

sin hacer una pausa. Después, preocupado por haber hablado demasiado, añadió—: No se ofenda, por favor, pero realmente pienso que es la mujer más hermosa que he visto en mi vida.

Kamal era un hombre razonablemente apuesto. También parecía educado y sus piropos eran honrados y sinceros, tanto, que Laila se sonrojó.

—Gracias —se limitó a decir antes de olvidarse de él por completo.

Pero Kamal no la olvidó. Además de quedar fascinado por su belleza y su intrigante aire de indiferencia, enseguida se enteró de que su familia era una de las más importantes de Beirut. Si se convertía en su familia política, sin duda entraría a formar parte de la flor y nata de la sociedad beirutí. También había oído decir que Laila era muy testaruda y promiscua, pero, en vista del resto de ventajas que ofrecía su emparejamiento, decidió obviar esos defectos. No tardó en escribir a Mohammad para pedirle una entrevista.

Pocos días después, Laila volvía a casa después de pasar una tierna tarde despidiéndose de Aatish, ya que esa misma noche emprendía uno de sus viajes para documentarse, y se encontró a sus padres sentados en el salón con Kamal Ajami, al que prácticamente no reconoció. Enseguida supuso que había ido para pedirla en matrimonio, y no se equivocó.

Había llegado a las cinco en punto. Le habían ofrecido té y *mezze*, entremeses. Se había esmerado por ir bien vestido y se había inventado toda una historia sobre su pasado en la que no llegaba a mentir, pero exageraba cada uno de los detalles. Habló en francés y les explicó que su padre era un famoso ingeniero de Biblos, que él había estudiado Asuntos Internacionales, Económicas y Banca en la Universidad Americana de El Cairo, que en ese momento trabajaba en el Banco de Siria y del Líbano, y que su cargo estaba sólo por debajo del vicepresidente. Fue tan convincente que los Al-Khalili aceptaron con entusiasmo su propuesta y se fijó la fecha de la boda.

Cuando su madre le comunicó la noticia, Laila explotó. Sabía que sus padres querían casarla y que deseaban unirla con alguna de las mejores familias del Líbano, sin importarles lo que ella pensara, pero no los había tomado en serio cuando le dijeron que sería pronto. Aatish y Laila esperaban la publicación del libro antes de confesar a los padres de ella el amor que sentían el uno por el otro. Laila sabía que si declaraba su amor por un hombre que no estaba a la altura de las expectativas sociales de sus padres y se negaba a casarse con uno que sí lo hacía, había muchas posibilidades de que la desheredaran, pero estaba dispuesta a correr el riesgo. Tenía que estar con Aatish. Era así de sencillo.

—Pensaba que estarías encantada —replicó Yamila poco convencida—. Tienes que entenderlo. Ya es hora de que sientes la cabeza. Tus locuras son la comidilla de todo Beirut y todos esos rumores afectan a la reputación de tu padre, por no hablar de tus oportunidades de encontrar una buena pareja.

—¡Los negocios de mi padre me importan un pito! —gritó Laila sin dejar de ir de un lado al otro de la habitación.

—Pues deberían importarte, no te olvides de que son los que pagan tus caprichos.

—¡Me da igual! ¡Prefiero vivir en una choza y vestir con harapos!

—Venga, Laila —replicó Yamila riéndose—. Sé que no es verdad. Te encanta el lujo.

—¿Por qué le importa a mi padre lo que hago?

—Porque cuando la gente habla mal de ti, eso repercute en él como padre y como hombre. No se lo merece. Además, ya tienes veinte años y hace tiempo que deberías haberte casado —sentenció su madre con firmeza.

—¡Pero yo no quiero casarme con Kamal Ajami! ¡No me gusta! —replicó gritando.

—Nos ha contado que tuvisteis una agradable conversación en la fiesta del embajador británico. Además, ¿por qué no te gusta? Es guapo, proviene de una respetable familia de Biblos y tiene por delante una prometedora carrera en el banco. Cuidará bien de ti.

—Pero, madre, si ni siquiera lo conozco.

—Yo tampoco conocía muy bien a tu padre cuando me casé con él. Nuestras familias tenían mucha relación, eso es verdad, pero no lo conocí realmente hasta que nos casamos.

—Pero yo quiero casarme con alguien a quien quiera y ése no es Kamal Ajami.

—Aprenderás a hacerlo, Laila. Se acabaron las discusiones.

109

Tu padre ha decidido que te casarás con él y no va a tolerar objeción alguna.

—Pero, madre... Estoy enamorada de otra persona —confesó a la desesperada.

Yamila, que ya estaba en la puerta, se dio la vuelta. Supuso que tenía alguna relación con un hombre casado.

—Acaba lo que tengas con él, sea quien sea. Te vas a casar con Kamal Ajami. —No le interesaba saber de quién estaba enamorada. En su opinión, su hija era una desagradecida por todo lo que habían hecho por ella y casarse con un banquero serio era lo que necesitaba para enmendar su reputación de niña malcriada. Cuanto antes, mejor.

—¡No pienso hacerlo! —gritó, pero Yamila ya había salido de la habitación.

Laila estaba frenética. Tenía que haber alguna escapatoria. Siempre había encontrado la forma de librarse de lo que no quería hacer. Pero, para poder pensar, primero tenía que calmarse y localizar a Aatish inmediatamente, algo que no le sería fácil.

Aatish estaba de camino a Turquía, donde pasaría unas semanas documentándose y después había planeado ir a ver a su familia a Siria. Tardaría cuatro meses en volver a Beirut, para entonces sería finales de primavera. Además de investigar para su libro, dos revistas estadounidenses, *Time* y *Life*, le habían encargado que escribiera varios reportajes. Laila creía que iba a llamarla desde el primer sitio en el que se detuviera, pero los días pasaban y no había podido hablar con él. Lo que sí había hecho era enviarle telegramas en los que le decía cuánto la amaba y cuánto la echaba de menos, le pedía que no se preocupara y le aseguraba que se pondría en contacto con ella en cuanto llegara a Estambul.

Laila llamaba al hotel Saint Sophia de Estambul todos los días con la esperanza de que Aatish hubiera llegado, pero siempre obtenía la misma respuesta, prometían hacerle llegar su mensaje al señor Tasser. Incluso llamó a su casa en Damasco y habló con su madre, aunque con cierta reserva. No era el mejor momento para conocerla.

—¿Así que eres la mujer que le ha robado el corazón a mi hijo? —le preguntó Aziza Tasser con cariño.

—¿Le ha llamado? ¿Sabe dónde está o cómo puedo ponerme en contacto con él? —preguntó Laila.

—Nos ha enviado varios telegramas, cariño, pero no sé dónde está exactamente. Supongo que nos llamará cuando llegue a Estambul. Quizá deberías dejarle un mensaje en el hotel —sugirió.

—Ya lo he hecho.

—Ya sé que el amor es impaciente, querida, pero ten paciencia, tienes toda la vida por delante.

«¡No la tengo!», pensó. No sabía cómo, ni si debía comentarle la situación en la que se encontraba, así que prefirió guardar silencio.

—Todo lo que está escrito, sucederá —la tranquilizó, y Laila no supo qué decir.

En ese momento, Aatish había llegado a las afueras de Estambul y había acampado en una excavación arqueológica. Su plan consistía en recorrer la misma ruta que hizo la segunda cruzada en 1100, pero había tenido que renunciar a su empeño debido a problemas burocráticos que habían retrasado su regreso a Damasco y, por ende, su posterior viaje a Beirut. Como había agotado el tiempo para escribir los reportajes para las revistas, decidió redactarlos y enviarlos a los editores antes de volver a su trabajo de investigación. A los pocos días de llegar a la excavación llamó al hotel Saint Sophia para preguntar si había mensajes para él y se enteró de que Laila había preguntado por él varias veces. Al desconocer el motivo, había recorrido varios kilómetros hasta encontrar un teléfono desde el que llamarla. Contestó Yamila Al-Khalili.

—¡Ah, sí, Aatish! ¡Claro que me acuerdo de ti! Ibas al colegio con Laila. ¿Qué tal estás?

—Bien, muchas gracias, señora Al-Khalili. En este momento estoy cerca de Estambul y me he enterado de que Laila me ha llamado.

—¿Ah, sí? No me ha comentado nada. No sabía que seguíais en contacto.

—Bueno, nos tropezamos hace un tiempo —improvisó con cautela.

—Ah, eso lo explica todo. Lo siento, pero no está. Ha ido de compras. Ya le diré que has llamado.

—Gracias. ¿Podría decirle que donde estoy no hay manera de contactar conmigo, pero que la llamaré yo más adelante?

Yamila colgó el teléfono intrigada y se preguntó por qué lo habría llamado su hija. Por lo que recordaba, era imposible que fuera su pretendiente, así que no sospechó nada, sólo se quedó sorprendida.

Más tarde, durante la cena, mencionó de pasada que la había llamado, pero que donde estaba no se le podía localizar. Laila no dijo nada, pero se levantó de la mesa y subió a su habitación.

—¿Qué le pasa? —preguntó Mohammad Al-Khalili. Yamila se encogió de hombros. En ese mismo momento Laila estaba sujeta al borde de la bañera intentando suprimir la frustración y la cólera que deseaba liberar. ¿Por qué había ido de compras precisamente esa tarde? ¿Sospechaba su madre que había algo entre ellos?

A la mañana siguiente decidió ir a Estambul a buscarlo. No tenía ni idea de cómo ir y mucho menos qué haría cuando estuviera allí. Pero al final no consiguió pasar de la puerta de casa. Mohammad Al-Khalili estaba resuelto a imponer su voluntad y, para asegurarse de que su hija se casaría con Kamal Ajami, había ordenado que no saliera sin acompañante y que no la dejaran sola en ningún momento. Sus protestas sólo consiguieron adelantar la fecha de la boda, lo que provocó una infundada especulación en los círculos sociales de Beirut sobre la posibilidad de que estuviera embarazada. Laila estaba cada vez más abatida. Dándose por vencida, recurrió al narguile sin parar y a pedirle a Lina que pusiera más y más hachís en la mezcla de tabaco.

Aatish intentó llamarla varias veces más, pues era lo único que podía hacer en las circunstancias en las que se encontraba, pero siempre respondía alguno de los criados y éstos tenían órdenes estrictas de no permitir que la señorita hablara con nadie que no estuviera dentro de un limitado grupo de amigos y familiares. Temeroso de que abrieran y leyeran sus cartas, le envió telegramas, pero Laila nunca los recibió. El mayordomo llevaba el correo a Mohammad, que tiraba a la basura y sin abrir toda la correspondencia destinada a su hija.

Mientras Aatish, que no sabía lo que estaba pasando en

Beirut, se concentró en acabar los reportajes y continuar su investigación, su amada Laila fue obligada a casarse con Kamal Ajami en una ceremonia organizada a toda prisa, aunque no por ello sencilla, a la que asistió todo el que se preciaba de ser alguien en Beirut. Mohammad cubrió todo el jardín con una colorida tienda tradicional árabe y colocó unas hermosas alfombras persas sobre el césped. Se acomodaron sofás bajos y grandes cojines de seda en un lado, lo que permitía suficiente espacio para que los invitados se relacionaran. Unas linternas de colores emitían un suave resplandor y los arbustos de jazmín y mogra inundaban el ambiente con su exótica fragancia. En un extremo del jardín se sirvió un espectacular bufé preparado por el cocinero de la casa y un ejército de ayudantes y criados. También se pusieron unas mesas redondas cubiertas con sedas doradas y color azafrán, para los que quisieran disfrutar de la comida sentados. Antes de la cena, otro ejército de criados ofreció a los invitados bandejas con entremeses y bebidas, como complemento del bar que se había instalado en el porche. La temperatura era perfecta para la fiesta al aire libre que comenzó al anochecer, cuando los músicos empezaron a tocar.

113

Mohammad y Yamila permanecieron cerca de la entrada del jardín para saludar personalmente a cuantas personas pudieran de los dos mil invitados que acudieron al banquete. La ceremonia se había celebrado unas horas antes en presencia de los ulemas, Mohammad, Yamila y unos pocos amigos íntimos. Cuando acabó, Laila y Kamal se cambiaron de ropa y Laila llegó al banquete en un palanquín llevado en hombros por cuatro hombres de la familia. Kamal llegó después en un Rolls Royce, vestido con una chaqueta larga, pantalones y una capa tejida con hilo de oro. Se sentó frente a Laila, separados por una cortina de seda roja.

Cuando la abrieron y la pareja pudo verse una vez convertidos en marido y mujer, se repartieron copas de champán y se dio paso a la celebración mientras las mujeres de la familia Al-Khalili proferían ululatos. Kamal y Laila se levantaron y fueron a sentarse para recibir los parabienes y regalos de los invitados.

La única forma en que Laila consiguió soportar todo aquello

fue estando completamente colocada, tanto como para creer que se estaba casando con Aatish en vez de con Kamal. Tuvo los ojos vidriosos durante toda la fiesta, pero nadie se dio cuenta.

Al día siguiente, Yamila colgó con orgullo las sábanas manchadas de sangre en el balcón del dormitorio en el que los recién casados habían pasado la noche. Nadie supo a ciencia cierta si eran verdaderas o falsas, pero aquello ayudó a acallar los rumores de su posible embarazo.

Tras los necesarios meses después del viaje de novios a París, pagado por Mohammad Al-Khalili, Laila tuvo su primera hija, una niña a la que pusieron el nombre de Aisha y que era el vivo retrato de su padre; después, en 1938, una segunda, Hafsah. Entonces fue cuando la alta sociedad de Beirut se abrió realmente a Laila Al-Khalili, que había adoptado el apellido Ajami, ya que por fin parecía haber regresado al camino de la decencia.

Aatish Tasser llegó a Damasco a mediados de abril de 1934, sin saber que Laila se había casado. Sus padres le dieron una calurosa bienvenida. Al igual que Laila, era hijo único y lo adoraban.

114

—Lo que más me apetece es darme un buen baño —susurró mientras abrazaba a su madre. Aziza Tasser dio órdenes para que llenaran la bañera con agua fresca del pozo, a la que añadió sales y pétalos de rosa. Mientras miraba el casco viejo desde la bañera, pensó en Laila. Le extrañó que no hubiera podido ponerse en contacto con ella y que no hubiese contestado a los telegramas que le había enviado desde Estambul. Empezó a preguntarse si después de su partida habría echado de menos la vida que llevaba antes de ser amantes, en la que era el centro de atención en todas las fiestas, y si hacía bien alejándola de aquel mundo para que formara parte del suyo. Pero, cuando estaba con él no era la célebre Laila, vestida y acicalada a la perfección. Para él estaba mucho más guapa cuando no se arreglaba, sin la ropa, las joyas y el maquillaje.

Tras permanecer un buen rato en el agua, se reunió con sus padres en el jardín trasero de la casa del siglo XV que tenían en la parte antigua de la ciudad. Quiso esperar un poco antes de llamar a Laila, ligeramente temeroso de lo que pudiera oír. Los tres hicieron una tardía comida bajo un amplio toldo que les protegía del caluroso sol primaveral. Aziza Tasser había preparado un festín para su hijo.

—¡*Umma*, esto es una maravilla! Me siento como si fuera un rey —dijo muy agradecido al contemplar la mesa llena de *mezze*, los entremeses que le había preparado su madre con tanto cariño. Había *hummus*, **babaganoush**, hojas de parra y de col rellenas, **kibbeh** frito, ensalada de rúcula, cebolla y rábanos, berenjenas fritas, **labneh** con eneldo, una gran cesta con pan casero, olivas, cebollas en vinagre y anacardos tostados.

—Me alegra que te guste. Después hay cordero asado —Aziza sonrió cuando el joven criado empezó a pasar las grandes bandejas con los entremeses.

—¡Guau! —exclamó Aatish.

—También he preparado tu pastel de sémola preferido —añadió Aziza.

—Muchas gracias, *umma* —dijo Aatish inclinándose por encima de la mesa para abrazarla.

—¿Qué tal el libro? —preguntó su padre, Omar, mientras untaba pan en algunos de aquellos manjares.

115

—Muy bien, **ubba**. He conseguido mucha información en la excavación de las afueras de Estambul.

Cuando empezó a hablar de sus descubrimientos, su madre lo interrumpió de repente.

—Quería decírtelo antes, pero se me ha olvidado. Laila llamó hace unas semanas. Parecía un poco enfadada.

—Sí —dijo Aatish ruborizándose al oírla pronunciar ese nombre—. También llamó al hotel de Estambul. No conseguí hablar con ella, pero pensaba intentarlo de nuevo después de comer.

—Tenía una voz muy bonita —comentó Aziza.

Aatish se echó a reír.

—Es muy bonita, *umma*. Es verdaderamente guapa.

—¿De quién estáis hablando? —intervino Omar entre bocado y bocado.

—De nadie que conozcas —respondió Aziza dándole una palmadita en la mano.

—¿Por qué en esta casa no me cuenta nadie nada? —insistió Omar.

—Estamos hablando de una chica que conozco. Se llama Laila Al-Khalili —le informó Aatish.

—Ah, ya sé, la guapa chica libanesa que acaba de casarse.

A Aziza se le cayó la comida que tenía en la mano y Aatish miró fijamente a su padre.

—¿De qué estás hablando, Omar? ¿De dónde te has sacado eso? —preguntó Aziza.

—Ha salido en los periódicos. No hace mucho. Hablan de la fiesta, del vestido que llevaba y de todos los detalles que suelen incluir en esas columnas de sociedad.

—¿Me disculpas, *umma*? —preguntó Aatish en voz baja.

—Claro, hijo.

—Me voy a mi habitación, necesito tumbarme.

—¿Qué he dicho? ¿Qué le pasa? —preguntó Omar cuando Aatish se fue.

—Nada, Omar. Sólo tiene el corazón roto —contestó Aziza apenada.

—¿A qué te refieres con «corazón roto»? ¿Un corazón roto por qué? ¿Quién le ha roto el corazón? —inquirió Omar inquieto.

—Omar, ¿cómo puedes estar tan ciego? —le reprendió cariñosamente su mujer.

En el piso de arriba, Aatish estaba sentado en la cama y se miraba las manos. No sabía qué pensar ni qué hacer. No podía creer lo que acababa de oír. ¿Su amada Laila casada? Imposible. Cuando se fue le quería y él la quería a ella, e iban a pasar el resto de su vida juntos. ¿Qué había pasado? ¿Era por eso por lo que había intentado hablar con él? Una lágrima cayó en su mano. A esa solitaria lágrima siguió otra y otra, y, sin darse cuenta, empezó a llorar. Se tumbó en la cama y se acurrucó para abrazarse las rodillas. Cuando se recuperó era ya de noche. Seguía sin poder creer que Laila, su Laila, se hubiera casado con otro. «Sólo es una pesadilla —se dijo a sí mismo—. Luego me despertaré en el apartamento encima del zoco y la tendré entre mis brazos.»

Pero cuando el día dio paso a la noche y, con el tiempo, él mismo leyó el relato de la boda, tuvo que aceptar que Laila se había ido. «Pero ¿por qué? —se repetía una y otra vez—. Creía que íbamos a casarnos, que estábamos esperando a que acabara el libro. ¿Fue el dinero? ¿El poder? ¿Qué te apartó de mí?» Aatish no dejaba de atormentarse con esas preguntas y les daba vueltas una y otra vez en su mente, sin lograr encontrar respuesta.

Permaneció en Damasco con el corazón destrozado y decidió no ir a buscarla, pues la amaba demasiado como para ponerla en un compromiso estando casada con otro hombre. Se convenció de que la posibilidad de vivir juntos no había existido nunca realmente y de que la única forma de actuar con honradez era mantenerse lejos de ella.

Escribió a su casero en Beirut y le comunicó que estaba en Siria y que no sabía cuándo volvería. Aquel comerciante era buena persona y le contestó por carta para decirle que no se preocupara, que no le importaba que el apartamento estuviera vacío, que estaría siempre a su disposición. También dudó sobre si sería adecuado hablarle de todas las notas que había encontrado al otro lado de la puerta o de las veces que Lina había ido al zoco para obtener información sobre él y poder trasmitírsela a su señorita. Él también se había enterado por los periódicos de que Laila se había casado. Sabía que Aatish y ella tenían una aventura, pero jamás se lo había comentado a nadie. Su política era «tener la fiesta en paz» y prefirió guardarse para él lo que sabía.

Laila no volvió a ver a Aatish en seis años. No supo nada de él ni se lo encontró en Beirut. A pesar de que ansiaba poder hablar con él, era una mujer casada y, además, él tampoco se había puesto en contacto con ella. Aquella aventura había acabado de verdad. Privada de su compañía y desconsolada, se resignó a su nueva vida.

117

Capítulo seis

*L*aila nunca llegó a querer a Kamal Ajami. Enseguida tuvo claro que no era quien había pretendido ser. Ocupaba un cargo medio en el banco y supo que jamás alcanzaría puestos superiores. Los Al-Khalili tuvieron que ayudar a los Ajami a mantener un nivel de vida apropiado. Lo primero que hizo Mohammad Al-Khalili fue comprar una bonita casa para la joven pareja en uno de los mejores barrios de Beirut, para que pudieran empezar bien su vida en común. Kamal armó un escándalo por aquel regalo, pero la verdad es que estaba encantado de aceptar todo lo que le ofrecía Mohammad.

—Vivimos bien, señor Al-Khalili —protestó Kamal cierto día—. Pero tiene razón, no puedo soportar que a Laila le falte de nada, así que muchas gracias.

—De nada, hijo mío —lo tranquilizó, encantado de que le permitiera seguir malcriando a la hija que seguía adorando, aún después de casada—. Sólo es una pequeña muestra de nuestro amor por Laila y por ti.

Gracias a aquella casa Kamal pudo presumir en la oficina y nunca perdió la oportunidad de mencionar el exclusivo barrio en el que estaba situada. También hubo ocasiones en las que iba a ver a sus suegros para pedir «una ayuda» para comprarle a Laila un regalo caro. «Qué considerado», decía encantada Yamila, y Kamal se iba con unos miles de libras en el bolsillo. A menudo Laila no recibía el regalo para el que se suponía era el dinero.

Kamal se había mostrado encantador mientras intentaba

conseguir a Laila, pero una vez casados empezó a demostrar cómo era realmente. Cuando se enfadaba podía ser severo, gritaba con frecuencia y solía perder los estribos. Al cabo de seis meses de matrimonio, Laila y Kamal tuvieron una discusión y éste levantó la mano con intención de pegarle. Laila se quedó de piedra, se cubrió la cabeza con las manos y empezó a llorar. Lloró por la vida que había perdido, por el amor que había perdido, por culpa del hombre con el que se veía obligada a vivir.

A pesar de que en un principio pensó que su marido era aceptablemente guapo, sus exigencias sexuales la dejaban fría. Ella, que siempre había disfrutado del sexo, se veía obligada a soportarlo y desear que acabara rápido. Kamal no parecía enterarse.

Laila Al-Khalili, en tiempos la *femme fatale* de Beirut, se encontró a sus veintidós años atrapada en un matrimonio musulmán, llevando la vida de una típica ama de casa libanesa.

Pasaron los años, pero nunca dejó de querer a Aatish. El tiempo mitigó el dolor de su ausencia, aunque no consiguió olvidar al hombre que le había enseñado que era posible ser feliz con poco. Se aferró a sus recuerdos porque había ocasiones en las que creía que eran lo único que la mantenían viva. También aprendió que la mejor manera de tratar a Kamal era darle siempre la razón, aunque no estuviera de acuerdo con él.

Sus padres nunca se enteraron de la realidad de aquel matrimonio. Jamás confió a nadie su desilusión, sino que levantó un muro, distante y amargo, con el que ocultar sus sentimientos y mantener alejada a la gente.

Aatish Tasser acabó la novela sobre su familia y la publicó con cierto éxito. Permaneció en Damasco un tiempo y después, como no quería volver a Beirut, pasó varios años de viaje en los que trabajó con arqueólogos en Egipto y Turquía. Más tarde fue a Grecia, Italia y España, sin dejar de escribir artículos para poder conseguir suficiente dinero para ir de un lado a otro. Tras un tiempo de vagabundeo, pensó que había llegado el momento de volver a casa. Quería vivir en Damasco, pero antes de instalarse allí tenía que ir a Beirut y vaciar el antiguo apartamento del zoco.

Un día, poco después del nacimiento de sus dos hijas, Aisha y Hafsah, Laila salió de compras y decidió tomar un café en una de sus cafeterías preferidas, frente al mar, algo que hacía a menudo. Estaba sumida en sus pensamientos cuando notó que una sombra la envolvía. Levantó la vista y los ojos se le llenaron de lágrimas al ver a la persona que estaba frente a ella.

—Estás muy guapa, Laila. El matrimonio te sienta muy bien —dijo aquella persona con voz llena de emoción.

Laila no pudo articular palabra. Buscó a tientas las gafas en el bolso porque no quería que la viera llorar. No sabía qué decir y, a pesar de tener tantas cosas que contarle, no sabía por dónde empezar.

—Gracias, Aatish —respondió finalmente, mientras se ponía unas anchas gafas de sol—. ¿Quieres un café? —preguntó un poco más sosegada.

—La verdad es que me preguntaba si te apetecería tomar una copa de vino conmigo.

—¿Ahora? Pero si es la una y media... —su voz se fue apagando y después confesó con tono vacilante—. Todavía tengo el colgante que me regalaste.

Aatish sonrió.

—Ven, Laila —le pidió ofreciéndole la mano.

Lo miró e intentó resistir la atracción y el amor que seguía sintiendo por él. Durante un instante se limitaron a mirarse sin saber qué iba a suceder.

—Ven conmigo, Laila —repitió con suavidad, pero también con insistencia. El muro protector que Laila había levantado a su alrededor se vino abajo y, sin decir palabra, se puso de pie y lo siguió.

Sabía exactamente dónde iban. Caminaron cogidos de la mano por el zoco hasta llegar al apartamento en el que tantas veces se había sentado Aatish a escribir mirando el Mediterráneo.

Laila aceptó una copa de vino blanco frío. Mientras tomaba un sorbo levantó la vista y cuando sus miradas se cruzaron, los dos supieron que estaban perdidos. Aatish se acercó, ella se levantó y fue hacia él dispuesta, ansiosa. Se quitaron la ropa el uno al otro, desesperados por unirse, por sentirse, para expresar por fin el amor, el deseo y la pasión reprimidos durante los

121

años en los que se habían añorado. Eran como dos viajeros sedientos en un desierto que hubieran tropezado con un oasis. Tras la primera vez, que fue torpe, rápida y brusca, hicieron el amor suave, sosegadamente, tomándose el tiempo necesario, reavivando su pasión. No hubo necesidad de palabras ni explicaciones. Aún no. Eso vendría después. De momento Laila era feliz con volver a estar en sus brazos.

Cuando el sol comenzó a hundirse en el Mediterráneo, Laila supo que tendría que irse pronto y lo besó con ternura.

—Te quiero, Aatish. Quiero que lo sepas.

—Yo no he dejado de quererte nunca, Laila.

—¿Volveré a verte?

—Mañana tengo que ir a Damasco, pero podemos vernos en el café la semana que viene, además de llamarnos todos los días por teléfono.

Laila sonrió y mientras volvían a hacer el amor supo que era entre esos brazos donde debería estar, fueran cuales fuesen las consecuencias.

Mientras volvía a casa por el zoco, el tacto de Aatish seguía adherido a su piel y pensó en qué diría si Kamal ya había llegado a casa. Pero no lo había hecho. Besó a sus hijas, las dejó con la niñera y se fue al dormitorio. Se preparó un baño, encendió unas velas y unas varitas de incienso, se metió en la bañera y disfrutó de la lánguida tibieza del agua mientras rememoraba una y otra vez aquellas horas con Aatish.

¿Qué iba a hacer? Lo que realmente deseaba era meter cuatro cosas en una maleta, irse al día siguiente a Damasco con él y no volver la vista atrás. Pero era esposa y madre. De haber sido sólo la esposa de Kamal, no habría tenido ningún problema en dejarlo en ese mismo momento. De hecho, ni siquiera habría vuelto a casa aquella noche. Le habría escrito una carta para pedirle el divorcio.

Pero ser madre complicaba las cosas. Aisha y Hafsah eran muy pequeñas; Aisha sólo tenía cinco años y Hafsah dos. ¿Cómo iba a abandonarlas? Las quería, eran parte de ella, al igual que Aatish. Él también formaba parte de ella. «¡Dios mío! —pensó mientras seguía en la bañera—. ¿Qué va a pasar ahora?»

Laila se debatió durante la semana que Aatish estuvo ausente. En ocasiones miraba a sus hijas y sabía que no podría vivir sin ellas. Aunque también había otras en las que, mientras cenaba con su marido, lo único que quería era levantarse de la mesa e ir a Damasco.

En cuanto Aatish volvió, empezó a pasar con él todos los días en el apartamento del zoco. Desayunaba con Kamal y las niñas y después, en cuanto todo el mundo se había ido, ya fuera a la oficina o al colegio, desaparecía, andando o en taxi, por si acaso alguien la vigilaba. Aquellos días fueron los más felices de su vida. Sintió que había recuperado parte de su antiguo ser; volvió a sentirse hermosa, aunque nunca había dejado de serlo, a tener confianza en sí misma y a ser dueña de su vida, tal como se sentía antes de casarse.

Laila y Aatish hablaron de todo lo que había pasado. Laila le contó las frenéticas llamadas que había hecho y sus desesperados intentos por ponerse en contacto con él. Aatish había encontrado sus mensajes al volver al apartamento y los había guardado todos. Conocer los detalles de su boda tuvo un efecto devastador en él; en cierta forma le había resultado más fácil soportarlo pensando que lo había hecho por voluntad propia. Pero ¿perder la felicidad por una comunicación fallida? El destino parecía haberse esforzado en separarlos.

Aatish le habló de los telegramas que había enviado y de las llamadas que había hecho a su casa. Laila volvió a enfurecerse con su padre por todo lo que había maquinado para mantenerlos a distancia.

—¿Cómo pudo hacerlo? ¿Cómo pudo hacer una cosa así? —gritó.

—Porque es tu padre, Laila. Hizo lo que creía que era lo mejor para ti. No lo sabía —respondió Aatish con paciencia.

Los días fueron pasando y procuraron estar todo el tiempo que podían en brazos del otro, haciendo el amor o simplemente abrazados. Laila lloraba a menudo y el remordimiento y la cólera se apoderaban de ella hasta que Aatish la calmaba, le acariciaba el pelo y le decía que todo saldría bien. Bebían vino, nadaban, se miraban a los ojos, hablaban, reñían y hacían las paces, y, sobre todo, estaban contentos por poder sentarse en el balcón para disfrutar de la paz y la belleza de las puestas de sol en el Mediterráneo. Cuando salían se quedaban en las cercanías del zoco y procuraban ser lo más discretos posible.

123

Aatish trabajaba en su escritorio y Laila volvía a preparar la comida, el té o un tentempié por la tarde, disfrutando de esa rutina, imaginando que era su vida real. Por la noche llegaba el momento más difícil, cuando se acercaba la hora en que tenía que irse. A veces se enfadaba y gritaba por pura frustración. Aatish sabía que no estaba enfadada con él. No quería que se fuera, pero la despedía cariñosamente y le aseguraba que estaría esperándola al día siguiente. Como siempre hacía.

Poco después del día de Año Nuevo de 1941, Aatish tuvo que hacer un viaje de investigación a Israel y Jordania para otro libro, que también sería una novela histórica. Sólo estaría fuera unos días, pero sería imposible estar en contacto con él. Laila sintió auténtico terror cuando recordó el viaje que los había separado, y cuando le dio un beso de despedida se aferró a su cuerpo.

—¿Y si necesito avisarte de algo? —lloró en su hombro.

—Laila, intentaré llamarte desde donde encuentre un teléfono. Pero ya sabes que estaremos acampados en el desierto casi todo el tiempo y allí no hay muchos. No creo que sea buena idea enviar telegramas.

—Podrías mandarlos a Lina para que me los entregue —sugirió Laila.

—¿Te parece prudente? —preguntó con paciencia mientras le sujetaba la cara entre las manos. Sabía que no podía pensar con claridad.

—Sí, no pasará nada —aseguró.

—Por favor, Laila, piénsalo bien. Podrían descubrirnos.

—¿Y a quién le importa? —gritó con impaciencia mientras se apartaba de él para abrir la puerta—. Te amo y quiero que lo sepa todo el mundo.

—¿Incluidos tu marido, tus hijas y tus padres?

—¡Todo el mundo! —repitió desafiante.

—Laila, te quiero mucho —dijo Aatish poniéndole las manos en la cintura.

—¿Por qué es todo tan difícil? —gimió Laila al darse cuenta de que estaba siendo poco realista.

—La vida no es fácil, cariño. Justo cuando crees que todo va bien y te sientes a gusto, pasa algo y has de cambiar. Es lo que los indios llaman la gran verdad del *anityata*, la provisionalidad de las cosas.

—De acuerdo, prométeme que harás todo lo posible por llamar y que si no puedes, avisarás a Lina de alguna forma —suplicó Laila.

—Lo intentaré, pero no te enfades si no tienes noticias. Eso sólo significará que no he encontrado un teléfono o una oficina de telégrafos.

Laila, permaneció allí todo el tiempo que pudo y abandonó el apartamento del zoco a regañadientes. En el peor de los casos volverían a verse en cinco días.

Una vez transcurridos, Laila quiso ir corriendo al zoco nada más despertarse, pero los rituales matinales de la casa la retrasaron. Cuando los hubo finalizado pidió a Lina que llamara un taxi y esperó en la puerta a que llegara. «¿No puede ir más rápido? —repetía una y otra vez al conductor—. Tengo mucha prisa.» Hacía tres días que había recibido una llamada de Aatish desde Petra, Jordania. Aquella mañana se había vestido con un cuidado especial: llevaba un vestido blanco de punto de seda, zapatos de salón blancos y negros, y se había puesto una camelia en la oreja. «Quizá demasiado elegante», pensó mientras se daba los últimos retoques. Con todo, quería estar especialmente guapa cuando Aatish abriera la puerta. Pagó al taxista, salió y corrió por el zoco y por las escaleras que conducían al apartamento. El casero estaba sentado en la tienda cuando pasó a su lado a toda velocidad. Éste se preguntó a qué vendría tanta prisa, dado que Aatish todavía no había llegado.

Laila llamó con suavidad antes de accionar el picaporte. A menudo Aatish dejaba la puerta abierta para que pudiera entrar sin hacer ruido y meterse en la cama con él. De esa forma podían fingir que se despertaban juntos. Llamó un poco más fuerte, pero no hubo respuesta. Volvió a probar con el picaporte. Nada. Llamó con fuerza y después empezó a golpear la puerta. Como no contestó nadie, llamó al timbre. «¿Dónde está? —pensó—. Dijo que llegaría por la mañana temprano.»

Cuando por fin se convenció de que no estaba, bajó las escaleras despacio, sin saber qué pensar. Quizá lo había retenido un atasco de tráfico. Cabía la posibilidad de que hubiera decidi-

125

do quedarse un día más. A lo mejor cuando volviera a casa había un telegrama esperándola. Regresó a pie e intentó mantener la calma. Preguntó a Lina si había recibido algún mensaje de Aatish. «No, madame», contestó ésta.

Fue a su dormitorio y se tumbó en la cama. Tenía una sensación de desasosiego en el estómago, pero no quería sucumbir ante ella. ¿Qué podría haber pasado? ¿Por qué no la había avisado?

Laila se embarcó de nuevo en la búsqueda de su amante. Envió un telegrama a la excavación arqueológica a las afueras de Petra desde donde la había llamado para averiguar si sabían algo de él. Quería telefonear a sus padres, pero no podía. No le pareció apropiado, era una mujer casada. Aquella noche no pudo dormir pensando en qué podría haberle pasado. Lo único que podía imaginar era que hubiese llegado a una excavación arqueológica en la que no hubiese forma humana de ponerse en contacto con ella y hubiera perdido la noción del tiempo.

Pero cuando los días volvieron a convertirse en semanas y se dedicó a vagar por las calles de Beirut con la esperanza de verlo en algún sitio, empezó a perder la esperanza. Envió a Lina a hablar con el casero del apartamento para ver si él tenía alguna información. Pero el mercader no sabía nada, Aatish parecía haberse evaporado por arte de magia.

Laila empezó a frecuentar el café en el que lo había encontrado después de tantos años, con la ilusión de que apareciera como había hecho hacía unos meses. Pasaba horas y horas sentada, pero nunca acudió. Los camareros se preguntaban a quién esperaba aquella hermosa mujer, porque estaba claro que lo hacía, que no estaba pasando el tiempo con un café delante.

Un día, un mes después de la desaparición de Aatish, Laila y Kamal estaban en una recepción en casa de sus padres. Todo el mundo estaba en el jardín y los criados servían bebidas y *mezze* a los invitados. De repente, Farah, la mejor amiga de Yamila, comentó:

—¡Qué pena lo de ese escritor! ¿Lo habéis leído en los periódicos?

—¿Qué escritor? —preguntó Kamal.

—El sirio ese, Aatish Tasser —intervino Abdullah, tío de Laila.

Ésta se quedó helada.

—¿Qué le ha pasado? —inquirió Kamal.

—Tú lo conocías, ¿verdad Laila? —preguntó su madre, aunque antes de que pudiera contestar continuó diciendo—: Creo que fue al instituto al mismo tiempo que tú. ¿Erais amigos?

Laila no pudo contestar, pero asintió para no atraer la atención.

—¿Qué le ha sucedido? —volvió a preguntar Kamal—. Yamila, eres una excelente cocinera. Estos entremeses son deliciosos.

Todo el mundo hizo un gesto con la cabeza en señal de aprobación y se deshizo en elogios sobre los diferentes platos que estaban sirviendo.

Laila tenía la vista fija en el suyo, no sabía dónde mirar. Después de lo que a ella le pareció una eternidad, Akbar, el hermano pequeño del padre de Laila, preguntó también:

—¿Qué le ha pasado al sirio?

—Estaba en Palestina. Ya conocéis los problemas que hay allí con los británicos y ese nuevo Estado de Israel que quieren crear —comentó Abdullah—. Al parecer, Tasser había ido allí para documentarse. Estaba con un amigo fotógrafo en un jeep cuando pasaron sobre una mina. Los dos murieron en el acto.

Laila se volvió hacia Yamila.

—*Umma*, no me siento bien. Creo que me voy a ir arriba a tumbarme un rato.

—Pues claro, hija. La verdad es que no tienes buena cara. Vete, avisaré a un criado para que te lleve agua de rosas.

Laila echó a andar por el jardín, pero se derrumbó sobre el césped. Todo el mundo corrió a ayudarla. Se había desmayado. Yamila llamó a las criadas para que la llevaran a su antiguo dormitorio, donde permaneció un par de días. Su madre insistió en llamar al doctor Hasbany, que llegó enseguida.

—Querida, estás embarazada —le anunció con alegría, después de hacerle una exhaustiva exploración. La madre de Laila aplaudió encantada y salió de la habitación para comunicar la noticia y empezar a organizar las celebraciones posteriores al anuncio de un embarazo.

—¿Está seguro? —preguntó Laila sorprendida, pero contenta por la noticia.

127

—Completamente, querida. Debes de estar de al menos nueve o diez semanas.

—Pero eso es imposible, doctor Hasbany —dijo Laila, que no había notado los mismos síntomas que en los anteriores embarazos—. No he vomitado ni me he hinchado. No he notado nada de lo que sentí con Aisha o Hafsah.

—Todos los embarazos son diferentes, Laila —aseguró el doctor cerrando su bolso. Después se puso serio—. Hay una cosa más que me gustaría preguntarte. ¿Cómo te has hecho las moraduras que tienes en los brazos? —preguntó mirándola por encima de las gafas.

Laila no supo qué contestar. No quería decirle que eran las marcas que le hacía Kamal cuando la agarraba con fuerza, algo que sucedía a menudo.

—Son de jugar con las niñas —contestó sin darle importancia—. Ya sabe que tengo una piel muy delicada.

El doctor Hasbany intuyó que no le estaba diciendo la verdad. Sospechaba que las había causado su marido y se preguntó qué pasaba realmente en el matrimonio de Laila Al-Khalili y Kamal Ajami. Éste no le caía nada bien. Tampoco lo conocía mucho, pero las pocas veces que lo había visto no había conseguido granjearse su simpatía.

—¿Va todo bien en casa? —preguntó ofreciéndole la posibilidad de confiarse a él.

—Todo va de maravilla —respondió rápidamente.

—Entonces, ¿por qué pareces tan triste?

—No estoy triste. Estoy contenta, muy contenta.

—¿Cómo está Kamal?

—¿Por qué lo pregunta?

—Laila, te conozco a ti y a tu familia desde hace mucho tiempo. Quiero que sepas que si necesitas cualquier cosa... Lo que sea.

Laila asintió, le dio las gracias y fue al baño. Se miró en el espejo. Estaba embarazada de Aatish. Lo sabía porque no había tenido relaciones con su marido en los últimos dos meses. Cuando salió, el doctor Hasbany, que se estaba poniendo la chaqueta, le sonrió. Algo en aquella cálida y tierna sonrisa hizo que se le saltaran las lágrimas. Se tapó la cara con las manos e intentó dejar de llorar.

—Ven Laila. Ven y siéntate —le pidió llevándola hasta el borde de la cama. Laila seguía llorando y le apretaba la mano con fuerza.

—Venga, Laila, venga. Todo saldrá bien.

—No —lo contradijo llorando—. ¿Cómo va a salir bien?

—Estás bien. Eres joven y estás sana. Llevarás bien el embarazo —le aseguró.

—No se trata de eso, doctor —susurró mientras apoyaba la cabeza en su hombro.

—El niño no es de Kamal, ¿verdad? —aventuró el doctor Hasbany. Laila lo miró con los ojos llenos de lágrimas—. No te preocupes. Limítate a seguir fuerte durante el embarazo —le pidió sabiendo que había acertado.

—¿Qué voy a hacer, doctor Hasbany?

—No pasa nada, será nuestro secreto.

—Doctor Hasbany, le quiero. Lo quería con todo mi corazón. Lo quería tanto que... —empezó a decir antes que un nuevo torrente de lágrimas le impidiera continuar.

—¿Quién es, Laila?

—Aatish. Aatish Tasser.

El doctor Hasbany se había enterado de la muerte del joven escritor por los periódicos.

—Cariño... Lo siento mucho.

Un poco más tarde, Laila bajó vestida.

—*Umma*, tengo que ir a casa. Kamal vuelve hoy de Biblos y quiero darle la buena noticia.

—¡Hija mía! —exclamó Yamila—. A lo mejor tienes suerte esta vez y es un niño.

—*Umma*, ¿te importa quedarte con Aisha y Hafsah esta noche?

—En absoluto, hija —contestó Yamila sonriendo con complicidad.

Kamal llegó por la noche. Laila hizo lo imposible por preparar una cena romántica a la luz de las velas. Se había arreglado el pelo, se había pintado de la forma en que le gustaba a su marido y se había puesto un vestido negro que había elogiado en una ocasión.

129

—¡Dios mío, Laila! ¿Qué pasa? —preguntó nada más entrar.

—Una sorpresa, *mon chéri* —contestó con tono insinuante.

Kamal se acercó y empezó a besarla, impaciente por aprovecharse de ese insólito interés por él.

—¿Vamos arriba? —preguntó con voz ronca por el deseo.

—¿Para qué? ¿Por qué no lo hacemos aquí mismo? —sugirió de manera provocativa.

Kamal le desabrochó el vestido y miró atentamente el sujetador de color negro, las braguitas, el liguero y las medias. Laila adivinó la lujuria en sus ojos. «¡Dios mío! Por favor, que se dé prisa.»

Kamal se sentó en el sofá y se desabrochó el pantalón. «¡Oh, no! No querrá eso.» Pero sí que quería. Se puso de rodillas, cerró los ojos e hizo lo que tenía que hacer con la boca, las manos y la lengua, hasta que estuvo listo.

—Ahora —dijo Kamal.

Laila se puso encima de él, tal como le había ordenado. Sabedora de lo fría y seca que la dejaba su tacto, se había aplicado vaselina en el interior.

—¡Qué húmeda estás! —gimió Kamal con los ojos cerrados—. Y qué caliente...

Laila casi se echa a reír. Cuando Kamal se excitó más, Laila lo animó. Se soltó el pelo y empezó a cabalgar sobre su marido. Kamal le desabrochó el sujetador y le agarró los pechos. Laila contaba los minutos. Entonces, en el momento en el que le puso las manos debajo de la cintura, supo que estaba a punto de acabar, lo que sucedió segundos después. Laila fingió que se estremecía y Kamal sonrió con petulancia.

Un mes más tarde le dijo a su marido que estaba embarazada. Kamal había estado haciendo un largo viaje de negocios, así que para cuando vio a su familia política, todo el mundo estaba tan contento con el embarazo que nadie preguntó por fechas.

Capítulo siete

Laila adoró a Zahra desde el momento en que nació, y no sólo porque fuera perfecta, sino porque veía a Aatish en ella. Zahra creció sabiendo que su madre la quería, a diferencia de su padre, Kamal, que la trataba con frialdad. Pasaba muchas temporadas alejado de sus vidas e incluso cuando estaba en casa parecía distante, refugiado en unas oscuras sombras donde sus hijas no podían verlo. Kamal y Laila hicieron lo imposible por mantener sus peores discusiones a puerta cerrada, cuando las niñas ya estaban en la cama, y Zahra y sus hermanas crecieron en lo que para ellas era una familia normal, con una cariñosa y abnegada madre y un padre que no era muy diferente al de muchas de sus amigas en lo tocante a sus ausencias. A pesar de haber sido una adolescente rebelde, Laila logró ser una buena madre, responsable y estable, y tan elegante y arreglada que sus hijas se sentían orgullosas de ella cuando iba a recogerlas al colegio.

Aisha tenía cinco años y ya era una niña con tendencias solitarias cuando Zahra nació, Hafsah tenía dos. Zahra fue un bebé feliz que no dejaba de reír y que se convirtió en una niña alegre que se llevaba bien con todo el mundo. Su físico era una mezcla del de sus padres y resultaba imposible asegurar a quién de los dos se parecía más. Conciliadora nata, se mostraba atenta y bondadosa con todos.

Hafsah disfrutaba con su nueva hermana, sobre todo porque no conseguía relacionarse con la huraña Aisha, por mucho que lo intentara. Cuando entró en el Lycée Français, siguiendo los pasos de Aisha, enseguida se hizo amiga de todas sus compañeras y pronto se convirtió en la niña más popular de su clase. Laila la animaba a que fuera a casa con sus amigas y a menudo organizaba meriendas y fiestas para ellas, en las que Aisha se negaba a participar. Sin embargo, cuando Zahra fue lo suficientemente mayor como para estar presente, Hafsah siempre la incluía, aunque sus amigas fueran mayores. No importaba, Zahra siempre caía bien.

Pero en 1943 todo cambió, Líbano consiguió su independencia. La posibilidad de que se creara un hogar para los judíos y los potenciales problemas y repercusiones que eso supondría en la región se convirtió en una gran preocupación para todo el mundo. El banco había rebajado de categoría a Kamal y éste pagaba su enojo con Laila cuando regresaba a casa, bebía en exceso y le pegaba a menudo. Laila se retraía más y más dentro de su caparazón y empezó a mostrarse demasiado protectora con Zahra, temerosa de que su marido se enterara algún día de que no era su hija.

Por mucho que presumiera de ello, Kamal no era un buen musulmán y utilizaba la religión en provecho propio. Había empezado a beber demasiado y cuando Laila se lo reprochó se limitó a contestar:

—¿De qué me estás hablando? ¿No sabes que hasta el profeta tomó un poco de vino de dátiles? Además, ¿quién eres tú para hablar? Tomas un vaso de vino todos los días, algunos incluso dos.

—Un poco de vino de dátiles, tinto o blanco es una cosa y una botella de whisky todas las noches, otra. Si conocieras algo sobre la cultura francesa sabrías que el vino tinto es bueno para el corazón y la circulación de la sangre.

—¿Ah, sí? —se burló—. ¿Lo aprendiste cuando te follabas al embajador francés? ¿Qué más te enseñó en la cama, esposa?

Llegados a ese punto Kamal normalmente salía de la habitación y, la mayoría de las veces, se servía un gran vaso de whisky con gran teatralidad.

Cuando Zahra tuvo edad para ir al colegio, Kamal protestó por lo que costaba llevar a las tres niñas al liceo, con la excusa de que su educación no les serviría para nada el día de su boda. Pero Laila se mantuvo firme y replicó que los tiempos habían

132

cambiado y que cada vez se necesitaban más mujeres con estudios. Sabía que al final Kamal accedería, pero sólo porque el Lycée Français era una institución prestigiosa y el hecho de que sus hijas estuvieran matriculadas en él demostraría a la gente que no sólo eran ricos, sino que era un hombre cosmopolita sin prejuicios, adelantado a su época.

El nacimiento de Zahra supuso un cambio en la balanza de poder del hogar de los Ajami. Por mucho que lo intentara, Laila no podía evitar tener predilección por lo único que le quedaba de Aatish, su hija Zahra. Cuando se transformó en una hermosa jovencita, Laila la llevaba a todas partes: de compras, a comer o tomar café con sus amigos e incluso a alguna cena. Zahra se acostumbró enseguida a estar rodeada de adultos y se sentía tan cómoda con ellos como con las niñas de su edad.

Zahra era una joven inteligente, pero no sentía tanto interés por los libros o el colegio como por probarse los vestidos, zapatos y maquillaje de su madre. Todas las mañanas observaba cómo se arreglaba su madre y eso la ayudó a desarrollar un estilo propio. Sus propios modelitos los ensayaba antes haciendo vestidos para sus muñecas. A veces contaba con la ayuda de Hafsah, pero Aisha nunca parecía tener tiempo para los infantiles juegos de su hermana pequeña. No le interesaba en absoluto la ropa, ir de compras o los chicos y dedicaba todo su tiempo al deporte o los estudios. Cuando cumplió dieciocho años, Kamal empezó a inquietarse acerca de las perspectivas matrimoniales de su hija mayor y a sermonear a Laila a diario. Cuando acabó el bachillerato, Aisha quería ir a la universidad y conseguir una licenciatura, pero eso no era precisamente lo que Kamal tenía en mente, disfrutara o no de becas.

Por suerte, nada más acabar el instituto, Kamal y Laila recibieron una propuesta de matrimonio por parte de la familia Bin Hendi. Albergaban la esperanza de sellar un compromiso entre Tariq y Zahra, cuando ésta fuera lo suficientemente mayor como para casarse. Kamal y Laila argumentaron que tenían otras dos hijas mayores a las que necesitaban casar antes. Contestaron ofreciéndoles a Aisha, con Hafsah de reserva, en caso de que los Bin Hendi no dieran el visto bueno a la primogénita.

A Kamal no le desagradaba del todo la propuesta de los Bin

133

Hendi, ya que se trataba de una familia beirutí con buena reputación, pero...

—No es un buen negocio —le comentó a Laila—. Quiere ser profesor, ¿cuánto gana un maestro?

—Es un buen partido —aseguró ésta—. Los Bin Hendi son una familia muy antigua y bien establecida. Tienen mucho dinero, no creo que dejen que su hijo y su familia se mueran de hambre.

—Sí, pero ¿y nosotros? ¿Qué sacamos con todo esto?

Laila lo miró.

—Habremos emparentado a nuestra hija con una de las familias más antiguas del país. ¿No te parece suficiente, Kamal? Sobre todo teniendo en cuenta cómo es. Seamos realistas.

Kamal tuvo que admitir que su mujer tenía razón, aprobó la unión y empezaron las negociaciones.

El día que Tariq fue a conocer a Aisha, Laila le suplicó que se vistiera de forma apropiada y que le dejara peinarla y maquillarla. En un primer momento, ésta se negó indignada, pero tras muchas súplicas y amenazas, en las que incluso participó Kamal, aceptó que su madre la preparara y la vistiera para aquella inspección. Para su sorpresa, la velada con Tariq y sus padres transcurrió de forma agradable y fluida. Tariq tenía veinticuatro años y resultó ser un ratón de biblioteca con el pelo cortado estilo profesor. Tenía mucho en común con Aisha y enseguida se cayeron bien. Aquel emparejamiento fue un éxito.

Aisha Ajami se casó con Tariq Bin Hendi en una opulenta ceremonia pagada por la familia del novio. Kamal y Laila se alegraron por su hija. Cuando la pareja se fue a vivir a París para que Tariq continuara sus estudios en la Sorbona, sus dos hermanas intentaron no perder el contacto con ella, pero Aisha no parecía muy interesada en mantenerlas al tanto de su vida. De vez en cuando escribía a sus padres, pero las cartas siempre eran muy superficiales y sólo aportaban algunos detalles de sus logros académicos y de los éxitos de Tariq en la Sorbona.

Tres años más tarde, Hafsah se casó con Farhan Al-Hasan y cuando lo nombraron embajador libanés en el Reino Unido en 1960 se fue a vivir con él a Londres. Sus padres no podían estar más encantados.

—Ahora lo que tiene que hacer Zahra es emparentarse con alguna de las familias reales —decía Laila cuando ella y Kamal comentaban lo bien que habían casado a sus otras dos hijas. Era de las pocas cosas en las que estaban de acuerdo.

Pero Zahra era diferente. Había sigo testigo de cómo se casaban sus hermanas con hombres que les gustaban, pero que no amaban, al menos en un primer momento. Imaginó que llevarían unas vidas felices hasta cierto punto, pero ella quería enamorarse perdidamente. Quería descubrir a un extraño y exótico desconocido en el otro extremo de una habitación abarrotada y ver cómo se acercaba a ella y se la llevaba. En sus sueños no necesitarían hablar. Sería amor a primera vista, un amor que duraría toda la vida.

Sin embargo, Zahra seguía soltera a los veintitrés años. A sus padres les preocupaba que perdiera su belleza. Pero no sólo no la perdía sino que estaba más guapa con cada año que cumplía. Los hombres le silbaban al pasar y en ocasiones llegaba incluso a detener el tráfico cuando caminaba por alguna calle concurrida. A Kamal le llovían las propuestas de boda, pero, al igual que su madre antes que ella, Zahra las rechazaba todas.

135

Zahra se sentía sola sin sus hermanas. Se aburría de la rutina de Beirut, de ver a la misma gente una y otra vez en los mismos sitios y en las mismas fiestas. Suplicaba a su madre que la dejara ir a ver a sus hermanas y, tras mucho insistir, Laila aceptó hablar con Kamal para pedirle permiso y éste accedió. A pesar de que Laila sólo quería lo mejor para su hija y sabía cuánto ansiaba ese viaje, no quería quedarse sola con su marido. Pensó que sería divertido pasear por Londres y París con sus hijas y, con cierto miedo, volvió a hablar con su marido.

—¿Qué te parece si me voy con Zahra cuando vaya a ver a sus hermanas?

—¿Y cómo te vas a pagar el viaje? ¿Con tus encantos? —preguntó con desdén.

—Puedo pedirles el dinero a mis padres.

—¿Qué? ¿Y que se enteren de que no podemos permitírnoslo?

—Tú les has pedido dinero un montón de veces.

—¡Se acabó! —gritó Kamal dando un puñetazo en la mesa—. ¡No vas a ir! Además, ¿quién se ocupará de la casa en tu ausencia?

Aunque esperaba esa reacción, no le gustó tener que quedarse, pero una vez que Kamal promulgaba un edicto, no cabía discusión alguna. Con los años había aprendido que insistir acababa con el tipo de pelea que siempre intentaba evitar. Si Kamal había bebido, le pegaba. Y ella tenía que ocultar las huellas de los golpes lo mejor que podía, al igual que tantas otras cosas de su vida. Un día que una de las criadas le estaba dando un masaje con aceite de almendra, su madre se fijó en las moraduras que tenía y tuvo que improvisar una explicación. Después le molestó ligeramente que su madre no creyera que se había tropezado con una silla.

Aquel era el Líbano de la década de los sesenta. En las sociedades musulmanas, los matrimonios duraban toda la vida y a las mujeres se las educaba para obedecer a sus maridos en todo. A veces, Laila se sentaba en el jardín y recordaba a Aatish mientras acariciaba el pomo de kohl que le había regalado y que había mantenido escondido durante todos esos años. «Éramos un solo ser. Éramos iguales. En mi matrimonio no hay igualdad.» Un día incluso se atrevió a preguntarle a su madre acerca de esa desigualdad, aunque fingiendo que no se refería a su vida.

—Hija mía, claro que tenemos que obedecer a nuestros maridos, si no, no seríamos buenas esposas —declaró con firmeza Yamila, con lo que puso fin a cualquier diálogo posterior.

Sin nadie con quien hablar, la rabia contenida siguió aumentando en su interior y los abusos que sufría empezaron a pasarle factura. En esos tiempos las mujeres no sólo no comentaban nada personal entre ellas, sino que acudir a un psicólogo o terapeuta en busca de ayuda tampoco estaba bien visto. Todo se barría bajo la alfombra.

Tras años de malos tratos por parte de Kamal, su carácter cambió hasta el punto de que llegó a aceptar muchos de los valores y opiniones de su marido. Al final encontró la forma de hacer que su vida fuera soportable: a pesar de haber dejado el narguile mientras crecían sus hijas, volvió a refugiarse en él. Al principio pedía a las criadas que pusieran una pequeña cantidad de hachís. «Para calmar los nervios», se decía a sí misma. Con el tiempo, la cantidad fue aumentando y no tardó en sustituir el hachís por opio y acabar teniendo una seria adicción.

Junto con la adicción llegó la paranoia y cuando Zahra se fue a Londres, Laila buscó consuelo en el narguile, convencida de que la hija que más quería la había abandonado. Como la mayoría de las veces que la llamaba estaba colocada, Zahra pensó que su madre no mostraba interés o no le importaba lo que le estuviera pasando, así que cada vez compartía menos cosas con ella. Al cabo de pocas semanas de fumar de nuevo, Laila se encerró en su propio mundo, en un mundo en el que lo que más le complacía era soñar con un fabuloso y ventajoso matrimonio para su hija pequeña, que la mantuviera cerca, en Beirut.

Zahra se despertó temprano el día de diciembre de 1963 en que emprendió el viaje. Era la primera vez que volaba y también la primera vez que viajaba sola. Había elegido con mucho cuidado el modelito que iba a ponerse: un traje Chanel de lana rizada de color rosa anacarado que había pertenecido a su madre. Laila lo había mandado arreglar para que su hija pudiera viajar con algo chic. Lo combinó con una camisa de seda en tonos marfil. Tenía un abrigo de invierno color hueso, con un enorme cuello de zorro para combatir el frío de Londres, que completó con unos guantes de piel color rosa pálido, con bolso y zapatos a juego. Estaba como loca por emprender su primera aventura como adulta.

Llegó a Londres sintiéndose muy elegante y deliciosamente independiente. Hafsah fue a recogerla al aeropuerto con el coche y el chófer de la embajada. Las dos hermanas gritaron de alegría al verse.

—¡Dios mío, Zahra! ¡Estás estupenda! Me niego a salir contigo, los hombres sólo te mirarán a ti —exclamó Hafsah.

—¡Pues anda que tú! ¡Estás guapísima embarazada! Tienes la piel preciosa y el pelo te brilla —replicó Zahra.

El mes pasó sin que se dieran cuenta, acelerado por los preparativos propios de aquellas fiestas. Zahra lo pasaba de maravilla con su hermana y su cuñado, con el que se llevaba muy

137

bien. También disfrutó con los monumentos de la ciudad y con el círculo de amigos de distintas nacionalidades que le presentaron. Encajó a la perfección en su hogar y se sintió inmediatamente como en casa.

Pocos días después de Navidades, Zahra dejó a Hafsah en el ginecólogo, en la calle Harley, y decidió ir al Savoy a tomar una taza de té y esperarla allí. Se sentó junto a una ventana y se dedicó a observar a la gente que pasaba. De repente se fijó en un Bentley de color negro que había parado en la puerta y sintió curiosidad por saber a quién pertenecería, imaginó que a algún dignatario o estrella de cine. Un hombre bien vestido, aunque de estilo informal, con pantalones de franela gris, jersey de cuello de cisne negro y chaqueta de cachemira color camello impecablemente cortada, bajó del vehículo. Parecía una estrella de cine de otra época. «¿Quién será?», se preguntó. Observó que todo el personal del hotel lo trataba con gran deferencia. Cuando entró en el vestíbulo pudo verlo mejor y estuvo segura de que él también la había mirado. No era joven, pero la seguridad en sí mismo, su sofisticación y el aura que le rodeaba lo convertían en una persona por la que no parecían pasar los años. Zahra estaba muy intrigada, pero, por miedo a que la descubriera mirándolo, desvió la vista hacia la ventana. Cuando volvió la cabeza a los pocos minutos, había desaparecido.

Año Nuevo llegó y pasó sin grandes festejos debido al avanzado embarazo de su hermana. Zahra, Hafsah y su marido lo celebraron con una tranquila cena en casa y una copa de champán a medianoche.

Un par de semanas más tarde, Hafsah le preguntó a su hermana si le gustaría acompañar a su marido a una celebración en el Savoy. Ewan Campbell, un amigo de Farhan se había casado en Escocia en Nochevieja y ofrecía el banquete de bodas en Londres.

—Estoy demasiado embarazada como para pensar en esas cosas y Farhan se siente obligado, pero no le apetece ir solo. Lo pasaréis bien. Estará la *crème de la crème* de Londres y nunca se sabe, a lo mejor conoces a alguien —comentó Hafsah guiñándole un ojo.

Encontraron un vestido de Dior de color negro que su madre había comprado en París hacía años y que le quedaba de maravilla a Zahra. Cuando se lo puso la noche del 15 de enero de 1964, parecía una diosa. Era de crepe de seda y dejaba un hombro al descubierto. Se ajustaba a la perfección a sus curvas y caía hasta el suelo con una corta cola que podía sujetar con un pequeño broche prendido al dobladillo. Hafsah le prestó unos zapatos de satén, un bolso y unos guantes que combinaban a la perfección. No llevaba joyas, excepto unos pequeños pendientes de diamantes y un bonito accesorio que le sujetaba el moño. Se había perfilado los ojos con kohl y Hafsah había insistido en que se pintara los labios de rojo. Una estola de marta completaba el conjunto.

Cuando aquella noche Zahra Ajami entró en el salón del Savoy en el que se celebraba el banquete de bodas, todas las cabezas se volvieron para mirarla. Ajit Singh estaba hablando con un amigo y se percató de que algo había atraído su atención. Se dio la vuelta y por segunda vez miró directamente a los ojos de la mujer que le había intrigado cuando la vio junto a una ventana de ese mismo hotel.

Ajit Singh era sin duda un hombre muy apuesto. Hijo único de la maharaní española y del marajá de Kapurthala, llegó a la mayoría de edad cuando el mundo entero vivía un auténtico caos. La India esperaba nacer y Pakistán aún no había nacido. España sufría la agonía de una guerra civil. Europa estaba al borde de la Segunda Guerra Mundial y nadie sabía qué cambios produciría ni cuál sería su resultado.

Desde el día en que nació, el joven príncipe fue un niño encantador, alegre y juguetón, la niña de los ojos de su padre y la felicidad en la vida de su madre, a la que estuvo muy ligado hasta el día de su muerte. Al igual que con cualquier otro joven príncipe indio, en su educación participaron un nutrido grupo de ayas de confianza, pandits y profesores. «Quiero que sepa de dónde es y cuáles son sus raíces. No quiero que nadie le influya en manera alguna por ser mestizo», ordenó el marajá. Gracias a ello, Ajit siempre se sintió muy cercano a Kapurthala y orgulloso de su herencia y de la civilización en la que había nacido. El día que se puso su primer turbante fue uno de los más felices de su vida.

Pero Anita también quiso intervenir en la educación de su hijo. Pasaba mucho tiempo con él y, a pesar de que quería que estuviera orgulloso de su herencia sij, también deseaba que conociera sus raíces maternas y que hablara español. Ella fue su profesora. También enseñó a los cocineros de palacio cómo preparar tortilla de patata y lo que constituía la dieta básica de los campesinos andaluces, que a ella le encantaba de niña: huevos fritos, patatas fritas y pimientos fritos.

Incluso cuando estaba de viaje siempre mantenía contacto con madame Dijon, su dama de compañía, para preguntar por él y le compraba todo tipo de regalos. Para su sexto cumpleaños le regaló un traje de torero de Sevilla, con montera y zapatillas. A Ajit le encantó, lo llevó puesto varios días y se negaba a quitárselo. Incluso llegó a dormir con él. Aprendió a decir «¡Olé!» y correteaba alrededor de su madre con la capa como si estuviera toreando una enorme res.

Estudió en un internado inglés y en la Escuela Militar India de Dehra Dün. Cuando tenía catorce años ya despertaba pasiones. La anciana maharaní de Cachemira, que había ido de visita a Kapurthala, le comentó al marajá: «Es un auténtico maharajkumar, marajá. Dentro de nada estará rompiendo corazones». Jagatjit Singh sonrió y miró orgulloso a su hijo, que jugaba al cricket en el césped.

Buen jinete, al joven príncipe le encantaba montar a caballo y galopar por los campos punjabíes saludando a todo el mundo con el que se encontraba. Pronto se convirtió en una visión cotidiana y la gente le gritaba al pasar: «*Namaste rajkumarji!*» «*¡Salaam aleikum rajkumarji!*». Ajit Singh siempre se alegraba de verlos. A veces se detenía, bajaba del caballo y conversaba con ellos un rato. Le hablaban de sus vidas, de cómo iban las cosechas, de sus familias, de si las vacas estaban preñadas o no... Aprendía sus nombres y nunca los olvidaba. Le gustaba aquello. Amaba Kapurthala, el Punjab y la India.

En 1926, fue a Saint Catherine's College, en Cambridge. Anita, que se había separado del marajá, vivía entre París y Madrid, lo que facilitaba que Ajit la viera y pasara más tiempo con ella.

Después de Cambridge, viajó por Europa, flirteó con Hollywood, alternó con Lana Turner en Los Ángeles y con Cole Porter en Nueva York, y aprendió a tocar el saxofón antes de aceptar el cargo de delegado comercial de la embajada india en

Buenos Aires. Pero siempre que podía iba a ver a su madre, ya fuera en París, Madrid, Sevilla, Biarritz, Deauville o Saint Moritz. Sentía un profundo cariño por su prima Victoria, que había ido a vivir con Anita cuando estalló la Guerra Civil española en 1936.

Fue Victoria la que lo llamó para decirle que su madre estaba muy enferma y él corrió a su lado en cuanto pudo. Poco después de llegar, Anita sufrió una apoplejía. Cuando notó las manos de su hijo, al reconocerlo sus ojos destellaron un momento. Murió a los pocos minutos apretando sus manos.

Durante los dos años siguientes, Ajit pasó gran parte de su tiempo en Europa ocupado con el patrimonio de su madre y peleando con el *Diario de la Noche* de Madrid, que había estado publicando columnas sensacionalistas sobre la maharaní. Normalmente pasaba los inviernos en Delhi, donde tenía una casa, pero a finales de 1963 estaba en Madrid y fue a Londres al banquete de bodas de un amigo. Vividor nato al que le gustaba estar rodeado de amigos, jamás rechazaba una invitación a una buena fiesta.

141

Farhan se dirigió directamente hacia el novio y lo felicitó por su enlace con Kirsty Scott. Presentó a Ewan Campbell y después a su esposa, mucho más joven que él, a Zahra e iba a continuar presentándole a otras personas cuando de repente oyó una voz que lo llamaba.

—¡Farhan Al-Hasan!

—¡Ajit Singh! —exclamó éste al tiempo que le estrechaba con fuerza la mano y le daba un abrazo—. ¡Alá te bendiga! La última vez que te vi fue en Buenos Aires. ¿Qué haces aquí?

—Fui el padrino de la boda, así que no he tenido escapatoria —bromeó—. Además he estado un tiempo en España y esto no queda lejos. ¿Qué tal estás, Farhan? ¿Te trata bien Londres? He de decirte que tienes una mujer impresionante.

Farhan se extrañó.

—¿Conoces a Hafsah? No sé por qué no me lo habrá mencionado. Sí, el embarazo le está sentando muy bien.

—¿Embarazo? —En ese momento el extrañado era Ajit—. Pues no me lo ha parecido cuando la he visto entrar contigo.

Zahra se acercó con dos copas de champán, una para Farhan y otra para ella. Al reconocer a Ajit se quedó sin habla.

Farhan tomó un buen trago antes de presentárselo a su cuñada.

—Zahra, éste es el príncipe Ajit Singh, maharajkumar Ajit Singh de Kapurthala —anunció a bombo y platillo sabedor de que a Ajit le avergonzaba ligeramente que lo presentaran con su título completo—. Príncipe, mi cuñada, Zahra Ajami.

Zahra le ofreció la mano para que se la estrechara, pero Ajit la besó y la retuvo hasta que ésta la retiró con suavidad esbozando una sonrisa.

Farhan consiguió apartarla, con la excusa de presentarle a otras personas, pero en verdad lo que quería era prevenirla acerca del príncipe.

—Para empezar es lo suficientemente mayor como para ser tu padre y en segundo lugar, su fama le precede. No creo que sea buena compañía para ti, ten cuidado.

—¿A qué te refieres?

—Mira, no conozco a fondo los detalles de su vida, pero la gente dice que le gustan las mujeres guapas y los hombres guapos.

A Zahra se le pusieron los ojos como platos y sonrió a su cuñado.

—Gracias por el aviso.

—Si no cuido de ti, Hafsah no volverá a dirigirme la palabra.

Zahra prometió que no flirtearía con el príncipe indio, pero fuera donde fuese lo encontraba a su lado, en todas las conversaciones. Era evidente que estaba fascinado por ella y no podía evitar sentirse inmensamente halagada.

Hacia el final de la velada, Ajit propuso a Farhan quedar un día para cenar.

—Me parece bien, pero tendrás que venir a casa porque Hafsah no está en condiciones de salir.

—Estupendo. Ya te llamaré para quedar.

—De acuerdo —aprobó Farhan sin dejar ver sus reservas.

Dos días después, Ajit fue a cenar a casa de Hafsah y Farhan Al-Hasan en Eton Square. Una vez allí se encontró con Zahra, que estaba sola en el salón, y empezó a contarle una divertida anécdota, pero se calló. Durante un momento se miraron en silencio hasta que finalmente dijo:

—Tenía muchas ganas de volver a verte.

Aturdida, Zahra se alegró de que en ese momento entraran Hafsah y Farhan.

Después de unas copas de champán y *mezze* pasaron al comedor. Hafsah había pedido al cocinero que preparara una típica cena libanesa, suponiendo, acertadamente, que a Ajit le gustaría el pescado con especias, el gombo con salsa de tomate y el cordero asado con arroz.

Ajit los hizo reír con historias de sus viajes. Fue una divertida velada en la que éste se enteró de que Zahra iba a ver a su otra hermana en París. De inmediato se ofreció para enseñarle la ciudad y Hafsah y Farhan intercambiaron unas inquietas miradas.

—¿Dónde vives ahora? ¿En Londres? —le preguntó Zahra.

—No, últimamente he pasado la mayor parte del tiempo en Madrid, pero voy con frecuencia a Londres y a París.

—¿Y qué haces en Madrid? ¿No deberías estar en la India con todo lo que está sucediendo a nivel político? —intervino Farhan.

—Volveré pronto. Mi madre tenía un piso en Madrid y después de su fallecimiento tuve que hacerme cargo de sus asuntos —se volvió hacia Zahra—. Mi madre era española. Murió hace dos años y he estado intentado poner en orden su patrimonio.

—¿En serio? ¿Naciste en España? —preguntó Zahra.

—¡No, no! Nací en la India, pero íbamos mucho a España. Insistía en que tenía que ver y entender el país del que provenía, que era muy diferente a Kapurthala —le explicó—. Además, al principio, mis abuelos estaban vivos, y mi tía... Así que tenía familia allí.

—¿Le gustaba vivir en la India a tu madre? —preguntó Hafsah.

—Mi madre era el tipo de mujer que podía adaptarse a cualquier sitio —afirmó con orgullo Ajit—. Claro que le gustaba la India. Mientras vivió allí hizo todo lo posible por asimilar su cultura y aprender el papel que debía desempeñar una maharaní.

—¿Murió en la India? —quiso saber Farhan.

143

—No, en Madrid. Entonces vivía allí —contestó educada, pero rotundamente Ajit, poco dispuesto a entrar en detalles sobre el divorcio de su madre—. Estaba enamorada de España. Era su hogar.

—Bueno, no me cabe duda de que estás aprovechando bien el tiempo en Europa —bromeó Farhan—. Zahra, mi amigo es uno de los grandes vividores de este mundo y un experto en organizar fiestas. Quien no está en su agenda no merece la pena ser conocido.

Ajit comprendió el aviso a Zahra que había implícito en ese comentario, pero en vez de disuadirla aún le impresionó más.

Cuando pasaron al salón para tomar café, pastas y bebidas de sobremesa, Farhan puso algo de jazz. Ajit era aficionado a esa música y pensó que le gustaría. Éste cogió a Zahra por la muñeca, la hizo girar, la cogió entre sus brazos y empezó a bailar con ella. Era un magnífico bailarín y Zahra estaba fascinada. La canción acabó y permanecieron inmóviles, mirándose a los ojos, abrazados.

—¿Te apetece un coñac? —ofreció Zahra, que se sentía un poco cohibida.

—Lo que realmente me gustaría es pasar los próximos días y noches contigo —soltó de repente Ajit sorprendiéndose incluso a sí mismo.

Zahra se sonrojó.

—Lo siento, Zahra. No quería que te sintieras incómoda, pero me gustas mucho.

Zahra tuvo que sentarse. No sabía cómo reaccionar. Ajit se sentó con ella, también sin saber qué hacer. Lo que había comenzado como otra de sus conquistas parecía estar convirtiéndose en algo más. Las mujeres que conocía eran sofisticadas y mundanas, y siempre procuraba mantener distancia con ellas. Admiraba su belleza y disfrutaba de su compañía, pero casi nunca llegaba a intimar con ellas, así que le sorprendió tanto como a Zahra el que quisiera algo más.

—Ajit... —empezó a decir ésta con timidez.

—Te he asustado, ¿verdad? —la interrumpió. Metió la cara entre las manos y miró al suelo—. Zahra, no sé lo que me está pasando. No suelo comportarme así. Tal como intentaba decirte Farhan soy un soltero empedernido.

Ajit se cubrió los ojos con las manos, turbado por lo que estaba sintiendo. Parecía tan vulnerable que Zahra se atrevió a ponerse de rodillas delante de él y apartarle las manos. Tenía los ojos húmedos.

—Tú también me has cautivado —aseguró con voz temblorosa. Después, todavía de rodillas, le besó las manos.

—Vente conmigo a París —pidió con voz ronca.

Zahra inspiró con fuerza.

—Bueno, en cualquier caso voy a ir a ver a mi otra hermana, ya se me ocurrirá algo. Pero has de saber que mis padres tienen unas creencias religiosas muy firmes y quizá no les parezca bien que te vea allí.

Ajit dio una palmadita en el cojín que había a su lado y Zahra se sentó junto a él. Le cogió la mano e intentó saber más de ella haciéndole una pregunta detrás de otra. Cuando quisieron darse cuenta eran las tres de la mañana.

Zahra lo acompañó a la puerta, Ajit la rodeó con el brazo y se dio cuenta de que encajaba a la perfección bajo éste.

Al día siguiente Hafsah quiso que le contara con pelos y señales todo lo que había sucedido. Sabía que su hermana se había enamorado de verdad.

—Me alegro por ti, Zahra, pero recuerda que tiene cincuenta y cinco años y tú sólo veintitrés. Además se ha ganado la reputación que tiene. Y no te olvides de que no se ha casado nunca, alguna razón habrá...

—Lo sé, Hafsah, pero... No sé, tiene algo especial. Creo que hago bien.

Durante la siguiente semana, Zahra y Ajit pasaron mucho tiempo juntos. Era el idilio más romántico y glamouroso que jamás hubiera podido desear Zahra. Ajit también disfrutaba de su compañía, estar con ella le hacía sentirse joven y le encantaba esa sensación. Quería presumir de esa joven belleza ante sus amigos y la llevó orgulloso al teatro, a comidas y cenas. La paseó en coche por todo Londres y le señaló los elementos arquitectónicos de distintos periodos que conferían un estilo único a sus edificios favoritos. Le habló de la boda de sus padres, de las dificultades que tuvo su madre en 1907 para viajar a la India desde España y de lo cerca que había estado de ella, sobre todo después de que se separara de su padre. Por su parte, Zahra le habló de su vida en Beirut, de lo que se aburría allí y de que buscaba nuevos horizontes para evitar que le atrapara la vida que se suponía debía llevar, pero que no sabía cuáles podrían ser.

—Llevas una vida tan excitante, Ajit... Viajas, ves mundo, conoces distintos tipos de gente...

—Pero no pertenezco a ninguna de esas ciudades. Nunca he sentido que mi lugar estuviera en ninguna de ellas. A pesar de lo mucho que quieras salir de Beirut, perteneces a ella. En eso te envidio.

Zahra no entendió aquella necesidad de raíces. Para ella la rutina sólo albergaba aburrimiento.

Era mediados de febrero y se suponía que Zahra tendría que haber ido a París a comienzos de ese mes. Hafsah había intentado ponerse en contacto con Aisha por teléfono, pero no había obtenido respuesta. Al final, Aisha le escribió para comunicarle que había tenido que mudarse con Tariq a un apartamento muy pequeño en Montmartre, en el que casi no cabían. Habían pensado trasladarse a otro apartamento más grande, pero las cosas no habían salido como esperaban y creía que era mejor que Zahra volviera directamente a Beirut y fuera a visitarlos en otra ocasión.

Hafsah recibió la carta un viernes por la mañana y esa tarde Ajit había prometido que llevaría a Zahra al castillo de Comlongon, en la frontera con Escocia, para pasar allí el fin de semana de San Valentín, con Ewan Campbell y Kirsty, su nueva esposa. Hafsah decidió no decirle nada hasta después del fin de semana y la despidió alegremente cuando subió al coche de Ajit.

Mientras tanto, ignorante de aquel contratiempo, Zahra estaba entusiasmada y feliz ante la perspectiva de pasar el fin de semana con Ajit. Disfrutó del pintoresco camino por los salvajes y desolados páramos de Yorkshire y de la calma del wordsworthiano Distrito de los Lagos, y casi sintió pena cuando llegaron al castillo caída ya la tarde. Los saludaron un par de ladradores setters ingleses, antes de que el propio Ewan abriera las enormes puertas de roble con una botella de champán en la mano.

146

—Bien, bien, bien. Deja que vea a la mujer que parece haber conquistado el corazón del último soltero de verdad —dijo con voz atronadora. Aquellas palabras tenían sin duda un tono cariñoso, pero Zahra se preguntó si habría imaginado un cierto tinte de burla. En cualquier caso, lo olvidó enseguida cuando se acercó a ella, la abrazó y después le dio un entusiasta abrazo a Ajit—. Me alegro de verte, amigo.

—Igualmente —dijo Ajit despeinándole con cariño.

—Venga, vamos dentro, que hace mucho frío —propuso Ewan. Lo siguieron a través de varios pasillos fríos y oscuros hasta llegar a un sencillo salón con chimenea en la que ardían unos troncos. Kirsty estaba sentada en una silla haciendo punto y no se levantó para saludarlos. Estaba embarazada de cuatro meses, pero se comportaba como si fuera a dar a luz en cualquier momento. Mientras Ajit y Ewan se ponían al día sobre las vidas de sus viejos y nuevos amigos, Zahra intentó entablar conversación con Kirsty y le comentó que su hermana también estaba embarazada, pero Kirsty no parecía muy comunicativa. Conforme transcurría la noche Ewan estaba cada vez más borracho; divagaba sobre los viejos tiempos y hablaba con Ajit en susurros. Le sorprendió la camaradería que existía entre ellos y casi envidió la intimidad que compartían. «Quizás estas cosas sólo pasan cuando se conoce a alguien durante mucho tiempo», pensó.

147

Cuando comentó que quería refrescarse, Ewan llamó al mayordomo y le pidió que la llevara a su habitación. Ajit le había especificado que quería habitaciones separadas. La de ella tenía una antigua cama con dosel y un acogedor fuego encendido. Había un cuarto de baño anejo, con una preciosa bañera apoyada en cuatro patas con forma de garra. Decidió darse un baño de espuma para quitarse del cuerpo el frío escocés. Abrió la maleta, sacó lo que pensaba ponerse para la cena y se metió en la bañera, donde se relajó e incluso dormitó un poco hasta que oyó voces al otro lado de la puerta.

Intrigada, salió de la bañera y se puso la gruesa bata que habían dejado para ella. Se recogió el pelo con una toalla y abrió la puerta. En el pasillo no había nadie. Las velas de los enormes candelabros de plata que colgaban de las paredes ya estaban encendidas y arrojaban un fantasmagórico reflejo dorado sobre los paneles de caoba. Siguiendo las voces, llegó sin hacer ruido hasta una puerta al final del pasillo que estaba ligeramente entreabierta. Cuando echó una furtiva mirada a su interior vio a Ewan desplomado en una gran butaca de orejas color burdeos. Ajit estaba junto a la chimenea, frente a él.

—No puedo, Ajit... —dijo Ewan arrastrando las palabras—. No debería haberlo hecho. Ojalá te hubiera escuchado.

Ajit permaneció en silencio y dio una chupada al puro antes de soltar el humo hacia el techo. Después se acercó a su amigo.

—Mira, Ewan, a estas alturas ya no hay nada que hacer. Necesitas que tu matrimonio funcione o tu padre te desheredará.

—No puedo. Tú deberías saberlo mejor que nadie. Nunca se me ha dado bien guardar las apariencias.

—¡Ya basta, Ewan! Tienes que hacerlo. No tienes otro remedio —insistió Ajit.

—¿Y Zahra? —preguntó Ewan cambiando de repente de tema—. Da la impresión de que estás enamorado. ¿Vas a casarte con ella?

—Bueno, la verdad es que es muy guapa... —empezó a decir Ajit.

—Sí, y tan joven, inocente y enamorada que no te pedirá grandes cosas...

—Venga, hombre, cálmate. Tenemos que bajar a cenar. Mejor será que vaya a ver qué tal está —lo interrumpió.

—Echo de menos los viejos tiempos, las temporadas que pasamos juntos. ¿Qué ha sido de todo aquello? —Ewan se estaba poniendo sentimental y empezó a secarse las lágrimas.

Cogió la mano de Ajit gimoteando. Éste se inclinó para abrazarlo y empezó a murmurar suavemente hasta que se calmó.

Zahra volvió corriendo a su habitación con el corazón a toda velocidad. Lo que había visto y oído la había alterado sin saber muy bien por qué, aunque le alegraba saber que Ewan creía que Ajit estaba enamorado de ella y que quizás incluso pensaba en casarse.

Durante la cena Ewan se mostró lo suficientemente recuperado como para adueñarse de la conversación y dirigir la mayoría de sus comentarios a Ajit, con lo que excluyó tanto a su esposa como a Zahra. Kirsty no dio muestras de que le preocupara, pero Zahra se sentía incómoda. Al no tener mucho de que hablar con Kirsty, decidió irse pronto a la cama, con la esperanza de que los dos amigos acabaran sus confidencias y Ajit le dedicara algo de tiempo a ella. Sin embargo, Ewan continuó siendo una constante, y en ocasiones ebria, presencia en los paseos por el campo, tiro al plato, desayunos, comidas y cenas que hicieron durante el resto del fin de semana.

El domingo después de comer, Ajit y Zahra metieron las maletas en el coche y salieron hacia Londres. Zahra se dedicó a mirar por la ventanilla ensimismada. Ajit también permaneció callado y el viaje de vuelta se les hizo mucho más largo que el de ida.

Cuando llegaron a Eton Square, Ajit se volvió hacia Zahra.

—Siento que el fin de semana no haya sido como imaginabas, cariño. Ewan es un viejo amigo y está pasando por un mal momento en su matrimonio. Sólo pretendía ayudarle.

Se sintió tan aliviada con aquella explicación y disculpa, que le hizo callar de inmediato.

—No, Ajit, lo he pasado muy bien. Sé que es tu mejor amigo. Tenía miedo de haber hecho algo mal.

—Tú nunca puedes hacer nada mal, *ma chérie*. Eres perfecta. Ven, deja que te abrace.

Se acurrucó entre sus brazos y permanecieron unidos un buen rato. Después se dieron un lento y dulce beso de buenas noches antes de que Zahra cogiera su maleta y entrara en casa de su hermana. Hafsah y Farhan estaban sentados viendo la televisión.

—¿Qué tal? —preguntó Hafsah.

—¡Horriblemente frío!

—Ya, pero seguro que no te ha faltado calor —aventuró Hafsah levantando una ceja.

—¡Hafsah! —la reprendió Zahra—. Ya te dije que teníamos habitaciones separadas...

—Era broma —aclaró Hafsah entre risas.

—En mi habitación había una chimenea y el castillo es maravilloso... —continuó contándoles cómo había pasado el fin de semana, aunque omitió comentar nada sobre lo excluida que se había sentido en compañía de Ajit y Ewan.

149

Hafsah decidió que era un momento tan bueno como cualquiera para contarle la situación de Aisha. Le informó de que le había escrito a ella y a sus padres para decirles que no tenía habitación donde acogerla y que su padre quería que volviera a casa para aceptar una propuesta de matrimonio.

Al oír aquellas noticias, Zahra se echó a llorar.

—¡No puedo volver ahora, Hafsah! Tengo que ir a París con Ajit. ¿Por qué ha tenido que escribirles a ellos también?

—Cálmate, he tenido una idea. He estado pensando todo el fin de semana, a ver qué te parece: llamaremos a papá mañana y le diremos que he tenido que despedir a la criada, y como estoy de seis meses y necesito que me ayuden, me gustaría que te quedaras aquí hasta que dé a luz. Así tendrás tiempo hasta mayo.

Zahra sonrió a pesar de las lágrimas y se lanzó a los brazos de su hermana.

—¡Cuánto te quiero, Hafsah!

—Habrá que tener cuidado de estar en contacto continuo para cuando llamen papá o mamá —la previno.

—Pues claro, y yo les escribiré cartas y te las mandaré a ti para que las envíes desde Londres. ¡Saldrá bien, estoy segura! ¡Hafsah, eres genial! Muchas gracias.

Su plan funcionó, Kamal permitió a regañadientes que Zahra se quedara hasta el nacimiento del niño.

Viajaron a París en febrero de 1964. Ajit había alquilado una casita en la Rue de Bearn, al lado de la Place des Vosges, en el Marais. Zahra estaba encantada con ella, con París y con Ajit. Tenía veintitrés años y su vida era perfecta.

La primera noche, Ajit la llevó al *bistrot* al que solía ir, Chez Louis, y para su sorpresa y deleite, la presentó a todo el mundo como su novia. El restaurante al completo los vitoreó cuando Louis abrió varias botellas de champán para brindar por la pareja. Fue una noche muy hermosa. Cuando llegaron a la verja de la casa, Ajit la abrió y la llevó en brazos hasta el dormitorio.

—¿Zahra?

Fue una pregunta a la que no necesitaba responder. Había

llegado el momento. Ajit se arrodilló y se abrazó a sus piernas con la cara de lado. Zahra le acarició con cariño la cabeza y le pasó los dedos por el pelo mientras lo miraba con dulzura, como si fuera un niño. Ajit le levantó la falda y hundió la cabeza entre sus muslos, los besó lentamente y después la bajó con suavidad hasta tenerla a su lado. Se fijó en que tenía los ojos cerrados, aunque no supo si por miedo o deseo. La besó en la boca, primero suavemente y después con mayor intensidad, utilizando la lengua. Le desabrochó el vestido y lo dejó caer al suelo. El pelo resbaló sobre sus hombros. Se colocó y entró en ella. Zahra se aferró a su cuerpo con las manos en la espalda y las piernas sobre sus pantorrillas. Ajit le mordisqueó un pecho y notó cómo se le endurecía el pezón mientras saboreaba la dulzura de su piel. Empezó a jadear y soltó un grito cuando terminó en su interior, antes de dejarse caer sobre ella. Zahra se quedó mirando el techo y se preguntó si habría algo más, pero no lo hubo, había acabado. Aquella relación había sido precipitada, no lenta, delicada y tierna como había imaginado que sería su primera experiencia, pero se negó a sentirse decepcionada.

Ajit la cogió y la llevó al dormitorio bañado por la luz de la luna. La depositó en la cama, se apoyó en un brazo a su lado y sonrió. Todavía estaba tibia y húmeda cuando bajó la mano para tocarla. Zahra se agitó y gimió cuando empezó a notar las sensaciones que recorrían su cuerpo gracias a aquellas caricias. Unos segundos más tarde experimentó su primer orgasmo. Soltó un grito y se abrazó a él, temblorosa y jadeante.

—Te quiero —susurró en su oído antes de quedarse dormida en sus brazos sin fijarse en que Ajit no había respondido.

A partir de entonces dedicó todo su tiempo a amar a Ajit y a aprender a satisfacerlo. A pesar de su bohemio estilo de vida, era una persona disciplinada y le gustaba su rutina diaria, algo típico en los hombres de su edad. No hacían el amor a menudo y la mayoría de las noches se contentaba con abrazarla hasta que se quedaban dormidos. Era demasiado tímida como para preguntarle por qué no llevaban una vida sexual más activa e imaginó que quizá se debía a la edad. En alguna ocasión llegó a tocarlo cuando estaba dormido para comprobar si podía excitarlo. Entonces gemía y, con los ojos cerrados, usaba su mano

para ponerse a punto. Nunca entendió por qué no conseguía
una erección cuando lo tocaba ella, pero tenía muy poca experiencia en esos temas como para sacar conclusiones.

Se enamoró perdidamente de él, a pesar de que, a excepción
de aquella primera noche en Chez Louis, nunca más volvió a
presentarla como su novia, lo que le molestó un poco. Aunque
lo que más le preocupaba era que no fijaran una fecha para la
boda y nunca hablaran de ella. A veces desaparecía una tarde o
una noche, pero siempre aceptaba sus explicaciones sobre las
obligaciones sociales que acarreaba su título y en las que no era
adecuado incluirla. Estaba tan enamorada que nunca hacía preguntas y atenuaba su desazón recordándose que cuando estaba
con ella siempre era muy atento. Le enseñó todo París y le describió las grandes fiestas que su padre y su abuelo habían organizado allí. También la fascinaba con sus relatos del año que
había pasado en Hollywood cuando era joven y había hecho
una prueba para una película que no llegó a rodarse, aunque sí
había alternado con estrellas como Lana Turner.

—Después, cuando fui a Nueva York llegué a tocar el piano
con Cole Porter y pasé mucho tiempo con Noel Coward.

A Zahra se le abrieron los ojos desmesuradamente.

—¿Cole Porter? ¿Conoces a Cole Porter?

—Pues claro. ¡Qué tiempos aquellos! Las fiestas duraban
toda la noche, Cole cantaba y yo tocaba el piano. Nueva York
era todo un espectáculo entonces. Veíamos salir el sol en el río
Este. No te lo puedes imaginar...

Pero sí que podía y cuando lo hacía apenas podía creer lo
afortunada que era por estar con un hombre como él.

Zahra mantuvo su promesa y llamaba al menos una vez a
la semana a su hermana. También escribía semanalmente a sus
padres y enviaba las cartas a Hafsah para que las franqueara en
Londres, y los llamaba una vez al mes. Parecía tan feliz que a
Laila, aunque seguía ligeramente resentida por no haber podido ir, le consolaba el que sus hijas lo estuvieran pasando tan
bien en Londres. Incluso Kamal aprobó que pospusiera su regreso, ya que de momento no le había parecido adecuada ninguna de las propuestas matrimoniales que había recibido.

Zahra se estaba convirtiendo en una estupenda cocinera. Iba al mercado todos los días para comprar frutas, verduras y flores y sorprendía a Ajit con nuevos platos las noches que se quedaba a cenar. También aprendió a diferenciar los vinos y a conocer los cientos de quesos que encontraba en las tiendas. Era comienzos de abril y la Semana Santa estaba muy próxima. Una bonita tarde de primavera la pareja estaba en el jardín tomando una copa de champán cuando Ajit sorprendió a su adorada *protégé*.

—¿Te gustaría ir a Andalucía? —le preguntó mirándola por encima de la copa.

Zahra se quedó sorprendida.

—Me encantaría enseñarte una de mis regiones favoritas del mundo —propuso sonriendo ante el regocijo que había provocado en ella.

—¡Sería un sueño hecho realidad! —exclamó Zahra y le brillaron los ojos ante la perspectiva de disfrutar de semejante aventura con él—. ¿Cuándo crees que podrás escaparte?

—Bueno, lo ideal sería estar en Sevilla durante la Semana Santa. Mi madre pasó allí uno de sus mejores momentos, y yo también.

—Debe de ser mágica —comentó Zahra suspirando—. ¿Cuándo nos vamos? —preguntó entusiasmada sirviéndole más champán.

Ajit sonrió pícaramente. Le encantaba la *joie de vivre* de Zahra y su entusiasmo.

—Nos vamos.... ¡esta semana! —anunció cogiéndole la muñeca y acercándole la boca y la nariz al cuello.

—¡Dios mío! ¡No puedo creerlo! —exclamó Zahra abrazándolo—. Estoy tan contenta —confesó antes de besarlo—. Ajit —susurró—, ¿estarás siempre conmigo?

No respondió, la atrajo hacia él para que su cabeza descansara sobre su pecho. Miró pensativo hacia los tejados de París mientras le acariciaba el pelo y le besaba la cabeza.

A la semana siguiente cogieron un tren nocturno en la Gare D'Austerlitz hacia Madrid, donde pernoctarían dos noches en casa de Victoria, prima de Ajit, antes de dirigirse hacia

153

Sevilla. Cuando se instalaron en el compartimento, para tranquilizar a Zahra, que estaba muy nerviosa por su primer encuentro con un familiar de Ajit, éste dijo mientras el tren salía traqueteando de París:

—Te encantará Victoria. Es como si fuera mi hermana y tenía mucha relación con mi madre.

—Me habría gustado mucho conocer a tu madre —comentó al tiempo que se sentaba junto a la ventana para disfrutar del paisaje francés, que iba cambiando de color y vegetación.

—Era una mujer muy valiente. Provenía de otro tiempo, de otro lugar —le aclaró mientras encendía un cigarrillo—. Había llevado una vida muy humilde y aislada en el sur de España, en el seno de una familia muy católica. No era sofisticada ni cosmopolita y, sin embargo, no se acobardó ante el desafío de llevar otra vida en otro mundo —dijo antes de dejar el cigarrillo en el cenicero.

Zahra lo escuchaba atentamente mientras sujetaba una copa de vino por el pie y le daba vueltas.

—Lo abandonó todo y nunca volvió la vista atrás —continuó—. Piénsalo un momento. En 1906, una joven de dieciséis años nacida en una pequeña ciudad de Andalucía, una absoluta ingenua en el sentido más amplio de la palabra, lo abandona todo y cruza medio mundo con un hombre al que apenas conoce, y que no era católico, para llevar una vida completamente ajena a ella. Fue un salto hacia lo desconocido. —Ajit meneó la cabeza maravillado y se inclinó para apagar el cigarrillo—. Muchas de las mujeres de hoy en día no tendrían agallas para salvar esas barreras culturales en la forma en que lo hizo ella, y no olvides que fue hace cincuenta años.

—¿Tenías buena relación con tu padre?

—Lo quería —contestó frotándose la mejilla con expresión triste—. Era imposible estar cerca de él en la forma en que lo estaba con mi madre. Pero lo respetaba y admiraba. Era un gran hombre… adelantado a su tiempo en muchas cosas.

—¿Y qué te sientes? —preguntó Zahra con curiosidad—, ¿indio o español?

Ajit soltó una risita.

—Me lo he preguntado muchas veces. Es difícil de explicar, pero me siento como en casa tanto en la India como en España.

—¿De verdad?

—Y en Londres, en París, en Buenos Aires, en Nueva York, Los Ángeles… —aseguró entre risas.

—Eres un hombre de mundo —dijo Zahra con dulzura.

—Cuando nací, uno de los pandits le dijo a mi madre que siempre sería un trotamundos, que nunca echaría raíces —confesó—. A pesar de que mi madre no le hizo caso, creo que tenía razón.

Ajit ya había intentado explicarle a Zahra su inquietud, su necesidad de ir de un lado al otro con la esperanza de encontrar el lugar al que realmente pertenecía, pero ella no le había entendido. Mientras Zahra y muchas otras envidiaban su vida rodeado de la *jet set* y sus continuos viajes, él anhelaba sentir sus raíces, un lugar en el que poder ser él mismo y llevar su vida según sus normas y no las de la sociedad. No mintió cuando le dijo que se sentía como en casa en la India y en España, porque así era. En la India, se sentía indio, vestía **sherwani** y turbante, hablaba punjabí, bebía té y fumaba en la *hookah* con sus amigos. En España era un español más en las corridas de toros, bebía manzanilla y picaba en un plato de jamón y queso manchego. Pero ¿cuál era su hogar? A menudo se lo preguntaba: ¿era el Punjab o Andalucía?

—Mi madre estaba muy orgullosa de ser española, pero también de ser punjabí. Creo que me inculcó ese sentimiento.

Continuó contándole que tras su nacimiento, su madre había insistido en que se hiciera una ceremonia sij para bautizarlo, con la bendición de los sacerdotes del Templo Dorado.

—Quería que no le cupiera la menor duda a nadie de que yo era sij. Así que a los cuarenta días de nacer me llevaron a Amritsar.

—¿Se convirtió tu madre? —preguntó Zahra movida por su propia preocupación acerca de las diferencias religiosas entre ellos y la reacción de sus padres al saber que Ajit no era musulmán.

—No, siguió siendo católica hasta su muerte. De hecho, a mí también me bautizaron en una iglesia católica, pero no porque fuera idea de mi madre. A ella le bastaba con la ceremonia en Amritsar —comentó echándose a reír—. Pero al parecer a mis abuelos les horrorizaba la idea de que no me hubieran

155

bautizado y estaban convencidos de que la bendición sij no era sinónimo de salvación para mi alma.

—¿Y qué pasó?

—Una vez mi madre me llevó a París y me dejó con ellos mientras se iba de viaje con mi padre. Mi abuela me llevó a Notre Dame, me acercó a la pila del agua bendita y me puso un poco en la cabeza.

Zahra soltó una risita. Ajit continuó diciéndole que Anita nunca se lo contó al marajá porque aquello sólo hubiera conseguido enfadarlo.

—En cualquier caso, un poco de agua bendita nunca ha hecho mal a nadie. Como mucho, que tengas la cabeza fría y húmeda.

Se produjo un momento de silencio en el que los dos miraron la catedral de Chartres que se elevaba entre los campos de trigo.

Para él España estaba ligada a su juventud y adolescencia, a los veranos que pasaba en la Costa del Sol con sus primos Victoria y Guillermo; las playas, el sol y las típicas aventuras de bulliciosos adolescentes. Victoria y Ajit tenían casi la misma edad y juntos habían compartido y experimentado muchas cosas. Le encantaba sumergirse en una cultura de la que se sentía parte y disfrutaba en las corridas de toros y viendo un partido de fútbol mientras tomaba un par de cañas e, incluso a pesar de que le gustaba más el jazz, asistiendo de vez en cuando a una buena actuación de flamenco. Pero, sobre todo, le gustaba lo que describía como la forma de vida andaluza: una vida sencilla que gira alrededor de la familia, la comida y las conversaciones.

—Es casi una existencia sin preocupaciones —le explicó mientras el tren atravesaba Orléans—. Cuando voy a España siento que todo vuelve a la normalidad, que los problemas y preocupaciones que nos afectan en otras partes desaparecen al cruzar la frontera, sobre todo en Andalucía.

»Es el tipo de lugar en el que una botella de vino, un poco de jamón y una charla con los amigos solucionan todos los problemas del mundo. Esa sencillez también se refleja en la comida. La comida tradicional española es muy sencilla. No es nada complicada. A mí me encanta, sobre todo una buena tor-

156

tilla, chorizo y huevos con patatas fritas. Algo que, cariño, tienes que probar.

—Ajit, estás babeando —se burló Zahra.

Ajit se recostó avergonzado y sacó un pañuelo para limpiarse la boca.

—Era una broma —lo tranquilizó.

Aunque, por encima de todo, para Ajit España representaba a su madre. Fue donde decidió vivir cuando volvió a Europa después de su divorcio.

—En ese tiempo yo estaba en Cambridge y me resultaba muy fácil ir a verla.

—¿Y ahora que ya no está?

—Sigo teniendo los recuerdos —aseguró con voz soñadora—. ¡Venga! —la apremió volviendo a adoptar un tono jovial—, vamos a cenar.

Le cogió la mano, la puso en su brazo y se dirigieron hacia el vagón restaurante.

157

Cuando llegaron a Madrid, Victoria se había ido de viaje inesperadamente y Ajit sugirió hacer un pequeño desvío hasta Granada, de camino a Sevilla.

A Zahra le fascinó el palacio de la Alhambra, que había sido residencia de los reyes árabes de Granada. También le encantó el Albayzín, el antiguo barrio árabe, y el Sacromonte, con sus cuevas habitadas por gitanos. Una noche la llevó a ver flamenco a La Reina Mora, un tablao muy famoso, y Zahra insistió en ir todas las noches que estuvieran allí.

Llegaron a Sevilla el Domingo de Ramos. Ajit había conseguido un pequeño apartamento en la calle Santa Teresa, que daba a la plaza Santa Cruz.

Era el sitio perfecto porque no sólo era muy acogedor, con una hermosa terraza con vistas a los tejados de la ciudad, sino que las principales procesiones pasaban por delante, de camino a la catedral.

Mientras el taxi los llevaba al centro de la ciudad, Zahra notó vaharadas de una peculiar, aunque deliciosa fragancia.

—¿Qué es?

—Es incienso mezclado con el aroma de azahar, la flor del

naranjo que se abre justamente en Semana Santa. Es muy característico de Sevilla y de estas fechas del año, es irrepetible.

El taxista los dejó en Santa María la Blanca y desde allí tuvieron que ir andando, ya que en el barrio de Santa Cruz prácticamente sólo hay calles peatonales. Zahra se enamoró de Sevilla y, evidentemente, estar allí con Ajit lo hacía todo aún más especial. Las cosas más sencillas, como ver un hermoso naranjo, la encantaban, y no se cansaba de oler el perfume del azahar. Pasearon por toda la ciudad, vieron la catedral y la Giralda, comieron tapas, echaron siestas y se empaparon de la atmósfera de Sevilla en Semana Santa. Ajit le recomendó sus tapas favoritas y Zahra las probó, a excepción del chorizo y el jamón ibérico. Sentados en taburetes, mientras saboreaban unas gambas y unas croquetas, Ajit intentó describirle el sabor del jamón, pero cada vez que comía un trozo, lo único que conseguía era suspirar por el placer que le causaba. También insistió en que probara una torrija, un postre que se sigue haciendo según una receta árabe que se remonta al siglo VIII. La llevó al convento de San Leandro, famoso por las yemas que elaboran sus monjas según otra receta árabe.

158

—¿Qué es una yema? —preguntó Zahra mientras paseaban por el centro de camino a la plaza San Ildefonso.

—Ya lo verás, es una sorpresa.

Ajit llamó a la enorme y pesada puerta de madera y esperó unos minutos. Una pequeña ranura se descorrió y se vieron un par de ojos brevemente antes de que volviera a cerrarse. La puerta se abrió lentamente, pero Zahra no vio a nadie y se preguntó cómo podía haberse abierto sola. Entró en el soleado patio con Ajit y admiró las flores, la fuente y los azulejos que decoraban las paredes. Llegaron a un arco y entraron en un oscuro corredor. Frente a ellos había un pequeño tablero de madera. Ajit se acercó y llamó.

—¿Quién es? —preguntó una voz apagada.

—Ave María purísima —dijo Ajit.

—Sin pecado concebida —contestó la voz.

Zahra estaba confusa. ¿Por qué saludaba Ajit de ese modo? Le tiró del brazo y estaba a punto de preguntarle cuando éste dijo:

—Una cajita, por favor.

Zahra se quedó boquiabierta cuando el tablero se abrió. En el interior había una bandeja en la que Ajit depositó unas pesetas. El tablero se cerró y a los pocos minutos volvió a abrirse. La bandeja con el dinero había desaparecido, pero la habían sustituido por una cajita de yemas. Zahra se echó a reír.

—¡Shhh! —Ajit intentó que callara mientras abría la cajita y se metía uno de los dulces en la boca—. ¡Estamos en un convento!

Pero a Zahra le había dado un ataque de risa y tuvieron que salir corriendo antes de que la madre superiora les reprendiera.

La llevó a Triana para que viera el antiguo barrio de los gitanos. Le enseñó todo el español que pudo en una semana y se sorprendió de lo rápido que lo aprendía. Fueron juntos al famoso mercado de Triana para comprar comida y vino, y Zahra incluso intentó hacer paella. También le enseñó fotos de su madre cuando era joven y bailaba, y el montón de recortes que había coleccionado durante años, unos recuerdos conservados en álbumes y cajas que guardaba un amigo de su madre que vivía en Sevilla.

159

—Era muy guapa —dijo Zahra al ver las fotografías.

—Sí que lo era —corroboró, al tiempo que recordaba los tiempos en que era un niño y su madre la persona que más cerca sentía.

Cuando Zahra presenció su primera procesión de Semana Santa, se sintió abrumada al ver la banda de música que iba en primer lugar, seguida por los penitentes, los nazarenos y después el paso del Cristo, precediendo al de la Virgen, en todo su esplendor. El aire estaba impregnado de humo de incienso, del olor a cera de las velas y del perfume de azahar. Todos los días que pasaron allí, desde el Domingo de Ramos al Domingo de Resurrección, vieron desde esa terraza la reconstrucción que hacían las iglesias sevillanas de la última semana de Cristo en la tierra, en unas procesiones profusamente decoradas con elaborado vestuario, que serpenteaban por las calles en dirección a la catedral gótica más grande de toda Europa.

El día de Jueves Santo salen los pasos más hermosos: El Silencio, Jesús del Gran Poder, La Virgen de la Macarena, La Esperanza y Los Gitanos y cuyas procesiones duran toda la noche hasta el día siguiente. Ajit insistió en comprarle una mantilla y le aseguró que era lo que se ponían las verdaderas sevillanas el día de la crucifixión. Zahra se rio cuando la dependienta le enseñó cómo ponerse la peineta y sujetar la mantilla con unos alfileres especiales.

—Creo que sólo me llevaré la mantilla —dijo cuando se vio en el espejo.

—Te queda muy bien, Zahra —dijo Ajit.

—¿De verdad? —preguntó Zahra volviéndose para mirarlo.

—Está muy guapa, señora —confirmó la dependienta.

Aun así, al final Zahra decidió quedarse solamente con la mantilla, con la que se cubrió la cabeza aquella noche.

Cuando las campanas de la catedral dieron las doce, Ajit y Zahra estaban en el balcón de su apartamento para ver la procesión de Jesús del Gran Poder. Era una de las cofradías más antiguas de la ciudad.

Lo primero que salió fue la Cruz de Guía, seguida por los ciriales, los miembros de la cofradía que llevan unos candeleros de plata con unas largas velas; después los nazarenos y más tarde los penitentes, con unas pesadas cruces de madera a la espalda, una imagen sobrecogedora.

Tras ellos venía el paso que representaba la Última Cena. Unas figuras de madera con caras de cera y unos elaborados trajes de terciopelo, seda y adamascados representaban a los apóstoles. Jesús, vestido con una túnica de terciopelo negro estaba en el centro. En cuanto salió, el ambiente se inundó de nubes de incienso, quemado en incensarios de metal que colgaban del paso. La banda empezó a tocar, la procesión había comenzado.

Cuando Jesucristo pasó frente a ellos, Zahra oyó que la gente lloraba al recordar su crucifixión. Justamente detrás venía la Virgen del Mayor Dolor, el paso más esperado de toda la Semana Santa. Cuando apareció, Zahra se quedó paralizada al oír los gritos de la multitud: ¡guapa!, ¡madrecita mía! Cubierta por un dosel de terciopelo, la virgen estaba serenamente hermosa y sus lágrimas brillaban a la luz de las velas. Lucía una sencilla mantilla, pero el manto se desplegaba unos metros detrás de ella y parecía una reina. Zahra miró a Ajit. Le tocó

Laila, abuela materna,
en 1936

Laila, en 1989

Zahra, madre, en 1959

Zahra, en 1962

Zahra, en 1988

Maha bailando
kathak con 9 años

Maha, con 15 años,
en una actuación de kathak

Hafsah y Farhan,
tíos maternos, en 1970

Viaje a Delhi, en octubre de 2006, para asistir a la boda de Devaki Singh. Fue cuando Maha conoció a toda la familia de Kapurthala.

Duncan y Maha con Hanut Singh, quien contactó con ella en Nueva York

Con Martand Singh

Con Martand Singh

De izquierda a
derecha, Maha,
Maya Datwani,
Duncan Macaulay
y Nitya Bharany,
durante
la estancia
en Delhi

Con Nina Singh

Diversas actuaciones de flamenco durante
los años 2005 y 2006

Madrid

Sanlúcar de
Barrameda

Madrid

Madrid

Madrid

Madrid

Actuación con Manuela
Carrasco en el Teatro
Villamarta, Jerez de
la Frontera

Dueto con
Juan Polvillo
en Sanlúcar
de Barrameda

Primera actuación
en Madrid, 2005

suavemente el brazo. Cuando se volvió vio una triste y resignada expresión en su cara, y supo que estaba pensando en su madre.

En el balcón de enfrente parecía que estaban de fiesta. En uno de los extremos, un grupo de personas sentadas comía, hablaba e incluso se reía suavemente mientras unos camareros les servían tapas. En el otro había un hombre de pie que parecía pensativo, con las manos unidas, la cabeza baja, esperando la llegada de los pasos. Aquel balcón ofrecía una extraña mezcla entre lo sagrado y lo profano.

De repente, Zahra oyó que alguien gritaba.

—¡Alá nos proteja! —exclamó sorprendida.

Ajit se inclinó para explicarle que era el comienzo de una saeta. Cuando Zahra miró para ver quién estaba cantando, se dio cuenta de que era el hombre del balcón de enfrente. Tenía una de las voces más perturbadoras que jamás hubiera oído. Pero también entendió que la desbordada emoción que se siente al contemplar esos hermosos pasos sólo se puede expresar cantando. Tal como le dijo Ajit: «Es flamenco, o lo sientes muy dentro o no lo sientes».

161

Zahra tenía que llamar a sus padres y como en el apartamento en el que estaban no había teléfono, sólo podía hacerlo desde algún bar o desde la oficina de correos. Se decidieron por esta última.

—¿Eres tú, *umma*? —preguntó Zahra esforzándose por oír a su madre en medio del alboroto reinante.

—Sí, Zahra. ¿Qué tal estás?

—Muy bien, madre. Hafsah ha ido a unas clases especiales con Farhan para aprender a cuidar a los recién nacidos.

—¿Qué? —exclamó Laila—. Yo jamás fui a ninguna de esas clases y tu padre no hubiera ido ni loco.

Entonces alguien intentó colarse en la fila de gente que esperaba para llamar y se produjo una gran discusión.

—¿Dónde estás? —preguntó Laila recelosa.

—En casa de Hafsah, ¿por qué?

—¿Qué es todo ese ruido que se oye? ¿Y por qué parece que nadie habla en inglés?

—*Umma*, estoy en la cocina y el ama de llaves debe de estar oyendo la radio o viendo la televisión.

Ajit hizo un movimiento aprobatorio con la cabeza al oír su rápida improvisación.

—¿Recibes las cartas que te escribo todas las semanas? —preguntó para cambiar de tema.

—Sí, las recibo —contestó con tono ausente.

—*Umma*, tengo que dejarte. He puesto leche a calentar y no quiero que se queme —mintió Zahra al notar que se iba a producir otra discusión—. Te quiero mucho.

—Cuídate, hija mía, estés donde estés —se despidió antes de colgar.

No quiso prestar atención a los remordimientos que sintió después de esa conversación. Se sentía a gusto en Andalucía, le recordaba Biblos y otras zonas de Líbano. También agradecía poder tener a Ajit para ella sola prácticamente todo el tiempo, aunque incluso allí desaparecía en alguna ocasión durante un par de horas y volvía a alegar compromisos de negocios como excusa. La semana pasó rápida y cuando el tren salía de la estación miró con tristeza hacia la ciudad, deseando haber podido estar más tiempo.

—Volveremos, Zahra, no te preocupes. Te volveré a traer. A mí también me gusta mucho Sevilla —la tranquilizó Ajit.

Llegaron a París a mediados de abril. Un telegrama la esperaba. Zahra llamó rápidamente a su hermana.

—Gracias a Dios que has vuelto. Creo que tenemos problemas —le espetó Hafsah.

—¡Dios mío! Me lo temía, ha sido por mi culpa —exclamó antes de contarle lo que había sucedido en la oficina de correos de Sevilla—. Creo que se dio cuenta de que no estaba en Londres. Intenté disimular todo lo que pude, pero no sé si me creyó.

—No, me temo que no te creyó ni a ti ni a mí. Me preguntó si tenía un ama de llaves que pudiera estar oyendo la radio o viendo un programa de televisión en español y, como no sabía que estabas en España, le contesté que el ama de llaves es india y que para qué iba a oír nada en español.

—¿Qué vamos a hacer? —preguntó Zahra al borde de las lágrimas—. No puedo irme. Estoy muy enamorada. Estaba segura de que podría quedarme hasta que naciera el niño.

Ajit estaba sentado a su lado y le cogió la mano durante

toda la conversación. No aprobaba el engaño que habían urdido, pero las dos le habían asegurado que su padre era una persona con la que no se podía razonar. Y como Farhan también había dado su consentimiento, aunque no del todo seguro, Ajit lo había aceptado, convencido de que funcionaría.

—Zahra —intervino Ajit, pero como ésta estaba hablando en árabe no le prestó atención—. Zahra —repitió en voz más alta—. Déjame hablar con Farhan. —Cuando le pasó el auricular a regañadientes y Farhan Al-Hasan se puso al otro extremo, preguntó—: ¿Puedes explicarme lo que está pasando exactamente?

—Bueno, de momento sólo lo sabe Laila, que por su parte es una buena pieza. La verdad es que creo que es un poco hipócrita que intente mostrarse como una santurrona. Cuando tenía la edad de Zahra salía a todas horas y no hacía caso a nada de lo que le decían sus padres. Seguramente Zahra ha heredado esa vena de tozudez.

—¿Qué crees que va a hacer?

—Si te soy sincero no lo sé, pero imagino que no hará nada hasta tener pruebas.

—Gracias, amigo —se despidió antes de colgar.

—Cariño —empezó a decir con tanta ternura que consiguió que afloraran las lágrimas que había estado conteniendo—. Lo solucionaremos. Deja que llame a tu padre y me presente.

—¡No! ¡No! —gritó—. ¡No lo hagas, por favor! Sólo conseguirás empeorar las cosas. Vamos a esperar a ver qué pasa. A lo mejor no se lo cuenta a mi padre. A veces creo que la mitad del tiempo no se entera de nada.

Ajit accedió. No conseguía entender todo aquel dramatismo, pero en cualquier caso, se alegró de poder mantenerse al margen.

Con todo, el problema de Zahra había puesto de manifiesto ciertas cuestiones que había intentado eludir. Aquella noche Ajit se revolvió en la cama pensando en cuál sería la mejor forma de hacer frente a la situación en la que estaba metido. La solución evidente era casarse. Pero el matrimonio era un paso que no estaba preparado para dar. Sabía que nunca sería un buen marido; siempre habría secretos entre ellos. Sus necesi-

163

dades y caprichos le harían demasiado daño. Sabía que, a pesar de su supuesto deseo de ampliar horizontes, en el fondo Zahra deseaba llevar una vida tradicional que él no podía ofrecerle. No quería romperle el corazón, pero hacerlo parecía inevitable.

«Necesito pensar y aquí no puedo hacerlo. Es el momento de volver a la India», se dijo a sí mismo. Había arreglado los asuntos de la herencia de su madre y quería ser partícipe de la situación política de su país.

A la mañana siguiente, Ajit se duchó rápidamente y después de un beso fugaz se fue. Durante varios días se levantó muy temprano y regresó muy tarde. Zahra no le hizo ninguna pregunta. Se mostraba retraído y poco comunicativo, y Zahra no sabía qué hacer, aparte de darle tiempo para que resolviera lo que le preocupaba.

Una noche estaba dando los últimos toques a la cena cuando oyó que se abría la puerta. Fue a saludar a Ajit, que esperaba a que subiera las escaleras un hombre que ella no conocía. Llevaba una carpeta grande y un sobre marrón. Se quitó rápidamente el delantal y se secó las manos.

—Perdone, no sabía que teníamos un invitado. Deje que le sirva una copa y saque algo para picar —ofreció sonriendo.

—Me ha traído unos documentos. Enseguida salgo. ¿Te importa que cenemos en el jardín? Esta noche no hace frío —sugirió Ajit.

Zahra asintió un tanto intranquila. Ajit empezó a hablar con ese hombre en un idioma que luego supo que era punjabí y entraron en el estudio. Tomó una copa de vino blanco mientras ponía la mesa en el jardín, en el que, a pesar de saber que estaría poco tiempo, había plantado rosas, hiedra, geranios, violetas y otras de sus flores favoritas. Los rosales estaban empezando a florecer y se entretuvo quitando hojas secas mientras esperaba.

Al cabo de una hora, Ajit acompañó al hombre a la puerta. Cuando salió, Zahra se dio cuenta de que tenía la mente en otro sitio, pero no quiso forzarlo a hablar. Se fijó en que durante la cena bebió más de lo acostumbrado y se preguntó si estaría intentando reunir el valor suficiente como para decirle algo que no quería oír. Finalmente, cuando sacó los quesos y el oporto, lo soltó:

164

—Zahra, cariño, mañana tengo que ir a la India.

Ésta dejó caer el cuchillo del queso. «Eso quiere decir que sólo nos quedan unas horas. ¿Por qué no me lo habrá dicho antes?», pensó, pero enseguida recobró la compostura y cogió el cuchillo.

—¿Estarás fuera mucho tiempo? —preguntó con voz firme.

—No lo sé, están pasando muchas cosas. Tengo cuestiones familiares de las que ocuparme y ahora que los asuntos de mi madre están arreglados, he de llevar algunas de sus pertenencias allí.

—¿Son importantes esas cuestiones familiares?

—Sí —contestó Ajit sin aclarar nada más.

Zahra asintió y esperó alguna explicación, pero no la tuvo.

—Ya veo. Bueno, entonces tendrás que irte.

A pesar de que no se lo había pedido, no había nada que deseara más que acompañarlo, pero era imposible. No estaba casada con él ni podría hacerlo a menos que fuera a Beirut, hablara con sus padres y consiguiera su aprobación para casarse con ella. Además, tendría que convertirse al islam. Ella no podía convertirse al hinduismo, ya que, para hacerlo, es necesario nacer en una familia hindú.

Aturdida, le ayudó a hacer las maletas. Decidieron que Zahra volvería a Londres para quedarse con su hermana, al menos hasta que naciera el niño, y que cuando llegara a la India Ajit la llamaría para contarle lo que estaba pasando.

Aquella mañana amaneció soleada y luminosa. Zahra y Ajit prácticamente no habían dormido, permanecieron despiertos hablando o simplemente abrazados. Ajit volvió a ser muy cariñoso y Zahra casi reunió el valor suficiente para preguntarle algo más sobre su repentino viaje. Pero Ajit solía cerrarse ante ciertos asuntos y supo que ése era uno de ellos. No le quedó más remedio que confiar en él. Cuando Ajit se quedó dormido observó la salida de Venus en el cielo y pidió un deseo: «Por favor, Dios mío, no nos separes para siempre, haz que vuelva pronto. No puedo vivir sin él».

Estaban en el recibidor cuando sonó el claxon del taxi. Zahra intentó ser valiente, pero se derrumbó y empezó a sollozar. Ajit le secó las lágrimas con un pañuelo mientras Zahra le aca-

165

riciaba la cabeza y la cara, como para memorizar cada uno de sus rasgos. Volvieron a oír el claxon. Zahra salió a la puerta de la calle con él. El taxista cogió el equipaje y lo metió en el maletero. Ajit volvió a darle otro beso manteniendo su cara llena de lágrimas entre las manos con gran ternura y después entró en el coche.

—*Monsieur, vous avez une femme très belle* —comentó el taxista mirando a Ajit por el espejo retrovisor.

—*Merci.*

—*Vous l'aimez beaucoup?*

—*Oui.* —Y, en cierta forma, era verdad.

Cuando Zahra vio que el taxi se alejaba, se deshizo en lágrimas. Su idilio había tenido un repentino fin en pocas horas. Nunca supo cómo consiguió llegar a Londres esa misma tarde. Hafsah había ido a la estación a recogerla. Su embarazo estaba muy avanzado y su extraña forma de andar fue lo único que consiguió dibujar una sonrisa en la cara de Zahra.

No le ayudó mucho que la India fuera noticia a todas horas. Jawaharlal Nehru murió el 27 de mayo de 1964, tras cinco meses de enfermedad. El funeral fue emitido por todas las cadenas de Londres y apareció en todos los periódicos y revistas. Zahra creía ver a Ajit en las fotos o en la televisión. Alguna vez sí que lo consiguió, aunque normalmente estaba medio oculto en segundo plano y la mayoría de las veces no mencionaban su nombre.

Una semana después del funeral de Nehru, Hafsah tuvo un niño. Al poco tiempo, los padres de Zahra le pidieron que volviera. Llevaba fuera seis meses y le exigieron que lo hiciera en seguida.

Capítulo ocho

*C*uando el avión de la BOAC con destino Beirut se elevó por encima de las nubes, Zahra recordó a Ajit. Se preguntó cómo reaccionarían sus padres si un día decidiera pedir su mano. «¿Cómo no va a gustarles?», pensó intentando convencerse de que sí lo haría. Al fin y al cabo era un príncipe y provenía de una familia cuyo linaje se perdía en la noche de los tiempos. A su madre le gustaría aquello. También era un reconocido diplomático y rico, lo que haría feliz a su padre. Tranquilizada porque de una forma u otra todo saldría bien, bajó del avión en el aeropuerto de Beirut, lista para enfrentarse a sus padres.

En el coche que les condujo a casa demostraron no tener gran cosa que decirse. Zahra nunca tenía mucho de que hablar con su padre, pero el distanciamiento que evidenció en su madre era algo nuevo y las dos se sintieron incómodas. Ya no era capaz de confiarle lo que creía importante en su vida, sobre todo después de haberle mentido en algo tan crucial como el amor.

—¿Por qué no vas a tu cuarto y te refrescas un poco antes de comer? —sugirió Laila después de meter las maletas en casa.

Zahra no dijo que se sentía tan agotada que lo único que le apetecía era tumbarse y echar una siesta. Hizo lo que le había aconsejado y después bajó con los regalos que había elegido para sus padres en compañía de Hafsah: una corbata para su padre y un pañuelo para su madre.

—¡Es muy bonito! —exclamó Laila—. Muchas gracias. —Se lo puso sobre un hombro y se miró encantada en un espejo.

—No es de seda, pero no está mal. A lo mejor la puedo llevar con el traje azul marino. Ya veremos —comentó su padre al ver la corbata.

Era muy típico en él. Nunca se limitaba a decir gracias, siempre tenía que encontrar algún defecto a todo.

Al cabo de una semana, Hafsah le dijo que Ajit no había llamado, tal como era su plan, y Zahra intentó ponerse en contacto con él. Le escribió cartas a la casa de la Rue de Bearn, con la esperanza de que alguien recogiese el correo. Llamó a su oficina en París, pero le informaron de que no había vuelto todavía. Una arrogante voz francesa le preguntó si quería dejar algún mensaje, pero Zahra tenía miedo de darle el número de teléfono de sus padres. En vez de ello pidió que le dieran un número al que poder llamarlo en la India. Pero siempre que lo intentaba o no conseguía establecer comunicación, no era la hora adecuada o no la entendían. Cuando finalmente pudo hablar con alguien, esa persona le comunicó que Ajit estaba de viaje por el país por motivos políticos. Le rogó que le dijera que Zahra lo había llamado desde Beirut. Éste le pidió su número de teléfono, pero tuvo miedo de nuevo de lo que pudiera pasar si Ajit llamaba y contestaba alguno de sus padres. Cuando colgó no confiaba mucho en que Ajit recibiera el mensaje. Según las noticias, la India estaba viviendo unos tiempos muy agitados y pensó que quizá también se habían visto afectadas las comunicaciones.

Recordó el tiempo que había pasado en la Rue de Bearn y en lo feliz que había sido levantándose antes de que él se fuera al trabajo para prepararle una taza de té al estilo indio, como le gustaba: hervido en leche con azúcar, canela, cardamomo y clavo. Exprimía naranjas y dejaba el zumo en la nevera para que estuviera frío cuando bajara. Si tenía prisa lo convencía para que comiera al menos una tostada o un cruasán, y otras veces disfrutaban de más tiempo y tomaban huevos revueltos.

Para no alterar la paz del hogar y en un intento por distraerse, aceptó de buena gana acompañar a su madre allá donde fuera: de compras, a comer, a tomar el té o a la peluquería para arreglarse el pelo y hacerse la manicura. Pero cuando empezaron a pasar los días sin tener noticias de Ajit, Zahra se deprimió hasta el punto de que se sentía enferma la mayor parte del tiempo. Las largas discusiones que le obligaban a presenciar sobre su futuro marido, no mejoraban su estado.

Cuando los días se convirtieron en semanas sin noticias de Ajit, Zahra no consiguió entender qué estaba pasando. Deseaba poder contárselo a su madre, pero Laila había dejado de ser la mujer risueña y encantadora que había conocido mientras crecía, que la abrazaba, hablaba con ella de todo y la cubría de besos y atenciones. En ese momento, sobre todo cuando Kamal estaba presente, parecía sometida y sumisa, carente de la chispa y energía que en tiempos hacían de ella una mujer atractiva. De vez en cuando su madre le preguntaba por qué parecía siempre tan triste y Zahra se limitaba a encogerse de hombros y a pretextar que no se encontraba bien, lo que no dejaba de ser cierto. Dejó de salir, prefería dar largos paseos por la playa a estar con gente. Los amigos que había visto al poco de volver la llamaban para invitarla a fiestas, pero siempre encontraba una excusa para no acudir.

Una sofocante tarde de finales de agosto en la que había cerrado las contraventanas y puesto en marcha el ventilador del techo para tumbarse en la cama, el ama de llaves, a la que conocía desde que era una niña, entró para airear la habitación, abrió los postigos para que corriera la brisa marina y estiró las mosquiteras sobre las camas.

—*Habibi*, ¿qué hace en la cama? Esta noche tiene que ponerse guapa para la cena que ofrecen sus padres —dijo Alima acercándose a la cama y tocándole la frente—. ¿Qué le pasa, niña? ¿No se encuentra bien?

Zahra la miró con lágrimas en lo ojos. Quería decirle lo que creía que le estaba sucediendo, pero como no estaba segura, guardó silencio.

—Ya sabe que lo único que deseo en este mundo es su felicidad. He de decirle algo. Se supone que no puedo contárselo, pero su madre me ha preguntado si había encontrado en el baño algún rastro de sus periodos.

La sorpresa de Zahra quedó reflejada en la expresión de su cara. Era como si Alima le hubiese leído el pensamiento.

—No he visto nada, pero he mentido a su madre diciéndole que sí.

—¡Por favor, Alima, ayúdame! ¡Le quiero tanto!

169

El ama de llaves la envolvió con sus brazos hasta que dejó de llorar.

—Mañana iremos a ver al médico de mi pueblo y lo arreglaremos. No pasa nada, niña. Sólo es un error...

—¡No, Alima! Quiero tener este hijo. Amo a su padre y no voy a deshacerme de él.

—Por favor, le suplico que no se comporte así —replicó Alima sorprendida—. Su padre la matará por la deshonra. ¿Cómo va a enfrentarse al mundo? ¿Cómo va a mirar a la cara de sus padres? Nadie querrá casarse con usted. No eche a perder su vida.

—Alima, por favor, tienes que ayudarme a conservar este niño.

—Tiene que vestirse antes de que venga su madre y la vea en este estado. Mañana iremos a ver qué opina el médico —dijo Alima con voz firme mientras se alejaba de la cama.

Más tarde, Zahra estaba radiante en la cena y Alima había confirmado sus sospechas de que la joven estaba embarazada de Ajit. A la elegante velada habían acudido casi en exclusiva los compañeros del banco de Kamal y las esposas de éstos. Al no estar satisfecho con las propuestas de matrimonio que le habían hecho, se encargó personalmente de presentar a Zahra a todos los hombres solteros, incluido uno, Anwar Akhtar, que trabajaba con él. Zahra le estrechó la mano educadamente, pero después no recordó nada de él o de nadie que conociera esa noche. Sólo podía pensar en Ajit y en lo contento que se pondría cuando se enterara de que estaba embarazada.

Al día siguiente, el médico del pueblo de Alima les dijo que Zahra estaba embarazada de más de tres meses y que era demasiado tarde para hacer nada, excepto tener el niño. Zahra no sabía cómo decírselo a su madre, pero no tuvo que hacerlo, Laila se enteró por casualidad cuando se lo contaba a Hafsah por teléfono. Zahra creía que su madre estaba durmiendo en su habitación y se dio un buen susto cuando entró donde estaba y le dio una bofetada tan fuerte que le dejó la mano marcada.

—¡Puta mentirosa! ¡Zorra! ¿Con quién te has acostado y te ha dejado embarazada? ¿Cómo te atreves a deshonrar a tu familia de esa forma? ¡Somos los Ajami de Beirut, no unos pobres idiotas de un pueblo del valle la Bekaa!

Nunca había visto a su madre así. Casi ni la reconoció de lo deformada que tenía la cara por la rabia. Al otro lado de la línea, Hafsah oía todo lo que estaba pasando.

—¡*Umma*, por favor!

—¡No, puta falsa y mentirosa! ¡Y no me llames madre! ¡Ninguna de mis hijas traería semejante desgracia a nuestra familia!

Al oír aquello, Hafsah se echó a llorar. Zahra ya había oído bastante. Fue hacia aquella extraña, su madre, y dijo en voz baja:

—Si soy una zorra, lo habré heredado de ti. ¿Crees que no conozco la reputación que tenías antes de casarte con papá? ¿Te crees que nadie ha hablado nunca de ti y de los hombres que hacían cola en tu puerta? Que yo sepa, ni siquiera soy hija de Kamal. ¿Quién eres tú para juzgarme?

Estaba demasiado enfadada como para fijarse en la momentánea expresión de sorpresa que se dibujó en la cara de su madre. Se dio la vuelta, corrió escaleras arriba y se dejó caer en la cama en un mar de lágrimas de furia y dolor. Se negó a bajar a cenar. A la mañana siguiente seguía en la cama cuando entró una mujer que no había visto nunca.

171

—*Salaam aleikum habibi* —la saludó educadamente.

—¿Quién eres? —preguntó Zahra.

—Soy Nadia, la nueva ama de llaves.

—¿Cómo? ¿Dónde está Alima?

—Ha tenido que irse a su pueblo.

—¿Por qué?

—*Habibi*, lo único que sé es que se había hecho mucho daño.

—¡Dios mío! —gritó llevándose las manos a la boca—. ¡Ha sido por mi culpa! Lo único que hizo fue ayudarme y ahora... Por favor, entérate de dónde está, enseguida.

—*Habibi*, no me está permitido... —empezó a decir, pero la interrumpió una voz masculina.

—Alima ya no está con nosotros —intervino Kamal antes de hacerle un gesto a Nadia para que se fuera y cerrara la puerta—. ¿Quién es el padre?

—Es indio. Es sij y lleva turbante —replicó Zahra de forma desafiante.

Kamal se quedó tan desconcertado como pretendía su hija. «¿Su hija embarazada de un hindú cualquiera?», imposible.

—¿Qué? ¿Quién es? —repitió.

—Ya lo has oído y no te diré nada más.

—Sí, sí que lo harás. Si no me lo dices soy capaz de matarte aquí mismo, rajarte el vientre y sacarte el niño que llevas dentro —la amenazó.

Le dio dos bofetadas, pero Zahra estaba demasiado asustada como para gritar.

—¿Qué pasa? —oyó que decía su madre al otro lado de la puerta.

—*Umma!* —gritó para que entrara a ayudarla.

—¡Kamal! ¿Qué estás haciendo? —gritó Laila mientras golpeaba la puerta.

—*Umma!* ¡Ayúdame por favor!

—¡No te metas, Laila! ¡Tú tienes la culpa de todo! ¡Lo ha aprendido todo de ti! —gritó volviendo a abofetearla.

—¡No te atrevas a tocarla! —gritó Laila.

—Tienes suerte de que no seamos sauditas o te habríamos lapidado en el desierto.

172

Zahra pensó que estaría mejor muerta. Kamal se fue y envió a Nadia a que la ayudara a lavarse. No podía creer que su madre le hubiera contado inmediatamente a su padre lo del embarazo. No sabía que el narguile le había soltado la lengua y había revelado aquel secreto sin darse cuenta.

Al día siguiente aparecieron los dos con intención de interrogarla. Zahra volvió a mirar a su madre en busca de ayuda, pero ésta parecía estar sumida en un extraño sopor y se mantuvo en silencio mientras Kamal la hostigaba sin descanso. Le quedó claro que no podría volver a contar con su madre.

Al ver que no conseguían sacarle nada, decidieron llamar a Hafsah y Farhan para preguntarles quién era el padre. Hafsah admitió haber ayudado a Zahra en su aventura amorosa, pero se negó a descubrir al padre. Su negativa enfureció a Kamal, que dejó de amenazarla a gritos para hablar con calma, pronunciando cada una de sus palabras con una exagerada precisión.

—Has deshonrado a tu familia y a ti misma. Has dejado de ser mi hija. Reniego de ti, reniego de ti, reniego ti. —Según la *sharia*, la ley islámica, Hafsah se convertía en una huérfana. Con su yerno también utilizó el mismo gélido tono de voz—. Tú también has traído la deshonra y la desgracia a esta familia. No vuelvas a llamarnos nunca más. No os reconocemos ni os recibiremos.

Dicho lo cual, colgó y Zahra añadió a su dolor el sentimiento de culpa por lo que le había sucedido a su hermana y a su cuñado.

La encerraron en su habitación, donde le llevaban bandejas con comida todos los días. No tenía ni idea de lo que sucedería con ella cuando tuviera el niño. Intentó sobornar a Nadia para que le contara algo, pero ésta tenía demasiado miedo como para decir o hacer nada. Zahra pasaba horas y horas tumbada en la cama, recordando hasta el mínimo detalle de Ajit y el corto periodo de tiempo que habían pasado juntos. Pensaba en su hermana, en su cuñado y en su sobrino, e imaginaba formas de escapar para reunirse con ellos, pero no había escapatoria posible.

Zahra no vio a nadie durante meses, a excepción de Nadia y de la mujer que entraba a limpiar la habitación y a recoger la ropa para lavar. No tenía ni idea de lo que le había sucedido a su madre o lo que pasaría cuando tuviera el niño. Mataba el tiempo releyendo los libros que había en su habitación y repasando de cabo a rabo los periódicos que Nadia conseguía darle a escondidas de vez en cuando para que se enterara de lo que sucedía en el mundo. Preocupada por los cambios que experimentaba en su cuerpo y asustada por lo que pudiera pasarle a ella y a su hijo, se obligó a dejar de obsesionarse por Ajit. Empezó a darse cuenta de que había dejado muchas preguntas sin contestar —aunque no sabía si de manera intencionada o no—, pero seguía confiando en que un día aparecería y estarían juntos los tres. De momento no podía hacer otra cosa que esperar y mantener la fe.

Después de encerrar a Zahra, Laila se refugió en su fumadero de opio. Había transformado una habitación de invitados en una especie de tocador y se pasaba todo el día fumando el narguile acostada sobre grandes almohadones mirando el te-

173

cho. Oía la voz de Aatish que le decía lo mucho que la quería, se veía a sí misma de joven, las fiestas a las que había ido, los hombres con los que había estado. Recordaba las risas y los juegos con Zahra y sus hermanas cuando eran niñas y, durante unas horas, conseguía una especie de paz interior.

A Kamal Ajami le costó tiempo, pero al final encontró una solución para el problema del deshonroso embarazo de su hija. Un día, mientras meditaba las alternativas en su oficina, oyó que llamaban a la puerta. Abrió y se encontró con Anwar Akhtar, un paquistaní que llevaba algún tiempo en el banco. Éste se parecía a Kamal en muchos sentidos: en el exterior parecía agradable y humilde, pero bajo esa máscara, era una persona cruel. Provenía de una familia pobre, ambicionaba labrarse un futuro y estaba como loco por ganar dinero.

Hacía poco tiempo le habían ofrecido un puesto en el Banco Imperial de la India y lo había aceptado porque suponía un ascenso, mejor salario y la oportunidad de ir a Sydney a inaugurar una sucursal. Había presentado su dimisión y Kamal la había aceptado, pero quería acabar unos informes y repasar unas solicitudes de créditos con él. Mientras conversaban, Kamal empezó a mirarlo y a pensar. Podía ser la solución a sus problemas. Anwar conocía a Zahra y le había felicitado por tener una hija tan guapa. Pero lo mejor era que, aparte de no estar casado, se iba a la otra punta del mundo. Zahra podría tener el niño en su habitación sin que se enterara nadie y después desaparecerían los tres.

—Anwar, ¿tienes tiempo para ir a comer? —sugirió Kamal de repente.

—Sí, señor. Pero ¿y estos papeles y créditos?

—Voy a hacerte una propuesta, hijo mío —dijo poniéndole un brazo en los hombros.

—Con todo el respeto, señor, ya he aceptado la oferta del Banco Imperial.

—No tiene nada que ver con tu vida profesional, Anwar. Ven, vamos a comer y escuchas lo que voy a contarte —propuso Kamal con la voz más persuasiva que pudo mientras se ponía de pie.

Υ

Un día Zahra creyó oír el ruido de una fiesta en el piso de abajo. Cuando Nadia subió para llevarle la comida le preguntó qué estaba pasando.

—Es una fiesta de compromiso, *habibi*.

—¿De quién?

Nadia dejó la bandeja en la mesa y se fue corriendo sin contestar.

Más tarde Zahra se enteraría de que era la fiesta en la que habían anunciado su compromiso con el colega de su padre, Anwar Akhtar, una celebración a la que ni siquiera la habían invitado, ni se la habían comunicado. «¿Quién estaría allí?», se preguntó. Sin duda sus padres y su futuro marido. ¿Habría otros invitados que ella no conocía y a los que sus padres les habrían contado la historia que hubieran inventado? No sabía que Laila estaba colocada y se había sentado en un sillón, con sonrisa forzada en los labios, durante toda la noche. Cuando alguien había intentado hablar con ella, se había limitado a levantar la cabeza con la mirada perdida.

Lo que Kamal y Laila habían contado a sus amigos era que durante una breve estancia en la que había conocido y se había prometido a Anwar, había vuelto a Londres para ayudar a su hermana con el recién nacido.

175

Habían organizado esa fiesta para anunciar el compromiso y explicar que la boda se celebraría en Londres porque Hafsah quería estar presente y a Aisha le resultaba más fácil acudir desde París.

A comienzos de febrero de 1965, Zahra estaba a punto de dar a luz. Previno a Nadia de que el niño podría nacer en cualquier momento. Kamal fue informado y ordenó a Nadia que durmiera en la habitación de Zahra y avisara a las comadronas cuando fuera preciso. Había pagado para que todo el mundo guardara silencio.

La noche del 7 de febrero, Zahra se puso de parto. Su madre salió del sopor que le producía el opio para estar presente y al ver a su hija soportar los dolores de las contracciones, sintió una repentina y momentánea compasión.

—Agárrame la mano —le ofreció, pero Zahra no pudo hacerlo. Su madre se había aliado con el enemigo, su padre, y ya no confiaba en ella. Prefirió agarrarse a los bordes de la cama en la que había dormido desde que era niña. Las comadronas hacían lo que podían, pero el niño venía al revés.

—No empuje, Zahra —le pidió una de ellas—. Sé que quiere hacerlo, pero no lo haga.

Finalmente consiguieron darle la vuelta y Zahra tuvo una niña el 8 de febrero de 1965.

Me llamó Maha.

Dos meses después, un ulema amigo de Kamal casó a Anwar Akhtar y a Zahra Ajami por la ley de la *sharia* el 8 de abril de 1965. Zahra tenía veinticuatro años y Anwar treinta y cuatro. Su matrimonio quedó registrado en la mezquita de Biblos. Aquella misma noche, abrazada a mí y acompañada por su marido, se embarcaron hacia El Cairo. Desde allí volaron a Sydney, donde Anwar ocupó su nuevo cargo, sin que nadie se hubiera enterado de nada.

Zahra Ajami desapareció del mundo que conocía y cambió una cárcel por otra.

176

Mientras tanto, Ajit Singh seguía en la India. Tras la muerte de Nehru, en vez de aceptar un cargo en el extranjero, prefirió quedarse en su país y trabajar con el líder del Congreso Nacional Indio. Cuando Indira Gandhi tomó posesión de su cargo en 1966, se concentró en apoyar al nuevo Gobierno desde diferentes cargos. Con todo lo que estaba sucediendo, Zahra se convirtió en un recuerdo distante, alguien con quien había compartido un interludio inesperado, aunque dulce y cariñoso.

Se instaló en una amplia casa, donde recibía como correspondía a su cargo. Cada vez se sentía más a gusto en Delhi, pero no conseguía echar raíces. La India ya no era el país que había conocido. Gandhi y Nehru habían muerto, al igual que los antiguos sirvientes que los habían criado a él y a sus amigos. Había nacido un nuevo mundo y Ajit no estaba muy seguro de encajar en él.

En 1971, inquieto de nuevo, decidió que quería volver a viajar, y durante los siguientes cuatro años vagó por el mundo, volvió a los sitios que más le gustaban y a establecer contacto con sus amigos allá donde fuera, sobre todo en los ambientes gay, en los que podía relacionarse sin miedo a perjudicar su carrera. Pasó algún tiempo en Nueva York, donde ofreció fiestas, organizó veladas en Sardis y otros locales de Broadway e incluso subió al escenario para tocar el saxo con Eartha Kitt.

Cuando se instaló en Delhi cuatro años más tarde, volvió a trabajar para el Gobierno hasta 1977, año en el que el partido del Congreso Nacional Indio perdió las elecciones. En 1980 volvió al poder y Ajit trabajó de nuevo para ellos, pero por poco tiempo. Había estado fumando y bebiendo mucho durante años. A finales de 1981 le diagnosticaron cáncer y tuvo que pasar algún tiempo en el hospital. En mayo de 1982 se dio cuenta de que el tratamiento no estaba dando resultado y que no le quedaba mucho tiempo de vida. Quiso pasar sus últimos días en su casa de Delhi.

La vida de Ajit Singh podría haberse escrito en los versos de algún cante flamenco; vivió y murió solo, sin haber cumplido muchos de sus sueños, con una inquietud insaciable y un deseo frustrado por encontrar paz y pertenecer a algún sitio. Tenía todas las cualidades para ser un gran hombre, pero por alguna razón —o quizá simplemente por los tiempos en los que vivió— no consiguió realizar sus sueños.

177

Cuando murió el 28 de mayo de 1982, la India por la que tanto había luchado seguía atravesando un momento difícil. Ambivalente hasta el fin, exhaló su último suspiro sin saber si la tierra a la que pertenecían sus raíces era el Punjab o Andalucía.

Capítulo nueve

Zahra y Anwar Akhtar, el marido al que apenas conocía, pero temía y aborrecía a conciencia, llegaron a Sydney el 15 de abril de 1965 conmigo. Se alojaron en un hotel hasta que encontraron un apartamento de dos habitaciones en Darling's Point. A Zahra no le importaba que la casa fuera pequeña porque tenía mucha luz y ventanas en ambas habitaciones. Una era el dormitorio y la otra, cuarto de estar y cocina. En el cuarto de baño sólo había una bañera, el váter estaba aparte.

Desde el momento en que se instalaron, Anwar Akhtar no mostró ningún respeto por su mujer, sin importarle quién pudiera oírle. La obligó a vestir el *chador*, a andar diez pasos por detrás de él y a no hablarle a no ser que le hubiera dirigido la palabra primero. Después le dijo que sólo podía hablar con él y que si alguien le hacía una pregunta tenía que pedirle permiso para poder contestarla. Zahra no tardó, al igual que su madre antes que ella, en perder la confianza en sí misma y a limitar sus respuestas a «Como tú digas, Anwar» o «Como desees, Anwar». Hubo muchas veces en las que deseó tirarse desde Darling's Point a la bahía, pero siempre me miraba y comprendía que tenía que seguir adelante por mí.

No era extraño que a Zahra le resultase difícil cumplir con sus deberes conyugales. Había ido a ver a un médico a escondidas para que le recetara anticonceptivos, ya que no deseaba quedarse embarazada de Anwar. Sin embargo, aquello tuvo el efecto contrario al que esperaba, ya que su marido sí quería tener hijos e insistía en tener relaciones todas las noches.

Volvía de la oficina a eso de las cinco y media, y se tomaba el primer whisky con soda. Al poco le ordenaba que le preparara una mezcla de tabaco con hachís para fumarlo en una *hookah*. Después se la follaba, nunca le hacía el amor. Zahra se sentía violada cada vez que notaba su lengua en la boca, sus manos en el pecho, sus dedos en la vagina o finalmente el pene. Empujaba y empujaba hasta que entraba muy adentro, a pesar del daño que pudiera hacerle. Cuando acababa, se limitaba a salir, limpiarse con una toalla y pedir la cena.

Zahra jamás escribió a sus padres ni a sus hermanas. Había decidido que, aparte de mí, prefería estar sola en el mundo. Cuando miraba la bahía o me acunaba con cariño, solía decirme: «Juro que te enseñaré a ser independiente, Maha. Te enseñaré a valerte por ti misma».

A veces, cuando se acordaba de Ajit, seguía preguntándose qué habría ocurrido y por qué no se había puesto en contacto con ella. Pero la mayor parte de aquel desdichado tiempo en Sydney, intentó mantenerlo alejado de sus pensamientos tanto como pudo. Pensar en cómo podría haber sido su vida la deprimía demasiado.

Cuando Anwar estaba en la oficina, ponía una radio que había comprado y oía música o bailaba en la cocina. Yo, sentada en la trona, sonreía y me reía con las payasadas de mi madre.

Un día Anwar regresó pronto y oyó la música.

—¿Qué demonios es eso? —gritó—. ¡Apágalo! —Cogió la radio y la estampó contra el suelo—. Se acabó, ya no tendremos que soportar esa basura.

Al día siguiente empezó a pedir prestada una radio portátil a Kimberly, una vecina que a menudo la invitaba a tomar un té. Kimberly era unos años mayor que Zahra y muy australiana. Era rubia y alta, tenía las piernas muy largas y le gustaba hacer surf y esquiar. Quería ser actriz y trabajaba de camarera para pagarse las clases de interpretación. Se reía mucho y tenía muchos novios. Zahra agradecía su amistad.

Una noche Anwar llegó a casa tarde y muy borracho.

—¡Dame de cenar! —ordenó a su esposa.

—Pero Anwar, me dijiste que cenarías fuera, así que no he preparado nada especial —replicó muy nerviosa.

—¿Qué me quieres decir? ¿Qué no hay nada de comer en esta casa? ¿Con todo el dinero que te doy no hay nada de comida?

—Pero Anwar, no es que no haya comida...

—¿Qué haces con todo el dinero que te doy *haraam zadi*, puta? ¿Te lo gastas en esa hija bastarda que tienes? —preguntó mientras avanzaba hacia ella.

—Anwar, te juro que no he hecho nada...

Tuvo miedo. Fue al dormitorio y cerró la puerta. Yo dormía en mi cuna. Cuando vi a mi madre, abrí los ojos, sonreí e intenté sentarme. Anwar golpeó la puerta y le ordenó que la abriera. El endeble gancho que sujetaba la puerta cedió finalmente y Anwar irrumpió en la habitación, fue directamente hacia ella y empezó a pegarle. Zahra cayó al suelo y se cubrió la cara, pero él se ensañó dándole patadas. Después la arrastró a la cama, le rompió el camisón, le abrió las piernas y la forzó. Zahra gritó dolorida.

Cuando se levantó para ir al cuarto de baño se dio cuenta de que yo no había hecho ningún ruido. Estaba sentada en la cuna con las manos en los barrotes y la cara pegada a ellos. Cuando vi que mi madre me miraba se me llenaron los ojos de lágrimas. No emití ningún sonido, las lágrimas se deslizaron por mis mejillas y cayeron una a una en la manta de color rosa. Sólo tenía dieciocho meses, pero entendí que le había hecho daño a mi madre.

Al día siguiente Zahra se puso unas gafas de sol muy anchas, que por suerte estaban de moda, y fue al supermercado conmigo. De camino se tropezó con Kimberly.

—¡Hola, Zahra! ¿Qué tal estás, chiquilla? —saludó alegremente. Después se calló al ver las lágrimas que caían por debajo de las gafas.

—¡Dios santo, Zahra! ¿Qué te ha pasado?

Zahra estaba tan derrotada que se limitó a menear la cabeza.

—¿Quieres que vaya al supermercado por ti? ¿Por qué no te vas a casa con Maha y te tumbas un rato? Si me das una lista no me costará nada.

Zahra asintió y le entregó una lista y dinero.

Cuando Kimberly volvió con la comida, entró en el apartamento y dejó las dos bolsas de color marrón en la mesa de la cocina. La puerta del dormitorio estaba entreabierta y miró dentro.

—¿Zahra? —la llamó con delicadeza. Yo estaba en la cuna y Zahra sobre la cama en posición fetal—. ¿Zahra? —repitió tocándole un hombro.

Zahra se dio la vuelta, se abrazó a la única persona que conocía en Sydney y empezó a sollozar. Su llanto era inconsolable. Kimberly no sabía qué hacer ni qué decir, así que se limitó a abrazarla. Cuando finalmente se calmó, le dio un vaso de agua y soltó un grito ahogado al ver la cara de su amiga. Tenía los ojos morados, una moradura en la frente y marcas oscuras en los brazos.

—¡Santo cielo! ¿Te lo ha hecho él?

Zahra asintió.

—Cariño, no sé qué decir. ¿Quieres que llame a la policía?

—No —contestó con voz entrecortada—. Si se entera de que me has visto así me matará.

—¿Cuánto tiempo lleva haciéndolo?

—Bastante.

Deseó poder contarle toda la historia a su amiga australiana, pero no pudo.

Ya fuera por orgullo o timidez, no dijo ni una palabra más. Sus heridas se curaron y Anwar no volvió a pegarle mientras estuvieron en Sydney, pero sufrió en silencio y continuamente durante los dos años que vivieron allí.

En agosto de 1967 Anwar Akhtar decidió que su carrera profesional mejoraría si iban a Karachi, Pakistán. El Banco Imperial se había convertido en el Banco Estatal de la India y le habían ofrecido un puesto de vicepresidente en el Banco Nacional de Pakistán.

Gracias a sus contactos y a sus familiares, Anwar encontró rápidamente una casa en una zona elegante, conocida como Queen's Road. La alquilaron por su ubicación y porque tenía un jardincito en el que yo podía jugar. A comienzos de 1968 Zahra descubrió que estaba embarazada. Una vez fuera de Australia dejó de tener acceso a las píldoras anticonceptivas y el embarazo era inevitable. Tuvo su segunda hija el 10 de junio de 1968. Anwar le puso el nombre de Jehan. A pesar de ser una niña con muy mal genio, su padre la adoraba porque era suya.

No era ni tan guapa como yo ni tan alegre, pero a los ojos de Anwar era un regalo de Dios.

A Zahra le gustaba vivir en Karachi, donde no se sentía tan aislada. Se hizo amiga de Afshan, una vecina nacida en Nueva Delhi y, en cierta forma, el oírle hablar de la India le hacía sentirse más cerca de Ajit. Las dos estuvieron embarazadas al mismo tiempo, así que tenían mucho en común. Un día, mientras yo dormía la siesta, tomaron un té en casa de Zahra.

—¿No te molesta que tu marido quiera tener relaciones cuando estás embarazada? —preguntó Afshan, ante lo que Zahra soltó una risita nerviosa—. ¿Por qué te ríes? Yo lo odio.

Zahra no sabía qué decir, así que le preguntó de improviso lo que realmente quería saber.

—¿Quieres a tu marido? —Los ojos de su amiga se humedecieron—. ¡Dios mío! Por favor, Afshan, perdóname. No quería entrometerme —se excusó avergonzada.

—No te preocupes. No pasa nada, es que... Estaba enamorada de un chico de Bhopal, pero no tenía dinero. Era un artista. Estábamos muy enamorados. Íbamos a huir juntos, pero mi madre se enteró de nuestro plan y mi padre me casó rápidamente con Saeed. ¿Quieres saber si le amo? No, no lo amo en la forma en que amaba a Hussain, pero la vida sigue, al igual que nosotros.

—¿Y cómo lo soportas? ¿Cómo es posible que pases tu vida con una persona a la que no quieres después de haber conocido a alguien a quien sí amabas?

—Zahra, ya sé que no quieres a Anwar. ¿Crees que no he oído cómo te grita? También sé que querías a otra persona, como yo, se te nota en la cara. Lo veo en la tristeza que reflejan tus ojos, querida.

Avergonzada, bajó la vista.

—El único consejo que puedo darte es que veas tu vida con Anwar como una obra de teatro en la que te toca representar el papel de esposa. Yo lo hago todos los días con Saeed. Nadie, ni una sola persona sabe que no soy feliz y si no te lo hubiera confesado, tampoco tú lo sabrías.

Zahra asintió.

—Pero no abandones nunca a tus hijas. Quiérelas y no dejes nunca que te vean triste. Tienen que ver en ti un punto de apoyo: la persona en la que pueden confiar, la persona que las protegerá. Sólo tu fuerza puede darles la estabilidad que necesitan.

Prometió seguir sus consejos, pero unos años más tarde el destino y las circunstancias la obligaron a romper su promesa.

Sin embargo, a partir de entonces hizo un gran esfuerzo por poner en práctica los consejos de Afshan: se inventó un papel y lo representó lo mejor que pudo. Todos los días deseaba con toda su alma volver a ser la hermosa, encantadora y divertida Zahra Akhtar. Los años que había pasado con Anwar habían conseguido minar gran parte de su confianza en sí misma. A pesar de todo, en su exterior seguía siendo una mujer hermosa y sólo cuando alguien se acercaba lo suficiente podía darse cuenta de que la luz de sus ojos se había debilitado.

Empezó organizando una cena con dos compañeros de Anwar y sus esposas. Salió tan bien que un par de semanas más tarde sugirió ofrecer un cóctel. Anwar dio el visto bueno y, al comprender que esas invitaciones mejoraban su estatus social, decidió apoyar los esfuerzos de su mujer. La gente no tardó en creer que Anwar y Zahra eran una pareja envidiable.

Con el paso del tiempo, Zahra Ajami se transformó en Zahra Akhtar y representaba sus actuaciones diarias con tanta facilidad que al final no podía separar sus personalidades y había pocos momentos en los que alguien fuera capaz de reconocer en ella solamente a Zahra Ajami.

A finales de 1970 Anwar Akhtar anunció de forma despreocupada a los diez invitados que había en su casa que el 1 de enero se trasladaba con su familia a Nueva Delhi. Zahra se atragantó y tuvo que levantarse de la mesa. Desde la cocina oyó que su marido comentaba con orgullo que gracias a su brillante carrera en el Banco Imperial, habían hecho una petición especial al Banco Nacional de Pakistán para que ayudara a implantar algunos cambios en el Banco Estatal de la India y que éste funcionara con mayor eficacia.

—Pero, Anwar, ¿no existe un conflicto de intereses? —preguntó Saeed, su vecino y marido de Afshan—. Al fin y al cabo eres paquistaní y hace sólo cinco años estábamos en guerra con la India.

—*Aray yaar* —contestó en urdu—. Sólo será durante un

año y al director del Banco Nacional no le importa porque, al fin y al cabo, les estamos haciendo un favor y llegará el momento en el que se lo cobraremos.

Zahra no sabía qué hacer ni hacia quién volverse. Tenía que enterarse de si Ajit estaba en Delhi. Cuando miró su agenda de teléfonos encontró el número y la dirección de Hafsah y Farhan. Después de haber cortado por completo toda relación con su familia, llamar a su cuñado al cabo de seis años para pedirle un favor le resultaba muy embarazoso, pero no le quedaba otro remedio. Así que marcó el número de Farhan en Londres y se enteró de que estaba destinado en El Cairo durante un año.

—Soy Zahra Ajami, cuñada de Farhan Al-Hasan —dijo a la recepcionista—. ¿Podría darme su número en El Cairo?

—Un momento, por favor —contestó con voz seca—. Sí, diga, Mustafá Ahmed al habla.

—Señor Ahmed, soy Zahra Ajami, hermana de Hafsah Al-Hasan. Estoy viviendo en Australia y he perdido contacto con mi hermana y mi cuñado. ¿Podría darme su nuevo número?

—Por supuesto, señora Ajami, ahora mismo se lo proporciono.

Farhan contestó enseguida, pero la conversación fue corta y forzada, porque ninguno de los dos sabía qué decir.

—¡Zahra, alabado sea Alá! Me alegro de oírte.

—Yo también me alegro de oírte a ti, Farhan. ¿Qué tal estás? ¿Qué tal está Hafsah?

—Bien, estoy seguro de que le encantará saber de ti.

—Dile que la llamaré pronto.

—Tenemos tres hijos y El Cairo es muy diferente a Londres, pero somos felices.

—Farhan, han destinado a mi marido a Delhi y me preguntaba si podrías enterarte de... Bueno ya sabes, de si...

—No digas más, Zahra. Dame tu dirección y en unos días tendrás noticias.

Tal como había prometido, al día siguiente llegó un telegrama: «Ajit se ha tomado un año sabático en su trabajo para el Gobierno y estará viajando por el extranjero por tiempo indefinido».

Antes de enviarlo, Farhan había meditado mucho qué iba a decirle sobre Ajit. Sobre todo se preguntó si debería comentarle que habían estado en contacto por cuestiones de trabajo y que Ajit había preguntado por ella amablemente, pero no le había pedido ni su dirección ni su número de teléfono y simplemente le había rogado que la saludara de su parte la próxima vez que la viera. Al final optó por no contárselo, no tenía sentido añadir más dolor a la desgraciada vida de su cuñada.

En enero de 1971, Anwar, Zahra, Jehan y yo nos trasladamos a Nueva Delhi. A pesar de no haber estado allí antes, Zahra sintió como si volviera a su hogar. Encontraron un piso pequeño en Sundar Nagar, que Zahra decoró lo mejor que pudo con el dinero que Anwar le daba. Desde el día en que la había acusado de robar dinero de la casa en Australia, estaba obligada a anotar los gastos diarios, hasta el último penique. Anwar inspeccionaba el cuaderno todas las noches y firmaba con sus iniciales todas las páginas.

Metida en su personaje de Zahra Akhtar, se convirtió en una celebridad de la escena social de Delhi. Seguía vistiéndose con la típica *abaya* árabe, pero consiguió realzar sus encantos, en especial su maravillosamente bien proporcionado tipo, con lo que llevaba debajo. Un día, durante una fiesta, la extravagante esposa del jefe de Anwar, Nilofer, le comentó:

—Creo que Zahra estaría guapísima con un sari, mañana iré con ella de compras.

—Eres muy amable, Nilofer, pero está muy cómoda con sus vestidos.

—No digas tonterías, Anwar. Tu mujer tiene un tipo perfecto. ¿Por qué tiene que esconderlo debajo de esa capa negra? Debería ponerse saris. Además, estamos en la India, ya sabes, y resulta que es el traje nacional.

—Pero Nilofer, proviene de una familia musulmana muy conservadora —protestó.

—Querido Anwar —replicó Nilofer con un cigarrillo en una mano y un vaso de whisky en la otra—, ya sabes que hay más musulmanes en la India que en Pakistán, ¿no?

Anwar sabía que no se podía discutir con aquella mujer. Era una esnob, pertenecía a una de las mejores familias de Delhi y, además, era la mujer de su jefe. Cuando puso a Zahra bajo su tutela y empezó a vestirla con saris que le quedaban de maravilla, no pudo objetar.

Las cenas, comidas, reuniones para tomar té y conciertos de baile y música componían la escena social india. Como en Delhi no había grandes teatros, la gente que tenía casas espaciosas con extensos jardines organizaba espectáculos de danza *kathak* o conciertos de música *qawwali*, que a menudo duraban hasta que salía el sol.

Una noche, Nilofer y su marido, el jefe de Anwar, Mahesh Bharany, los invitaron a un concierto de *kathak* en su casa. La invitación especificaba que actuaría Padma Sen, la nueva estrella de esa danza, y todo el mundo quería verla bailar.

Anwar no podía entender que esa música y ese baile formaran parte de la tradición cultural india y se aferraba a la creencia de que el lugar adecuado para la música y el baile, la forma en que las prostitutas excitaban a sus clientes, eran los burdeles. Pero no le quedó más remedio que asistir al concierto porque rechazar una invitación de los Bharany se habría considerado como un insulto.

Aquella noche Zahra estaba espectacular. Llevaba un sencillo sari de seda de color miel, con una blusa *choli* a la última moda: abierta por delante, con mangas que caían hasta los codos y cordones de seda cruzados en la espalda. Anwar se escandalizó al verla con un vestido que dejaba tanta piel al descubierto, pero como llegaban tarde, tuvieron que salir corriendo.

—Ya hablaremos del sari más tarde —la amenazó y Zahra se limitó a asentir y a mostrar su acuerdo, como solía hacer.

Pero en el fondo sentía como si hubiese ganado una batalla, por pequeña que fuese. Entró orgullosa en casa de los Bharany, con la cabeza alta, y desempeñó a la perfección el papel que había creado para ella, era la viva imagen del porte, la elegancia, la confianza en sí misma y el encanto. Todos los hombres presentes desearon ser Anwar Akhtar y todas las mujeres tener el mismo aspecto que Zahra.

En la fiesta sirvieron unas bebidas antes de la cena y después los asistentes salieron al jardín, donde se había instalado una **shamiana** que albergaba un amplio escenario. Unas grandes alfombras persas de seda cubrían la hierba. Había sillas para las personas que quisieran sentarse y también almohadas, almohadones y cojines para los que quisieran reclinarse. Los criados iban de un lado a otro con bandejas con postres, té y café, y ofrecían una *hookah* al que lo deseara.

El concierto fue espectacular. Padma Sen bailó con una gracia, elegancia y destreza que cautivaron al público. Zahra estaba extasiada con la habilidad con que movía las piernas, el ritmo, el uso de las muñecas y las manos, y la expresión de su cara. Era la primera vez que veía ese tipo de danza clásica india.

Decidió que yo debería aprender. Desde muy niña había demostrado que me gustaba mover el cuerpo al ritmo de la música, a diferencia de mi hermana Jehan, que se contentaba con jugar con sus muñecas horas seguidas sin moverse. Después de hacer unas cuantas preguntas se enteró de que Padma Sen era alumna en Kathak Kendra, la mejor escuela de *kathak* de Delhi y que su gurú era el pandit Krishna Maharaj, considerado como un genio en el mundo de la danza.

Faltaban pocas semanas para mi séptimo cumpleaños y yo esperaba y deseaba que me regalaran unos *ghungroos*, los cascabeles para los pies cosidos en racimos con cuerdas de seda. Me encantaba la música, pero todavía me gustaba más bailar a su ritmo.

—Bueno, Maha, si le rezas a Dios a lo mejor te concede tu deseo —le dijo Zahra una noche mientras me acostaba.

—¿De verdad, *umma*? —pregunté mostrando al sonreír el diente que se me había caído.

—Mi madre solía decirme que una vez al día, a una hora determinada, Dios te concede lo que hayas deseado —aseguró acariciándome el pelo.

—¿Y cuándo lo hace, *umma*?

—Cambia todos los días, *beti*. Cuando se levanta por la mañana decide a qué hora va a conceder un deseo.

—¿Y concede los de todo el mundo, *umma*?

—Sólo los de las personas que estén deseando algo en ese momento.

—¿Concederá el mío si deseo lo mismo todo el día? —insistí.

—No lo sé, hija, pero puedes intentarlo —contestó sonriendo.

—Voy a desearlo todo el día y toda la noche, para estar deseando siempre el mismo.

—Creo que las niñas disfrutan de un tratamiento especial —apuntó Zahra antes de darme un beso de buenas noches.

—Pero, *umma*, ¿crees de verdad que Dios me concederá mi deseo?

—Tendrás que esperar a tu cumpleaños para saberlo, *beti* —contestó comprobando las ventanas y encendiendo la pequeña lamparilla de noche antes de salir de la habitación.

Olí el perfume de las flores *rat ki rani* que siempre llevaba mi madre y me dormí rápidamente para soñar con *ghungroos*.

El día de mi cumpleaños abrí una bolsa roja de terciopelo en la que había un hermoso par de *ghungroos* y me inundó una alegría tan grande que a mi madre se le saltaron las lágrimas al verme. En ese momento supo que merecían todos los ***paisa*** que había conseguido sisar del dinero para la compra sin que su marido se diera cuenta.

Zahra me explicó que aún no podía ir a clases de danza, que tendría que ser paciente, pero que ya llegaría el momento. Mientras esperaba, de vez en cuando los sacaba de la suave bolsa sólo para mirarlos y oír su sonido. Cuando estaba sola me los ponía para sentir el peso de los cascabeles en las cuerdas de seda atadas a los tobillos. Después bailaba entusiasmada al ritmo de la música que provenía del parque que había delante de mi casa o de alguna radio de la calle, como si estuviera en un gran teatro. En casa no estaba permitida la música. Así que los *ghungroos* y mis sueños de aprender *kathak* continuaron siendo un secreto entre mi madre y yo, que seguía asegurándome que me llevaría a las clases de Kathak Kendra en cuanto fuera posible. Todas las noches, al acostarme, rezaba para que fuera al día siguiente.

Pasaron varios meses antes de que mi sueño se convirtiera en realidad. Gracias a la ayuda y contactos de Nilofer, Zahra por fin me consiguió una audición ante el propio pandit Maharaj, conocido como el padrino del *kathak*. Zahra tenía que actuar con cautela y a escondidas, pues conocía bien las consecuencias que tendría que Anwar se enterara de que su hija iba a clases de danza.

Pero, al final, el día llegó.

189

—*Chalo*, Maha —me llamó mi madre desde el pie de las escaleras en cuanto Anwar se fue a trabajar—. Vamos a llegar tarde. Tendremos que ir andando porque... Bueno, porque tenemos que hacerlo.

«¿Andar? —pensé mientras Champa, la niñera, me hacía unas trenzas—. Si vamos andando se me estropeará mi vestido favorito.»

—¡Ayyy! —grité cuando la niñera me deshacía los nudos del pelo. Me había puesto tanto aceite de oliva que me sentía como un plato de espaguetis.

Cuando bajé las escaleras, Zahra iba de un lado a otro, algo que hacía siempre que estaba nerviosa.

—Venga, no podemos llegar tarde.

Salimos prácticamente corriendo. Yo apenas conseguía mantener el paso. Jadeaba por el esfuerzo y se me humedeció el vestido.

—Venga, vas muy despacio —me pidió mi madre mientras me cogía con una mano y con la otra se levantaba el sari y las enaguas para no manchárselos en los agujeros y los charcos.

190

—*Umma*, no puedo ir tan rápido como tú. Si tanta prisa tienes por llegar a tiempo, ¿por qué no le has pedido el coche a papá?

—No digas tontadas. El coche es del banco, no de tu padre. Además, ya sabes que las clases de danza son un secreto entre tú y yo.

Me había quedado sin aliento para hacer más preguntas, pero cuando miré hacia delante me alegré de que la escuela estuviera ya muy cerca.

Cuando llegamos a la recepción, me fijé en la extraña persona que nos saludó.

—Por favor, siéntese ahí *madam-sahiba*. Maharaj *sahib* la recibirá enseguida —dijo el **chaprassi** antes de ir a calentar agua para el té y avisar de que habíamos llegado.

—*Umma*, ¿era un hombre o una mujer?

—¡Maha!

—Parecía un hombre, pero llevaba pintados los labios y los ojos.

—Calla, no seas entrometida. Ya te enterarás.

—Ritika-ji las recibirá ahora —les informó el *chaprassi*.

Zahra se puso de pie.

—*Chalo*, Maha —dijo cogiéndome de la mano—. Recuerda que quiero que le causes una buena impresión a Maharaji —me susurró mientras íbamos hacia la sala de audiciones—. Sólo tienes que demostrarle lo buena bailarina que eres.

—Lo intentaré, *umma*, pero no puedo hacerlo sin más. A veces me sale y a veces no. ¿Y si no me cae bien o no me gusta la música? ¿Y si...?

—¡Maha! —exclamó Zahra con tono firme aunque en voz baja—. Deja ya los «¿y si?». ¿De acuerdo? Ahora entra, di *namaste*, sé educada, no digas nada si no te preguntan y baila como lo haces en casa. Y, sobre todo, no me hagas pasar vergüenza.

Cuando entramos, Ritika Rana, una mujer bien vestida y con un elegante e intrincado peinado, nos saludó. Dejó bien claro desde un principio que antes de ver a Maharaji tendría que pasar un examen.

—Deje que vea los *ghungroos* —le pidió a Zahra. Cuando ésta empezó a desatar las cuerdas de la bolsa, Ritika se volvió hacia mí—. ¿Por qué quieres bailar con *guruji*?

Miré a mi madre, pero ésta no se dio cuenta y como sabía que tenía que contestar cuando alguien me hacía una pregunta, dije:

—No sé quién es *guruji*. —Lo único que sabía era que en esa escuela aprendería a bailar.

Ritika soltó un gritito ahogado y se ajustó las gafas. Zahra apenas consiguió mantener los *ghungroos* en la mano, muda de asombro.

—¿Entonces qué haces aquí, niña? Aquí no viene la gente que no venere el trabajo y el estilo del maestro. Hay miles de personas ahí afuera esperando que las admitamos en esta escuela —dijo Ritika muy seria.

No sabía qué hacer. Mi madre parecía enfadada y Ritika Rana se había levantado de la silla y estaba recogiendo sus papeles para irse. No cabía duda de que nos iban a echar.

Mis mejillas se llenaron de lágrimas. Había cometido un error, aunque no sabía cuál. Con ganas de estar en cualquier otro sitio menos allí, me di la vuelta y me dirigí hacia la puerta con la cabeza gacha. De repente, me encontré con un par de pies calzados con sandalias. Pertenecían al raro *chaprassi*, que se agachó y empezó a limpiarme dulcemente las lágrimas con su pañuelo.

—*Nahin ro bitya* —me dijo en hindi—. En esta escuela no llora nadie. Se supone que el baile alegra.

Las lágrimas habían empapado el pañuelo con puntillas de aquel hombre.

—Maha, ¡ven aquí inmediatamente! —oí que me gritaba mi madre. Vino hacia mí, pero se volvió un momento para susurrarle «gracias» al *chaprassi*—. Pídele perdón a Ritika-ji. Sólo está nerviosa —le aseguró a ésta—. Tiene muchas ganas de aprender.

Me enderecé, junté las manos por delante y dije:

—Lo siento mucho.

—*Aacha, theek hai* —replicó Ritika—. Bueno, veamos lo que opina *guruji* de tu talento —comentó con tono escéptico.

Estábamos muy cerca de la sala de ensayos, cogí la mano de mi madre y me quedé más tranquila al verla sonreír. Quizá me había perdonado.

Cuando se inclinó para atarme los *ghungroos*, me habló con voz baja y apremiante.

—Maha, piensa sólo en la música y en el ritmo. No mires a nadie. Entra en tu mundo. Sé que puedes hacerlo. Tienes que hacerlo, *beti*, te dará una oportunidad en la vida, y quiero que la tengas.

—Pero ¿por qué necesito una oportunidad en la vida? Estoy bien. Estoy... —Me callé al oír que me llamaba Ritika Rana.

Las recargadas puertas de la sala de audiciones se abrieron. Después de haber deseado tanto estar allí, sentí como si estuviera entrando en un templo. Miré a mi madre, que me sonrió para animarme y me apretó la mano. Entonces me di cuenta de que estaba preparada. Cuando nos paramos delante de Krishna Maharaji, Zahra recobró la compostura, y se mantuvo a mi lado con toda la majestuosidad que pudo. Creo que es la vez en la que más guapa la recuerdo, estaba muy orgullosa de ser su hija.

Al otro extremo del amplio estudio de baile, Krishna Maharaji estaba recostado sobre unos cojines, con un bastón en la mano y un té caliente y dulce sobre una mesita que tenía delante. Zahra se sentó en una silla que había en un rincón. La cara de Krishna Maharaji no mostraba ninguna expresión. Yo estaba de pie, esperando. Tras lo que me pareció una eternidad, la *tabla* empezó a darme un ritmo, presté atención y después el *sarangi* empezó a tocar la melodía. Inicié con unos sencillos movimientos de manos y pies unos diez minutos hasta que, hacia el final, noté que la *tabla* aceleraba. Supe de forma instintiva que tenía que seguir al músico. Mi *tihai* fue perfecto y acabé en el preciso momento en el que el músico daba la última nota.

Krishna Maharaji no dijo nada, pero me hizo un gesto para que me acercara a él. Después empezó a hablarme en hindi.

—¿Cuántos años tienes, pequeña?

—Siete.

—¿Y cómo te llamas?

—Maha Akhtar.

—¿Por qué quieres bailar, Maha?

—Porque me hace sentir libre.

—Tienes buen oído y sentido del ritmo —dijo el maestro. Sin saber muy bien a qué se refería, pero entendiendo que era un cumplido, le di las gracias—. ¿Quieres ser mi alumna?

La timidez hizo que bajara la vista y, tras la respuesta equivocada de antes, tuve miedo de contestar.

—Sí que quiere, Maharaji *sahib* —intervino rápidamente Zahra asintiendo con vehemencia.

El pandit se levantó con la ayuda del bastón y se acercó a Zahra.

—Tu hija no sólo es guapa, Zahra *sahiba*, sino que tiene talento. ¿Crees que se toma el *kathak* en serio?

—Sí, Maharaji, creo que sí.

—Pues de ser así, tiene potencial para hacerlo muy bien. Tiene la luna en los ojos.

Zahra no entendió qué quería decir, pero sonrió y le dio las gracias.

Mientras se retiraba, Krishna Maharaji añadió:

—Puede empezar el lunes. Estará un tiempo con gurú Mohan Lal y después vendrá conmigo.

Zahra estaba eufórica.

—Lo sabía, Maha —decía una y otra vez de camino a casa—. Sabía que tenías talento. Krishna Maharaji tiene mu-

193

chas ganas de enseñarte. Y a la esnob de Ritika Rana se le habrán bajado los humos. Cariño, ya verás, tu vida va a ser muy diferente y maravillosa.

Me quedé sorprendida, estaba contenta con la vida que tenía, pero me entusiasmaba la idea de aprender a bailar, así que concentré mi mente en eso y dejé de intentar averiguar a qué se refería mi madre.

—Ni una palabra a tu padre. Ya sabes que no le gusta la música y el baile mucho menos.

—No entiendo por qué, *umma*. ¿No estará contento de que haya entrado?

—Es que es un hombre muy conservador, *beti*.

—¿Y qué quiere decir eso?

—Quiere decir que... Quiere decir que es muy estricto, así que habrá que mantener las clases en secreto.

La mente de Zahra regresó a la tarde en Australia en la que Anwar había vuelto pronto a casa y la había encontrado con la radio en la cocina. Pero, en ese alegre momento, prefirió no revivir los detalles de la bronca o la furia con la que estampó la radio contra el suelo y empezó a saltar sobre ella, y me sonrió, mientras yo no paraba de dar saltitos muy contenta y seguía andando.

Enseguida acordamos cómo lo haríamos. Champa me llevaría a Kathak Kendra después de comer y esperaría allí para volver conmigo a casa. Un día me había esforzado mucho en clase y tenía hambre.

—Champa, ¿puedes hacerme una tostada de queso, por favor?

—Veremos lo bien que te portas y si acabas los deberes. Sube y empieza a hacerlos.

La perspectiva de una de sus tostadas con queso fundido y mantequilla me convenció para subir volando. Sin embargo, cuando llegué al rellano me paré porque oí que mi padre estaba gritando. Parecía muy enfadado.

—¿Cómo te atreves? ¿Quién te has creído que eres?

Me quedé helada. Mi madre contestó. No entendí sus palabras, pero oí su voz.

Champa, que también había oído los gritos, subió corriendo. Me cogió por el brazo e intentó llevárseme, pero me mantuve firme.

—¡Puta idiota! —La voz de mi padre continuaba despotricando—. ¿Cómo te has atrevido a deshonrarme delante de mi jefe?

—Pero, Anwar... No dije nada.

—¡Eres una puta mentirosa! —A aquel grito le siguió el sonido de una bofetada y después se oyó un golpe seco.

—¡Anwar, no! ¡Por favor! ¡Me estás haciendo daño en el brazo!

—¡Cállate o te romperé el cuello!

Yo estaba desesperada. Tenía que ayudar a mi madre.

—¡Suéltame, Champa! —grité mientras me retorcía para zafarme de la niñera. Cuando lo conseguí, subí corriendo el resto de escaleras e irrumpí en la habitación de mis padres. Mi padre estaba de pie al lado de mi madre, tirada en el suelo. Se le había desatado el sari y la blusa rasgada dejaba ver sus pechos. El impecable moño que siempre solía llevar estaba deshecho, tenía moraduras en los brazos y marcas en la frente.

195

—*Umma?* —pregunté desde el umbral, demasiado asustada como para acercarme.

Zahra me miró azorada y se cubrió rápidamente la cara con las manos.

—¡Vete, Maha! ¡No entres, *beti*! ¡No quiero que me veas así!

Anwar me miró con el entrecejo fruncido.

—¿Qué demonios haces aquí? ¿Donde está la maldita niñera?

—Papá... —empecé a decir con labios temblorosos.

—¡Largo de aquí!

—¡Anwar, por favor! ¡Sólo es una niña! —suplicó mi madre.

—¿Qué? ¿Qué has dicho? —preguntó volviéndose con mirada feroz.

Champa se acercó corriendo, me cogió en brazos y bajó las escaleras. Salió de la casa y no paró hasta el parque. Después se sentó en un banco sin dejar de abrazarme y se echó a llorar. Me culpaba por la cólera de mi padre, convencida de que habría encontrado los *ghungroos* o de que se habría enterado de que mi madre me había llevado a Kathak Kendra.

Más tarde, cuando volvimos a casa y Champa me dio de cenar en la cocina antes de meterme en la cama, Zahra entró para darme las buenas noches.

—*Umma*, ¿estaba papá enfadado por mi culpa? —pregunté tímidamente.

—No, cariño —contestó apartando la cara para que no viera el daño que le había hecho—. No tenía nada que ver contigo.

—Pero ¿por qué te gritaba?

—Es muy difícil de explicar, Maha.

—¿No me quiere, *umma*? A mí también me está gritando siempre.

—No seas tonta. ¿Qué estás diciendo? Es tu padre —me recordó levantándose para arroparme.

—Pero con Jehan no es así.

—Duerme, Maha, y recuerda que te quiero más que a nada —aseguró para cortar la conversación antes de que le fallaran las fuerzas.

Me quedé dormida abrazada a mi osito, sin saber que mi madre se había ido al cuarto de baño de invitados, donde dejó que sus lágrimas se convirtieran en sollozos. Era verdad que su marido me trataba con dureza. «¡Dios mío! Ayúdame a proteger a mi hija», rezó mientras se cubría la cara con el *pallu* para ahogar los sollozos.

En noviembre de 1971 Anwar Akhtar tuvo que ir a una reunión en Karachi con su jefe, Iqbal Habib, para informarle de cómo iban las cosas en Nueva Delhi. Diez días después estalló un conflicto entre India y Pakistán que acabó con la aplastante derrota del ejército pakistaní, que se rindió ante las tropas de la India y Pakistán Oriental, o, como se lo conoce hoy en día, Bangladesh. Como resultado de esa guerra, Bangladesh se convirtió en una nación independiente y en el tercer país del mundo con mayor población musulmana. Anwar Akhtar se vio obligado a permanecer un año y medio allí.

Durante aquel tiempo Zahra continuó en Delhi con Jehan y

conmigo. Por primera vez en muchos años se sentía libre. Podía hacer lo que quería sin tener que justificar o dar cuentas de nada. Jehan tenía tres años e iba a la guardería y yo pasaba casi todo el tiempo en Kathak Kendra. Aprendí muy rápido y cuando cumplí ocho años ya dominaba el nivel básico y estaba lista para Krishna Maharaj.

Empecé a estudiar con el maestro en octubre de 1972. Sabedora del honor que suponía estudiar con él, estaba tan entusiasmada que la noche anterior a mi primera clase no pude dormir. Todavía hacía calor y había mucha humedad. Zahra me llevó después de comer y me prometió que volvería a recogerme. Me puse los *ghungroos*, me senté y esperé a que apareciera Maharaj. El músico de *tabla* llegó antes, y después el de sitar. Maharaj hizo acto de presencia quince minutos tarde. Con el tiempo me acostumbré a que siempre llegaba quince minutos tarde.

—*Namaste, guruji* —saludé respetuosamente. El maestro no dijo nada, ni siquiera me miró. Se sentó en una esterilla en la que había un gran cojín sobre el que apoyaba la parte baja de la espalda y empezó a marcar un ritmo con el bastón. El músico de *tabla* estaba confundido, no tenía ni idea de lo que estaba haciendo Maharaji y no conseguía adivinar el ritmo.

Yo estaba frente a él, con los pies juntos y las manos unidas. Al cabo de un momento creí que había descifrado el ritmo. Entonces paró.

—Maha, ¿qué ritmo acabo de marcar?

—Maharaji, no conozco el nombre de ese **taal**, pero creo que puedo seguirlo.

El maestro pareció sorprendido.

—Demuéstramelo.

El músico de *tabla* estaba indeciso. «Si esta niña capta el **bols** sólo con lo que le ha marcado Maharaji con el bastón, más me vale que me dedique a otra cosa», pensó.

Empecé a marcar el ritmo con los pies.

Dhati dha dha tina, Dhati dha dha tina

Dhati, Dhati, Dhati, Dhati dha dha tina

Dhati, Dhati, Dhati, Dhati, Dhati, Dhati, Dhati, Dhati, Dhati, Dhati, dha dha tina

Dhati dha dha tina, dha dha tina, dha tina, dha dha tina.

—Muy bien, Maha —aprobó el maestro mientras el músico de tabla me miraba con incredulidad—. ¿Bailarías ese ritmo? ¿Qué tipo de pasos elegirías?

Me miré los pies con timidez y empecé a moverme. Utilicé la parte delantera de la planta y los talones, y los *ghungroos* me guiaron para conseguir el sonido adecuado.

Maharaji se permitió una sonrisa.

—Tienes buen oído, Maha. Te enseñaré el lenguaje del *kathak* y después nunca lo olvidarás, a menos que dejes de practicarla.

Hice grandes progresos gracias a la dirección de Krishna Maharaji. La danza se convirtió en una prioridad en mi vida, con lo que mis estudios se resintieron. Por primera vez oculté las notas mensuales que la Welham School enviaba para que las firmara mi madre y siempre inventaba alguna excusa cuando la directora me pedía que se las devolviera firmadas.

Un día que Maharaji estaba enseñándome un **teen taal**, yo estaba muy distraída y empezó a perder la paciencia conmigo.

—¡Maha! —gritó finalmente—. ¿Qué te pasa hoy? ¿Has perdido el juicio? Quiero que mejores tu **lucknow gharana**.

—Por favor, hoy estoy muy cansada. No entiendo la interpretación de este baile.

Al ver que estaba realmente agotada se volvió hacia los dos músicos y dijo:

—*Aap jaiyeh. Aaj kay liay khatam.* Hemos acabado por hoy.

Mientras tomaba un vaso de *lassi*, una bebida de yogur que me gustaba mucho, le confesé a Maharaji que en el colegio no me iban bien las cosas y que se lo había estado ocultando a mi madre.

—Escúchame, Maha, no desatiendas los estudios —me reprendió—. Si te lo propones, podrás hacer las dos cosas, estudiar y bailar. Yo cometí el mismo error que estás cometiendo. Ojalá alguien me hubiera avisado a tiempo. Mírame, no soy nada más que un viejo profesor.

—Pero Maharaji, usted es un gran bailarín —repliqué.

—Lo fui cuando era joven. Era tan arrogante que creía que aquello duraría siempre, pero el cuerpo envejece, aunque tu mente no lo haga. Y antes de que pudiera darme cuenta había jóvenes haciendo cola cuyo movimiento de piernas era más rápido que el mío, sus *chakkars* eran mejores y sus interpretaciones les salían del corazón, mientras que las mías ya no tenían inspiración porque había seguido actuando demasiado tiempo.

»Llega hasta lo más alto y luego déjalo —continuó—. De esa forma la gente te recordará como la gran bailarina que fuiste. Eres la persona que he elegido para transmitirle mis conocimientos. Quiero que seas una estrella y que estés orgullosa de ser una bailarina de *kathak*. Y también quiero que me prometas que nunca olvidarás lo que te he enseñado y que no echarás a perder tus conocimientos.

No sabía cómo responder ante esa muestra de sinceridad y simplemente dije:

—Se lo prometo, Maharaji. Muchas gracias.

Se produjo un momento de silencio entre los dos antes de que el maestro volviera a hablar.

—No sé si conoces bien la extraordinaria historia de la danza que estás aprendiendo. Es importante que la conozcas, Maha.

Esperó a que yo dijera algo.

—Cuéntemela, por favor.

Maharaji asintió y continuó.

—La danza *kathak* nació hace mucho tiempo. *Katha* significa «historia» y los *kathakars* eran los narradores de historias. Los monjes de los templos les enseñaron a recitar o cantar epopeyas épicas como el *Ramayana* o el *Mahabharata*. Algunos *kathakars* también incluían danza en esas historias. La tradición de los narradores de historias se fue transmitiendo de generación en generación.

—Así que el *kathak* empezó en los templos.

—Así es, en un principio las danzas y las canciones se interpretaban en los templos y se dedicaban a Dios.

—¿Y qué pasó después?

—Entonces los persas invadieron el norte de la India y los mogoles se convirtieron en los nuevos emperadores. Les gustaba la música y el baile, así que sacaron a todos los intérpretes de los templos y los llevaron a sus cortes. El *kathak* se convirtió en una diversión para los mogoles y gracias a su mecenazgo nació toda una nueva clase social de bailarines y cantantes.

199

Los bailarines de Persia que habían ido a la India con los mogoles aportaron sus ideas a los bailarines de *kathak* y éstos a su vez tomaron prestadas ideas del *kathak* para sus danzas. Con el tiempo, los dos bailes se fusionaron y el *kathak* se convirtió en el vínculo entre las culturas hindú y musulmana de la India.

»Pero lo más importante de todo, es que se trata de una danza en la que el bailarín se encuentra solo con su corazón, espíritu y alma. Cada bailarín expresa sus emociones en la danza, no las de otra persona. Todo en el *kathak* es mágico: las joyas, los vestidos, la poesía, las historias que cuenta, la música, la parafernalia, el ambiente, todo eso te transporta a hace miles de años.

Los ojos del maestro tenían una especie de mirada lejana. Después, volvió al presente y me miró.

—Siéntete orgullosa de tu herencia, de tus tradiciones. Tienes unas fuertes raíces en el *kathak*. Tus raíces están en la India, a pesar de dónde hayas nacido.

Al finalizar la guerra de 1971, Anwar decidió no volver a Nueva Delhi y se quedó en Karachi, pero a finales de diciembre de 1972 avisó a Zahra de que la familia debía volver a Pakistán en cuanto abrieran las fronteras.

Zahra estaba muy preocupada por mi falta de interés en los estudios. Cada vez que intentaba hablar conmigo sobre mis malas calificaciones, me echaba llorar y la acusaba de no quererme. Zahra no soportaba mis reproches y lo dejaba estar. Pero un día que estaba hablando por teléfono con Anwar se le escapó sin darse cuenta que no iba bien en el colegio.

—¿A qué te refieres? ¿Está suspendiendo? Ya sabes que ese colegio me cuesta mucho dinero y si esa inútil no...

—Anwar, no hables así. ¿Cómo puedes decir que Maha es una inútil? Llevas fuera un año, no sabes...

Yo, que acababa de entrar en la habitación, había oído las protestas de mi madre. Era justo lo que necesitaba para confirmar lo que siempre había pensado: mi padre no me quería, nunca lo había hecho y prefería a mi hermana Jehan. Había intentado por todos los medios que se fijara en mí y ganarme su cariño, en vano. No entendía por qué no habían dado fruto mis esfuerzos, pero al menos, lo que acababa de escuchar demostraba que mi intuición era acertada. Salí de la habitación y jamás mencioné a mi madre lo que había oído, pero a partir de ese día empecé a resignarme ante la idea de que por mucho que hiciera, nunca conseguiría que mi padre me quisiera.

Poco después de aquella llamada telefónica, Anwar le comunicó a Zahra que ella y Jehan volverían con él a Karachi, tal como estaba planeado, pero a mí me mandaban a un internado en Inglaterra y me quedaría con mi tía Hafsah en Londres.

Zahra se quedó de piedra.

—Por favor, Anwar, por favor. Sólo tiene ocho años y ni siquiera conoce a Hafsah y Farhan.

—Zahra, si fueras una persona culta sabrías que en Inglaterra suelen enviar a los niños al colegio cuando tienen seis años y no vuelven a verlos hasta que cumplen los dieciocho.

—Anwar, por favor, es mi pequeña...

—Está decidido. De hecho ya la he matriculado en Bedales. Es uno de los mejores internados de Inglaterra. La llevaremos en agosto.

Zahra no sabía qué hacer. ¿Qué pasaría con las clases de danza? Sabía que estaba muy entregada a Krishna Maharaji. Cogió el teléfono y llamó a Hafsah, con la que volvía a hablar de vez en cuando. La relación entre las dos hermanas era todavía un poco tensa, pero el tiempo había curado muchas heridas. Nunca mencionaban a Ajit ni nada de lo que había pasado entre enero y junio de 1964.

—¡Zahra! —exclamó Hafsah al oír la voz de su hermana—. ¿Qué tal estás? ¿Sigues en Delhi? Cuéntame.

—Hafsah, por favor, ayúdame.

—Zahra, ya sabes que la última vez que te ayudé...

—Ya, pero esta vez se trata de mi hija.

—Sé que Maha va a ir a Bedales en septiembre y que pasará los fines de semana con nosotros. Anwar se lo contó a Farhan y por nuestra parte no hay problema. Tenemos mucho sitio, en casa sólo queda Akbar y se irá pronto.

—No se trata de eso, Hafsah. Maha empezó a estudiar *kathak* hace un año y tiene mucho talento. Está estudiando con el mejor profesor de Delhi y si no tiene más remedio que dejarlo se le partirá el corazón. Por favor, Hafsah. Siempre he querido que bailara o que hiciera algo relacionado con el arte. Era lo que él... Es lo que más deseo.

Al otro lado de la línea se produjo un silencio momentáneo.

—¿Qué quieres que haga? —preguntó Hafsah.

—Me gustaría que Maha viniera a Delhi siempre que sea posible. Sé que en Inglaterra tienen largos periodos de vacaciones en verano, Navidades y Semana Santa.

—Muy bien, pero ¿qué le digo a Anwar si llama?

—No lo hará. Lo único que quiere es quitársela de encima —aseguró Zahra con voz entrecortada.

—Muy bien, hermana. Pero no sé por qué hago estas cosas por ti. Lo único que consigo es meterme en problemas.

A finales de agosto de 1973, mi madre y yo cogimos un avión de Delhi a Londres, donde nos reuniríamos con Anwar. Jehan se había quedado con Nilofer Bharany. Mis padres volverían para recoger la casa de Sundar Nagar e irían a Karachi con ella.

Zahra no tuvo valor para decirme lo que iba a pasar. Así que yo estaba muy contenta con el viaje a Londres. No paraba de hablar de Hamley's, la tienda de juguetes, o de Oxford Street y Marble Arch.

—¡Oh, *umma*! ¡El palacio de Buckingham! ¿Crees que veremos a la reina?

Anwar fue al aeropuerto de Heathrow para recogernos. Corrí hacia mi padre para darle un abrazo olvidando por un momento que en la vida me había abrazado. Él me dio una palmadita en la cabeza y un desganado beso en la mejilla. Cogimos las maletas y subimos al coche que Anwar había alquilado para un par de días. Mi madre permaneció en silencio cuando dejamos atrás la ciudad, aterrada por lo que iban a hacer. Sin embargo, yo no dejaba de hablar alegremente en el asiento de atrás e indicaba con el dedo las vacas y caballos que veía junto a aquellas carreteras comarcales, sin perder detalle de esos desconocidos paisajes.

Cuando estábamos llegando, Zahra vio los carteles de Bedales y empezó a sentirse mal. Atravesamos las grandes puertas de hierro y miré a mi alrededor impresionada.

—¿Aquí es donde vamos a vivir, papá? ¡Es enorme! ¿Es nuestra nueva casa?

—Quédate en el coche, Zahra —ordenó Anwar a su mujer.

—Anwar, por favor... —suplicó.

—Haz lo que te digo.

—Mira, papá. Ha venido alguien a saludarnos —comenté eufórica señalando a la mujer vestida con un traje de tweed color gris que se nos acercaba.

—Muy bien, Maha, sal del coche —dijo Anwar.

No tuvo que repetírmelo. Bajé de un salto y miré a mi madre.

—¿No vienes, *umma*?

—Enseguida voy, *beti* —contestó intentando contener las lágrimas.

En uno de los retrovisores vio cómo Anwar sacaba mi maleta, mientras yo iba dando saltitos a su lado. Tuvo que ser testigo de cómo entregaba la maleta y a su hija a la mujer de gris, que sin duda era la directora. Después, sin darme un beso de despedida, Anwar se dio la vuelta y echó a andar hacia el coche. La directora me sujetaba por el brazo.

Cuando Anwar entró y puso en marcha el motor, me di cuenta de repente de lo que estaba pasando. Empecé a gritar, a llorar y a intentar soltarme de aquella mano que me retenía con fuerza.

—*Umma! Umma!* ¿Dónde vas? ¿Por qué me dejas? ¡Por favor! ¡No volveré a hacer nada malo! ¡Por favor, *umma*! ¡Te prometo que me portaré mejor en el colegio! ¡No te vayas! ¡Por favor! ¡Te quiero!

Lloraba y estiraba los brazos hacia ella. Había caído a los pies de la directora, que seguía agarrándome por el brazo para que no saliera corriendo tras el coche.

No he olvidado aquel momento y en cuanto dejé de llorar tomé la decisión de no perdonar a mi madre por haberme abandonado, por no haberme defendido, por no haberme dicho ni siquiera lo que iba a pasar. En cuanto a Zahra, no volvió a ser la misma. A partir de aquel día empezó a tener pesadillas en las que oía mis aterrorizados gritos. Nunca se perdonó a sí misma por haberme abandonado, por haber sido una cobarde, por no haber salido del coche y haberse negado a dejarme allí. Vivió con aquella culpa y aquella pena el resto de su vida.

203

Y

Lo pasé muy mal en el internado. Bedales era una auténtica escuela privada y yo era la única extranjera. No era blanca ni inglesa ni europea. En 1973 había un gran sentimiento racista contra pakistaníes, indios y árabes en toda Gran Bretaña. Los árabes estaban mal vistos por la crisis del petróleo y los pakistaníes e indios por los trabajos que arrebataban a los obreros británicos. Me sentí aislada e insultada por mis compañeras, que me llamaban «morena» o «paki». Me negué a intentar hacer amigos. Era maleducada con los profesores, que me enviaban a menudo al despacho de la directora. Los castigos se convirtieron en algo diario. En todas esas ocasiones la directora sacaba la regla y me pegaba en la mano. Yo me limitaba a poner cara de circunstancias y mirarla con ojos desafiantes.

Los fines de semana me metían en un tren y me enviaban a Londres, donde me recogía Hafsah. Mi tía hacía todo lo posible por ayudarme a entender lo que estaba pasando y por qué. Pero no le prestaba atención. Mis notas eran cada vez peores, mucho más de lo que habían sido en Welham, en Delhi, ya que me había negado a estudiar por completo. Después de unas cuantas charlas conmigo, la directora llamó a regañadientes a mi madre.

—Señora Akhtar, no me gusta nada tener que hacer estas llamadas, pero me temo que he de informarle de que estamos teniendo serios problemas con Maha. Hemos hecho todo lo que hemos podido por solucionarlos, pero es una niña muy terca. Nos hemos visto obligados a recluirla en una zona aislada y le hemos comunicado que está a prueba. Me duele tener que informarle de que he considerado la posibilidad de expulsarla. La verdad es que no me quedan muchas opciones.

—Pero, señora Saunders, ¿qué ha...?

—Hace dos días se escapó. Consiguió salir del dormitorio y saltó el muro, que es bastante alto. La buscamos por todas partes. Después tuvimos que llamar a la policía, que la encontró en la estación de tren pidiendo dinero para ir a Londres.

—No sé qué decirle... —confesó Zahra con voz temblorosa.

—Se comportó como una salvaje cuando la policía la trajo. Incluso llegó a morder a uno de los agentes que la sujetaba. Cuando hablé con ella, me miró y se negó a contestar. Después me escupió.

—¡Cielo santo! Señora Saunders...

—Por desgracia, tengo más malas noticias. Sus hábitos de estudio son pésimos. No está a la altura de Bedales. Suspende en todo.

—¿No estudia nada?

—No parece hacerlo, señora Akhtar. Sólo deja ver que está abatida. Come mucho y ha engordado. Se niega a ir a la mayoría de las clases, es extremadamente maleducada con el profesorado y sus modales son vergonzosos. Tampoco hace ningún esfuerzo por llevarse bien con otras niñas.

—Señora Saunders, no sé qué decir. Lo siento muchísimo.

—Debo añadir que la mayoría de las chicas que hay en Bedales se adaptan bien. Cierto es que algunas pasan por un periodo inicial de aflicción porque echan de menos a sus padres y extrañan a su familia; a unas les afecta más que a otras, pero casi todas se acostumbran al cabo de un mes.

Hizo una pausa.

Zahra esperó con miedo a oír lo que seguramente venía a continuación.

—¿Puedo hacerle una pregunta, señora Akhtar?

—Sí, por supuesto.

—¿Le dijeron a Maha que iban a meterla en un internado? Se lo pregunto solamente porque me pareció muy extraña su reacción cuando su marido y usted se fueron, y he de decirle que he recibido a muchas niñas en Bedales.

Zahra no pudo contestar.

—También me fijé en que a pesar de que usted esperaba en el coche y fue el señor Akhtar el que me la entregó, lloraba por usted. Me pregunté qué...

Zahra volvió a guardar silencio, demasiado avergonzada y con complejo de culpa como para responder.

Al ver que no obtenía respuesta, la directora continuó.

—Es igual. Sólo quería entender mejor el problema. Falta poco para las vacaciones de Navidad y me temo que si su hija no hace un esfuerzo para entonces, tendremos que expulsarla. No podemos tolerar más su actitud y su comportamiento.

—Muchas gracias, señora Saunders. Hablaré con ella —mintió. ¿Cómo iba a confesarle que su propia hija se negaba a hablarle?

205

—Señora Akhtar, le seré franca. Tiene cuatro semanas, nada más, para demostrar que está a nuestra altura.

Cuando Zahra oyó que colgaba, se derrumbó. Cayó de rodillas al suelo y juntó las manos como si estuviera rezando. «Lo siento mucho, Maha. Por favor, perdóname», dijo entre sollozos.

Recurrió a la única persona que creyó que podría ayudarla: Hafsah. En cuanto oyó la voz de su hermana, se echó a llorar.

—Zahra, lo siento mucho —dijo Hafsah cuando su hermana logró contenerse lo suficiente como para contarle lo que le había dicho la directora—, pero con nosotros se comporta igual. No nos habla, ni siquiera a Akbar. Hay veces que come a todas horas y otras nada. Lo único que parece gustarle es practicar los pasos de danza.

—¡Hafsah! —la interrumpió con un tono esperanzado en la voz—. ¡Eso es! Cuando vaya este fin de semana cuéntale nuestro plan secreto de enviarla a Delhi durante las vacaciones. Hazle entender que quiero que siga bailando. Explícale que si quiere seguir estudiando danza tendrá que portarse bien en el colegio.

206

Hafsah hizo lo que le había suplicado su hermana.

—Estás a punto de que te expulsen del colegio —me avisó—. Y si lo hacen, tendrás que volver castigada a Karachi, tu padre pensará que lo has deshonrado y no volverá a dejarte hacer nada de lo que te gusta. Seguro que no volverás a ver a Krishna Maharaji.

En cuanto oí mencionar el nombre de mi maestro, empecé a prestar más atención.

—Pero si tus notas son buenas, podemos decirle a tu padre que prefieres quedarte conmigo en Londres durante las vacaciones para poder estudiar y mejorar calificaciones. Aunque, en vez de eso, tu madre y yo hemos ahorrado el suficiente dinero como para enviarte a Delhi a que sigas estudiando con Krishna Maharaji. Pero no puedes decírselo a nadie, ¿de acuerdo? No debe enterarse nadie, sobre todo tu padre.

Me abracé a ella y me eché a llorar, y mientras lo hacía pensé en mi madre y en cuánto deseaba estar en sus brazos. Sabía que mi padre era un hombre severo y que mi madre le temía, pero no entendía por qué todo tenía que ser tan clandestino y hermético.

La directora se quedó estupefacta cuando vio mis notas cuatro semanas después, tanto, que pidió a los profesores que volvieran a comprobarlas. Pero las notas estaban bien. Era la mejor de mi clase.

El 15 de diciembre cogí un avión con destino Nueva Delhi. Nilofer Bharany, que estaba al tanto, iría a recogerme. Antes de marcharme le di un abrazo a mi tía.

—Gracias, tía —dije con tanta sinceridad que Hafsah, poco acostumbrada a esa faceta mía, no supo qué decir.

Mi doble vida empezó a temprana edad, mientras combinaba la danza y los estudios, Delhi y Londres, y sobresalí tanto en Bedales como en Kathak Kendra.

A los doce años me convertí en la solista más joven que Krishna Maharaji había subido nunca a un escenario. El maestro me exigía que me esforzara al máximo, lo que me hacía más fuerte, mejor y me daba más confianza. Captaba cualquier ritmo que me marcara con el bastón. Mi movimiento de piernas era rápido y espectacular; mis brazos y muñecas se movían con gracia y podía mostrarme tímida y vergonzosa o actuar con la fuerza de una tigresa que despidiera fuego por los ojos. Y lo mejor de todo, cada vez me apasionaba más la danza.

207

Capítulo diez

*E*n 1974 el Banco Nacional de Pakistán envió a Anwar a su nueva sucursal de París. Aquello supuso una auténtica conmoción para Zahra, que seguía atrapada en los recuerdos del tiempo que había pasado en aquella ciudad con Ajit diez años atrás. Recoger las cosas y mudarse de nuevo supuso un gran esfuerzo para ella. También le preocupaba que aquel traslado afectara a mis clases de danza en Delhi.

Incapaz de hacer frente a ese último trastorno, empezó a sufrir desmayos. Fue a ver a todo tipo de médicos y especialistas, y se sometió a distintas y rigurosas pruebas. Quizás, y subconscientemente, sólo intentaba retrasar el viaje, porque nadie consiguió entender qué le pasaba.

Una mañana se hundió por completo, entre lloros y gritos histéricos. Se encerró en el cuarto de baño y se negó a salir. La asustada y joven doncella que llamó a Anwar fue despedida por haberlo molestado. Cuando éste llegó a casa como hacía habitualmente para comer, varias horas después, Zahra seguía en el cuarto de baño. Forzó la puerta con ayuda de la criada y se encontró a su mujer tirada en el suelo.

—¡Levántate! —gritó. Zahra abrió un ojo y al verlo empezó a gritar de nuevo y a cubrirse el cuerpo con los brazos por si le pegaba. Qué es lo que hizo. La agarró por un brazo, la levantó y le dio varias bofetadas.

»¡Déjalo ya! ¿Te has vuelto loca? ¿Qué van a pensar los criados? Voy a bajar para comer y quiero verte vestida y en la mesa dentro de quince minutos.

Zahra lo miró con ojos vidriosos. Seguía con el camisón puesto, la cara amoratada y marcas en los brazos. El derecho le dolía tanto que apenas podía moverlo.

Cuando bajó para comer se había duchado con ayuda de la doncella, que también le puso como pudo un sari limpio y recogió su brillante pelo negro en una coleta. Llevaba un amplio chal para cubrir los magullados brazos, pero no pudo hacer nada para ocultar las hinchadas y moradas marcas que tenía en la cara.

—Anwar, me duele mucho el brazo. Cuando te deje el coche en la oficina me gustaría cogerlo para ir al médico.

—Tú no puedes utilizarlo. Coge un taxi o un *rickshaw*.

Fue al médico en taxi, y éste le dijo que tenía el brazo astillado. Se lo había hecho Anwar al doblárselo detrás de la espalda. Cuando su marido volvió por la noche vio que lo llevaba escayolado, pero no dijo nada.

Se mudaron, tal como estaba planeado, aunque con cierto retraso. Zahra, Anwar y Jehan llegaron a París el 19 de octubre de 1974. Decidieron que, como me iba bien en Bedales, me quedaría allí e irían a visitarme durante las vacaciones. En París Zahra siguió sufriendo desmayos, aunque ninguno de los médicos a los que consultó supo encontrar la causa.

Yo estaba muy contenta. Era mediados de octubre y las vacaciones de mitad de curso llegarían pronto. Pasaría fuera dos semanas y estaba deseando llegar a Delhi. Poco después, tía Hafsah me llamó para decirme que mi padre había organizado un viaje familiar a Granada y Córdoba, y que tendría que esperar hasta Navidades para ver a Krishna Maharaji. Me quedé destrozada.

Zahra no podía entenderlo. Por las noches rezaba y le preguntaba a Dios qué había hecho para merecer la vida que llevaba. Se sentía condenada al tormento de seguir a Ajit y no alcanzarlo nunca. Primero Delhi, después París y finalmente Granada, donde la había llevado a la Alhambra, a las cuevas de los gitanos y a ver flamenco.

Me reuní con mis padres en París. A pesar de que llevaban un año viviendo allí, era la primera vez que veía la casa. Al día siguiente subimos al Peugeot 504 de Anwar y viajamos hasta España. Tras cruzar los Pirineos hicimos una primera parada en Barcelona. Como Zahra no había podido aprender a conducir, Anwar le entregó el mapa para que indicara el camino, pero las carreteras no eran su especialidad y no paraba de cometer errores. Anwar le gritaba cada vez que se equivocaba y la insultaba diciéndole tonta, inculta o idiota.

—Papá, ¿por qué le gritas tanto a *umma?* —intervine al final.

—Porque es una idiota y una inculta que no sabe hacer nada bien, por eso.

Zahra permaneció en silencio y bajó la vista, acostumbrada a los insultos y sin intención de aumentar la cólera de su marido con alguna protesta. Estaba algo alterada por las contradictorias sensaciones que le provocaba volver a un lugar en el que había sido tan feliz con Ajit.

El sol brillaba cuando llegamos a Granada. Hacía un poco de frío, pero la ciudad estaba resplandeciente. Zahra volvió a enamorarse de ella. Nos alojamos en una pensión del Albayzín, la parte árabe de la ciudad, cuyas estrechas y pintorescas calles había recorrido con Ajit, sintiéndose inmensamente feliz. Teníamos dos habitaciones: mi hermana y yo ocupábamos una, y mis padres otra. Mi habitación tenía una vista espectacular al palacio de la Alhambra y desde ella veía las rojizas colinas, los árboles, los edificios, los arcos, las filigranas y las ventanas con celosías.

Cuando por la noche me asomaba a la ventana y veía la luz de la luna brillando sobre el palacio, me imaginaba la vida de los reyes que allí habitaban. Su historia me fascinaba, del mismo modo que había fascinado a mi madre muchos años antes. Durante el día, cuando paseábamos por la ciudad, por alguna extraña razón me sentía como en casa. Aprendí muchas palabras en español y la mayoría de las veces entendía lo que la gente decía. A mi padre le pareció extraño, pero Zahra sugirió que podría deberse a que sabía francés.

Una mañana me levanté temprano y bajé a tomarme un vaso de leche. La propietaria de la pensión estaba en la cocina preparando los desayunos.

—Buenos días, niña —me saludó.

—*Some* leche, *please* —pedí sonriendo.

La mujer me sirvió un poco en un cuenco de barro. Mientras me la tomaba se puso a cantar. Capté el ritmo y empecé a marcarlo con los pies y a mover las muñecas.

—¿De dónde eres, niña?

Meneé la cabeza, pues no había entendido la pregunta. La mujer se señaló a sí misma y dijo:

—Española.

Entonces hice lo mismo y dije:

—India.

A pesar de que era medio libanesa y medio pakistaní, para mí Delhi era mi hogar y siempre decía con orgullo que era india.

—¡Ah, india! —exclamó la mujer esbozando una gran sonrisa—. Tienes cara de gitana. Eres muy guapa, niña. ¿Cómo te llamas?

Deseé saber qué me decía aquella mujer.

—¿Tu nombre? —insistió.

La mujer se volvió a señalar y dijo:

—Yo me llamo María Teresa.

—Maha —dije repitiendo el mismo gesto.

—¿Bailas?

Sonreí y moví la cabeza para explicarle que no entendía lo que me estaba preguntando. Y entonces, se puso una mano en la cadera y con la otra en el aire empezó a mover las muñecas y los dedos, y a bailar. A pesar de ser bajita y regordeta, su baile era toda una demostración de amor propio y carácter.

Me gustó tanto aquel baile que me llevé un dedo al pecho y dije:

—*Me too*, María Teresa —aseguré antes de imitar sus pasos y movimientos de cadera. La mujer se secó las manos en el delantal y me dio un abrazo.

—Muy bien, vamos a ver. ¿Sabes bailar un poquito por tangos o por bulerías?

La miré desconcertada. Y la gitana empezó a dar palmas para marcarme el compás, a la vez que me hacía un gesto para que bailara. Lo capté rápidamente y empecé a bailar por bulerías y por tangos, sin saber lo que eran, mientras la mujer cantaba y palmeaba.

LA NIETA DE LA MAHARANÍ

—¡Bien! —exclamó sonriendo—. ¡Olé mi niña! ¡Eso es flamenco! ¿Quieres ver un poquito de flamenco?

Yo estaba desesperada por verlo.

—Sí, *please*. Esto..., por favor.

En ese momento bajaron Zahra, Anwar y Jehan, y nos sorprendieron bailando.

—¿Qué estás haciendo, Maha? —preguntó mi padre con tono severo.

—Papá, ésta es María Teresa y me está enseñando a bailar flamenco —contesté ilusionada.

—¡Qué tontería! No te he traído para que bailes en una cocina, sino para que aprendas algo de historia musulmana.

—¿Podremos ir a ver flamenco, por favor? —Anwar guardó silencio y se sentó para desayunar—. Papá, por favor, María Teresa dice que hay una cueva cerca en la que bailan flamenco todas las noches.

Anwar siguió sin contestarme. Zahra, que tenía a Jehan en las rodillas, ni siquiera se atrevió a levantar la vista porque sabía muy bien de qué cueva estaba hablando y que estaba en la esquina.

—Vamos a ver algo de flamenco, Anwar —se atrevió a decir finalmente—. Forma parte de la cultura de este país.

—Sí, pero no de la cultura musulmana ni de la herencia árabe.

—Por favor, papá... —supliqué.

Dos parejas de ingleses que estaban alojados en la pensión se unieron a nosotros en la amplia mesa de la cocina. Dieron los buenos días y todos empezamos a consultar mapas para organizar el día que teníamos por delante. En cuanto Anwar subió a la habitación, corrí al lado de María Teresa, que estaba en la cocina vigilando el café. De repente empezó a enseñarme cómo dar palmas.

—Escucha, Maha: ta, ta ri to ta, ta ri to ta taka ta ta taka ta y ta.

No podía creerlo, María Teresa estaba hablando el mismo lenguaje que Maharaji.

—*You do not count in flamenco?* —le pregunté.

—Cariño mío, no te entiendo —dijo ésta con cara de pena.

Pedí ayuda a uno de los ingleses, que tradujo como pudo.

—¿Flamenco es con números?

María Teresa se echó a reír a carcajadas.

—Mira, ven aquí —me pidió indicándome que me acercara. Me cogió las manos y dijo—: Nosotros los gitanos bailamos flamenco según el ritmo.

—María Teresa —señalé hacia su oreja para que me escuchara—. Ta ta ta, tari to ta, tari to ta taka ta ta ta, tari to ta —canturreé mientras daba unos pasos de baile.

—¿De dónde viene eso, mi niña? ¿Dónde lo has aprendido?

—Es *kathak*, de *North of India* —le expliqué esperando que me entendiera.

—¡Dios mío! —exclamó Maria Teresa—. A ver si va a ser verdad que los gitanos vienen de la India—. ¿Habla español? —preguntó a Zahra.

Los recuerdos del tiempo que había pasado con Ajit en Granada volvieron a inundarla.

—Un poquito.

—Señora, por favor, su niña tiene muchas ganas de ver flamenco. Si usted me deja, la llevo esta noche conmigo.

—Muchas gracias, María Teresa, pero su padre es muy estricto y no le parecerá bien que su hija pequeña salga hasta tan tarde.

—Pero señora, mire la cara que pone, no le niegue ese placer.

Miré a mi madre y no pude creer que aquella mujer gitana que ni siquiera me conocía estuviera defendiéndome mientras mi propia madre volvía a ponerse de parte de mi padre. Y luego me giré hacia María Teresa, sonreí con tristeza y me encogí de hombros en señal de aceptar la derrota.

Aquella noche había una luna llena enorme y amarilla sobre la Alhambra. Me deleitaba mirando el palacio sentada al lado de la ventana de mi habitación. Me encantaba la suave luz que la luna arrojaba sobre los campos. Detrás de la pensión acababa de empezar el espectáculo. Oí una guitarra, alguien que aclaraba la voz y empezaba a cantar unas notas sencillas. Jamás había oído nada igual. Parecía el muecín recitando la *adha*, la llamada al rezo para los musulmanes, en el minarete de la mezquita cercana a su casa de Delhi. Después oí tocar al guitarrista y a alguien que cantaba al tiempo que daba pasos de

LA NIETA DE LA MAHARANÍ

baile, pero no oí *ghungroos*. El sonido era como de zapatos dando golpecitos.

—¡Maha! ¡Maha! —alguien me llamaba.

Bajé la vista y vi a María Teresa, que me hacía gestos para que la siguiera. Eché un vitazo a mi alrededor. Jehan se había dormido en la habitación de mis padres. Gateé como pude en la escalera que había apoyada contra la pared y en cuanto estuve a su alcance, la gitana me cogió en brazos.

—Ven, hija mía, vamos a ver flamenco y a lo mejor bailas y todo.

Agarré con fuerza la mano que me tendió.

La Reina Mora, una antigua cueva, estaba en la zona del Sacromonte, que siempre había sido una barriada de gitanos. El local estaba lleno y no pudimos entrar, pero conseguí ver a través de una pequeña ventana los vestidos de lunares de las bailarinas, sus mantones y las peinetas que llevaban en el pelo.

Todas las bailarinas tenían su propio modo de hacer. Algunas eran muy guapas, otras no tanto. Unas tenían estilo, otras eran elegantes, pero todas tenían algo que me hizo sentir la energía que fluía en su interior y las transportaba a otro lugar, a otro tiempo, a otro mundo.

—Gracias —dije con toda sinceridad a María Teresa.

—Veo la luna en tus ojos, hija mía. Un día volverás para bailar en España —aseguró acariciándome la cara.

Aquella mujer sigue en mi memoria, y aquella noche.

Al día siguiente, mientras paseábamos por el Albayzín, Jehan vio un cofre de cuero repujado.

—Cómpramelo, papá —pidió Jehan.

Anwar sacó inmediatamente la cartera y se lo compró. Zahra me miró y vio que deseaba el cofre tanto como mi hermana.

—Anwar, no es caro. ¿Por qué no le compras uno a Maha también?

Lo hizo de mala gana, pero aquel cofre se convirtió en una de mis más preciadas posesiones, a pesar de cómo lo había conseguido. Antes de irnos de Granada volvimos a la Alhambra para visitar la parte que no habíamos tenido tiempo de ver. Mientras mis padres daban una vuelta, me senté en una piedra para mirar los jardines y oír el sonido de las fuentes. Cogí unas cuantas flores para guardarlas como recuerdo de la ciudad. Estaba segura de que, tal como había dicho María Teresa, un día volvería a Andalucía y bailaría flamenco.

Después del viaje a Granada y a Córdoba volví directamente al colegio. En diciembre de 1975, en el examen final de Lengua, escribí una breve obra de teatro como parte de mi trabajo. En ella, una joven sueña con convertirse en bailaora de flamenco. Consigue aprender, contra la voluntad de sus padres, gracias a una anciana que ve el talento natural que tiene la joven. Al cabo de unos años, cuando se convierte en una excelente bailaora, la mujer muere en sus brazos mientras le pide que siga bailando, que es para lo que ha nacido. La joven asiente entre sollozos. Las últimas palabras de la mujer, «Entonces, mi trabajo está hecho», marcaban el final de la obra. El epílogo constaba tan sólo de una frase: «Por desgracia, la joven no pudo volver a bailar».

En aquella redacción narraba mi viaje a Granada y Córdoba, centrándome sobre todo en Granada, la luna que brillaba sobre el palacio de la Alhambra, el baile con María Teresa en la cocina de la pensión y la noche en que me llevó a La Reina Mora. Describía con todo lujo de detalles el vuelo de las faldas con volantes, las rosas en el pelo de las bailaoras y los lunares que parecían cobrar vida. Contaba lo hechizada que estaba con el taconeo y que cuando el cantaor empezó a cantar me entraron ganas de llorar.

Eran las once de la noche cuando la señorita Blanchett, la profesora de Lengua, empezó a corregir mi examen final. Todavía no se había enterado de que me había convertido en la primera de la clase, así que no tenía muchas ganas de empezar mi trabajo, pero cuando acabó de leerlo después la obra de teatro, releyó ambos, se fue a la cama e intentó relacionar el talento y capacidad que había visto en aquellos escritos con la niña rebelde y poco dispuesta a colaborar con la que había intentado comunicarse en vano durante todo el semestre.

A la mañana siguiente fue a ver a la directora y le pidió que leyera los dos trabajos. La emoción que evidenció la señora Saunders al llegar al conmovedor final de la obra de teatro confirmó que su reacción había sido la correcta.

—Bueno —dijo mientras se quitaba las gafas para secarse los ojos con un pañuelo—. Creo que la joven Maha es una escritora en ciernes. Me parece extraordinario para estar escrito por una niña de diez años.

La señorita Blanchett asintió.

—¿Le parece bien que le escriba una nota a su madre?

—Por supuesto. —Cuando la señorita Blanchett se levantaba para irse, añadió—: Creo que merece un sobresaliente por ese examen. Estoy segura de que está de acuerdo conmigo.

La señorita Blanchett sonrió y asintió antes de salir del despacho.

Un par de semanas más tarde Zahra recibió una carta con remite de Bedales. Tuvo miedo de abrirla, temía descubrir que volvía a causar problemas. Cuando finalmente se armó de valor y empezó a leer, le temblaban las manos.

Estimada señora Akhtar:

No tengo el placer de conocerla, pero me he tomado la libertad de escribirle, en relación con su hija.

Me llamo Mary Blanchett, soy una de las profesoras de Lengua de Bedales y profesora de Maha.

Su hija ha escrito una redacción para su examen final que ha conseguido hacerme llorar. También ha hecho algo que no había visto nunca, sobre todo en una niña de diez años; ha escrito una obra de teatro. Los dos trabajos tratan sobre su viaje a mitad de semestre al sur de España. Están muy bien redactados, son descriptivos, imaginativos y muy bonitos.

Tanto la señora Saunders como yo estamos convencidas de que demuestra tener talento para escribir y que debería dársele la oportunidad de desarrollarlo.

Me complacería gratamente que un día llegara a convertirse en escritora y espero que la anime en ese empeño. Por nuestra parte, en Bedales haremos todo lo posible para ayudarla a madurar lo que parece ser un talento innato.

Sinceramente
Mary Blanchett

Zahra dejó la carta y suspiró aliviada y contenta por lo que había leído. Nunca se la enseñó a Anwar, por miedo a que encontrara alguna forma para denigrar lo que se relataba. La guardó en la cajita en la que atesoraba mis cosas: el primer dibujo, algunas fotos de cuando era un bebé —incluida una que me encantaba, en la que yo estaba en sus brazos con la cabeza apoyada en su hombro—, un trozo de papel en el que había escrito «Te quiero *umma*» y otros recuerdos que había ido guardando a lo largo de los años. Aquella noche rezó para que pudiera seguir lo que me dictara el corazón, mis sueños y hacer lo que estuviera destinada a hacer: «Dios mío, dale la fuerza que yo nunca he tenido; ofrécele la posibilidad de ser alguien y mantenla sana y libre de peligro».

Seguí estudiando danza con Krishna Maharaji durante las vacaciones escolares y en el colegio, siempre que podía, practicaba lo que iba aprendiendo. Hablé con mi maestro acerca del flamenco; sobre lo que había visto y oído, y sobre lo similar a el *kathak* que me había parecido.

218

—Tienen muchas cosas en común. Me alegro de que te dieras cuenta. Que yo sepa, en cuestión de ritmo, el énfasis es distinto, pero los movimientos, gestos y parte del movimiento con los pies... Sí están relacionados —aseguró Maharaji.

—Me encantaría aprender flamenco.

—Todo a su tiempo, *beti*, todo a su tiempo —dijo el maestro sonriendo al ver mi entusiasmo—. Desde el momento en que te vi en aquella audición supe que la danza era tu destino. La llevarás siempre contigo y te dará la libertad de ser quien eres. De momento es el *kathak* y eso me hace muy feliz. Con el tiempo, ¿quién sabe? A veces la vida nos pone ante encrucijadas y nos ofrece distintos caminos. Puedes elegir uno u otro, pero el destino tiene una extraña forma de manifestarse; siempre nos devuelve a la senda en la que debemos estar, la senda que ha elegido para nosotros.

Mi nivel rítmico mejoró muchísimo y empecé a ser capaz de conectar la energía generada con la planta de los pies con el resto de mi cuerpo, y moverlo en sintonía con esa energía. Cuando la energía subía, mis pensamientos se diluían para crear una armonía absoluta entre lo material y lo espiritual.

Cuando lo conseguía, Maharaji sabía que me había enseñado bien y que dependía de mí refinar mi propio estilo, interpretar cada danza de forma personalizada y después hacerla mía.

Zahra, Anwar y Jehan vivieron en París hasta 1979, año en que regresaron a Karachi. Durante todo ese tiempo sabía bien que mis padres estaban a una hora o dos de Londres. Conducir hasta Deauville, coger el aerodeslizador y llegar a Londres desde Dover no les habría costado mucho. Pero también sabía que no querían verme, ni tampoco a Hafsah o Farhan. Anwar siempre había dejado muy claro que no le gustaba la familia de su mujer y en las contadas ocasiones que había accedido a ir de visita a casa de Hafsah y Farhan, se limitaba a mostrarse educado. Una vez que mis tíos fueron a París a pasar un fin de semana y estuvieron cenando en su casa, Zahra le preguntó a Anwar por qué siempre se comportaba en el límite de la mala educación con ellos.

—No lo entiendo, después de todo Farhan es embajador —comentó mientras recogía la mesa.

—¿Embajador de qué? No es más que un funcionario —replicó Anwar con desprecio.

—¡Anwar! Farhan es el embajador del Líbano. ¿Por qué dices que es sólo un funcionario? —protestó Zahra indignada.

—Su país está en ruinas, ¿de qué les sirve tenerlo?

—Por favor, Anwar. Viviste en Beirut y decías que te gustaba. Siempre te he oído comentar que era el París del Oriente Próximo.

—Eso fue hace años. Mira dónde están ahora los libaneses, en las últimas con esa guerra civil suya —contestó antes de salir del comedor para ir a su estudio, donde pasaba la mayor parte del tiempo que estaba en casa.

Zahra suspiró resignada. Nunca podía hablar de nada con él. Su única alternativa era darle siempre la razón. No parecía importarle que sus hermanas y ella hubieran estudiado en el Lycée Français de Beirut. O que Tariq, el marido de Aisha, fuera jefe del Departamento de Estudios Medievales de la Universidad de Yale, en Estados Unidos, ampliamente conocido y respetado por sus conocimientos sobre los Caballeros Templarios y la leyenda del Santo Grial. Anwar despreciaba cualquier cosa

219

que no tuviera relación con los árabes o con la fe y cultura musulmanas.

Mientras fregaba los platos, Zahra se sorprendió de lo mucho que hacía que no se acordaba de su hermana Aisha. Lo poco que sabía de ella era por lo que le contaba Hafsah, que se esforzaba por mantener el contacto, y que aun así sólo recibía alguna carta de vez en cuando. No habían tenido hijos y la maliciosa Hafsah siempre se reía cuando comentaba que seguramente todavía era virgen y que si no lo era, posiblemente no dejaría que su marido se le acercara más de una o dos veces al año.

Volvió a pensar en ella un día que curioseaba en los mercados al pie del Sacré Coeur. Recordó que Tariq y su hermana habían vivido en ese barrio, en un apartamento demasiado pequeño como para alojarla cuando ella estaba de visita en casa de Hafsah. Siempre se había preguntado si era verdad o sólo una excusa para no verla.

Se sentó en un banco de madera y contempló la vista de París que se extendía ante ella. Pronto sería primavera, pero el ambiente seguía siendo frío. La Pascua estaba al caer. Esas fechas siempre le recordaban la Semana Santa sevillana y las procesiones, pero no podía permitirse esos recuerdos.

De repente se acordó de su madre y se preguntó cómo estaría. Tampoco había pensado mucho en sus padres en los últimos tiempos. Sabía que habían vuelto a Biblos para escapar del revuelo causado por el masivo flujo de refugiados palestinos. Mientras se dejaba acariciar por el débil sol de principios de abril, meditó sobre la forma en que se repite la historia; ahí estaba ella, pensando en los miembros de su familia a los que no había visto ni oído en muchos años. ¿Tendría su hija exiliada los mismos pensamientos que ella? Deseó poder darme algunas respuestas, pero había secretos que debía mantener, por el bien de todas las personas involucradas en ellos.

Con todo, en muchas cosas tenía razón. Con el paso del tiempo yo había preguntado por mi familia. Todos mis amigos tenían abuelos, padres, hermanos y familiares. En mi mundo, las únicas personas a las que podía considerar como parte de mi familia eran *guruji* y mis tíos.

Un día, cuando tenía doce años, estaba sentada en la cocina con tía Hafsah viendo cómo cortaba cebollas.

—¿Están vivos tus padres, tía?

Hafsah dejó de cortar muy sorprendida. Nunca le había hecho preguntas sobre sus padres. Acabábamos de hablar de ir a la peluquería y ahora le iba con eso.

—Sí, claro que están vivos.

—¿Por qué no hablas nunca de ellos o vas a verlos?

—Es una historia muy larga, Maha —contestó soltando un suspiro.

—Me gustan mucho las historias —aseguré, apoyando los codos en la mesa y la barbilla en las manos.

«¿Qué demonios le cuento?», pensó Hafsah intentando encontrar alguna forma de cambiar de conversación.

—¿Qué aspecto tiene?

—¿Quién?

—Tu madre, quién va a ser.

—Bueno, mira, tu abuela era una mujer muy guapa cuando era joven. Decían que era la mujer más guapa de Beirut y todos los hombres atractivos estaban locos por ella. De hecho, tu madre se parece mucho a tu abuela.

—¿Por qué tienes que mencionarla? —pregunté con mala cara al oír hablar de Zahra.

—Mira, Maha, sé que para ti no es fácil aceptar algunas cosas de tu madre, pero es verdad que es igual que tu abuela.

—Pero yo no me parezco ni a mi madre ni a mi padre.

«Sí que te pareces mucho a tu padre, Ajit», quiso decir.

—Eres una preciosa mezcla de tus padres —aseguró con una respuesta que no le obligaba a mentir—. Tienes los ojos de tu madre.

—¿Sí? —pregunté, nunca se me había ocurrido pensarlo.

—Espera a que crezcas un poco. Te enseñaré cómo ponerte kohl y entonces verás. Los de tu madre tienen un color un poco más almendra, pero la forma es la misma y tienes sus bonitas y largas pestañas. —Hafsah me abrazó—. Si me haces caso y te pones aceite de oliva en el pelo todas las noches, lo tendrás más largo y negro, y también más bonito.

—Cuéntame más cosas de mis abuelos, tía —insistí.

—No sé mucho más, de verdad. Ahora viven en Biblos, que fue donde nació y creció tu abuelo.

—¿Dónde está Biblos?

221

—Es una ciudad de la costa mediterránea en el norte del Líbano. Es muy antigua, hay gente que dice que es la ciudad más antigua del mundo porque fue la primera que se construyó. Su puerto tiene cinco mil años —dijo con la esperanza de distraer mi atención.

—¡Ostras, tía! ¿Y allí nació el abuelo? ¿Es muy viejo?

—Sí, *beti*, ahora es muy viejo, pero no tiene cinco mil años —aseguró riéndose, y sonreí.

—¿Cómo se conocieron?

—Según me contó mi madre fue en una fiesta en la embajada británica. Fue un flechazo. Poco después se casaron y tuvieron familia.

—¿Y qué pasó con tu otra hermana?

—Aisha era una chica muy extraña —admitió Hafsah mientras calentaba aceite para freír pescado—. Era muy inteligente y muy lista. Siempre era la primera de su clase, pero tenía complejo de inferioridad. No le prestaban la misma atención que a tu madre o a mí y creo que tenía celos de tu madre.

—¿Y de ti?

—No tanto como de tu madre, pero sí que se sentía inferior.

—¿A quién se parecía?

—Era igual que tu abuelo.

—¿Qué quieres decir, que parecía un hombre? —inquirí extrañada.

Hafsah se echó a reír, pero porque no me había equivocado mucho.

—Bueno, la verdad es que parecía un chico.

—¿Y por eso no te hablas con ella? —pregunté echándome también a reír.

—Cuando se casó se fue a vivir a París con su marido y sólo nos escribía muy de vez en cuando. Tu madre y yo intentamos...

—¿Por qué la mencionas otra vez? —repliqué con amargura.

En ese momento Farhan entró en la cocina.

—Mmm... Algo huele bien —comentó acercándose a su mujer para darle un beso en la mejilla.

—Maha, es tu madre —replicó Hafsah volviéndose hacia mí con mirada iracunda.

—¡Alá me proteja! ¿Interrumpo algo serio? —preguntó Farhan mirando primero a su mujer y después a mí.

—¿Quieres saber el resto de la historia o vas a decir algo desagradable cada vez que mencione a tu madre? —preguntó Hafsah.

Me encogí de hombros y asentí, ansiosa por saber más cosas de mi familia. Hafsah se acercó a bajar el fuego en el que freía pescado.

—Como te decía, tu madre y yo intentamos mantenernos en contacto con ella, pero creo que Aisha no estaba muy interesada en tener ningún tipo de relación con nosotras, así que con el tiempo nos dimos por vencidas. De vez en cuando Farhan y yo recibimos una postal durante el Ramadán o por algún cumpleaños, pero no creo que a tu madre le llegue ninguna.

—¿Y con tus padres hablas? ¿Por qué no vienen a haceros alguna visita?

Farhan y Hafsah se miraron.

—¿Quieres un poco de *laban*? —preguntó Farhan mientras iba al frigorífico para sacar el yogur líquido que tanto les gustaba a los dos.

—Sí, por favor.

Repetí la pregunta mientras Farhan servía el yogur.

—¿Hablas con tus padres, tía?

Hafsah no supo encontrar respuesta. Al percatarse de ello, Farhan se sentó a mi lado en la mesa de la cocina.

—Mira, Maha, si Hafsah no habla con sus padres es por mi culpa.

—¿Qué? ¿Por qué? ¿Qué hiciste? —pregunté cada vez más intrigada.

—Bueno, tenía un amigo que tuvo problemas con los padres de Hafsah y una cosa llevó a la otra. Todo acabó con una gran discusión y tu abuelo me repudió. Según la ley islámica eso significaba que también repudiaba a tu tía.

—Pero ¿qué fue lo que hizo tu amigo que era tan malo? —pregunté con los ojos desmesuradamente abiertos.

—Les quitó algo sin su permiso —improvisó Farhan.

—¿Les robó?

—En cierto modo. Fueron unos tiempos terribles para todos nosotros.

223

—¡Tía! —exclamé corriendo hacia Hafsah para abrazarla por detrás de la cintura—. Por eso no tengo abuelos —concluí en voz alta—. Si no te hablan a ti, ni a ti, tío —continué antes de acercarme a Farhan—, tampoco tendrán ningún interés en hablarme a mí.

Ninguno de los dos puso en duda mis palabras, pero deseaban acabar con aquella conversación. Su deseo se vio cumplido.

—¿Cuándo vamos a la peluquería, tía? —pregunté con la curiosidad satisfecha por el momento.

—En cuanto acabe con el pescado, *beti*. ¿Por qué no vas a ponerte la chaqueta?

—¿No tienes alguna foto de la tía Aisha y de los abuelos? Me gustaría saber cómo son —pedí por último mientras iba hacia la puerta.

—Sí, cariño. Sacaré los álbumes.

Cuando subí las escaleras para recoger mi chaqueta, Farhan y Hafsah respiraron aliviados.

224

Laila Ajami se acostumbró enseguida a la relajada vida de Biblos cuando Kamal decidió que se trasladaran allí a principios de 1966. Mientras recorrían por la costa los cuarenta kilómetros de distancia en dirección norte, volvió la vista hacia la ciudad en la que había nacido y crecido, convencida de que sería la última vez que vería Beirut. Pero aquella ciudad ya no tenía nada que ofrecerle. Sus tres hijas se habían ido y sólo le quedaba el vino, el narguile y los sueños inducidos por el opio. Cuando se mudaron, Kamal insistió en que sólo se llevaran lo indispensable, pero había conseguido meter en secreto sus diarios y los álbumes de fotos en el fondo de su baúl. Así que pasaba horas y horas mirando las fotografías de tiempos pasados, recordando su gloriosa juventud, admirando la belleza de su joven cara, la brillante mata de pelo que le llegaba casi hasta la cintura, los detalles de los hermosos vestidos y joyas que había lucido, las fiestas a las que había acudido, los hombres con los que había flirteado y los amantes que había tenido. Pero siempre dedicaba la mayor parte del tiempo a recordar una y otra vez las semanas que había pasado con el amor de su vida, su adorado Aatish.

Kamal había alquilado una modesta casa con vistas al Mediterráneo. Tenía un pequeño porche, un huerto y estaba rodeada de olivos. Kamal iba todos los días al pueblo a jugar a las damas, al backgammon o al ajedrez, y fumaba y bebía con sus amigos mientras Laila se tumbaba con el opiáceo que hubiera elegido para contemplar la puesta de sol siempre que podía y recordar la del último día que había pasado con Aatish, la del día que creía haber concebido a Zahra.

«Quería mucho más para nuestra hija, Aatish. Quería para ella lo que yo nunca tuve.» Sentada en el porche en una cómoda butaca, con su copa de vino, sus fotografías y sus recuerdos, Laila Ajami no sabía que su misma historia se estaba repitiendo con Zahra.

Laila había soñado su vida con un marido cariñoso y una familia unida, sin embargo había acabado con un marido al que odiaba, dos hijas con las que no tenía ningún tipo de comunicación y otra de la que sólo recibía alguna postal de vez en cuando. El distanciamiento con dos de ellas no había sido cosa suya, pero Zahra, su hermosa Zahra, el fruto de su amor por Aatish, ¿cómo había podido dejarla ir?

La recordó gritando mientras daba a luz y el dolor que le causó que rechazara su mano cuando se la ofreció. ¿Qué habría sido de ella? ¿Quién sería el padre de Maha? ¿A quién se parecería? Necesitaba hacer algo, se sentó en el porche y decidió escribirle una carta. Puso sobre el papel el relato completo y verdadero de lo que había pasado y por qué había pasado; incluyó muchos detalles sobre Aatish e incluso una fotografía en la que aparecían los dos cuando eran jóvenes, y otra en la que abrazaba a Zahra al poco de nacer. En la carta le preguntaba quién era el padre de Maha y le decía que esperaba que lo hubiera amado, como ella había amado a Aatish. Acabó pidiéndole que la perdonara, que lo único que había querido siempre para ella era alguien por quien mereciera la pena ser amada.

Cuando acabó la carta y cerró el sobre, la guardó en una cajita y nunca tuvo valor para enviarla. Un día se despertó con idea de ir a correos y enviársela a Aisha, para que se la entregara a Hafsah, que de alguna forma se la daría a Zahra. La metió en el bolsillo de la chaqueta, se puso un pañuelo en la cabeza y salió por la puerta. Los cedros se mecían delicadamente y

225

el viento silbaba entre los olivos. Oyó que alguien la llamaba «Laila, Laila», pero no vio a nadie. «Es mi imaginación —pensó—. Debe de ser el viento o a lo mejor el opio.» Llegó hasta el final del jardín y miró hacia el mar azul turquesa que chapaleaba en las playas de aquella tierra que vivía unos tiempos tan convulsos. Después volvió sobre sus pasos y se sentó en la butaca del porche para mirar el agua, el cielo y la tierra. «Qué hermosa es», pensó.

Pero a cuarenta kilómetros de allí, Beirut estaba ardiendo. Consiguió ver un destello de las llamas que se elevaban en el cielo. Todo ha desaparecido: mi tierra, mi país, mis hijas, mi amor... barridos por la marea del tiempo.

Laila Ajami murió pacíficamente aquella tarde, mientras la guerra civil se propagaba con furia no muy lejos de donde se encontraba y destruía todo lo que había conocido. Cuando las mujeres del pueblo prepararon el cuerpo para el entierro, una de ellas encontró la carta. Después de leerla, todas decidieron que era mejor que la acompañara a la tumba y la colocaron con cuidado entre los pliegues de la blanca mortaja de lino.

Capítulo once

A los quince años me presenté a los exámenes finales de enseñanza primaria y conseguí la calificación de sobresaliente en las siete asignaturas. Mis padres fueron a Londres y estaban tomando té con Hafsah y Farhan cuando entré corriendo para darles la buena noticia. Esperaba encontrar únicamente a mis tíos y me sorprendió mucho verlos allí, sobre todo porque sabía que a mi padre no le caían bien Hafsah y Farhan, y procuraba evitarlos.

Cuando Anwar vio los resultados me lanzó una mirada apreciativa y dijo:

—Muy bien, Maha.

No recordaba que con anterioridad hubiera elogiado nada hecho por mí. Sorprendida, acepté el cumplido con un casi imperceptible movimiento de cabeza, me di la vuelta, abrí la puerta y subí a mi habitación para que siguieran con su té.

Más tarde me enteré de que mi padre había hablado bien de mí ese mismo día. Había presumido de mis notas para sellar el matrimonio que había concertado con el tarugo de Karim Al-Mansour.

Al día siguiente de aquella cena, mis padres volvieron a Karachi y dejaron que Hafsah se encargara de comunicarme el compromiso que habían aceptado. Antes de irse, Zahra lloró en los brazos de su hermana y le suplicó que cuidara de mí y me explicara de la mejor manera posible lo que iba a suceder.

—¿Qué? —grité a mi tía cuando me explicó el propósito de aquella cena—. ¿Te has vuelto loca? ¿Se han vuelto locos los idiotas de mis padres? ¿Han concertado mi matrimonio?

¿Cómo se atreven? ¿Cómo se atreven a decirme con quién tengo que casarme? ¡Por Dios! ¿Tengo quince años y ya me han prometido? ¿Qué vais a hacer vosotros? ¿Estáis intentando joderme la vida más de lo que lo habéis hecho ya?

—Maha...

—¿En qué país vivimos? ¿En la puta Edad Media?

—¡Maha, no digas palabrotas!

—Me importan una mierda las palabrotas. Diré lo que quiera y tú no eres quién para impedirlo.

—Maha, soy tu tía. O dejas de utilizar ese lenguaje y muestras algo de respeto o te llevaré a rastras a la mezquita y le pediré al ulema que te case hoy mismo.

—¡No soy una propiedad! ¡No soy una esclava que puedan comprar en el zoco! ¿Quién se ha creído que es el hijo de puta ese del jeque? ¿Cree que puede comprarme? ¡Ni de coña! Creía que mi madre quería que fuera independiente. Vaya mierda de hipócrita. ¿Un matrimonio concertado es lo que llama independencia? Jamás seré como ella, jamás inclinaré la cabeza ante nadie. No voy a ser propiedad de nadie, nunca.

—Maha, te juro que como vuelvas a utilizar ese tipo de palabras estaremos en la mezquita dentro de cinco minutos.

—¡Por Dios bendito, tía Hafsah! ¿Has visto al Karim ese? Se parece a Chewbacca, pero en peor. Es bajo, gordo, feo y huele. Por no hablar de lo imbécil que es.

—Maha, por favor, cálmate. Es el hijo del jeque Ibrahim, es muy rico y el heredero de una gran fortuna. Tendrás la vida asegurada.

—¿Crees que me importa el dinero? Bueno, pues los idiotas de mis padres y tú estáis muy equivocados. No me casaría con él ni aunque tuviera un trillón de libras. Ni siquiera pude mirarlo durante la cena. Es un engreído. Me sentí como si fuera un camello o un caballo y me estuvieran mirando la dentadura. No tengo nada de que hablar con él. Es un niño malcriado. No lee, seguro que ni sabe escribir. Es un tratante de camellos que ha tenido la suerte de que su padre encontrara petróleo en el desierto.

—Sé que te resulta difícil entender los matrimonios concertados, pero forman parte de la cultura de Oriente Próximo. El mío lo fue y con el tiempo llegué a querer mucho a Farhan.

—¿Con el tiempo llegaste a querer al tío Farhan? —la remedí—. Así que mi padre intenta controlar mi vida otra vez. ¿Qué ha hecho? ¿Cambiarme por un rebaño de camellos? No soy tonta. Mi padre me ha vendido. ¡Dios! ¿Cómo pueden pasar estas cosas? ¿Y por qué no me defiende la idiota de mi madre? ¿Por qué se queda asustada como un ratón y acepta todo lo que dice y hace mi padre?

—Y, puesto que pareces saber todas las respuestas, a ver si me explicas esto: ¿por qué no se aclara mi padre sobre lo que quiere de mí? Por un lado le gustaría que fuera una perfecta niña musulmana para poder venderme a un gordo y maloliente beduino. Muy bien, si eso es lo que desea, entonces tendría que haberme puesto un *chador* y haberme dejado en casa con una mujer que me enseñara a coser, cocinar y tener hijos...

—¡Maha, por favor!

—Pero no, por otro lado le gusta presumir delante de sus amigos y me envía a estudiar a Occidente. ¿Qué es lo que quiere? ¿Una perfecta musulmana educada en Occidente vestida con un *chador* que pueda hablar de historia, arte y literatura y al mismo tiempo se comporte como una esclava, como la esclava en la que ha convertido a mi madre? Él es el culpable de que le tenga miedo a su propia sombra —estaba fuera de mí—. ¡Vaya mierda! No se puede tener el oro y el moro.

—¡Ya basta, Maha! Vas a tener que hacerlo. Es nuestra cultura, nuestras tradiciones. Anunciarán tu compromiso con Karim el viernes día 15 y vendrá toda su familia.

El 15 de mayo de 1980, fui prometida oficialmente a Karim Al-Mansour, sobrino del emir de Kuwait. Karim, sus dos hermanos, Abdullah y Mohammad, su madre y algunas otras mujeres de la familia llegaron a casa de Hafsah y Farhan, demasiado arreglados, demasiado acicalados y con demasiados regalos. El padre de Karim no acudió, el negocio con Anwar estaba hecho y no creyó necesario estar presente en la ceremonia. Hafsah se deshizo en disculpas por la ausencia de Anwar y Zahra, y adujo que su otra hija, Jehan, no se encontraba bien y que por eso habían tenido que irse a toda prisa a Karachi.

Estaba tranquila. Me había puesto un vestido bonito y Hafsah me había ayudado a ponerme un poco de maquillaje y a arreglarme el pelo, que todavía era muy corto. Me mostré educada, atenta y callada, la perfecta y recatada novia. Hafsah estaba muy sorprendida. Esperaba que me mostrara hosca y arisca, y le alivió y alegró que me comportara con tanto decoro. «Me gustaría saber lo que está pensando y qué es lo que guarda en la manga», pues sabía que ese cambio radical era pura fachada.

En efecto, estaba actuando, ganando tiempo. Al igual que Laila y después Zahra habían hecho en las primeras fases de sus respectivos matrimonios. Me había inventado el papel que iba a desempeñar, me había disfrazado para la actuación y había salido a escena. Como actriz era tan convincente que cuando la tribu Al-Mansour se fue horas más tarde, no albergaban ninguna duda de que yo había nacido para ser la mujer de Karim.

El jeque Ibrahim había pedido al ulema de la mezquita que fuera a bendecir la ceremonia de compromiso. Cuando Karim puso un anillo con un diamante perfecto de cincuenta quilates en mi dedo, varias mujeres de su familia comenzaron a proferir ululatos.

Continué recibiendo regalos: un collar de esmeraldas y diamantes con pendientes y pulseras a juego; un conjunto parecido, pero con rubíes y diamantes, y cuarenta y ocho brazaletes, todo hecho especialmente para la ocasión con oro de veintidós quilates. Eso era solamente una parte de las joyas. También recibí un baúl lleno de sedas, brocados, chiffon y telas tejidas con oro o con plata.

De repente empezó a faltarme el aire. Había demasiada gente, demasiada comida, demasiadas joyas, demasiado de todo. Me acercaba continuamente a una ventana para respirar aire fresco. No podía creer que me estuvieran haciendo todos aquellos suntuosos regalos. Las joyas ni siquiera me parecían de verdad.

Tuve la sensación de que habían transcurrido muchas horas antes de que la casa se quedara de nuevo vacía. Mi tía y yo nos sentamos en el salón, que estaba lleno de papel de regalo, estuches de joyas de terciopelo rojo y azul marino, y un montón de obsequios abiertos.

—No puedo, tía. No puedo llevar esa vida con ese tipo de gente. Si esto es lo que hacen y así es como se comportan, no podré soportarlo, de verdad.

—Maha, sólo es el principio...

—Por eso mismo. A eso me refiero. ¡Es sólo el principio! ¿Me ves viviendo así? ¿De verdad?

—Ven, Maha.

«No voy a llorar», me dije mientras me acercaba a mi tía. No se dio cuenta, pero apretaba los puños con tanta fuerza que las uñas se me estaban clavando en la piel. Me senté en el suelo frente a Hafsah, que me apartó con cariño el pelo de la cara.

«No voy a llorar», me decía una y otra vez, pero cuando tía Hafsah me levantó la barbilla para mirarme a los ojos, las lágrimas hicieron acto de presencia. No dije nada. Hafsah me abrazó y me acunó dulcemente mientras me acariciaba el pelo.

—Todo saldrá bien, Maha, ya lo verás. Todo sucede por alguna razón, *beti* y todo se solucionará de la forma que quieras, créeme.

Durante una fracción de segundo mi mente se transportó a cuando tenía siete años y estaba haciendo la prueba ante Krishna Maharaji. En aquella ocasión me había sentido igual de abrumada y por mucho que había intentado contener las lágrimas, también las había derramado en silencio. Entonces fue mi madre la que me aseguró que todo saldría bien.

«¿Por qué no está a mi lado? ¿Por qué no es ella la que me abraza?», pensé mientras me dejaba consolar por mi tía.

Después de aquel día no volví a ver a mi novio en muchos meses. Siempre estaba entre París, Londres, Milán y Kuwait. Y yo estaba muy ocupada con los exámenes finales de enseñanza secundaria, estudiando para la prueba de acceso a Oxford y Cambridge, y preparando la coreografía de una nueva obra con Krishna Maharaji.

Una cálida tarde de verano, después del tremendo esfuerzo que había hecho en Kathak Kendra, —se había ido la luz y tuve que bailar sin ventiladores, hube incluso de cambiarme cuatro veces de ropa a lo largo del día de todo lo que había sudado—, estaba descansando en casa de «tía» Nilofer. Me alegré de poder disponer de la casa para mí sola. Nilofer y Mahesh Bharany disfrutaban de la temporada de verano en Simla y me habían dejado al cargo de Laxmi, la doncella.

Me refrescaba con un vaso de limonada en el jardín, cuando apareció Laxmi.

—*Maha bibi, aap ka fone hai...*

231

«¿Quién demonios me llamará», pensé mientras entraba en la casa.

—¿Dígame?

—¿Maha? —preguntó una voz masculina.

—Sí, soy yo.

—¿Qué tal estás?

—¿Con quién hablo?

—Soy Karim.

—¿Qué Karim?

—Karim Al-Mansour, tu novio.

«¡Maldita sea!», me reprendí a mí misma. Me había olvidado por completo de él, del compromiso y de cualquier cosa que tuviera relación con aquello. Estaba tan enfrascada en la danza y tan feliz en Delhi, a pesar del calor y el monzón, que Londres y todo lo que había ocurrido allí eran ya un vago recuerdo.

—Sí, claro... Lo siento. La doncella acaba de despertarme, estaba echando una siesta.

—¿Qué tal estás?

—Bien.

—Estupendo. ¿Vas de compras?

—No.

—¿Lo pasas bien?

—Sí, esto es muy bonito.

—Pues me han dicho que hace mucho calor y mucha humedad, y que estáis en temporada de monzón.

—Sí, pero a mí me gusta.

—Estoy en mi yate en Montecarlo y vamos a Mallorca.

—Me alegro por ti.

—Me encanta el yate nuevo. Es mucho más grande, mucho más cómodo, hay más tripulación...

«¡Por favor, que pare ya! Este tío es subnormal!»

—Bueno, sólo te llamaba porque estamos a 15 de junio y llevamos un mes prometidos. Quería desearte un feliz aniversario.

Oí unas risitas femeninas de fondo y que alguien pedía más champán.

—Muchas gracias, querido novio, te deseo lo mismo —aseguré cargando mis palabras con una buena dosis de sarcasmo.

—Con un poco de suerte estaré de vuelta en Londres en otoño y podremos vernos allí.

—Gracias por llamar, Karim.

—Me alegro de oírte... —Y colgué antes de que pudiera acabar la frase.

El verano transcurrió sin grandes cambios. Hacía grandes progresos con Maharaji en la obra que ensayábamos y, sin darme cuenta, llegó septiembre y mi regreso a Londres.

—¿Cuándo volveré a verte, mi pequeña maharaní? —me preguntó el maestro el último día.

—*Guru sahib*, volveré en diciembre y después en marzo, durante las vacaciones de Semana Santa y también en verano.

—No te olvides de nada.

—*Guruji*, ¿he olvidado alguna vez algo de lo que me habéis enseñado?

Krishna Maharaji se echó a reír y meneó la cabeza.

—Puede que algunos pasos...

Aterricé en Heathrow y volví directamente a Bedales. No levanté los ojos de los libros hasta la prueba de acceso a Oxbridge, en noviembre de 1980. A pesar de no haber acabado todos los exámenes del bachillerato superior, quería quitarme de en medio la prueba de la universidad cuanto antes. Fui aceptada en el Saint Catherine's College de Cambridge para el curso que comenzaba en septiembre de 1982.

—Karim te ha enviado un brazalete de Cartier y sus padres un collar de diamantes de Van Cleef —me comunicó mi tía cuando me llamó para felicitarme.

—¿Qué se supone que debo hacer?

—No te alteres.

Volví a Delhi durante las vacaciones de Navidad y enseguida llegó la Semana Santa de 1981 y me reencontré de nuevo con mi querido *guruji*. Durante todo ese tiempo no tuve noticias de Karim, aunque mi tía iba informándome de todas las joyas que me enviaba. No me interesaban en absoluto. Estaba demasiado concentrada en el proyecto que coreografiaba junto a Maharaji.

Empezamos a trabajar en él en el verano de 1980. Era una obra cuyo embrión había sido mi viaje a Andalucía. Mi entusiasmo por el flamenco inspiró al maestro para hacer algo a

233

gran escala con su compañía. Se trataba de un viaje artístico a través del tiempo, que combinaría música, danza y canciones. Comenzaría con los *kathakars* de los templos de la India y terminaría en las cuevas del Sacromonte en Andalucía, un encuentro de las dos culturas que mostraría la forma en que la más antigua influyó en la más moderna.

El primer aniversario de mi compromiso con Karim Al-Mansour fue el 15 de mayo de 1981. El jeque Ibrahim quería ofrecer una suntuosa fiesta en su palacio de Kuwait, pero uno de sus hermanos había fallecido a principios de ese mes y como el desierto era demasiado caluroso en esa época del año, pensó que era más acertado suspenderla.

Respondí a la llamada de Karim ante la insistencia de mi tía, que me colocó el teléfono en la oreja a pesar de todas mis protestas. Nos deseamos un feliz aniversario y Karim me envió más joyas. Cuando llegó el estuche y lo abrí era un collar de diamantes amarillos, con anillo, pendientes y brazalete a juego.

—La verdad es que es muy bonito, tía.

Hafsah me miró para cerciorarse de si hablaba en serio.

—¿Qué has dicho?

—Que es muy bonito. Me gusta porque es muy sencillo y no horrible y de mal gusto como el resto.

—Puede que las otras joyas lo sean, pero las piedras preciosas valen miles, si no cientos de miles de libras —comentó Hafsah pensando en si cabría la remota posibilidad de que cambiara de opinión respecto a la boda con Karim.

—¿Te lo vas a poner?

—Bueno, a lo mejor me lo pruebo —dejé entrever sonriéndole.

—Estás guapísima —aseguró Hafsah después de ayudarme a ponérmelo.

—A quién crees que me parezco, ¿a mi madre o a mi padre? —pregunté mirándome en el espejo.

Hafsah no supo qué decir. Tengo los ojos de mi madre, pero soy la viva imagen de Ajit.

—Eres muy guapa, Maha y eres tú misma.

—Pero ¿a quién me parezco?

La salvó el teléfono, que empezó a sonar. Era Zahra que quería desearme un feliz aniversario.

234

Antes de coger el auricular que me ofrecía tía Hafsah dije en voz lo suficientemente alta como para que mi madre lo oyera:

—No se acuerda de mi cumpleaños, pero sí del día que me vendió al mercader de camellos.

—Feliz aniversario, Maha.

—Gracias.

—¿Qué tal está Karim?

—No tengo ni idea.

—¿No lo has visto?

—No.

Hafsah, que siempre actuaba de árbitro, me quitó el teléfono, pues estaba claro que no teníamos demasiado que decirnos.

En noviembre de 1981 el invierno castigaba Londres. Había acabado los exámenes de bachillerato superior y estaba pasando el fin de semana con mis tíos antes de marcharme a Delhi, cuando Karim llamó diciendo que estaba en la ciudad y que le gustaría pasar para tomar un café.

235

Hafsah tiró la casa por la ventana para organizar la recepción. Cuando llegó, lo saludó efusivamente y se sentó con él hasta que aparecí. Me comporté de forma encantadora.

«¡Caray! —pensó Hafsah—. ¡Menuda actuación!»

—Querido prometido, cómo me alegro de verte después de tanto tiempo.

—Estás guapísima —me saludó cogiéndome las manos y dándome un beso en cada mejilla—. Pero ¿dónde está el anillo? ¿Por qué no lo llevas puesto?

—Lo siento, Karim. He llegado tarde a casa, me lo he quitado en el baño y después he olvidado volver a ponérmelo.

Karim parecía alicaído.

—Ahora mismo voy a buscarlo.

Subí deprisa a la habitación de mi tía, abrí la caja fuerte, saqué el anillo y me lo coloqué en el dedo. Era la primera vez que me lo ponía desde que me lo había regalado hacía dieciocho meses.

—¿Has estado viajando mucho, Karim? —pregunté a mi regreso en un intento por mantener una conversación civilizada.

Hafsah se retiró para dejarnos solos, aunque permaneció cerca de la puerta por si era necesario intervenir.

—Sí, ahora que mi padre ha comprado un avión es muy fácil, ya no tengo que preocuparme por las compañías aéreas. ¿Y tú, has estado haciendo compras para la boda? ¿Has elegido las joyas que quieres llevar? ¿Y el vestido? Ya sabes que puedes elegir al diseñador que quieras...

—La verdad es que no, odio ir de compras y no me importan nada las joyas, como puedes ver.

—¿Y qué otras cosas has estado haciendo? Las mujeres que conozco se pasan la vida de compras con el dinero de sus padres o de sus maridos —continuó Karim.

—He estado en Delhi trabajando en una nueva coreografía con mi gurú, Krishna Maharaji.

—¿Qué?

—Soy bailarina de *kathak*, llevo bailando desde los siete años y empecé a hacerlo de forma profesional hace cuatro.

—¿Cómo? ¿Por eso vas a Delhi tan a menudo? ¿Sales a un escenario y bailas delante de la gente?

—Sí, Karim, es lo que hacen los artistas y los intérpretes.

—Creía que ibas allí a ver a tus parientes —dijo con voz entrecortada—. Bailar delante de la gente es a lo que se dedican las prostitutas en los burdeles.

No daba crédito a mis oídos, pero mi voz no se alteró.

—Si supieras algo del *kathak*, te habrías enterado de que es una antigua expresión artística que nació como danza religiosa en los templos de la India y después evolucionó hasta convertirse en una hermosa mezcla de música, poesía y baile bajo los auspicios de los emperadores musulmanes de la India. —Me di cuenta de que no se enteraba de nada y cambié de tema—. Me presenté a los exámenes de Oxbridge en diciembre y me aceptaron en Saint Catherine's en febrero, así que empezaré en Cambridge en septiembre del año que viene. He elegido Historia. También he acabado todos los exámenes de bachiller superior con muy buenas notas.

—Pero, Maha, ¿para qué haces todo eso? Es una pérdida de tiempo. Cuando estemos casados lo único que tendrás que hacer es darme hijos y criarlos —aseguró Karim, que estaba realmente sorprendido.

En ese momento fue cuando perdí los estribos.

—¿Quién cojones te crees que eres? ¡Toma, imbécil hijo

de puta! —grité tirándole el anillo—. Llévatelo y cómprate una esclava en el mercado o, mejor, cómprate un camello. Y mírale bien los dientes, que seguramente los tendrá tan sucios y asquerosos como los tuyos, ¡inútil! ¡Das pena! ¡Fuera de mi vista! ¡No me casaría contigo ni por todo el oro del mundo!

Me abalancé sobre él, lo saqué a empujones de la habitación y le di una patada en el culo que le hizo perder el equilibrio. Karim cayó al suelo y se le ladeó el *keffiyeh*. Se puso de pie como pudo y corrió hacia la puerta perseguido por mí, que no dejaba de lanzarle insultos a voz en cuello, hasta que consiguió subir al coche y salir de allí.

Volví a la casa y miré a mi tía. Muy a su pesar, Hafsah se echó a reír, me contagié de su risa y las dos continuamos así hasta que se nos cayeron las lágrimas.

—Le he dado en el culo con todas mis fuerzas —dije, y las dos volvimos a reír a carcajadas, a pesar de saber que nuestras risas serían efímeras.

Las repercusiones fueron nefastas. Al día siguiente Anwar Akhtar llamó por teléfono y me repudió. Lo había deshonrado y humillado, me había comportado como una ignorante mujer de la calle, lo había desacreditado y avergonzado.

—Ya no te reconozco como miembro de esta familia. No volveré a hablarte ni a mirarte a la cara nunca más.

Aquél fue el final de mi relación con Anwar Akhtar. Tenía quince años.

Tras la debacle de la ruptura de mi compromiso, tenía por delante nueve meses antes de empezar en Cambridge, así que en diciembre de 1981 volví a Delhi. En abril de 1982 había acabado la coreografía de mi nueva obra y buscaba nombres para ella con mi maestro.

Un día, durante los ensayos en Kathak Kendra, de repente Maharaji empezó a tener problemas para respirar.

Dejé de bailar.

—¿Estás bien, guruji?

—Maha, *meri jaan*, no puedo respirar... Tengo un horrible dolor en el pecho.

Avisé a gritos al *chaprassi* para que pidiera una ambulancia y llamara a los médicos que había en un hospital cercano.

—*Guruji*, ya vienen, la ayuda está de camino. Resiste, resiste, cógeme la mano, no te vayas por favor.

Los ojos se me llenaron de lágrimas. Lo tenía entre mis brazos. Noté que el corazón se le aceleraba, pero no sabía que se le había roto la aorta y se estaba ahogando en su propia sangre conforme ésta entraba en la cavidad corporal.

—Maha, *meri beti*, mi estrella —balbució sin soltarme la mano.

—No hables, por favor, *guruji*. Guarda las fuerzas —supliqué conteniendo las lágrimas, aunque notaba que se iba.

—Prométeme que acabarás la obra —me pidió con dificultad.

—Te lo juro, Maharaji, la acabaré —aseguré sin dejar de temblar.

—Sé feliz. Eres mi pequeña maharaní. Te cuidaré siempre desde el lugar al que me dirijo...

—¡Maharaji! ¡Maharaji! ¡No! ¡Por favor! No puedes irte, no queda nadie, por favor, no puedes dejarme sola —gemí antes de desplomarme sobre su pecho.

Krishna Maharaji recibió todos los rituales de enterramiento de los brahmanes hindúes y yo misma esparcí sus cenizas en el Ganges. Vestida con un sencillo sari de algodón, encendí una velita, la coloqué sobre una flor de loto y dejé que se alejara con la corriente del gran río, uno de los símbolos imperecederos de la antigua civilización.

—Tu gurú cuida de ti —aseguró uno de los sacerdotes del templo.

—¿Cómo puede hacerlo, pandit? Se ha ido.

El sacerdote meneó la cabeza y sonrió.

—*Nahin mahaji* —respondió con amabilidad—, siempre estará contigo. Ahora ya lo está. Está en tu corazón.

Después de aquello, no volví a bailar *kathak* y pasó un cuarto de siglo antes de que volviera a ponerme unos *ghungroos*.

Capítulo doce

*R*egresé a Londres el 17 de mayo de 1982. A pesar de que me habían aceptado en el Saint Catherine's College de Cambridge, ya no deseaba seguir viviendo en Inglaterra. Además, no sabía cómo pagarme los estudios, puesto que mi padre había retirado el fondo depositado en un banco de Londres para costeármelos. No sabía adónde ir, mis padres vivían en Karachi, pero aquélla no era mi casa y, por si fuera poco, me habían repudiado, así que ya no podría volver allí nunca más. Había pasado mucho tiempo en casa de mi tía en Londres, pero ése tampoco era mi hogar. Delhi me había gustado, había sentido adoración por Krishna Maharaji y me había encantado bailar porque la combinación del lugar, mi maestro y mi pasión me habían aportado la seguridad y estabilidad que jamás me habían dado mis padres. Mientras que mi padre había intentado imponerme sus ideas sobre lo que se podía y no se podía hacer, Krishna Maharaji me había ofrecido libertad. Pero una vez desaparecido, Delhi tampoco era mi hogar.

Cuanto más pensaba, más cuenta me daba de que no tenía un hogar. Me pregunté cómo sería tener uno, un refugio, un lugar al que acudir cuando te sientes solo o asustado, o necesitas reflexionar. Me pregunté qué se sentiría al meterse en la cama en la que uno ha dormido de niño y tener una madre que te arrope y te dé un beso de buenas noches.

Me sentía desarraigada e intranquila, y no sabía qué hacer.

Una de las cosas que tenía pendiente era volver a Bedales para recoger una mochila llena de papeles y libros, pero hasta mitad de junio no encontré el momento para subir al tren. No esperaba ver a nadie conocido, puesto que las vacaciones de verano ya habían comenzado, pero cuando entré en el vestíbulo principal me tropecé con Margery McKenna, mi profesora de Historia, una escocesa con marcado acento de Glasgow, grandes y alegres ojos azules, y una revuelta mata de pelo leonada.

—¡Maha! —exclamó sorprendida—. Me alegro de verte. ¿Qué demonios haces aquí? ¿No deberías estar en Delhi?

Margery se había casado hacía poco con un paquistaní. Lo habían hecho en segundas nupcias los dos y Margery no sólo había adoptado el apellido de su marido, sino que había accedido a ir a Pakistán. Ambos estaban de acuerdo en que aquel país les ofrecería una vida mejor que la que pudieran tener en las frías y grises Inglaterra o Escocia.

Conocía a Hasan Rehman y me caía muy bien. Profesor de Ciencias Políticas, era una persona apacible e inteligente que trataba a todo el mundo por igual. Sentía una innata curiosidad por la gente y, a diferencia de mi padre, también paquistaní, me animó a que le hablara de mi experiencia en la danza. Durante los años que pasé en Bedales preparando los exámenes finales de bachiller superior establecí una buena amistad con ellos y fue Margery la que me sugirió que eligiera Historia en Saint Catherine's.

—¿Qué tal esta, señorita Rehman? —pregunté antes de darle un abrazo.

—Bien, muy bien. Empaquetando y preparándome para mi nueva aventura. ¿Y tú? ¿Ya estás lista para ir a Cambridge?

Me cambió la expresión de la cara.

—¿Qué pasa, Maha?

—¿Podría hablar con usted un momento, señorita Rehman?

—Por supuesto, querida. Estoy segura de que en algún sitio encontraremos una taza de té.

Hablé, hablé y hablé, y me desahogué con ella. Le hablé de mi madre, de mi padre, de mi vida, de mis pasiones, de que mi padre me había repudiado, de tía Hafsah, de que *guruji* había muerto en mis brazos y de todo lo que era importante para mí.

—Aquí ya no me siento en casa, no sé lo que estoy buscando y ni siquiera sé dónde está mi hogar. ¿Qué debería hacer, señorita Rehman?

—Sé de lo que me hablas, Maha. ¿Por qué crees que voy a Pakistán? Tengo cuarenta y cinco años y me he casado con un hombre completamente diferente a mi primer marido, Jimmy, Dios lo bendiga. Yo también necesito ir a algún lugar en el que no haya estado nunca y experimentar algo nuevo.

—¿Tiene miedo, señorita Rehman?

—Muchísimo.

—¿Y si no sale bien?

—Bueno, Glasgow no se va a mover de su sitio. Seguirá donde está, gris, deprimente y húmedo, y siempre habrá muchos Jimmys. —Nos echamos a reír y luego callamos.

—Maha —dijo después Margery con tono serio—. No te voy a decir lo que tienes que hacer ni a tomar decisiones por ti, pero ¿has pensado alguna vez en ir a Estados Unidos?

—La verdad es que no —contesté sorprendida—. Siempre me habían metido en la cabeza ir a Cambridge.

—¿Has estado alguna vez en Estados Unidos?

—No, nunca.

—Hace un tiempo cogí un año sabático y fui a enseñar Historia un par de cursos a una universidad femenina de las afueras de Filadelfia llamada Bryn Mawr. Es excelente. Sólo hay trescientas chicas por clase y es muy, muy académica. Puede que sea lo que necesitas para despejarte la cabeza.

—Pero, señorita Rehman, ¿cómo voy a pagarla? Mi padre me ha desheredado por completo —aduje poniéndome de pie.

—¿Y cómo pensabas pagar Cambridge?

—Mi padre puso dinero en un fondo antes de desheredarme, pero sólo si iba a Cambridge. Ahora ni siquiera tengo eso.

—¡Qué cabrón! —murmuró para sus adentros—. Lo siento, querida —añadió conteniéndose.

—Tiene razón, señorita Rehman, es la palabra que mejor lo describe —la disculpé.

—Las universidades norteamericanas ofrecen ayuda financiera o becas a sus alumnos —continuó Margery—. Tendrás que solicitarlo por separado y justificar la necesidad de ayuda, pero ¿quién sabe?, a lo mejor tienes suerte.

Aquella misma tarde decidimos que iría a pasar una temporada con ellos y Margery me ayudó a completar las pruebas requeridas, a rellenar los formularios, incluidos los de las becas, y a redactar el trabajo. El único problema era que estábamos en junio y las universidades estadounidenses sólo aceptaban solicitudes en noviembre para el curso que empezaba en septiembre.

—¿Qué hago? ¿Tendré que esperar hasta septiembre de 1983? No puedo, me volveré loca.

—Espera, deja que llame a la decana de Bryn Mawr. Si no te importa le explicaré tus circunstancias personales. Tienes un historial académico impresionante.

También me sugirió que rellenara solicitudes para otras universidades en las que ella o su marido conocían al decano o a alguien del consejo escolar, de esa forma siempre podría enviarles una carta explicándoles mi situación personal.

—Por si acaso, jovencita, nunca se sabe —sugirió guiñándome un ojo.

Esperé con paciencia. Todos los días me acercaba al buzón para ver si había llegado alguna carta, de donde fuera. Pero esperar no era precisamente una de mis virtudes y empecé a impacientarme.

—¿Por qué no han contestado, señorita Rehman? A lo mejor piensan que soy una idiota.

—Venga, no seas tonta, espera. Seguro que algo pasará.

Y tenía razón.

La decana de Bryn Mawr, Mary-Pat MacPherson, me admitió para la promoción de 1986, por mi historial académico y por el trabajo que había redactado. Y, debido a mis circunstancias personales, me habían concedido una beca completa. Mi primer curso en la universidad empezaría en septiembre.

También me habían aceptado en Princeton, Berkeley, Vassar y Dartmouth, todas con ayuda financiera.

—¡No puedo creerlo! —grité entusiasmada—. ¡No me lo puedo creer!

Me puse a bailar en la cocina agitando las cartas frente a Margery—. ¿Qué hago? No creía que fueran a... ¿Qué hago?

—Ve a Bryn Mawr —me aconsejó—. La formación es buena y aprenderás mucho. Además, Kate Hepburn estudió allí. Quien sabe, a lo mejor tienes suerte y te dan la misma habitación que a ella.

Y

El 1 de agosto de 1982 compré mi billete de ida a Nueva York. El día antes de salir de Londres fui a casa de mis tíos para despedirme.

—No acabo de hacerme a la idea de que te vayas a Estados Unidos —confesó Hafsah—. No entiendo por qué quieres irte tan lejos de lo que conoces y de tu familia.

—Tía, necesito ir a un sitio nuevo. Necesito saber cuál es mi lugar. Busco algo, pero no sé lo que es. Quizá lo encuentre allí.

Aproveché para recoger algunas de las cosas que todavía tenía allí. Entre ellas un ajado koala de peluche que Kimberly, la amiga de mi madre, me había regalado en Sydney cuando era niña. También cogí el osito que guardaba desde que tenía dos años. «Pobre Jude —pensé al verlo—. Ha pasado por lo mismo que yo. Le he dicho de todo. Le he gritado. He llorado sobre él, y sigue conmigo.» Otra de las cosas que me llevé fue el cofre de cuero que mi madre había insistido en que me comprara mi padre en Granada.

Lo abrí y me invadió de nuevo el olor a flores de naranjo de los jardines de la Alhambra. En el interior había una foto mía en brazos de mi madre. Lo cerré rápidamente. Eché un vistazo a mi alrededor y di gracias por el refugio que me había proporcionado aquella habitación durante mis años más duros.

El taxi me estaba esperando y yo corrí escaleras abajo.

—Bueno, ya está —dije mirando a mi tía.

Hafsah me abrazó con lágrimas en los ojos.

—Dios te bendiga, Maha. Ya sabes que estaremos aquí siempre que nos necesites.

Intenté no derrumbarme. No sabía cuándo volvería a ver a mis tíos. Les di un abrazo sin entretenerme demasiado por no prolongar la despedida y subí al taxi que me llevó a casa de los Rehman, en Bedales. Al mirar el paisaje londinense no pude contener más las lágrimas. Saqué a Jude del bolso y lo abracé, como hacía desde niña siempre que estaba triste.

Tres semanas más tarde Margery y Hasan Rehman fueron a despedirme a Heathrow. Margery me abrazó y se echó a llorar cuando nos separamos, y yo intenté contenerme de nuevo.

243

No me gustaba que me vieran llorar porque me parecía que las lágrimas eran una muestra de debilidad. Crecí viendo la tristeza en el rostro de mi madre y las casi constantes lágrimas de sus ojos, y me había jurado que nadie vería las mías, si podía evitarlo.

Pero cuando el avión despegó, empecé a sollozar sin poder remediarlo. Finalmente desahogaba toda la angustia que había sentido a lo largo de mis diecisiete años. El dolor y la pena conseguían que me temblara todo el cuerpo.

Una de las azafatas me trajo pañuelos, agua y zumo.

—¿Estás bien, cariño? ¿Puedo ayudarte en algo? —preguntó arrodillándose a mi lado.

La miré y sentí de nuevo cómo las lágrimas humedecían mis mejillas.

—Echo de menos a mi madre. Me gustaría estar con *umma*.

Lloré casi todo el viaje hasta Nueva York. Las azafatas pensaron que quizá mi madre había fallecido hacía poco e hicieron todo lo que pudieron por consolarme.

Cuando el avión sobrevoló la ciudad, miré por la ventanilla y lo que vi me aterrorizó. Era una auténtica jungla de cemento. Casi todo lo que sabía de Estados Unidos lo había visto en *Kojak*, *Starsky y Hutch*, *Chips patrulla motorizada*, *Hawai 5-0*, *Los ángeles de Charlie* y otras series de televisión que habían cruzado el Atlántico.

Mi corazón latía a toda velocidad cuando aterrizamos en el aeropuerto JFK. Esperé en una larga fila para pasar el control de inmigración, y me maravillé al oír todos los acentos e idiomas imaginables.

En 1982 Nueva York parecía «el destino». Todo el mundo quería ir allí, hacerse rico y tener éxito veloz, como J.R. Ewing, el protagonista de *Dallas*. Todos querían vivir su propia versión del sueño americano.

Recogí la maleta y salí fuera. Margery Rehman me había dado unos cientos de dólares, al igual que Hafsah y Farhan, así que de momento me sentía bastante segura. La señorita Rehman también me había indicado con precisión cómo llegar a Bryn Mawr.

—Ten mucho cuidado con el bolso —me advirtió— y coge

sólo taxis amarillos. Los reconocerás fácilmente, son de color amarillo brillante.

—Ya sé cómo son, señorita Rehman —la tranquilicé—. Los he visto en la tele.

Me encaminé hacia la cola para coger un taxi con aquellas palabras en la mente. Todo era tan nuevo y diferente que no sabía muy bien hacia dónde mirar. Me llevé el primer sobresalto al cruzar la calle. Como de costumbre, miré hacia la derecha, y de repente oí el chirrido de unos frenos y un hombre de color con un sombrero de fieltro, estilo años setenta, sacó la cabeza por la ventanilla del coche que casi me había atropellado.

—¡Tenga cuidado, señorita! ¿Dónde cree que está? Esto no es su cuarto de estar. —No pude evitar reírme—. ¡Venga, muévase! ¡No tengo todo el día!

Una vez a salvo en la acera, miré de nuevo la nota que me había dado la señorita Rehman. Debía subir a un taxi hasta la estación Pensilvania en Manhattan, allí coger un tren de la Armtrak hasta Filadelfia y en la estación de la calle 30 cambiar de tren y subir a uno de la Conrail que hacía el trayecto por la Main Line, una serie de pueblos ricos en la parte oeste de las afueras de Filadelfia. Bryn Mawr, pueblo y universidad, se encontraban en esa línea.

Por fin me llegó el turno para el taxi, uno amarillo.

—A la estación Pensilvania, en Manhattan —dije al conductor con la voz más firme que fui capaz de articular.

—Ok, señorita, ya estamos —dijo el taxista cuando llegamos y miré por la ventanilla.

No me había dado cuenta de que habíamos ido desde Queens a Manhattan. Sabía que habíamos cruzado un puente, pero no tenía ni idea de que Nueva York tenía cinco distritos, con Manhattan en el centro.

—¿Ya estamos dónde? —pregunté.

—Donde me dijo que la trajera, la estación Penn, ¿no?

—¡Ah! —exclamé consultando el papel—. ¿Sabe cómo puedo llegar a los trenes?

—Baje por esa escalera, siga recto y verá los mostradores de billetes.

—Muchas gracias.

—De nada. Mucha suerte, señorita.

245

Cogí la maleta, bajé a la grande y tenebrosa estación, e inmediatamente me perdí del todo. Cada vez que preguntaba dónde estaba la estación la gente me miraba como si estuviera loca. Hubo quien ni siquiera se molestó en detenerse y pasó a mi lado como si nada. Me quedé en medio de aquel mar de personas sin saber qué hacer ni dónde ir. Todo el mundo parecía muy ocupado y no andaba, prácticamente corría, nadie miraba a los ojos ni se paraba para decir «lo siento» si se tropezaba conmigo. De hecho, la mayoría de las veces se volvían y me lanzaban una mirada como diciendo: «¿Qué demonios haces ahí en medio?».

Finalmente vi a un policía. «Bueno, espero que pueda ayudarme.» Cuando me acerqué me sorprendió descubrir que llevaba una pistola. Era la primera vez en mi vida que veía a un policía armado, los británicos no lo están.

—Esto..., perdone, señor. ¿Podría decirme dónde está la estación Pensilvania?

—Está en ella —contestó sin mirarme.

—¡Ah! ¿Y dónde están los trenes?

—Ésta es la parte subterránea.

—Esto... ¿Y cómo subo a un Armtrak?

Indicó con el pulgar a la derecha sin mover la cabeza y cuando miré en esa dirección vi los mostradores de billetes al otro lado del largo pasillo. Estaban allí mismo, pero con tanta gente, el ruido, las prisas, el bullicio y el ajetreo no los había visto.

—Muchas gracias, oficial —dije aliviada.

Por fin llegué a Bryn Mawr. En el andén busqué con la mirada sin saber muy bien qué encontrar. Tenía la esperanza de que hubiera ido alguien a recogerme o, al menos, ver quién me pudiera indicar cómo llegar hasta la universidad. Me habían pedido que llegara unos días antes del comienzo oficial de la semana informativa para estudiantes extranjeros, y temí que se hubieran olvidado de mí. Pero decidí esperar un poco antes de llamar a secretaría y me senté en un banco a la sombra para admirar la hermosa gama de verdes que había alrededor: la hierba, los árboles y la multitud de plantas en flor que salpicaban de color el follaje. Me fijé en unas pintorescas casas con inmaculados jardines delimitados por vallas blancas que se veían a lo lejos. Era la Norteamérica rural, tal y como la había imaginado.

—*Ciao!*

La voz me devolvió al presente y topé con la cintura de una persona justo enfrente. Alcé la vista y me encontré con la cara de la chica que había visto apoyada en una farola fumando un largo y fino cigarrillo. Llevaba unos pantalones piratas muy ajustados, una camiseta corta entallada, sin sujetador, y unos zapatos de color verde metálico con tacones de doce centímetros. Unas grandes gafas de sol y un corte de pelo entre sexy y descuidado remataban su conjunto.

—*Ciao* —repitió—. *Che cazzo sto facendo qui?* —murmuró de forma casi imperceptible, aunque pude oírlo.

—Yo tampoco sé qué demonios estás haciendo aquí, pero si me lo cuentas, a lo mejor puedo ayudarte —le dije en mi precario italiano.

—*Parla italiano? Grazie a Dio! Finalmente una persona acculturata! Sono Carla Ciminiera.*

Yo estaba entre perpleja y fascinada. Aquella chica, con sus tacones, medía más de metro noventa.

—*Io sono* Maha Akhtar, *ma mio italiano non e molto bene.*

—*Chi se ne frega.*

—A mí sí que me importa porque me gustaría entender lo que dices.

—¡Cielos! Lo siento. Estaba tan contenta de oír hablar italiano, que no me he dado cuenta de que no lo entiendes.

—No te preocupes —la disculpé—, ojalá no tuviera tan oxidado tu idioma.

—Venga, te ayudaré con la maleta y te diré dónde está recepción y la oficina de matriculación para estudiantes extranjeros.

—No te preocupes por la maleta, casi no llevo nada dentro.

—Pues he tenido suerte, yo vine con cinco.

—Ya, pero tú eres italiana.

Nos entró la risa y supimos que seríamos buenas amigas.

De camino al campus, Carla me contó que había sido la primera en llegar y que el presidente de la Organización de Estudiantes Internacionales había pasado todo un día con ella dándole un curso intensivo para que pudiera orientar a los estudiantes que fueran llegando. Los extranjeros estaban en una residencia aparte para poder verlo todo y aclimatarse a la vida en el campus antes de empezar las clases.

Me adapté enseguida. Carla y yo nos hicimos muy buenas amigas y, a pesar de que ella prefirió vivir en Haverford porque las residencias eran mixtas, nos veíamos todos los días. Me encantaba el ambiente que se respiraba en aquella universidad. Era muy académica, pero también muy liberal. Quizá no fuera tan antigua como Bedales, pero tenía una atmósfera decimonónica y había muchos rincones en los que tumbarse a leer, escribir o simplemente pensar. Me gustaba también el cambio entre la rígida educación británica y el enfoque más relajado de las humanidades en Norteamérica, donde animan a conocer diferentes materias en vez de a entregarse a una desde el principio.

Carla tenía mucho éxito con los chicos. Era exótica, elegante e italiana. Además de ser muy alta, tenía un bonito y redondeado trasero, que solía ser tema de conversación no sólo entre los estudiantes, sino entre el profesorado masculino en un radio de veinte kilómetros, incluida la Universidad de Pensilvania. Resultaba curioso porque Carla opinaba que era muy grande: «*Ma*, Maha, *é grande e pienotto*».

La invitaban a todas las fiestas y al día siguiente solía ir a mi habitación para quejarse de lo simples que eran los chicos, que sólo pretendían tocarle los pechos.

—Por Dios, que no lleve sujetador no quiere decir que esté pidiendo que me toquen las tetas.

—Seguramente estaban borrachos.

—Sí, claro, pero aun así...

Por el contrario, yo no levantaba la vista de los libros. Disfrutaba de beca completa, con lo que pagaba la enseñanza y el alojamiento, pero necesitaba dinero para el día a día. Margery Rehman me enviaba un modesto cheque siempre que podía y Hafsah cien libras todos los meses. Me di cuenta de que la mayoría de las chicas procedían de familias muy ricas y sus asignaciones eran de lo más generosas. Así que para sufragar mis gastos diarios acepté varios empleos en el campus: trabajaba en la biblioteca por las tardes y cinco días a la semana en el turno del desayuno de una de las cafeterías. No me gustaba nada tener que levantarme a las cinco de la mañana para presentarme ante el encargado a las cinco y media y empezar a preparar los cereales, la fruta y la comida caliente, pero cuando recibía mi cheque al finalizar la semana, me sentía muy orgullosa de poder ir al banco a depositarlo.

Más que el dinero, lo que me gustaba era la sensación de independencia que me proporcionaba. Un día pasé por delante de un tablón de anuncios y vi un mensaje de mi tía de hacía diez días. Corrí al teléfono público del recibidor y me aseguré de llevar suficientes monedas.

—Soy yo, tía.

—Hola, Maha, he intentado ponerme en contacto contigo. ¿Por qué no tienes un teléfono en tu habitación?

—Porque no puedo permitírmelo. ¿Qué pasa? ¿Hay algún problema?

—No quiero preocuparte, pero tu madre sufrió una crisis nerviosa en Karachi en julio. Tu padre no nos llamó, así que no nos enteramos hasta finales de agosto. Farhan fue a buscarla y la trajo a Londres, donde la ingresamos en un hospital.

Olvidé el enfado con mi madre y reaccioné de forma instintiva.

—¡Qué cabrón! ¿Cómo se atreve? ¿Cómo es capaz de mantenerla sufriendo en casa y no decírselo a nadie? Te juro que...

—Cálmate.

—¿Voy a Londres?

—No, quédate donde estás. En este momento ni te reconocería. La cuidaremos nosotros, pero he pensado que deberías saberlo.

—Prométeme que me llamarás para decirme qué tal evoluciona.

—Ya sabes que lo haré, no te preocupes. Está bien atendida.

Lo que Hafsah no me contó es que aquella crisis había sobrevenido cuando supo que Ajit Singh había muerto de cáncer en Delhi a finales de mayo de 1982. Farhan se había enterado en una cena y se lo había contado a su mujer. Hafsah fue la encargada de llamar a Zahra para darle la noticia.

Poco después de la llamada de mi tía, solicité que instalaran un teléfono en mi habitación. El único modelo que podía pagar era el de los que sólo permiten recibir llamadas, pero era mejor

249

que nada. Llamé a Hafsah y le informé detalladamente de mi programa y de las horas en las que podría encontrarme.

—Por favor, llámame —le supliqué.

—Pues claro que lo haré, *beti*. Ahora que tienes teléfono puedo llamarte a cualquier hora.

—A cualquier hora no, tía. No estoy siempre en mi habitación.

—Maha, cariño, no te preocupes. Copiaré tu horario en la agenda.

—Tía —pedí finalmente con voz temblorosa—, no dejes que le pase nada, por favor. Me he comportado muy mal. He perdido el contacto con ella y la he tratado de forma horrible siempre que ha llamado...

—Ya sabes que la cuidaré —me tranquilizó—. Y deja de sentirte culpable, no tienes por qué. Además, tú no tienes la culpa.

—¿Cuándo crees que debería ir?

—Mira, *beti*, seamos razonables. Sólo lleva dos semanas en el hospital y tú acabas de empezar el curso en Bryn Mawr.

—Ya, pero...

—Esperemos a octubre. ¿Puedes cogerte unos días para entonces?

—Lo miraré, creo que sí.

—Estupendo —dijo Hafsah, de nuevo con su voz confiada de siempre—. Esperemos hasta entonces. Y tú, jovencita, asegúrate de que hincas los codos, trabajas duro y no te metes en ningún lío.

—Siempre que me prometas que me llamarás y me dirás cómo está.

—Ya sabes que lo haré.

El 7 de octubre de 1982 cogí un avión a Londres, sólo habían pasado dos meses desde que salí de allí. En el aeropuerto de Heathrow corrí a los brazos de mi tía como si no quisiera separarme de ella nunca más. Hafsah me apretó con fuerza y me aseguró que mi madre estaba mejorando.

Mi habitación seguía como la había dejado. Me tumbé en la cama y acaricié la vieja colcha de retales que tía Hafsah y yo habíamos confeccionado hacía casi una década. Tenía el mismo tacto, algo más suave debido a los lavados, y el mismo aspecto, aunque un poco más descolorido. Una vez en casa, empezó a asustarme la idea de ir a ver a mi madre. La última vez que habíamos estado juntas fue en la cena en la que me vendieron al hijo del jeque Ibrahim Al-Mansour hacía dos años.

Aquella misma tarde fui con mi tía al hospital Saint Anthony, la casa de reposo en Surrey en que la habían ingresado. Nada más entrar la vi sentada cerca de una rosaleda, leyendo un libro, con gafas. «Qué curioso —pensé—, no sabía que las necesitara.» Hafsah se acercó a su hermana y la abrazó.

—¡Mira la sorpresa que te he traído! —exclamó haciéndose a un lado.

—¿Maha? —preguntó con verdadera alegría y emoción en la voz—. ¡Hija mía! ¡Has venido! Me alegro de verte. Espera, échate hacia atrás, deja que te vea un segundo. ¡Qué guapa que estás!

—*Umma*... —empecé a decir suavemente antes de inclinarme para abrazarla, pero no supe cómo continuar.

Y Hafsah continuó por mí.

—Acaba de llegar esta mañana, Zahra. Venga, ¿vamos adentro?

Zahra se puso de pie con cierta dificultad y se apoyó en mí. Caminamos despacio hasta su alojamiento, que consistía en un dormitorio y una sala de estar. Hafsah pidió que nos llevaran té y galletas.

—Es muy bonita, *umma*. Mucho más que mi habitación en Bryn Mawr —comenté.

—Pero *beti*, ¿no estabas en Cambridge? —preguntó sorprendida.

Miré a mi tía indecisa.

—Ahora vive en Estados Unidos. ¿Te acuerdas que te dije que era tan inteligente que le habían concedido una generosa beca?

—¡Ah, sí! Lo siento, *beti* —se excusó mirándome como pidiendo disculpas—. Se me había olvidado.

El silencio se instaló entre nosotras mientras tomábamos el té.

A pesar de lo incómodo de la situación, fui a visitarla todos

251

los días que estuve en Londres. Tía Hafsah venía conmigo. Necesitábamos un conciliador después de todos aquellos años sin relación. Durante el trayecto pensaba en lo que le contaría cuando estuviera con ella, pero lo olvidaba nada más verla. Por un lado no sabía muy bien lo que sentía por mi madre, y otras veces, debido a la medicación, me miraba como si no estuviera segura de quién era yo. Tengo que admitir que fue todo un alivio volver a mi rutina en Bryn Mawr.

Algunos meses más tarde, Zahra abandonó el hospital y volvió de nuevo a Karachi con su esposo. Los médicos habían asegurado que estaba recuperada y que si seguía tomando la medicación todo iría bien. Le escribía un par de veces al mes, ya que no podía pagar conferencias telefónicas. No recibí muchas respuestas, sólo alguna llamada el día de mi cumpleaños, pero continué escribiéndole.

A todo esto, mi antiguo prometido, Karim Al-Mansour, se había trasladado a Nueva York. Había comprado un ático dúplex en la Quinta Avenida, con una vista espectacular a Central Park desde una terraza más grande que cualquier apartamento de la mayoría de la gente. Gracias a los contactos de su padre trabajó durante un tiempo en el Banker's Trust.

Mientras gastaba cientos de miles de dólares en decorar su nueva casa, llamó a uno de sus «amigos a sueldo» para que me vigilara. Mi rechazo seguía doliéndole. Ninguna mujer lo había tratado así y estaba decidido a enterarse de por qué me había comportado de aquella forma. Tras algunas averiguaciones, su amigo Nabil se enteró de dónde estaba. De repente, en noviembre de 1982 empezaron a verse a unos tipos con traje negro, camisa blanca y corbata negra en el campus de Bryn Mawr. Parecían agentes del Servicio Secreto y algunos estudiantes empezaron a preguntarse a quién estarían protegiendo.

Por mucho que lo intentaran, Nabil y su equipo no conseguían encontrar nada que me delatara, porque me dedicaba a trabajar, estudiar y dormir. Cuando Nabil informó a su jefe después de una vigilancia de seis semanas, éste no quiso creerlo.

—¡Es imposible! ¿Por qué ha venido a Estados Unidos?

Tiene que ser por un hombre. No hay otra explicación. Vuelve y vigílala de cerca. Si es necesario, interrógala.

—Pero jefe, si lo hago pondrá una queja por acoso. Es una universidad femenina.

—¡Me importa una mierda! ¡Ve allí! Llévate una cámara, consigue algo. ¡Ya!

—Por favor, jefe, estamos en Estados Unidos.

—¡Sal de mi vista, cobarde! Tráeme algo o te cortaré los huevos y se los echaré a los buitres del desierto.

Nabil y sus hombres de negro volvieron a Bryn Mawr con cámaras de foto y de vídeo. Yo hacía lo mismo día tras día. Salía de la residencia a las cinco y veinticinco de la mañana, para ir a la cafetería Erdman Hall donde trabajaba hasta las diez, hora en que iba a clase. Después de cenar pasaba las noches en la biblioteca o en mi habitación. Normalmente apagaba la luz a la una de la madrugada.

Llegó la semana de exámenes y continuaban sin conseguir nada. Nabil empezaba a ponerse nervioso. ¿Qué iba a decir su jefe? Entonces, alrededor del 15 de diciembre, se produjo un éxodo masivo de estudiantes por las vacaciones de Navidad. Pero yo había decidido que si me quedaba ahorraría dinero.

El 20 de diciembre, el campus estaba prácticamente desierto. Iba de camino a la biblioteca cuando por el rabillo del ojo vi que se me acercaba un hombre. Hacía mucho frío, estaba nevado, pero no llevaba abrigo encima del traje negro. Sabía de los rumores acerca de los agentes del Servicio Secreto que vigilaban a alguien importante en Bryn Mawr, aunque jamás imaginé que tuvieran relación conmigo.

—¿Señorita Akhtar?

Me detuve y miré a mi alrededor muy nerviosa. El campus estaba vacío.

—¿Quién es?

—El señor Karim Al-Mansour desearía verla.

—¿Qué? —exclamé sin poder creer lo que había oído—. ¿Por qué?

—No lo sé, señorita.

—Muy bien, ¿por qué no vuelve y le dice que se vaya a tomar por donde amargan los pepinos? Deje que se lo repita: dí-

253

gale que es un monstruo y que no le escupiría aunque estuviera ardiendo.

Dicho lo cual, me di media vuelta y subí las escaleras de la biblioteca. Al dejar la mochila me di cuenta de que me temblaban las manos. No podía creer que Karim quisiera volver a estar presente en mi vida.

Cuando Karim se enteró de lo que había dicho le tiró el vaso de whisky que estaba tomando a Nabil y le hizo un corte tan profundo que necesitó grapas.

Pero no se dio por vencido y volvió a enviarlo para que me hiciera preguntas. Llegó un momento en el que me daba miedo ir sola por el campus y hablé con los encargados de seguridad para informarles de mi problema. Éstos prometieron vigilarme, pero las cosas no cambiaron.

Finalmente hice una denuncia formal por acoso en la comisaría de policía de Bryn Mawr. Después de aquello, a pesar de que seguí viendo a algunos de los hombres de Karim acechando por el campus, ninguno se me acercó. El 1 de mayo de 1983, desaparecieron por completo. Algunas de las chicas bromearon diciendo que su nave espacial se había ido o que el capitán Kirk los había teletransportado al *Enterprise*.

Pero, de hecho, desaparecieron porque Karim Al-Mansour se había cansado de Nueva York. Se fue a San Francisco, donde compró una finca en el valle de Napa y acabó casándose con una maestra de piano, una rubia bajita con el pelo rizado y ojos azules.

Tuvieron tres hijos y siguen juntos en una opulenta casa solariega estilo inglés en Napa, con establo para caballos, personal al completo y toda la chabacana parafernalia que suele acompañar a las grandes fortunas árabes.

En mayo de 1985 me licencié *summa cum laude* en Bryn Mawr, con un año de antelación y un extraordinario historial académico. Había cursado dos asignaturas principales, Historia y Literatura Francesa de los siglos XVII y XVIII, y redactado dos tesis. La decana me alabó en el discurso que pronunció ante la promoción que se licenciaba y aseguró que no había visto semejante dedicación en una alumna de Bryn Mawr y que mi ejemplar rendimiento debería convertirse en modelo de conducta para las futuras estudiantes.

Margery y Hasan Rehman volaron a Estados Unidos para estar presentes en la ceremonia de licenciatura. La señora Rehman se alegró mucho al enterarse de que en el sorteo de habitaciones del último curso me había correspondido la misma de Katherine Hepburn hacía cincuenta y siete años. No me sorprendió que mis padres no asistieran ni me felicitaran.

Tras acabar la carrera, me dirigí a Nueva York. Quería experimentar la vida en Manhattan. No tenía ni idea de lo que iba a hacer, pero tenía la sensación de que aquella ciudad me gustaría.

En un primer momento Carla se apuntó a mi aventura con la idea de compartir apartamento, pero a finales del verano de 1985 prefirió volver a Roma y hacer un máster en Historia del Arte. Me sentí un poco sola cuando mi mejor amiga se marchó.

Un día, sentada en una cafetería de la calle 56 con la Segunda, tomaba un té mientras pensaba en qué rumbo vital encarar y qué tipo de trabajo buscar, cuando vi pasar a Amber Pennington, una amiga de la universidad. Las dos nos alegramos de vernos, nos dimos un abrazo y Amber se sentó a charlar un rato.

—Estoy trabajando de secretaria.

—¿Para quién?

—Bueno, es una cosa temporal. Me apunté en una de esas empresas de trabajos temporales y voy donde me dicen.

—¿Y dónde estás ahora? Yo voy a tener que buscarme un trabajo enseguida.

—En Capitol Records, trabajo para el director de A&C.

—¿Y qué es eso?

—Yo tampoco lo sabía hasta que llegué allí. Significa Artistas y Catálogo. Son los tipos que salen por ahí, descubren grupos nuevos, les ayudan a darse a conocer y buscan nuevos proyectos para los artistas que ya han fichado con ellos.

—Parece muy divertido.

—Bueno, para Bruce, el tipo con el que trabajo, lo es. Yo me paso la vida contestando el teléfono y escribiendo. No es exactamente lo que tenía en mente cuando salí de Bryn Mawr, pero al menos tengo trabajo.

255

Cuando nos despedimos, intercambiamos nuestros teléfonos y prometimos estar en contacto.

Al día siguiente, mientras acariciaba la idea de hacer un máster en Cambridge, sonó el teléfono.

—¿Maha?

—Sí.

—Soy Amber.

—¡Hola! ¿Qué tal?

—Mira, no puedo hablar mucho rato, pero me he enterado de que Cindy Byram, la directora de publicidad en Capitol, está buscando una ayudante. ¿Te interesa?

No me lo pensé dos veces.

—Por supuesto. ¿Puedes colarme?

—Seguro. No te vayas, ya te llamaré.

En octubre de 1985 entré a trabajar para Cindy Byram, en Capitol Records y enseguida empecé a disfrutar del ambiente. El sello discográfico estaba pasando por un buen momento: Duran Duran había sido el mayor éxito después de los Beatles, Tina Turner había conseguido un aclamado regreso a los escenarios y yo me divertía mucho saliendo con Amber.

En abril de 1986, Cindy Byram me pidió que organizara una fiesta para un grupo que acababan de fichar.

—Pide champán, bebidas y algo para picar. La haremos en la sala de conferencias.

Todo iba bien hasta que derramé la copa de vino blanco con soda que estaba tomando sobre uno de los invitados y le manché la camisa.

—No te preocupes, a mí me pasa a todas horas —me excusó sonriendo.

—Lo... Lo...

—Deja de balbucir o te tiraré algo encima —me amenazó en broma con su marcado acento australiano.

—Lo siento mucho —dije tragando saliva.

A los pocos minutos, ese hombre, Chris Parry, que resultó ser el fundador y propietario de Fiction Records, me ofreció un trabajo como ayudante.

—Verás, soy el mánager de un grupo. Son un poco raritos y necesito alguien joven y con la energía suficiente como para acompañarlos en las giras, decirles lo que tienen que hacer, controlar el calendario de actuaciones, hacer de relaciones públicas, sacarlos de la cama y todo ese tipo de cosas.

—¿Tendré que ir a vivir a Londres? —pregunté sin poder creer en la suerte que había tenido.

—No, voy a abrir una oficina aquí, así que podrás ayudarme con ella y ocuparte de todo cuando no esté. Por cierto, ¿cuándo puedes empezar? Estos chicos sacan un disco dentro de seis semanas.

—Bueno, señor Parry...

—Mira, Maha, o me llamas Chris o te despido.

—Lo siento. Supongo que tendré que avisar aquí de que me voy, pero con una semana será suficiente.

—Estupendo. ¿Cuánto te pagan?

—No mucho, unos ochocientos al mes.

—¡Vaya banda de cabrones! No te preocupes, te trataré bien.

—No puedo creérmelo, Chris. Te tiro encima una copa de vino y a cambio me contratas para ayudarte con la oficina que vas a abrir y para trabajar con tu grupo.

—Bueno, pareces una chica agradable e inteligente —replicó sonriendo.

—Por cierto, ¿cómo se llama el disco que van a sacar?

—No me acuerdo muy bien, algo como... Joder, ¿cómo se llamaba? —dijo rascándose la cabeza—. Bueno, en cualquier caso, es un recopilatorio de sus éxitos. Ahora están en un estudio preparando un nuevo disco que saldrá el año que viene. Quiero sacar éste antes para hacer algo de pasta. ¡Ah, sí! Ya me acuerdo, se llama *Staring at the Sea*.

—¡Buen título! A mí me encanta mirar el mar.

—Pues sí, a mí y a su cantante, Robert, también nos gusta.

—Entonces, Chris, si estás seguro me llamas mañana para que avise aquí.

—¿Cómo que si estoy seguro? El lunes te espero en el cuarenta y cinco de la calle 67 oeste a las diez en punto.

—¡Sí, señor! —exclamé poniéndome en posición de firme y saludando con la mano en la sien.

—Vale, tengo que irme, pero te llamo dentro de unos días. ¿De acuerdo?

Asentí, nos estrechamos la mano y Chris se dirigió hacia la puerta.

257

De repente me acordé de que había olvidado preguntarle algo importante. Corrí tras él y lo encontré justo cuando entraba en el ascensor.

—Chris, no te he preguntado cómo se llama el grupo.

—The Cure —dijo antes de que se cerraran las puertas.

Capítulo trece

*T*rabajé para Chris Parry y la Fiction Records durante los siguientes seis años. Robert Smith, cantante de The Cure, y yo congeniamos desde el primer momento. Yo era escandalosa y dinámica y él pausado y reservado. Me impresionó que nunca sacrificara su música para hacerla comercial y si por casualidad escribía una canción que lo era, lo hacía con tanta ironía que si no te enterabas de que le estaba tomando el pelo a los grupos más moñas, no eras un auténtico fan de The Cure. Salí de gira con ellos por todo el mundo, encargada de la publicidad en casi todas las actuaciones importantes. La del Madison Square Garden de Nueva York fue la que mayor orgullo me produjo. Llegar hasta allí no había resultado fácil y el que se agotaran las entradas fue uno de los mayores éxitos de Robert Smith.

Sin embargo, al cabo de seis años, viajar constantemente me había agotado. Estaba malhumorada e irritable. Quería estabilidad en mi vida, pasar más de cuatro días seguidos en un mismo sitio, algo imposible cuando se está de gira con un grupo. The Cure también necesitaba una temporada de descanso, así que pensé que era un buen momento para dedicarme a otra cosa.

Nueva York se había convertido en mi hogar. Dejé mi estudio en la calle 56 con la Segunda y me mudé al West Village, donde alquilé un pequeño apartamento en la esquina de las calles Jane y Hudson. Pero como apenas estaba en casa, no había llegado a decorarlo y no acababa de sentirlo mío, además, el casero era bastante desagradable, así que, cuando se acabó el contrato me fui a un pequeño dúplex de la calle 20 con la Novena, en Chelsea, en una casa de piedra rojiza recién restaurada. Tenía mucha luz, una cocina pequeña, cuarto de estar, un espacioso dormitorio con claraboya y, lo mejor de lo mejor en Nueva York, lavadora y secadora.

Lo decoré con un presupuesto muy reducido, pero era mi casa y me sentía orgullosa de ella. Cuando acabé de darle los últimos toques me senté en medio del cuarto de estar y miré ilusionada a mi alrededor. Pero mi alegría duró poco, porque enseguida me vino a la cabeza algo inevitable: «¿Y ahora qué voy a hacer?».

Después de haber trabajado sin descanso para uno de los mejores artistas de aquel tiempo, sentí que mi trabajo en el negocio de la música había terminado. Me lo había pasado en grande, pero también me había dado cuenta de que las directoras de publicidad de otros sellos discográficos eran mujeres de cierta edad que seguían vistiendo minifaldas y poniéndose en el pelo más laca y gomina que los componentes de los grupos a los que acompañaban. Y tenía claro que no quería convertirme en una de ellas. Además, necesitaba hacer algo nuevo, algo que no hubiera hecho antes, algo de lo que no supiera nada.

Mientras esperaba a ver si salía algo conocí a Tim y Nina Zagat, que habían puesto en marcha la guía de restaurantes Zagat. Trabajar para ellos como relaciones públicas me permitió conocer algunos de los mejores chefs y restaurantes de Nueva York y aprender del nuevo mundo que giraba alrededor de la comida, el vino y todo tipo de condimentos exóticos. En aquellos tiempos la cocina de fusión era lo último y todos los jefes de cocina buscaban nuevas formas de cocinar con cilantro, papaya e incluso con ingredientes tan sencillos como la cebolla.

Pasado un tiempo, un sábado de otoño sonó el teléfono. Era Sherry, una amiga de Elektra Records, que me invitaba a una fiesta improvisada aquella misma tarde.

El nuevo apartamento de mi amiga resultó ser un fabuloso *loft* en Tribeca, la nueva y elegante zona de Manhattan. El edificio, en tiempos una antigua fábrica de máquinas de coser, tenía cuatro pisos transformados en apartamentos. Sherry ocupaba el último y disfrutaba de una amplia terraza y una espectacular vista del centro de Manhattan, el distrito financiero y el World Trade Centre.

En cuanto salí a la terraza reconocí casi a todo el mundo, de mis tiempos en el mundo de la música.

—¿Pam? —pregunté acercándome a una mujer que estaba junto a la barandilla mirando la ciudad—. ¿Pam Haslam?

—¡Caray! ¿Dónde te habías metido? —exclamó ésta al darse la vuelta.

—Aquí y allá.

—¿Qué estás haciendo, Maha? ¿Sigues con Parry y esos siniestros amigos tuyos?

—No, seguimos siendo amigos, pero me cansé de estar de gira a todas horas. Robert también pensó que necesitaban un descanso.

—¿Y qué haces?

—He estado trabajando para los Zagat...

—¡Ah!, la guía de restaurantes. Me encanta. No podría vivir sin ella.

—Sí, está muy bien. He tenido que conocer ese mundo. Estoy aprendiendo un montón sobre cosas como el cebollino que Daniel Boulud cultiva personalmente, de la forma más ecológica imaginable en su huerto de Martha's Vineyard, y que corta a diario su mayordomo para enviarlos en avión aquí y poder rociarlos como aderezo sobre el salmón asado, que también ha llegado volando ese mismo día desde los rincones más norteños de Escocia...

Pam se echó a reír al oír aquella descripción, con el mejor acento de internado inglés, del *maître* del Boulud, el restaurante de moda en ese momento.

—¿Te diviertes?

—Sí —aseguré volviéndome para disfrutar de la vista.

—¿Y por qué tengo la sensación de que no te acaba de gustar?

—Porque por mucho que adore a Tim y a Nina, y es la verdad, tengo ganas de hacer algo.

—¿Quieres que te mire alguna cosa?

—¿Como qué?

—Es curioso, acabo de hablar con mi antiguo jefe, George Schweitzer, vicepresidente primero de la CBS.

261

—¿Te refieres a la cadena de televisión?

—Pues sí.

—No sabía que habías trabajado allí.

—Sí, lo hice, pero en la sección de radio. En cualquier caso, George me ha dicho que buscan a alguien. No sé para qué, pero puedo llamarlo.

—Venga, Pam, ya sabes cómo son esas cadenas de televisión. Funcionan como el negocio de la música. Contratan a gente de dentro o simplemente los cambian de puesto.

—Mira, hacer una llamada no cuesta nada.

—Lo siento, no quería parecerte negativa. Te lo agradeceré mucho.

Una semana después estaba sentada frente a George Schweitzer, en Black Rock, sede de la CBS en Nueva York.

—Pam te ha puesto por las nubes, y tu currículo es impresionante.

—Gracias, señor Schweitzer.

—Llámame George, por favor. El caso es que no tengo ninguna vacante en espectáculos, que es el puesto para el que pareces estar mejor cualificada, así que no sé qué puedo hacer por ti.

Se quedó callado mirando mi currículo y después me lanzó una mirada interrogante por encima de las gafas.

—¿Sabes algo de noticias?

Me quedé perpleja.

—No sé muy bien a qué se refiere.

—¿Sabes algo del mundo de las noticias?

—No estoy muy segura de cómo será el mundillo de las noticias, pero si se refiere a noticias en general, sí. Me mantengo informada de lo que pasa en el mundo.

—¿Sabes quién es Dan Rather?

—Sí.

—¿Qué sabes de él?

—Bueno, sé que es el presentador...

—Conductor.

—Perdón, es que en Inglaterra las personas que salen en los noticiarios se llaman presentadores.

—No importa, continúa.

—Es el conductor de las noticias que se emiten a las seis y media.

—¿Las has visto alguna vez?

—Cuando estoy en casa sí, pero a esas horas es muy raro que esté.

Acababa de demostrarle por qué las noticias en televisión tenían problemas. Los horarios y las costumbres habían cambiado. La gente trabajaba más horas. Los tiempos en los que el padre de familia llegaba a casa a las cinco y media, se tomaba un martini y después toda la familia se reunía alrededor de la televisión para ver a Walter Cronkite, habían dejado de existir.

—¿Cuándo viniste a este país?

—Hace diez años.

—Así que no llegaste a ver a Walter Cronkite.

—No, pero en Inglaterra sabíamos quién era.

—Mira, no sé si esto funcionará, pero el encargado de relaciones públicas del departamento de noticias está buscando un relaciones públicas para *Evening News*, ya sabrás que ahora Connie Chung también forma parte de ese programa.

Me parecía haber leído en algún sitio que, para incrementar la audiencia, la CBS había decidido cambiar el formato de su emisión estrella y contratar a una mujer, con la esperanza de atraer a un mayor público femenino y hacer más atractivo el programa.

263

—Sí, me enteré del cambio, lo leí este verano. Si la memoria no me falla salió una foto de Dan Rather dándole un beso de bienvenida a la señorita Chung en la portada del *New York Times*.

Schweitzer se quedó impresionado.

Al igual que Tom Goodman, el hombre de Schweitzer a cargo del departamento de noticias.

—Buenos días, soy Dan Rather —se presentó el hombre que acababa de entrar por la puerta—. Encantado de conocerla —aseguró dándome un fuerte apretón de manos. Siempre me había gustado la gente que miraba a los ojos y estrechaba la mano debidamente.

—¿La señorita Akhtar? ¿Se pronuncia así?

—Sí, señor.

—He mirado su currículo y ciertamente tiene una formación extraordinaria. A juzgar por su historial, debe de ser muy inteligente.

—Gracias, señor.

—Dígame, señorita Akhtar, si tiene más experiencia en espectáculos, ¿por qué quiere trabajar en un noticiario? ¿Por qué no continúa en la actividad que mejor conoce?

Sabía que me haría esa pregunta, y había pasado varios días haciendo acopio de información acerca de Rather, de lo que estaba sucediendo en los medios de comunicación y de qué cambios se estaban produciendo en el segmento de las noticias. También me había dado cuenta de que si quería aprender sobre cómo presentar noticias, Rather era la persona más indicada. Trabajar para él sería un honor. Era de los pocos que quedaban de la vieja guardia y nadie parecía poder sustituirle.

—Señor Rather, quizá pueda parecer que no tengo el historial necesario para este trabajo, pero en cierta forma sí que lo tengo. Leí el discurso que pronunció en Miami ante la Asociación de Directores de Radio y Televisión, y estoy de acuerdo con usted: en la actualidad las noticias y el espectáculo están tan íntimamente relacionados que dentro de unos años será difícil distinguirlos.

Hizo una pausa pues no sabía muy bien cómo interpretar la cara que había puesto Dan Rather.

—¿Continúo, señor?

—Por favor —dijo recostándose en la silla. Se había aflojado el nudo de la corbata, desabrochado el primer botón de la camisa y remangado.

—No puedo presentarle una licenciatura en periodismo, señor Rather, pero lo que sí puedo ofrecerle es una perspectiva diferente, una visión paralela de cómo tratar las relaciones públicas. Puedo aportar mi sentido común y la capacidad de pensar con rapidez. Siempre he tenido que rendir al máximo y he conseguido salir bien parada. Me gusta que me sorprendan y aprender cosas nuevas, porque suponen un desafío y es ese desafío el que consigue que me levante de la cama por las mañanas. Soy una persona muy curiosa. Curiosa prácticamente por todo, excepto asignaturas como Matemáticas, Física o Química. Mi mente no funciona por ese camino.

—¿Qué cree que aprenderá en CBS News?

—No estoy segura. —Hice una pausa y después decidí arriesgarme—. Ya se lo diré.

El 10 de enero de 1994 empecé a trabajar en CBS News como representante de prensa de *Evening News with Dan Rather and Connie Chang*, pero enseguida supe que tendría que aliarme con uno de los dos y elegí a Rather.

No era fácil llegar a él. Llevaba puesta una coraza tan gruesa que era prácticamente impenetrable y lo único que dejaba ver era el personaje. Si había un Dan de verdad detrás de aquella máscara, no tenía ni idea de quién era.

En un principio me dieron un rincón sin ventanas en la oficina de prensa de la sexta planta del CBS News Broadcast Centre, en la calle 57 oeste. Empecé por conocer a los analistas de medios, establecer una buena relación con ellos y preparar un plan mediático para Rather.

La primera vez que salí en los periódicos fue en relación con lo que Rather opinaba acerca de no poder aparecer en pantalla con una noticia impactante porque la CBS había decidido mantener la habitual telenovela.

«Está hasta la gónadas, aseguró la representante de Rather, Maha Akhtar.» La cita se publicó en *Usa Today, Associated Press, New York Daily News, New York Post, LA Times, Chicago Tribune* y muchos otros periódicos, y nadie en la CBS me lo perdonó.

—CBS News, Maha Akhtar —contesté al teléfono al día siguiente.

—¿Qué demonios quiere decir «hasta las gónadas»? —gruñó una voz masculina.

—¿Con quién hablo, por favor?

—Soy Arnot Walker. Hago para Peter Jennings lo mismo que tú para Rather. Tenemos que vernos.

Quedamos y nos hicimos tan amigos que la relación entre Rather y Jennings mejoró mucho. Cuando Arnot murió de sida el 28 de septiembre de 1998, yo le sujetaba la mano derecha y Peter Jennings la izquierda. Su muerte dejó un profundo vacío en mi vida y nadie ha podido reemplazarlo en mi corazón.

Y

Por otro lado, la relación entre Rather y Chung era poco menos que cáustica. Las llamadas de la prensa que yo recibía relacionadas con *Evening News* eran para pedir comentarios de Rather y las atendía de buen grado. Connie tenía su propia encargada de prensa, que se ocupaba del programa *Eye to Eye with Connie Chung*, pero a ella nunca la citaban en relación con *Evening News*, y eso la ponía furiosa.

Un día Connie me detuvo en medio de la sala de prensa. Llevaba un cigarrillo en la mano y unos tacones de doce centímetros, pero aún quedaba muy por debajo de la altura de mis ojos.

—Hola, Connie —la saludé respetuosamente.

—Hola, Maya...

—Me llamo Maha.

—Lo que sea. ¿Por qué todos los comentarios sobre *Evening News* los hace Rather y yo no recibo ni una sola llamada?

—Connie, los periodistas siempre preguntan por él.

—Bueno, pues es un programa con dos presentadores. ¿Te enteras?

Connie había alzado la voz para que todo el mundo la oyera y se dio la vuelta para comprobarlo: los periodistas de la sección nacional, internacional y de *Evening News* se habían quedado en silencio.

—Ahora escúchame bien, Maya o como te llames, quiero que me citen en los periódicos cuando hablen de *Evening News*. ¿Te ha quedado claro?

Dicho lo cual se dio la vuelta y se fue con paso inestable a su oficina.

Me quedé en medio de la sala de prensa. Sentí que todo el mundo me miraba y después, de repente, volvieron a oírse los ruidos habituales y cada uno se ocupó de sus asuntos. La escena de Connie fumando y gritando a la nueva en medio de la sala de prensa corrió de boca en boca por todo el edificio.

A principios de 1995, la relación entre Rather y Chung empeoró. La prensa especulaba sobre cuál de los dos sería el primero del que se libraría la CBS y no paraban de llamarme para preguntarme qué estaba pasando, pero yo todavía no había entrado en el sanctasanctórum de Rather y me resultaba difícil enterarme. Sólo llevaba un año trabajando para él.

El 19 de abril de 1995 se produjo el ataque al edificio federal Murrah de Oklahoma mientras Rather estaba de vacaciones en Austin, Texas. Andrew Heyward, productor ejecutivo de *Evening News*, envió inmediatamente a Connie para que cubriera la noticia. Al mismo tiempo, Rather pensó que aunque estuviera de vacaciones, como estaba muy cerca del suceso, los ejecutivos de CBS News querrían que informara en directo sobre el ataque. Llegó allí por su cuenta y se encontró a Connie. A la noticia de la bomba en el edificio federal hubo que añadir la de Connie intentando pisarle el terreno a Rather, ya que siempre había sido éste el que había acudido a cubrir las noticias más importantes, mientras Connie se quedaba en el estudio.

Mi teléfono no dejaba de sonar. Sospeché que Rather saldría vencedor en aquel asunto y, efectivamente, Connie tuvo que volver a Nueva York a causa de una desacertada entrevista a uno de los bomberos, que había provocado una avalancha de llamadas a la sección nacional de CBS News por parte de teleespectadores que aseguraban preferir a Rather en el lugar de los hechos. Fue el momento en el que Connie se dio cuenta de que la iban a despedir. En un último intento a la desesperada concedió una entrevista en exclusiva a Bill Carter, del *New York Times*, en la que, quejumbrosa e inmadura, habló de la forma en que la CBS News estaba negociando su inmediata salida del programa.

En ese momento mantenía una reunión con Rather, ya de vuelta.

—Muy bien, señorita Akhtar, ¿cómo vamos a enfocar este tema?

Esbocé un plan: ofrecería una reunión informativa a los analistas de medios más importantes, en la que les hablaría con sinceridad y franqueza.

—Cuénteles la verdad, señor Rather. De esa forma no intentarán averiguar nada más. Si se anda con rodeos no pararán hasta llegar al fondo de lo que sea. Le recomiendo que haga lo correcto y se muestre cortés y afable.

Rather asintió, estaba de acuerdo.

—Y, señor Rather, deberíamos organizarla antes de que

267

CBS News y la oficina de prensa puedan actuar. De esa forma les llevará la delantera, en vez de tener que reaccionar y verse en un aprieto.

—¿Dónde la hacemos?

—Bueno, si le parece bien podemos invitarlos a desayunar a mi casa.

—Estupendo.

Trabajé durante todo el fin de semana para organizar el desayuno con los medios. Informé a Rather y llamé a los periodistas, y, por la razón que fuera, la mayoría de noticias que se publicaron sobre aquella reunión mostraron su apoyo a Rather.

El lunes por la mañana, Tom Goodman, mi jefe, me llamó la atención.

—Mira, la próxima vez que organices un desayuno con los periodistas y Rather, me lo dices, ¿vale? ¿Tenías que ponerte por encima de todos nosotros y presentar a Rather solo, en vez de como miembro de un equipo?

—Tom, sólo hacía mi trabajo. Me contrataste para que fuera la representante de prensa de *Evening News* y de Dan Rather y, que yo sepa, eso es lo que he hecho. Tu problema es Connie, soluciónalo con ella.

La vida con Dan Rather era como vivir en medio de un huracán. Noticias, crisis y sucesos giraban a su alrededor, lo que significaba que yo también estaba en el centro de todas esas noticias, crisis y sucesos, y me convertí en la calma en mitad de la tormenta.

Durante el largo fin de semana del Día del Trabajo de 1997, estaba tomando el sol en casa de unos amigos en Sag Harbour, Long Island, cuando empezó a sonar el teléfono.

«¡Vaya hombre! Ahora que me estaba quedando dormida», pensé.

—¿Maha?

—Sí.

—Soy Michael George, de la sección nacional.

Se me heló la sangre, eso sólo quería decir que se había producido una gran noticia.

—La princesa Diana ha muerto en un accidente automovilístico en París.

—¿Qué? —grité.

—¿Sabes dónde está Dan? Lo necesitamos en el plató.

—Está en el norte, pescando.

—¿Puedes localizarlo?

—Lo intentaré.

—Vale, espera, Andrew Heyward quiere hablar contigo.

«¿Por qué querrá hablar conmigo el presidente del departamento de noticias?», pensé mientras esperaba a que me pasaran con él.

—Hola, soy Andrew.

—Hola.

—Mira, siento molestarte, ya sé que es el Día del Trabajo, pero Sandy Genelius está de vacaciones en Europa y necesito ayuda para salir del lío que tenemos aquí. ¿Cuánto tardarías en llegar?

—Estoy en Sag Harbour, puedo salir en quince minutos y llegar en un par de horas. ¿Qué pasa?

—Cuando murió Diana no aparecimos en antena. Hemos quedado fatal y la prensa nos va a despellejar. Las otras cadenas sí que lo hicieron y ha habido una amplia cobertura por cable.

—¿Y por qué no lo emitimos?

—Porque cuando la noticia llegó por teletipo, Lane no la creyó. Pensó que era una broma.

Lane Venardos era el vicepresidente de la sección de noticias graves y sucesos especiales. Era el encargado de comprobar la veracidad de las noticias y aconsejar a Andrew si la cadena debía interrumpir su programación y aparecer en antena, ya fuera en directo o no.

—¡Dios mío! Llegaré lo antes posible.

—Y encuentra a Rather.

—Sí, Andrew, haré todo lo que pueda.

En los siguientes quince minutos conseguí llamar a una pensión cercana a la casa de Dan en Catskills, que sabía que estaba muy cerca del río donde solía pescar, y suplicarles que enviaran a alguien para localizarlo. Mientras esperaba me puse unos vaqueros y una camiseta encima del bañador y con el teléfono conectado al fax alquilé un helicóptero y un coche para que lo llevaran al edificio de la CBS sin perder tiempo.

—Hola, ¿con quién hablo, por favor?

—Hola, Dan, soy Maha. Siento tener que molestarle, pero acabo de recibir una llamada del estudio. La princesa Diana ha muerto en un accidente automovilístico y necesitan que aparezca en directo.

—¿Quién ha cubierto la noticia?

—Al principio no la cubrimos. Lane pensó que se trataba de una broma. Han enviado a alguien, pero le necesitan a usted.

Dan se quedó callado, lo que significaba que estaba muy enfadado.

—¿Dónde está Andrew?

—En su oficina, acabo de hablar por teléfono con él.

—¿Qué extensión tiene?

—La 7825.

—Muy bien, ¿cuál es el plan?

—He alquilado un helicóptero, le llevará al helipuerto de la calle 30, donde le esperará un coche para conducirle al edificio de la CBS. Yo voy para allí en cuanto cuelgue.

—¿Qué me...?

—Su traje de raya diplomática gris marengo está en el armario de la oficina. También tiene una camisa blanca limpia y, en estas circunstancias, creo que lo más indicado es una corbata oscura.

—¿Tengo alguna?

—Sí señor. Hay una de rayas azules colgada junto a su roja preferida.

—¿Qué haría sin ti, Maha?

—Seguiría haciéndolo igual de bien, señor Rather.

La crisis de la princesa Diana me dividió entre dos maestros; por un lado tenía que asegurarme de que Dan Rather recibía la atención que merecía y por otro aconsejar y ayudar a Andrew Heyward durante los días en los que la prensa machacó a CBS News por no estar en antena con una de las mayores noticias de todo el año.

—¿Qué crees que debería decir? —me preguntó Andrew nada más llegar.

—Bueno, creo que debería mantenerse lo más próximo a la verdad que pueda. No acuse a nadie, entone un *mea culpa*.

Es lo que hizo y al cabo de unas semanas el furor fue apaciguándose.

270

Rather fue a Londres a cubrir el funeral de la princesa. Y yo me alegré de tener un par de días libres en la oficina para ponerme al día con el papeleo. Pero cuando Dan hacía las maletas para volver, se enteró de que había muerto la Madre Teresa.

El teléfono no tardó en sonar.

—Soy Dan, necesito ir de Londres a Calcuta, organízalo desde allí.

Rather empezó a exigirme más en lo relativo a mantener su imagen pública. Como ya no podía confiar en los índices de audiencia, pues iban en descenso, sugerí que podría conceder entrevistas en las revistas en las que todavía no había aparecido y recalqué lo importante que era mantener el contacto con los periodistas, incluso si no tenía nada que contarles.

—Dan, se trata de relaciones públicas contra publicidad —le recordaba siempre—. La publicidad es buena y ver tu nombre en los periódicos, sobre todo si es un buen artículo, sienta de maravilla, aunque no deja de ser algo efímero. Lo que cuenta son las relaciones.

Durante la crisis Clinton-Lewinsky, organicé con cuidado una noticia de primera plana para el *New York Magazine*. El periodista, Marshall Sella, seguiría a Rather de Nueva York a Washington mientras éste cubría la noticia sobre Monica Lewinsky, la impugnación contra el presidente Clinton y su discurso ante el Congreso. Tal y como había imaginado, aquella noticia mostró a un Rather en plena forma.

Con el paso del tiempo me dediqué en exclusiva a la vida pública de Rather. Me convertí en su persona de confianza para prácticamente todo. A mí me gustaban las sorpresas, las fechas límite y la posibilidad de que pasara algo inesperado cada vez que me levantaba por la mañana. Mi creatividad y mi talento para la improvisación se veían incentivados por la imprevisible vida que llevaba Rather y sus repentinas peticiones, y no por el ritmo que impusiera un músico de *tabla*. Hice el cambio del lado derecho de mi cerebro al izquierdo y me convertí en una persona práctica y segura, que vivía en un mundo gobernado por los hechos. Era una «chica Rather» tan enfrascada en mi vida en CBS News que me olvidé por completo de mi pasado.

Aprovechaché que desde el trabajo podía llamar a cualquier parte del mundo para intentar hablar con mi madre en Kara-

271

chi, pero siempre contestaba Anwar Akhtar y, al oír mi voz, colgaba. Las únicas noticias que recibía de ella eran a través de mis tíos, pero poco a poco también fui perdiendo el contacto con ellos. Por irónico que parezca, en mi deseo por ser independiente me había creado una identidad tan íntimamente relacionada con Dan Rather que había dejado de saber quién era cuando no estaba con él.

Un apacible y cálido mes agosto me sentía exhausta y, como Dan estaba de vacaciones, decidí tomarme un par de semanas libres. Mi amigo Michael Bagley me había invitado a su casa de Montauk en repetidas ocasiones y tuve la sensación de que llevaba años posponiéndolo. Michael acababa de cumplir los cincuenta y era uno de los mejores decoradores de Nueva York. Pero lo gracioso era que le paraban por la calle para pedirle un autógrafo, porque lo confundían con George Clooney.

—Cariño, tienes una pinta horrorosa —dijo Michael cuando me recogió en la estación de tren.

—Muchas gracias, guapo. Sin embargo, tú estás mejor que nunca.

—Yo me cuido.

—Y yo también.

—No, querida, tú no lo haces. Trabajas veinticuatro horas diarias siete días a la semana para ese presentador loco, y toda tu vida gira alrededor de él.

—Mira, Michael, si empiezas a reñirme me vuelvo a casa.

—Tranquila, cariño, no te enfades conmigo. Te quiero. Eres mi amiga. Una amiga a la que no veo ¿hace cuantos putos años?

—Vale, lo que quieras. Escucharé lo que tengas que decirme, pero no me sermonees desde el púlpito.

Por la tarde, mientras tomábamos una copa de champán deleitándonos con la puesta de sol en el Atlántico, Michael me dijo:

—Sabes, tengo la solución a tus problemas.

—¿Y cuál es? —pregunté enarcando una ceja.

—Necesitas un hombre.

—¡Jesús, María y José! —exclamé, aunque en el fondo pensé que podría estar en lo cierto.

Pasé dos maravillosas semanas en los Hamptons sin ningún tipo de responsabilidad, volvimos juntos en coche a Nueva York y Michael me dejó en casa. Me sentía casi la misma de antes.

—Gracias, Michael. Creo que vuelvo a tener la cabeza en su sitio.

—De nada, cariño. ¿Qué haces el jueves?

—De momento nada, ¿por qué?

—Voy a organizar una cena elegante, así que no me falles.

—Cuenta conmigo.

—Ponte algo provocativo y sexy. Y, ¡por Dios!, no se te ocurra venir con el uniforme de camarera que sueles llevar.

—A mí me gusta ese traje negro.

—No te olvides. Nos vemos en casa.

Michael me llamó el jueves para confirmar que iría.

—Cariño, ha habido un pequeño cambio de planes. Tendremos que cenar fuera porque María está mala y no ha podido preparar nada.

—No pasa nada, ¿dónde quedamos?

—En Le Madri, en la calle 17. Hace años que no voy y me han dicho que acaban de contratar a un chef siciliano lo suficientemente bueno como para comer sus platos.

—Michael, querido, tengo que dejarte. ¿A qué hora?

—¿Las nueve es muy tarde para ti?

—No, me parece perfecto. Así tendré tiempo para arreglarme.

Como de costumbre, el trabajo me entretuvo y no tuve tiempo de cambiarme, pero sí llegué puntual.

—Hola, preciosa —me saludó Michael. Se levantó cuando me vio acercarme a la mesa y me presentó a su nuevo novio.

Llevaba mi segundo *filthy* martini cuando vi por el rabillo del ojo que alguien se aproximaba a nosotros. «Me encanta tener amigos gay, pero ¿por qué todos los tíos guapos tienen que ser homosexuales?»

—Hola, siento llegar tarde. He tenido una llamada de última hora.

—Maha, querida, éste es mi buen amigo Duncan Macaulay.

—Encantada de conocerle —dije con toda sinceridad.

Durante aquella cena me reí como no lo hacía en meses.

273

Michael nos contó un montón de cotilleos sobre los restaurantes que había decorado y el mordaz ingenio escocés de Duncan me pareció divertidísimo.

—¿Has estado alguna vez en las Tierras Altas? —se interesó éste.

—No, no creo que mi ADN soporte el frío.

Antes de irse, Duncan me preguntó si podría llamarme la semana siguiente. Para entonces ya me había dado cuenta de que no todos los hombres guapos eran homosexuales.

—Estaré encantada —acepté con una amplia sonrisa. Michael sonrió de oreja a oreja al comprobar el resultado de su conjura.

Mi vida cambió en cuanto empecé a salir con Duncan. No tenía más remedio si quería mantener el equilibrio entre él y Rather.

Duncan Macaulay era un auténtico escocés del noroeste de las Tierras Altas, de los de falda y espada ancha, y bebedor de whisky de malta solo. Era financiero inmobiliario y había pasado muchos años en Oriente Próximo y la India, por lo que me entendía mejor que la mayoría de personas. En febrero de 2000, un año y medio después de que empezáramos a salir, y después de tomarse tres whiskys, Duncan me preguntó si quería vivir con él.

Acepté y en la primavera de 2000 nos mudamos a una casa de piedra rojiza del siglo XIX en Carnegie Hill, en el elegante Upper East Side de Manhattan. Poco después, *Dougall* Macaulay, un wheaten terrier, pasó a formar parte de la familia e incorporó toda una nueva personalidad en nuestro hogar.

Duncan y yo nos volvimos a mudar al apartamento que compramos en un edificio de preguerra, a dos manzanas de donde vivíamos.

Todo parecía perfecto. Pero, aun así, en mi subconsciente sabía que faltaba una pieza del rompecabezas. Fuera lo que fuese aún no era el momento de que apareciera.

Entonces, de repente, tuve un aviso.

274

Capítulo catorce

El 16 de marzo de 2001, estábamos de sobremesa después de haber comido en John's Pizza cuando noté que no podía respirar. Intenté hablar, pero sólo conseguí jadear.

—¿Qué te pasa, Maha?

—No lo sé, no puedo respirar —dije con voz ahogada intentando inspirar con fuerza.

Me llevé la mano al pecho y noté que el corazón me latía a toda velocidad. También tuve la extraña sensación de que el estómago se me llenaba de líquido. Los ojos se me pusieron vidriosos y empecé a sudar tanto que parecía que acababa de salir de la ducha.

La gente empezó a mirarme, me había puesto tan blanca como el mantel.

—¡Llame a una ambulancia! —pidió Duncan al camarero.

Para ese momento todos los presentes en el restaurante intentaban ayudar.

Estaba a punto de desmayarme.

—Maha, por favor, mantente despierta —repetía una y otra vez Duncan mientras la ambulancia iba a toda velocidad camino del hospital.

Miré a la enfermera, que meneaba la cabeza.

—Se está inundando muy deprisa. Es de los fuertes. Si no tienen un quirófano preparado, la perderemos.

—¿No puede hacer algo? ¿No puede avisar que vamos de camino?

—Mire, si el cirujano que esté en el quirófano esta noche

consigue estabilizarla, tendrá suerte, pero tengo que ser sincero con usted, el noventa por ciento de los casos no llega al hospital.

Aquellas palabras tuvieron un efecto devastador en Duncan. Yo intentaba decir algo:

—Jude, Harry, *Dougall...*

Duncan sabía que estaba diciéndole que si no lo conseguían, cuidara del koala de peluche, del osito y del perro.

Duncan, el duro, estoico y adusto escocés, se echó a llorar. Me adoraba, pero como era un montañés y, por naturaleza, hombre de pocas palabras, jamás me decía que me quería. Sabía que yo conocía sus sentimientos, pero era la única que pronunciaba esa frase tan especial.

Cuando llegamos al quirófano, Duncan tuvo que esperar. Deseaba decirme que me quería, pero con aquel caos no tuvo oportunidad. Se me llevaron enseguida. Tenía los ojos prácticamente cerrados y lo único que veía eran luces brillantes y hombres con máscaras.

276

Aquella noche tuve suerte. El doctor Jeffrey Gold estaba de guardia y me salvó la vida. Había sufrido un aneurisma de la aorta torácica. La operación duró casi dieciocho horas y pasé tres días con respiración asistida en la Unidad de Cuidados Intensivos, después de los cuales Rather fue a verme y consiguió que se armara un gran revuelo entre las enfermeras.

Pero no podía quedarme quieta. Al cabo de dos días de recuperación pedí que me enviaran a casa y, una vez allí, estaba deseando volver a trabajar.

Antes de hacerlo, fui a visitar al doctor Gold.

—No sé qué decirle aparte de darle las gracias por salvarme la vida.

—Es mi trabajo —adujo quitándose las gafas—. Jovencita, debe considerarse muy afortunada. Para cuando llegó a quirófano le quedaban menos de cuatro minutos de vida. Se estaba ahogando en su propia sangre; la sección de la aorta era tan grande que tenía la cavidad corporal casi inundada por completo.

Cuando salí de la oficina del médico pensé en mi amado Krishna Maharaji, al que había apartado de mi memoria durante diecinueve años. Yo había salvado la vida, pero él no.

Ya fuera por el viento que soplaba entre los cerezos en flor de Central Park o por una voz en mi interior, creí oír cómo Maharaji me decía: «Todavía no has cumplido la promesa que me hiciste».

Al pasar por el estanque de Central Park durante el paseo con *Dougall* me eché a llorar. Lloraba porque había bloqueado de forma intencionada los recuerdos de mi maestro y la promesa que le había hecho cuando lo vi morir. Había decidido empezar una nueva vida, la mía propia, y al hacerlo había borrado el pasado. Me había convertido en otra persona.

Creía que mientras estuviera al lado de Rather sería invencible. No se me había ocurrido pensar que la vida pudiera ser tan frágil, vulnerable y efímera, como evidentemente era. Llevaba cuatro placas de metal que me sujetaban el esternón, habían tenido que cortármelo para llegar a la aorta. Miré la cicatriz que tenía en el pecho y la forma irregular en que se soldaría el hueso. Algo que me recordaría siempre que hay que vivir la vida al máximo y que nada se puede dar por hecho.

Me senté en la hierba, abracé a mi wheaten terrier y lloré desconsoladamente mientras *Dougall* lamía pacientemente mis lágrimas saladas.

277

Después sobrevino el 11 de septiembre de 2001 y Nueva York y Estados Unidos no volvieron a ser lo mismo. Rather estaba en antena dieciséis horas diarias. De hecho, todo el mundo, incluso yo misma, permanecimos en el edificio de la CBS durante dos días sin ir a casa. Era una de las mayores noticias de la primera década del nuevo milenio y estuve codo con codo con Dan a todas horas y, cuanto más se entregaba él, más me entregaba yo. Dan se crecía con las noticias importantes. Cuando estaba en directo era genial. Lo miraba y pensaba que había nacido para trabajar en televisión y que sería recordado como uno de los mejores en el panteón de los periodistas de radio y televisión.

Después de aquellas dieciséis horas en directo volvió a su despacho y me miró. Me puse en pie y le dije:

—Me siento muy honrada de trabajar con usted, señor, siempre lo he estado y siempre lo estaré.

Dan me abrazó por primera vez en ocho años. Fue un gesto humano y espontáneo, un fugaz atisbo de Dan, del hombre que se escondía bajo el personaje «Dan Rather».

A finales de octubre de 2001, ordenando las cajas en el sótano de casa, encontré el cofre de cuero repujado que mi padre había comprado a regañadientes en Granada. En el interior seguían las flores secas que había recogido en los jardines de la Alhambra. Hacía años que no las veía.

Aquel cofre me trajo recuerdos de la dueña de la pensión que me había llevado a ver flamenco. «¿Cómo se llamaba? ¿Y qué fue lo que me dijo aquella noche?» Los recuerdos reprimidos de toda una vida empezaron a aflorar.

Maharaji fue la primera persona de la que me acordé. De algo que le dijo a mi madre en la prueba que me hizo en 1972. Un simple comentario. Yo tenía siete años. Las imágenes empezaron a poblar mi mente, imágenes de baile, de estar sentada con él mientras me contaba la historia del *kathak*, de la coreografía en la que habíamos trabajado, de su muerte y de la última imagen, la de la ofrenda de la flor de loto después de esparcir sus cenizas.

Cogí el cofre olvidando lo que había ido a buscar. Me devané los sesos tratando de recordar qué me había dicho Maharaji. Significaba mucho para mí. «¿Por qué no puedo recordarlo? Odio tener que llamar a *umma* para preguntarle, porque es posible que conteste mi padre.»

Había hablado con mi madre alguna que otra vez en los últimos años y, a pesar de todos mis recelos, deseé tanto que me ayudara a recordar que cogí el teléfono y la llamé. Por suerte, en aquella ocasión contestó ella.

—¡Maha, cariño! ¿Qué tal estás? ¿Qué tal Duncan?

—Todos estamos estupendamente. Por cierto, *umma*, ¿te acuerdas de lo que te dijo Maharaji el día que me llevaste a hacer la prueba?

—Por Dios, Maha, eso debió de ser hace unos treinta años.

—Por favor, *umma*, es importante. Creo que era algo relacionado con la luna.

—Ah, sí. No llegué a entenderlo. Dijo que tenías la luna en los ojos.

—¡Eso es! Muchas gracias.

278

Una semana después de encontrar el cofre, estaba en el hotel Gansevoort, en un cóctel que ofrecía mi buen amigo Richard David Story, jefe de redacción de la revista *Departures*, esperando a que apareciera Duncan. Había acabado mi primera copa de vino e iba de camino del bar a buscar una segunda cuando un anciano y bien vestido caballero, que estaba junto a la barra, se dio la vuelta, me vio y me preguntó si quería que me pidiera algo.

—Muchas gracias —dije asintiendo con una gran sonrisa.

—Me alegra poder hacer un favor a una encantadora joven —aseguró con gran cortesía. Entablamos conversación y de repente me preguntó—: ¿Es bailarina?

Me quedé tan desconcertada que tardé en contestar.

—He de confesar que hace casi veinte años que no me hacían esa pregunta.

—Imposible.

—La verdad es que fui bailarina, pero lo dejé hace mucho tiempo.

—Me encanta la danza. ¿Cuál era su especialidad?

—El *kathak*, la danza clásica...

—Del norte de la India —acabó la frase por mí—. Soy un gran fan del *kathak*. Una vez vi a un fabuloso bailarín, se llamaba Krishna Maharaji y jamás olvidaré su actuación.

Tomé un buen trago de vino y continué la conversación.

—Fue mi profesor.

—Bueno, querida, si fue su alumna, debe de ser muy buena, porque por lo que me contaron unos amigos suyos jamás admitía alumnos en los que no creyera. Es muy afortunada de haber podido estudiar con él.

En ese momento vi que Duncan acababa de entrar y que me estaba buscando.

—¿Me disculpa un momento? Acaba de llegar mi media naranja. No se vaya, por favor.

—No se preocupe, ha sido un placer —repuso el caballero antes de estrecharme la mano—. Si me permite decirle algo más antes de que se vaya, estudie flamenco, estoy seguro de que le gustará. Si no me equivoco, a Krishna Maharaji le encantaba. Me dijeron que antes de morir estaba trabajando en un proyecto con uno de sus estudiantes en el que se unían los dos estilos de baile.

Tragué saliva, acababa de describir mi proyecto.

—Esto... Por favor, no se vaya, vuelvo enseguida.

Fui corriendo a saludar a Duncan, que hablaba con alguien sobre el tráfico y lo difícil que era encontrar un taxi cuando llueve.

—Ahora vuelvo, voy a por una copa —se despidió para atender a Maha.

Me di la vuelta, pero el caballero había desaparecido.

Nunca supe quién era ni volví a verlo, pero su conversación tuvo un indudable efecto en mí y me hizo pensar en serio sobre la promesa que había hecho a mi maestro diecinueve años atrás, la promesa de que finalizaría aquella coreografía como fuera.

Acababa de encontrar la pieza que faltaba en lo que creía era una vida perfecta en Nueva York: la danza, a la que había amado más que a nada en el mundo. Había sido mi vida, mi pasión, mi oxígeno y mi libertad. Los años que pasé con Maharaji habían sido los años en que me había formado y sus enseñanzas me habían proporcionado los medios para ser la mujer que era.

Poco después empecé a buscar profesores y estudiantes de *kathak* en Nueva York. Era un grupo muy reducido en el mundo de la danza, pero decidí ponerme los *ghungroos* de nuevo. El resultado no fue el esperado. Un tiempo más tarde, alrededor del día de Acción de Gracias de 2001, hice mi primera incursión en la escena flamenca de Nueva York. Me quedé sorprendida de los pocos profesores que había. Probé unas clases, pero no eran muy buenas, el estudio estaba sucio y no sólo ninguno de los profesores era español, sino que hacía décadas que no viajaban a España para ver cuáles eran las tendencias en ese momento. A pesar de todo, y por falta de alternativas, continué yendo a clases de flamenco en Nueva York.

La primavera había llegado y las terrazas estaban llenas. Había quedado con unos amigos en un pequeño bar de tapas, en la calle 77 con la Segunda, que se llamaba Taparia Madrid, cuando el dueño, un brasileño llamado Max, se me acercó y me preguntó si era bailaora de flamenco. Me había visto bailar la semana anterior, cuando una pareja de baile de mi clase me había invitado a subir a escena con ellos en el mismo local.

—Es muy buena —aseguró Max.

—Muchas gracias, de momento sólo soy una estudiante más —repliqué con timidez.

—Pues a mí me parece que lo hace muy bien. Quiero ofrecer espectáculos de flamenco. No puedo pagar mucho, pero si le interesa puedo ofrecerle dos noches a la semana a cien dólares cada una.

Me quedé con la boca abierta.

—¿Quiere pagarme por bailar aquí?

—Sí, ésa es la idea.

Y de esa forma tan inesperada fue como empecé mi carrera profesional en el flamenco. Para mi gran sorpresa, cada noche que bailaba, el reducido bar de tapas de cuarenta plazas estaba lleno y algunos periodistas empezaron a escribir sobre mi espectáculo. Descubrí que me encantaba volver a pisar un escenario y volvieron a mi recuerdo las enseñanzas de mi maestro sobre cómo actuar.

En la CBS News empezó a correr el rumor de que actuaba un par de noches al mes y la gente, sorprendida, se alegraba por mí. Muchos de mis compañeros me felicitaron por mi actividad extra laboral. Todo el mundo que iba a verme repetía, incluidos amigos de otras cadenas. Peter Jennings, Paula Zahn, Morley Safer, Mike Wallace, Jim Murphy, productor ejecutivo de *CBS News with Dan Rather* e incluso Andrew Heyward, presidente de CBS News, pasaron por allí. Una noche apareció la actriz Linda Fiorentino, al igual que Antonio Banderas cuando estuvo actuando en Broadway. Directores de revistas y editoriales, agentes y representantes, cada vez que actuaba, Taparia Madrid se convertía en el local de moda de la gente del mundo de los medios de comunicación de Nueva York.

Sabía que Rather no tardaría en enterarse. Aquello ocurrió el día en el que Peter Jennings me lanzó rosas al final de una de mis actuaciones, algo que, por supuesto, apareció en la página seis del *New York Post*.

Dan me llamó un domingo de junio de 2002.

—¿Por qué tengo que enterarme de tus actividades fuera del trabajo por los periódicos?

281

—Sólo es un hobby. Lo hago en mi tiempo libre y no en horas de oficina.

—Intenta verlo desde mi punto de vista. Al parecer todo el mundo en la CBS sabe que bailas y, por lo que he oído, todos te han visto. Sin embargo yo tengo que enterarme por la página seis del *New York Post*.

—Lo siento, pero creía que no le interesaría.

—Lo que quieras. ¿Qué es ese baile *flamingo*?

—No es *flamingo*, sino flamenco.

—¿Lo haces en un bar de *topless*?

Me pareció no entenderle bien.

—Perdone, no le comprendo.

—Que si ese baile lo haces en un bar de *topless*. ¿Qué se supone que haces? ¿Te deslizas por un poste?

—Dan, ¿cree realmente que soy una bailarina de *topless*?

—Bueno, eso es lo que dice el artículo que he leído —protestó indignado.

—¿Lo ha leído de verdad? —Me di cuenta de cuál era el problema. Como de costumbre no había estado nunca en un sitio así—. Bailo en un bar de tapas, no de *topless*. Dan, en español tapas significa aperitivo. No me pongo pegatinas en los pezones ni me visto como el pájaro rosa.

El presentador más famoso de Estados Unidos se quedó callado.

—Dan, créame por favor. Bailo flamenco, un baile que procede de España, y actúo completamente vestida. El restaurante se llama Taparia Madrid y está en la 77 con la Segunda Avenida.

—¿Todavía sigues queriendo trabajar en la CBS?

—Pues claro, que tenga un pasatiempo no significa que no pueda trabajar en CBS News. Usted también tiene un hobby, le gusta pescar. El mío es el flamenco.

Lo intenté por última vez.

—Usted nació para salir en televisión. Hace mucho tiempo, en un lugar muy lejano, alguien me dijo que yo había nacido para bailar. Usted realizó su sueño, deje que yo realice el mío.

Por desgracia, Rather no lo entendió nunca. Después de aquella conversación apenas me dirigió la palabra en tres semanas. Pero ya no me importaba. Que no hiciera ningún esfuerzo por entender que aquello me apasionaba y que, además,

282

en ningún momento interfería con mi trabajo, no me gustó y empecé a pensar que no me valoraba.

Al cabo de un año, en otoño de 2003, Duncan y yo disfrutábamos de una copa de vino antes de cenar.

—Macaulay, me apetece ir a España. Llevo más de dos años con los profesores de aquí y creo que necesito algo mejor.

—Pues vete, y ¡olé! —dijo Duncan sin dudarlo un segundo mientras levantaba su copa para brindar.

Capítulo quince

Cogí un avión a Sevilla la semana del día de Acción de Gracias de 2003.

Un amigo de Nueva York había avisado a Juan Polvillo de que lo llamaría.

Pero en vez de eso, fui a verlo a su estudio de Triana en cuanto llegué. Le expliqué que era amiga de José Molina, en un español muy básico.

—¡Ah! Tú eres la que baila como una gitana. Bueno, ya veremos. Venga Maha, empezamos con el nivel básico.

Llevábamos una hora de clase, cuando Juan concedió un descanso a sus alumnos y me llevó aparte.

—¿Tienes sangre gitana? ¿Dónde has aprendido flamenco?

—No, soy india y era bailarina profesional de *kathak*.

—¿Pero dónde aprendiste flamenco?

—Fui a algunas clases en Nueva York...

—Perdona que te interrumpa chiquilla, pero este estudio está lleno de gente que dice que aprendió en Nueva York. ¿Tú dónde lo hiciste?

—Juan, no sé a qué te refieres. Sólo sigo el ritmo.

—¿Cuentas?

—¿Contar? ¿El qué?

—Ya sabes, uno, dos, tres, cuatro, cinco...

—No sé cómo contar cuando bailo, Juan. Lo siento.

—¿Y cómo lo haces? ¿Cómo puedes bailar esto?

—Porque canto un ritmo mentalmente. Así me enseñaron en la danza *kathak*.

Juan fue a hablar con sus músicos mientras me quedaba junto a una ventana.

—Maha, espera fuera hasta que acabe la clase.

Esperé a que todos los estudiantes salieran, intrigada por saber por qué me habría separado.

—Entra, Maha. Ahora te voy a dar un ritmo con palmas y después quiero que lo lleves con los pies, ¿me explico?

Asentí y me preparé.

Juan Polvillo probó conmigo durante una hora los principales palos del flamenco: seguiriya, martinete, tientos, tarantos, tango, caña, bambera, tangos de Málaga, soleá...

Y los bailé todos. Cometí algún error, pero en general conseguí seguirlo.

Cuando acabó la hora, los músicos vinieron a saludarme y Juan me dio un abrazo.

—Lo llevas en la sangre. Cuando Dios te toca, te toca —aseguró encogiéndose de hombros.

Al volver al pequeño apartamento en el que pasaba la noche me pregunté si realmente era algo natural en mí. ¿Había ocurrido algo mágico hace tanto tiempo con aquella mujer y el deseo que había pedido en la Alhambra? Fuera lo que fuese, me acosté con la sensación de que algo apasionante iba a ocurrir en mi vida.

En los diez días de clases particulares con Juan Polvillo aprendí más que en los dos años y medio con distintos profesores en Nueva York. Aprendí español pronto y a moverme sin dificultad por el centro de Sevilla. Me asombraba lo fácil que me resultó adaptarme a la ciudad y lo a gusto que me sentía en ella. Al principio lo achaqué al baile, a que volvía a estar en contacto con lo que amaba, pero había algo más, algo que no sabía exactamente qué era.

En el avión de vuelta a Nueva York tras mi estancia en Sevilla, me sentí abatida. No acababa de entender aquella tristeza. Al fin y al cabo volvía a casa, a estar con Duncan y *Dougall*, a mi trabajo. Pero me di cuenta de que echaba de menos Sevilla, añoraba la ciudad, la gente, el ambiente, los nuevos amigos que había hecho, Juan y la forma de vida de aquel lugar.

Le expliqué a Duncan mis días en Sevilla con todo lujo de detalles.

286

—Ya veo que te ha gustado de verdad. Hacía mucho tiempo que no te veía tan contenta. Tienes que seguir bailando.

Según avanzaba el año 2003, los viajes a Sevilla eran cada vez más frecuentes. Todos los momentos que tenía libres, tres días, una semana o durante las vacaciones, cogía un avión y volaba a España. Duncan me ayudó y me apoyó en todo lo que pudo porque veía cuánto significaba para mí y que cada vez era más feliz.

—¿Seguro que no te importa? —le pregunté al volver de un viaje.

—Mira, si quieres que te sea sincero, me gustaría que pasaras más tiempo aquí, por supuesto, pero para ti es importante y quiero que lo hagas. Necesitas decidir qué harás cuando Rather deje el programa y si lo que quieres ser es bailaora de flamenco, es mejor que lo hagas ahora o lo lamentarás el resto de tu vida. Yo también viajo mucho a Londres, así que no pasa nada.

Duncan tenía razón. La gente empezaba a hablar del fin de Rather y supuse que, al estar tan unida a él, cuando abandonara su puesto yo tendría que marcharme.

También sabía que para dominar el flamenco tenía que vivir en Sevilla. Tenía que estar en su cuna, observar la forma en que caminaba, hablaba y gesticulaba la gente, y sus expresiones. Y Sevilla, una ciudad que no es famosa por abrirse a los extranjeros, me recibía con los brazos abiertos.

Bailar con Juan me había devuelto las ganas de vivir. Juntos nos reíamos, trabajábamos, discutíamos, nos gritábamos, nos tirábamos cosas, salíamos echando pestes del estudio, bebíamos demasiado (a veces con su compañero Jesús), llorábamos, nos peleábamos y después hacíamos las paces. Juan también me animó a que recordara alguno de los ritmos indios, que transformábamos juntos en ritmos flamencos y, con algún que otro arreglo, todo parecía funcionar.

Durante la primavera de 2004, Bill Bragin, encargado del Joe's Pub del Teatro Público de Nueva York, en el centro de Manhattan, me pidió que actuara allí el otoño siguiente. Me había visto bailar en el Taparia Madrid. Aquella propuesta me entusiasmó tanto que acepté sin pensar en que era un año de elecciones y que tendría que dar prioridad a mi trabajo, con lo que mis actuaciones tuvieron que aplazarse hasta mayo de 2005.

287

Mis preferencias habían cambiado. Las convenciones políticas de 2004 me parecieron aburridas. En un pequeño estudio del Madison Square Garden, donde se celebraba la convención republicana, practicaba siempre que podía. Finalmente acabó la convención y pude volver a Sevilla durante la semana del día de Acción de Gracias.

Todas las idas y venidas entre Nueva York y Sevilla, y el hacer juegos malabares con lo que se habían convertido en tres vidas distintas empezaron a pasarme factura.

Estaba entusiasmada, aunque agotada. Pero en vez de reducir mi actividad empecé a investigar las semejanzas entre la danza *kathak* y el flamenco, y consulté libros, mapas, documentos e Internet. Justo después de las Navidades de 2004 conseguí las pruebas que demostraban que los gitanos de Andalucía procedían de las regiones del Rajastán y el Punjab de la India. Habían emigrado hacia el oeste con los ejércitos persas que habían derrotado a los indios en los siglos X y XI. Tras un largo viaje llegaron a Andalucía a mediados del siglo XIV, lo que explicaba la semejanza entre la danza *kathak* y el flamenco.

Encantada con mi descubrimiento, se lo conté a un amigo mientras tomábamos una copa en Sevilla y, gracias a ello, me invitaron a pronunciar un ciclo de conferencias en la Universidad de Sevilla durante el verano de 2005.

—No afirmo que todo el flamenco provenga del *kathak* y del norte de la India —dije a los estudiantes que acudieron a la primera conferencia—. Sólo estoy señalando que una de las raíces del flamenco parece provenir del norte de la India, que es de donde proceden los rom, o los gitanos. Cuando abandonaron la India se llevaron consigo la música, los bailes y las canciones del país. Conforme iban viajando, iban aumentando ese núcleo original, y para cuando llegaron a Andalucía habían confeccionado este rico tapiz de música que contiene elementos de todos los países en los que estuvieron.

El ciclo de conferencias, titulado «Kathak ¿un antepasado del flamenco?» tuvo un gran éxito y sentí que había cumplido parte del deseo de Maharaji antes de morir. Había podido demostrar el viaje del *kathak* al flamenco. Lo que faltaba era ponerlo en escena.

Y

El 9 de marzo de 2005 se solicitó a Dan Rather que abandonara su puesto en *Evening News* y lo destinaron a *60 Minutes II*, que fue cancelado seis semanas después, aunque insistió en seguir en el programa original, *60 Minutes Sunday*, hasta el final de su contrato, en noviembre de 2006.

Le había prometido a Dan que me mantendría a su lado hasta el final de *Evening News*. Había ideado y planificado una elegante y digna salida para él, pero, por desgracia, las cosas no salieron como imaginé. Después del Día del Trabajo de 2004, sesenta días antes de las elecciones presidenciales, Rather apareció en el programa *60 Minutes II* y presentó un informe manipulado sobre el servicio de George W. Bush en la Guardia Nacional. La violenta reacción contra CBS News y Rather comenzó al día siguiente de la emisión del programa y, sin embargo, Dan insistió en defender la veracidad de aquel informe durante dos semanas, hasta que le obligaron a disculparse públicamente. Fueron unos días difíciles para CBS News. Varias personas fueron despedidas y se presionó a Rather para que abandonara el programa antes de lo estipulado. No lo despidieron. Fue peor, la cadena CBS lo degradó sumariamente y lo desacreditó, lo condenaron al olvido y al abandono.

En medio de todo aquello a Duncan le ofrecieron un trabajo que implicaba que tenía que vivir en Londres.

—¿Qué vamos a hacer? —le pregunté al borde de las lágrimas.

—En este momento estás en una situación muy incierta. ¿Por qué no nos tomamos las cosas tal como se vayan presentando?

—¿Y qué quiere decir eso?

—Que iré a Londres. Tengo que aceptar ese trabajo. Aquí no tengo muchas oportunidades y de alguna forma hemos de vivir. Estaré en Londres, puedes venir allí desde Sevilla siempre que puedas. Después, cuando sepas lo que quieres hacer, tomaremos una decisión entre todos: tú, yo y *Dougall*.

—Duncan, creo que sé lo que quiero hacer, pero me da miedo dar ese paso.

—No te precipites. Tómate el tiempo que necesites.

Asentí.

—Hemos pasado un tiempo estupendo en esta ciudad, los dos. Ha llegado el momento de hacer otra cosa.

Me eché en sus brazos y rompí a llorar. Era el final de una era y el comienzo de otra.

Mientras organizaba la oficina de Rather en *60 Minutes* me di cuenta de que mi pasaporte británico caducaba en junio. Rellené todos los formularios necesarios y los envié a la embajada británica en Washington.

Unas semanas después recibí una carta de la embajada en la que me comunicaban que habían recibido mi solicitud, pero que debido a una serie de leyes aprobadas tras el 11 de septiembre, todas las personas que no tuvieran en Gran Bretaña su residencia oficial, que en mi caso había sido durante veinte años, necesitaban presentar una partida de nacimiento.

No recordaba haber visto nunca la mía y llamé a tía Hafsah a Londres. Mi tío Farhan contestó y me explicó que Hafsah estaba en Beirut.

—¿Y por qué está allí?

—Tu madre está en Beirut.

—¿A qué te refieres con eso? ¿Por qué no está en Karachi?

—Está muy enferma.

—¿Está enferma?

—No quería ser yo el que te diera la noticia, pero le han diagnosticado cáncer. No pueden hacer más por ella. Quería volver a su antigua casa en Beirut y la abrimos para que pudiera alojarse allí.

Me detuve en mitad de Park Avenue. Sujetaba mi Blackberry, pero no oía nada. Tenía la mente en blanco. Lo único que recordaba era el dolor y la pena en los ojos de mi madre y las constantes críticas de mi padre. No conseguía acordarme de cómo era la cara de mi madre cuando sonreía. Di la vuelta y me fui a casa.

Tuve que intentarlo varias veces hasta que conseguí establecer una llamada con la casa de mi madre en Beirut. Cuando por fin lo hice, respondió mi tía.

—Tía Hafsah —la saludé con voz entrecortada.

—Hola, Maha. Has hablado con Farhan, ¿verdad?

—Sí, ¿qué tal está?

—Está bien. Incluso me atrevería a decir que bastante animada.

—¿Por qué no la has llevado a Londres? Hay un montón de tratamientos y terapias nuevos.

—Los hemos probado todos. Estuvo unos cuantos meses en Londres con nosotros.

—¿Por qué no me lo dijisteis? ¿Por qué no me llamó nadie? Tienes el número de mi móvil. Sabes que puedes ponerte en contacto conmigo cuando quieras.

—Nos lo prohibió. No quería preocuparte. Dijo que no quería ser una carga para ti.

—¡Por el amor de Dios, tía Hafsah, eso es ridículo! He pasado mucho tiempo en Sevilla. No me habría costado nada acercarme a Londres.

—No sé qué decirte. Fue rotunda. Mira, acabamos de llegar a Beirut. ¿Por qué no vienes a verla después de que la instale? Estoy segura de que le encantará.

—De acuerdo, tía, pero prométeme que me llamarás o me enviarás un correo electrónico para decirme qué tal evoluciona todo.

Pensé que no era el mejor momento para preguntarle a mi tía o a mi madre por una partida de nacimiento. «En cualquier caso, no puede ser muy difícil de conseguir. Seguro que hay un registro civil en Nueva Gales del Sur. *Umma* me dijo que había nacido en el hospital Saint Margaret cuando vivían en Darling's Point, en Sydney.»

Empecé mi investigación con aquellos pocos datos. Primero lo intenté en el hospital, pero había sufrido un incendio en 1975 y se había perdido mucha documentación. Después en el registro civil, donde se mostraron muy atentos, pero era necesario rellenar solicitudes, pagar por cada una de ellas y, con la diferencia horaria entre Nueva York y Sydney, o incluso entre Sevilla y Sydney, todo se estaba alargando demasiado. Envié correos electrónicos, llamé y escribí cartas a todo el que pude encontrar en las oficinas del registro civil de Sydney y de Nueva Gales del Sur, hasta llegar a un total de 242 cartas y 565 correos electrónicos, además de las llamadas telefónicas. También había escrito a la embajada británica para informarles de lo que estaba sucediendo con mi partida de nacimiento.

Rather se fue de vacaciones durante el verano de 2005, así que pude pasar todo ese tiempo en Sevilla para dar mis conferencias y bailar con Juan. Mantuve contacto telefónico semanal con mi tía, que me informó de que mi madre estaba todavía muy débil y que era mejor aplazar el viaje.

Un sofocante día de agosto, Juan me dijo que quería hablar conmigo de algo. Después de la clase fuimos al bar de la esquina, cerca del estudio de baile. La Taberna Gitana llevaba allí tanto tiempo como pudiera recordar cualquiera que viviera en Triana. Nos sentamos y Juan pidió una cerveza fría para él y una copa de vino blanco para mí.

—Me han pedido que dé comienzo a la temporada 2005-2006 con tres noches en el Teatro Central, a partir del 1 de septiembre.

—¡Enhorabuena Juan! —exclamé levantando la copa para brindar.

—Como sabes, hay muchas bailarinas españolas con las que trabajo en la compañía y que Mercedes es la solista.

Asentí y le dejé continuar.

—Esta vez quiero hacer algo diferente. Quiero que la solista haga un número, después cuatro chicas que hagan otro de grupo y finalmente un dueto con la solista. ¿Qué te parece? Antes de que contestes, quiero que seas la bailarina solista.

Me quedé petrificada. No sabía dónde mirar. Juan se levantó y me dio un abrazo.

—Para mí será un honor bailar contigo —aseguró con voz tranquilizadora.

Estaba abrumada. Me acababa de ofrecer una segunda oportunidad para volver al camino que había abandonado hacía más de veinte años. Y en aquel momento supe que era lo que más deseaba hacer en el mundo.

Al día siguiente Juan anunció que yo sería la solista. Cuando miré a mi alrededor vi más de una expresión avinagrada, alguna celosa y otras de envidia. Pero Juan había tomado una determinación.

Después me enteré de que muchas de las chicas españolas habían protestado porque se diera esa oportunidad a una que

292

no lo era. Las que creían que merecían el puesto de solista criticaron duramente mi forma de bailar y mi aspecto.

Desde entonces no tuvimos ni un solo momento libre hasta el día de la primera actuación. Juan bailaría una cantiña, yo un martinete seguido de una seguiriya, las cuatro chicas interpretarían unos tangos y después, Juan y yo acabaríamos con unos espectaculares tarantos.

Estaba nerviosa. Era el comienzo de mi nueva carrera profesional, mi debut como bailaora de flamenco en Sevilla, y también la primera vez en veintidós años que pisaría el escenario de un gran teatro.

Sabía que Maharaji estaba conmigo. «Cuando salgas a escena quiero que atrapes la atención del público durante los cinco primeros segundos y no la sueltes hasta el final. Utiliza tus ojos. Tus ojos tienen el poder de la luna.»

¿Qué había querido decir con eso? Entonces, me acordé: «Maha, la luna tiene poder para mover los océanos, puede convertir mares tempestuosos en calmados lagos, y calmados lagos en turbulentas y peligrosas aguas. Tus ojos y la expresión de tu cara pueden hacer lo mismo con tu baile. Puedes pasar de ser una tigresa a una gacela, de salvaje a mansa, de demonio a ángel».

Me pregunté si seguiría teniendo ese poder.

Entre bastidores, el camerino estaba abarrotado. Había volantes con un arco iris de colores y telas por todas partes, una auténtica profusión de flores, peinetas, mantones, maquillaje, zapatos, uñas postizas, zapatos de taconeo y olor penetrante a colonia española. Había tensión en el ambiente y la mal ventilada habitación estaba llena de humo de tabaco y de roncos cotilleos femeninos, sobre todo acerca de la «extranjera». Guardaba silencio en un rincón. Estaba casi lista. Había elegido un vestido rojo con volantes escondidos en los pliegues del drapeado. Era un diseño antiguo, pero me había gustado desde el momento en el que me lo probé en el taller de la modista. Me agaché para ponerme los zapatos y me di cuenta de que no me había puesto una tirita en una uña que se me había roto. De pronto, mientras buscaba una en el bolso, la habitación enmudeció y levanté la vista. Las chicas habían dejado lo que estaban haciendo y me miraban. Y sin apenas darme cuenta, todas abandonaron corriendo la habitación y me quedé sola. Sorprendida cogí uno de los zapatos y oí un ruido en su interior.

Alguien había puesto cristales rotos.

Aquella noche bailé con otro par de zapatos. Bailé en memoria de Maharaji y Zahra. Bailé con una furia y pasión que no sabía que poseía. La energía me subía desde los pies e inundaba todo mi cuerpo y mi alma. Fue algo primario, antiguo y, sin embargo, hermoso. Mi cara reflejó todos los matices de la letra.

El público presenció cólera, pena, dolor, abandono y anhelo, incluso lágrimas. Aquella noche, más tarde, Juan me dijo que lo que había oído como un remoto estruendo eran unos atronadores aplausos y gritos de «¡Olé!» por parte del público.

A finales de 2005 recibí una carta del director del registro civil de Nueva Gales del Sur en la que me comunicaban que habían agotado todos sus recursos. Habían comprobado todos los nacimientos de 1955 a 1975. Incluso habían logrado localizar las actas de nacimiento del hospital Saint Margaret, pero nadie con el nombre de soltera o de casada de mi madre había dado a luz a un niño o una niña en todo Sydney o en Nueva Gales del Sur.

En ese momento tuve la certeza de que tendría que hablar con mi madre, y descolgué el teléfono de la oficina.

—Tía Hafsah, tengo que hablar con mi madre. Llegaré a Beirut el sábado.

Mi tía procuró que desistiera de la idea.

—¿Por qué? —pregunté cuando Hafsah me dijo que esperara un poco más—. No lo entiendo. Por un lado me dices que mi madre está muy mal y por otro que no puedo ir a Beirut. ¿Qué está pasando?

—Nada —contestó mi tía exasperada. Ya no sabía qué decirle. Tarde o temprano la verdad saldría a relucir y después de cuarenta años de guardar el secreto, estaba cansada. También se había enterado hacía poco tiempo de que había muchas posibilidades de que ella y su hermana no tuvieran el mismo padre. Tras la muerte de Laila había encontrado su diario y éste acababa diciendo que había hecho el amor apasionadamente con Aatish antes de que se fuera de viaje de investigación. La fecha le hizo sospechar si ese hombre, que en el diario aparecía como «el amor de mi vida», no sería el verdadero padre de Zahra. ¿Debería preguntar a su hermana acerca de sus especulaciones sin tener pruebas? A aquella preocupación se había añadido la de que si Maha aparecía en Beirut, también se descubriría la historia de Ajit.

—Tía Hafsah. Tía Hafsah, ¿estás ahí?

—Sí, hija, aquí estoy.

—Tengo otra razón para ir. Estoy intentando renovar mi pasaporte británico. Resulta que han cambiado los requisitos y necesito mi partida de nacimiento. ¿Sabes dónde puede estar? He intentado conseguir una, pero no he podido.

«¡Alá nos proteja!», pensó Hafsah. El castillo de naipes estaba a punto de derrumbarse.

—Por favor, tía Hafsah. ¿Sabes dónde está? Si no la encuentro, la embajada británica de Washington no me renovará el pasaporte.

—Debe de estar en la casa de Londres —sugirió Hafsah tras hacer una pausa.

Tenía la intuición de que mi tía estaba intentando ganar tiempo. Pero ¿por qué?

—Aunque la verdad es que, en este momento, no recuerdo bien dónde puede estar —continuó Hafsah.

—Muy bien, entonces quiero ir a Beirut para hablar con *umma*.

—Ven si quieres, pero con lo del asesinato de Hariri, las cosas están un poco tensas por aquí.

—Tía, las cosas llevan tensas en el Líbano desde la década de los setenta y eso no va a cambiar. Voy para allí.

Capítulo dieciséis

Hacía diez años que no veía a mi madre. Entré en la habitación de Zahra y miré a mi alrededor. Era una encantadora y espaciosa habitación con ventanas que daban al Mediterráneo. Brillaba el sol y las finas cortinas de lino se ondulaban con la brisa.

—*Umma* —la llamé con voz queda.

—*Beti*. —Zahra abrió los ojos y sonrió. Llevaba un pañuelo en la cabeza porque había perdido el pelo por la quimioterapia—. Hija mía, me alegro mucho de que hayas venido.

Me acerqué a la cama. En mi memoria seguía viva una imagen de mi madre, la de antes de todos los años de sufrimiento y tristeza, llevándome de la mano con la cabeza alta y muy digna a la prueba de Krishna Maharaji, absolutamente segura de que me aceptarían en Kathak Kendra. Recordaba haberla mirado llena de orgullo por la forma en que se había comportado.

—*Umma*, he vuelto a bailar.

—Eso es estupendo, Maha. Me alegro mucho por ti —dijo con una sonrisa que le iluminó toda la cara—. ¿Vuelves a trabajar con Maharaji?

—*Umma*, ya sabes que murió en 1982.

—¡Vaya! No sé dónde tengo la cabeza. He debido de olvidarlo.

—Ahora bailo flamenco. Te he traído unas fotos.

—Pero creía que te gustaba el *kathak*.

—Sí, *umma*, me sigue gustando, pero desde que murió Maharaji no he podido volver a ponerme los *ghungroos*.

—¿Todavía los tienes?

—No me desharía de ellos por nada en este mundo. Son los que me regalaste...

—... hace treinta y cuatro años.

—¿Te acuerdas?

—Cómo iba a olvidarlo. Cuando abriste la caja tu cara parecía un sol al amanecer. Te brillaron los ojos, corriste hacia mí y me pusiste la cabeza en el hombro.

Me emocioné con el recuerdo de mi madre de aquel momento.

—Dime, *beti*. ¿Por qué bailas flamenco? ¿Es un hobby?

—Bueno, en un principio fue una afición, pero ahora bailo profesionalmente. Estoy trabajando con un bailarín que se llama Juan Polvillo y en septiembre actué en el Teatro Central de Sevilla. Es muy raro, *umma*, aprendí muy rápido. Debe de ser por el *kathak*.

—¿Y cómo puedes bailar en Sevilla y trabajar en la CBS en Nueva York al mismo tiempo?

298

—Ya no trabajaré mucho más en la CBS. Van a despedir a Dan Rather y, como tenía mucha relación con él, también se desharán de mí.

—¿Y de qué vas a vivir? Con el baile no se gana dinero.

—Ya lo sé, *umma*, pero soy tan feliz. Estoy en la etapa más feliz de mi vida desde que murió Maharaji. Me he comprado una casa en Sevilla.

—¿Ahora vives en Sevilla? —preguntó mirándome sorprendida.

—Todo lo que puedo. Allí me siento muy a gusto.

—¿La prefieres a Nueva York?

—Hay días en los que lo único que me apetece es coger un avión y volver a Nueva York, pero ¿qué voy a hacer allí cuando deje la CBS? Me gusta bailar y si quiero bailar flamenco tengo que estar en Sevilla.

Zahra se quedó callada un momento.

—¿Dónde está tu casa, *beti*?

—*Umma*, es preciosa. Está en el centro de Sevilla y todas las procesiones de Semana Santa pasan por delante. Es una maravilla, desde el balcón se está a la misma altura que los pasos del Cristo y de la Virgen.

—¿Está cerca del barrio de Santa Cruz?

—¿Cómo conoces ese barrio?

—Tú no lo sabes, pero estuve en la Semana Santa sevillana de 1964, un año antes de que nacieras.

—¿Sí? No me lo habías contado nunca.

—Casi no puedo creerlo. Estoy tan orgullosa y tan contenta por ti. Estás haciendo lo que realmente quieres hacer.

—Deja que te enseñe las fotos —propuse sacando dos de la actuación en el Teatro Central.

Zahra las estudió detenidamente.

—Estás muy guapa. Pareces una bailaora de flamenco de verdad. Te pareces a... —Zahra se calló y volvió a mirar las fotografías.

Después de ver las fotos, se recostó sobre los almohadones. Permanecimos en silencio un rato.

—*Umma*, tengo que preguntarte algo. Es muy importante.

Zahra cerró los ojos.

—Quiero saber dónde nací.

Zahra me miró, pero no contestó.

Cogí la frágil mano de mi madre y me la llevé a la cara.

Zahra tenía los ojos llenos de lágrimas.

—Hija mía, te quise desde el momento en que supe que estaba embarazada. No sabes lo importante que eres para mí.

—Entonces, ¿por qué me abandonaste? ¿Por qué te alejaste de mí? Dejaste que creciera sola.

—*Beti*, no te abandoné. Jamás quise que te fueras. Quería que tuvieras una buena vida, no la que tuve yo. Nos separamos porque quería que fueras independiente. Cuando eras una niña me prometí que te enseñaría a ser independiente. Pero no pude cumplir mi promesa y me obligaron a dejarte ir. Me obligó a enviarte lejos.

—Pero, *umma*, me dejaste allí, en aquel sitio horrible, con esa gente horrible. Ni siquiera saliste del coche, te quedaste dentro viendo cómo lloraba...

—¿Crees que era lo que quería hacer? ¿Crees que no deseaba con todo mi corazón salir del coche, abrazarte y decirte que todo saldría bien?

—¿Y por qué no lo hiciste?

—Porque no me dejó.

299

—¿Por qué no te defendiste? ¿Por qué no saliste? Eres una persona, un ser humano. Tienes una voluntad y una mente propia. Podrías haber hecho lo que hubieras querido.

—No era tan fácil. Tu padre es una persona muy severa y testaruda.

—Ya, el muy hijo de puta hace veinticinco años que no me habla. Además, ¿qué podría haberte hecho? ¿Pegarte?

—Lo hizo, *beti*, a menudo. Me golpeaba, me pegaba, me violaba. Una vez me rompió el brazo.

Miré a mi madre horrorizada.

—¡Dios mío! ¿Por qué demonios no lo denunciaste a la policía? Lo habrían detenido.

—No puedes entenderlo. Eran otros tiempos, otra época. Nadie hablaba de esas cosas. Nadie decía nada. Nadie sacaba a relucir los trapos sucios.

—¡Por favor! No vivías en la Edad Media, por el amor de Dios. Era el siglo XX, las mujeres tenían derechos.

—En nuestro mundo no. Nos educaron para obedecer a nuestros maridos.

—Sí, pero tú no eras una esclava comprada en el zoco.

—Sí, Maha, sí que lo era. Eso fue exactamente lo que pasó. Me compró. Mi propio padre me vendió.

Zahra me miró con ojos llenos de resignación.

—¿De qué demonios me estás hablando?

—Maha, Anwar Akhtar no es tu verdadero padre. Y no naciste en Sydney, sino en esta cama.

Entonces, por fin, me enteré de la efímera aventura amorosa de Zahra con Ajit, de cómo la obligaron a volver a Beirut, de cómo la coaccionaron para que se casara con Anwar Akhtar y de que siempre había tenido la esperanza de que Ajit volvería algún día para buscarla.

—Pero no lo hizo. Esperé muchos años y después Hafsah me dijo que había muerto en mayo de 1982.

—¡Santo cielo! El año que fui a Bryn Mawr. —Empecé a recordar todo lo que había sucedido aquel año.

—Sí, fue cuando tuve la crisis nerviosa, *beti*. Mi alma murió el día en que me enteré de la desaparición de Ajit. Mi corazón y mi alma se fueron con él.

—Pero *umma*, ¿no pudiste hacer algo? Escaparte, llamarlo,

algo. ¿Por qué aceptaste sin más lo que te impusieron tus padres?

—Nunca entenderás lo que era vivir en los tiempos en los que me obligaron a volver. Hicieron que me sintiera avergonzada, culpable. Aunque no te lo creas, me encerraron en esta habitación durante meses. Mi padre incluso atacó físicamente al ama de llaves que intentó ayudarme. En 1964 yo era una ingenua mujer árabe embarazada y soltera de veintitrés años, en Oriente Próximo. Por favor, intenta comprenderlo.

Me senté junto a mi madre y le apreté la mano.

—Adoraba a Ajit y él me adoraba a mí. No puedes imaginar lo enamorados que estábamos. Nos prometimos que siempre estaríamos juntos.

—¿Le escribiste alguna vez?

—Lo hice hasta que me encerraron. Pero no sé si recibió las cartas. Intenté llamarlo a su oficina de París, pero nadie pudo darme ningún tipo de información.

—¿Cómo era mi padre?

—Te pareces mucho a él. Era una persona muy guapa, encantadora, afectuosa y generosa. Y en esas fotos de flamenco te pareces mucho a su madre.

—Has dicho que era indio, pero ¿de dónde?

—Maha, tu padre era el maharajkumar Ajit Singh de Kapurthala. Su padre fue el marajá Jagatjit Singh, cuya cuarta esposa, la madre de Ajit, era una sencilla mujer que se llamaba Anita Delgado. Era malagueña y bailaora de flamenco.

—¡Dios mío! —exclamé sin soltar la mano de mi madre.

Durante las siguientes semanas pasé todo el tiempo que pude con mi madre. Su estado de salud empeoraba día a día, y su memoria se debilitaba. Intentaba acordarse de cosas para darme todos los detalles que pudiera sobre Ajit, pero cada vez se le hacía más difícil.

Mientras mi madre descansaba, comenté con Hafsah lo que había descubierto. Ésta, aliviada porque finalmente se hubiese desvelado el secreto, habló sobre el tema por primera vez, franca y libremente, conmigo.

—Tía, ya sé que *umma* se cansa rápidamente, pero ¿por qué

no puede decirme más cosas sobre él? —pregunté mientras tomábamos una taza de café en la cocina y disfrutábamos del moderado invierno de Beirut. El viento soplaba ligeramente, las cortinas ondeaban y se estaba de maravilla al tibio calor del sol.

—*Beti* —dijo Hafsah dando vueltas al café—, no creo que lo conociera muy bien.

—¿Qué quieres decir?

—Que no tuvo mucho tiempo. Apenas estuvieron juntos tres meses. Y en aquellos tiempos la gente tardaba más en conocerse.

—Ya lo sé, tía, pero vivió con él en París, dormía con él. ¿Cómo no iba a conocerlo?

—Creo que pasaban muchas más cosas de las que tu madre piensa. Tengo la impresión de que no se enteraba de mucho. Él era mucho mayor que ella y mientras que Zahra siempre había sido una persona equilibrada, Ajit era demasiado mundano para ella. Recuerda que tu madre había llevado una vida muy protegida. A sus veintitrés años no era tan madura como tú. Jamás había viajado, no había visto mundo. Era joven, ingenua, impresionable y creo que Ajit le imponía respeto, incluso quizá se sentía intimidada por él. Pero ella confiaba en él y, en su ingenuidad, creía que con el tiempo llegaría a conocerlo.

—Pero debió de sentir curiosidad.

—Sí, pero ante todo estaba enamorada. Era la primera, la única vez que se había enamorado. Jamás había estado con nadie como él.

—¿Lo conociste bien, tía?

—Sólo de pasada, hija. Trató más a Farhan.

Hafsah hizo una pausa y se acercó al fregadero para contemplar el Mediterráneo.

—Que yo recuerde, Ajit era difícil de conocer. Exteriormente era encantador, ingenioso y elegante, una persona muy sociable. Le encantaba conocer a gente, ofrecer fiestas y siempre iba impecablemente vestido. Pero creo que todo eso no era más que una fachada. Creo que en el fondo era una persona solitaria.

Permanecí callada.

—No sé si será verdad o no, pero también corrían rumores de que era gay.

—¡Gay! ¡Por Dios! ¿Entonces cómo iba a tener una aventura amorosa con *umma*?

—Quería decir bisexual. Se rumoreaba que le gustaban los hombres y las mujeres, pero, sobre todo, los hombres.

—Supongo que eso explica bastante su reserva —suspiré e intenté reorganizar muchas de las opiniones e impresiones que había tenido a lo largo de su vida.

Faltaba poco para que volviera a Nueva York, y me di cuenta de que a mi madre le quedaba poco tiempo de vida. Hacía una mañana espléndida y Zahra y yo tomábamos una taza de café. Tras un momento de silencio, Zahra me pidió que me sentara a su lado.

—*Beti*, sé que nuestra relación ha sido horrible durante todos estos años. Hafsah se ha comportado contigo como una madre, más que yo, pero yo te tuve dentro nueve meses, hija mía, y estaba orgullosa de ello. Eres el fruto de un verdadero gran amor, entre dos personas que se adoraban.

Tenía que hacer pausas entre frase y frase, y descansar unos segundos para recuperar el aliento.

—A veces pienso que Alá me gastó una horrible broma. Me tentó con algo hermoso y después me lo arrebató. Eso es lo que hizo con Ajit. Después me tentó contigo y también se te llevó.

»Sé que me odias por lo que hice, *beti*, pero perdóname si puedes, hija mía. Los años que estuviste sin hablarme me dolieron mucho. Lloré y lloré hasta que no me quedaron más lágrimas, pero entendí por qué no querías saber nada de mí. Entendí cómo te sentías. Sólo tenías ocho años cuando te dejamos en el internado. Ese día mi corazón se quebró y jamás he podido componerlo, mi pequeña maharaní. Sé que crees que te abandoné y físicamente lo hice, pero siempre te tuve cerca del corazón. Todavía tengo pesadillas en las que te oigo gritar: «¡*Umma*, no me dejes por favor! ¡No volveré a hacer nada malo!». Jamás hiciste nada malo, Maha. La culpable fui yo y tú pagaste las consecuencias.

Buscó en el bolsillo de su bata y sacó una vieja fotografía en blanco y negro de cuando era niña en la que me tenía en sus brazos. Era la misma que había encontrado en mi cofre.

—Así es como te recordaré siempre, *beti*. Entonces todavía era capaz de sujetarte y protegerte. Eres mi pequeña maharaní, mi princesa. Sé feliz, mi pequeña. Sólo te deseo felicidad. Y si ese baile te hace feliz, sigue con él. Escucha siempre tu corazón, no te engañará nunca.

Después, cerró los ojos.

Empecé a llorar. Apoyé la cabeza en la almohada junto a la de mi madre y me tumbé a su lado. Era algo que no había hecho desde que era niña.

Zahra notó mis lágrimas.

—Maha, pequeña mía, no llores. Estoy aquí, todo va a salir bien. Ya lo verás, todo va a salir bien.

Pero yo seguía llorando. Había esperado más de treinta años para oírselo decir. Me acurruqué a su lado y mi madre me abrazó con la poca fuerza que fue capaz de reunir. Por fin había vuelto a casa.

—*Umma*, lo siento mucho. No lo entendí. Creía que me odiabas. *Umma*, por favor, no me vuelvas a dejar. Por favor, *umma*...

—*Beti*, no debería haberte dejado nunca. Esta vez no tengo alternativa, pequeña.

Dormí junto a mi madre las pocas noches que aún pasé en Beirut. Quería sentir sus brazos abrazándome. Quería seguir sintiéndome segura.

Cuando llegó el momento de marcharme, me arrodillé a su lado.

—*Umma*...

—*Beta*, qué guapa que eres. Me recuerdas mucho a tu padre.

—*Umma*, tengo que irme.

—Dios te bendiga, mi ángel. Siempre cuidaré de ti.

—Nunca olvidaré lo que has hecho por mí. Ahora entiendo lo que hiciste y por qué. Eres mucho más fuerte de lo que nunca podré ser yo. No todas las madres tienen el valor de dejar ir a sus hijos para protegerlos y evitar que sufran. Tú lo hiciste por mí. —Me derrumbé y empecé a llorar—. Siempre me he sentido orgullosa de ser tu hija, desde que me llevaste a ver a Maharaji. No te odio, te quiero. Por favor, *umma*. Te quiero y quiero que lo sepas.

—Yo también te quiero, *beta*.

Le apreté la mano, se la besé y me la puse en el pecho.

—*Umma*, ¿puedes sonreír?

Mi madre me miró desconcertada.

—Es para recordarte sonriendo.

Me miró y sonrió.

Cuando subí al avión en Beirut, me senté y miré por la ventanilla. Sabía que no volvería a ver a mi madre. Sentía un dolor tan intenso que casi no podía respirar.

Una de las azafatas se me acercó y me dio unos pañuelos de papel.

—¿Puedo hacer algo por usted, señora?

—Mi madre... —empecé a decir, pero me callé y negué con la cabeza.

La azafata me dio una comprensiva palmadita en el hombro. Al igual que la azafata de aquel vuelo de Londres a Nueva York hacía tanto tiempo, supuso que mi madre había muerto hacía poco. Y, en aquella ocasión, esa suposición no se alejaba mucho de la verdad.

Llevaba ya seis semanas en Nueva York, pero seguía teniendo muchas preguntas sin respuesta. Volví a la CBS para matar el tiempo y no conté nada de mis vacaciones navideñas. Todavía no podía hablar de ello. Aún no. En cierta forma me alegraba de que Duncan estuviera en Londres, porque necesitaba tiempo y espacio para aclarar toda la confusión que había en mi mente.

Dejé de salir. Dejé de ver a mis amigos. Iba a la CBS por la mañana y me sentaba en el despacho. Todo el mundo sabía que Rather tenía los días tan contados que ni siquiera acudía a la oficina.

Zahra me había contado todo lo que había podido recordar de las pocas semanas que había pasado con Ajit, pero su salud y su memoria se habían deteriorado tanto que había cientos de detalles de los que no logró acordarse. Apenas podía asimilar la poca información que me había dado mi madre, pero incluso con aquellos escasos detalles, muchas cosas empezaron a encajar: mi amor por Delhi y el *kathak*, mi instantánea conexión con Sevilla y mi amor por el flamenco, la facilidad con la que había aprendido español... lo llevaba en la sangre.

Sin embargo, lo más importante de toda aquella información era que Anwar Akhtar no era mi padre. Entendí cómo se
comportaba conmigo, su frialdad, su resentimiento, su mala
educación, sus amenazas, su maltrato psicológico, su chantaje
emocional... todo. Nada de lo que hubiera podido hacer habría
cambiado sus sentimientos hacia mí y, sabedora de ello, me alivió comprender que aquel rechazo no había sido por mi culpa.

Sabía que me costaría tiempo asimilar todo aquello y sospeché que, psicológicamente, sería muy duro. Pero también sabía que tenía que hacerlo.

Como ya no había prácticamente trabajo para Rather en la
CBS News, empecé a investigar la vida de mi padre biológico.
No encontré gran cosa de Ajit Singh, pero sí mucho acerca de
su madre, Anita Delgado, la cenicienta española que se había
casado con un marajá de la India.

Zahra murió en paz a finales de marzo de 2006 en la habitación en la que había crecido. Finalmente, comprendí que mi
madre me había dejado ir, no porque no me quisiera, sino porque sí que me amaba. Y también reconocí y aprecié la fuerza
interior que debió necesitar para separarse de mí.

Después del entierro, recé una oración en agradecimiento a
Dios porque mi madre por fin había encontrado la paz. Conforme mi mente recordaba todo lo que había sucedido a lo largo de aquellos años, mi mayor pena fue que nunca me había
visto actuar, ni bailando *kathak* ni flamenco.

Pero sí recordaba la sonrisa de mi madre, la última.

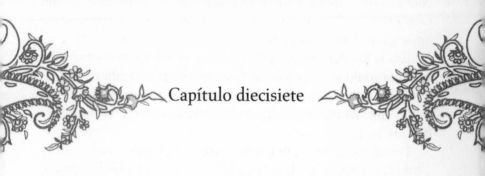

Capítulo diecisiete

*E*n mayo de 2006 conocí a Malini Ramani, una mujer india llena de energía, desbordante, llamativa y guapa, en un cóctel en Nueva York. El Consejo Indio de la Moda acababa de designarla como la mejor diseñadora del año y lo estaba celebrando con unos amigos. Descubrimos que teníamos mucho en común, ya que las dos habíamos vivido en Delhi de pequeñas.

—¿Sigues bailando *kathak*? —me preguntó Malini.

—Por desgracia no, lo dejé hace años, pero ahora bailo flamenco.

—¡Flamenco! —exclamó Malini—. Me encanta el flamenco. ¿Cómo demonios te dio por ahí?

No quise contarle toda la historia, así que le contesté de forma vaga hasta que solté:

—Pero acabo de enterarme de que mi abuela era malagueña y que era bailaora de flamenco.

—¡Ganesha bendito! ¡Es increíble!

A las pocas semanas sonó mi teléfono. Nunca respondía llamadas de números privados o desconocidos, pero salía a toda prisa por la puerta y contesté sin mirar.

—¿Podría hablar con Maha Akhtar, por favor? —requirió una voz masculina.

—Soy yo.

—No nos conocemos, pero creo que somos primos. Me llamo Hanut Singh y su padre, Ajit Singh, era mi tío abuelo.

Empezamos a hablar y enseguida hicimos planes para vernos en cuanto los dos estuviéramos en la misma ciudad.

Resultó que cuando Malini Ramani había vuelto a Delhi a finales de mayo, había llamado enseguida a su buen amigo Hanut para comer juntos y ponerse al día de todos los cotilleos. En esa comida fue en la que le contó que me había conocido en Nueva York y que sospechaba que Hanut y yo éramos parientes.

Era la última semana de Rather en la CBS News y yo estaba recogiendo las cosas de su oficina. No hubo fiesta de despedida para Rather. Simplemente se difuminó en la puesta de sol y dejó que yo pusiera el punto final a su trayectoria profesional. De hecho ni siquiera apareció su último día de trabajo, el 30 de junio de 2006, que también fue el mío.

Aquella noche cuando llegué a casa tomé la decisión de dedicarme al baile, de cumplir mi promesa a Krishna Maharaji. Tenía claro que la única forma de hacerlo era viviendo en Sevilla. Mientras solucionaba algunos asuntos antes de marcharme, el azar quiso que mi primo Hanut hubiera ido un par de días a Nueva York. Quedamos para tomar una copa rápida e inmediatamente nos caímos bien. Hanut se iba a Londres al día siguiente y yo a Sevilla.

—¿Por qué no vienes a Delhi en julio? —me invitó Hanut—. Me encantaría que conocieras al menos a parte de la familia y esas fechas son las más adecuadas. Mi madre no estará, pero conocerás a Mapu Chachu, que es demasiado intenso como para describirlo con palabras.

—Vale, no podré quedarme mucho tiempo, pero iré a pasar una semana.

—Estoy deseando que los conozcas a todos.

Al día siguiente me marché a Sevilla, para embarcarme finalmente en lo que había querido hacer toda mi vida. Todavía me estaba instalando y llamando a los amigos para decirles que había llegado, cuando un amigo me invitó a comer con una famosa bailaora de flamenco que resultó ser Manuela Carrasco, una bailaora gitana de Triana, la actual abanderada del flamenco y una mujer con un alma extraordinariamente generosa.

La complicidad entre las dos fue tal, que parecía que nos conociéramos de antes. El lazo de hermandad fue instantáneo y descubrimos que teníamos muchas cosas en común. Hablamos del flamenco, del *kathak*, de la India, de los gitanos de Andalucía y del viaje que éstos hicieron desde el Rajastán hasta el sur de España.

Le conté a Manuela el proyecto en el que había trabajado con Maharaji hacía veinticinco años y que justo cuando lo estábamos acabando éste había muerto en mis brazos.

—Le prometí que algún día acabaría ese proyecto.

—Entonces deberíamos hacerlo.

—¿Qué quieres decir?

—Maha, llevo años buscando algo o alguien que me inspire para hacer algo nuevo. En el flamenco de hoy en día todo el mundo cree que lo suyo es nuevo sólo porque lo mezcla con otras cosas. Les encanta la palabra «fusión». Y lo que consiguen acaba siendo horrible porque el flamenco no tiene nada que ver ni con el jazz ni con el claqué ni con el ballet o la danza moderna.

Me mostré de acuerdo.

—Podríamos hacer un encuentro entre el *kathak* y el flamenco a través de la música y el baile. Yo sería tu antecesora en el *kathak* —sugerí—. Y tú podrías mostrar cómo ha evolucionado hasta lo que es el flamenco hoy en día.

Manuela asintió y sonrió. De esa forma, un cuarto de siglo después de formular su promesa, empecé a cumplir el postrer deseo de Krishna Maharaji.

309

A finales de julio el avión de la British Airways en el que viajaba aterrizó en Nueva Delhi a las cinco y media de la mañana de un lunes. Llovía torrencialmente. Pasé el control de inmigración con la esperanza de que Hanut estuviera allí para recogerme o hubiera enviado a alguien a hacerlo. Hacía muchos años que no había estado en esa ciudad y, a pesar de que conservaba una vaga idea de dónde vivía, por la dirección que me había indicado, no tenía ni idea de cómo explicárselo a un taxista.

Huelga decir que el poco hindi que sabía lo tenía muy oxidado. Le di la dirección al conductor que, por supuesto, me preguntó cómo llegar hasta allí.

—Usted es el taxista, ¿por qué me pregunta?

—Es que no conozco esa calle.

—Venga, venga, ya preguntaremos de camino.

—De acuerdo.

Miré en mi monedero para ver si tenía alguna rupia. Gracias a Dios las tenía.

Después de muchas vueltas, de ir de allá para acá y preguntar un montón de veces, llegamos a casa de Hanut.

Llamé al timbre y una encantadora mujer, que más tarde supe que era la abuela materna de Hanut, salió en bata. Me incliné para tocarle el pie y dije:

—*Namaste*. Siento molestarla a estas horas de la mañana, estoy buscando a Hanut Singh.

—Oh, querida, vive en el piso de arriba. Creo que te has equivocado de timbre.

—Siento mucho haberla despertado.

En ese momento se abrió otra puerta y uno de los criados de Hanut bajó corriendo, cogió mi maleta y me pidió que lo acompañara.

Sonreí, volví a disculparme, dije *namaste* y Hanut la saludó desde la parte superior de las escaleras.

—Bienvenida a Delhi, querida. ¿O debería decir bienvenida de vuelta a Delhi?

310

La semana pasó volando. Hablamos sin parar. Hanut me contó todo lo que sabía sobre Ajit, que no era mucho ya que era muy joven cuando éste había muerto, pero recordaba haber ido a verlo al hospital.

—Toda la familia, y me refiero a todos y cada uno, adoraba al tío Ajit. Cuando conozcas a Mapu Chachu te contará muchas más cosas.

Estaba deseando ver fotografías de mi padre, pero no quería parecer vehemente.

—Hanut...

—No te preocupes —me tranquilizó anticipándose a mi petición—, estoy intentando encontrar los álbumes. Si estuviera mi madre nos diría dónde están exactamente, pero yo tendré que buscarlos.

Martand Singh, o Mapu Chachu, tal como lo conocía todo el mundo, era primo hermano mío; una persona encantadora, guapa, culta y uno de los más destacados expertos mundiales en arte indio, textiles y literatura en sánscrito. Hanut organizó una larga comida y Mapu Chachu también confesó que adoraba a Ajit.

Fuimos al sexto cumpleaños de uno de los niños para que conociera a algunos de mis otros primos. En esa fiesta vi por primera vez una imagen de mi padre. Era un retrato, pero estaba muy dañado y los detalles no se apreciaban con claridad. Llevaba el traje tradicional de la India y un turbante. Su túnica parecía estar profusamente bordada.

—No te preocupes, querida —me tranquilizó Mapu Chachu—, aquí hay cientos de fotografías y en casa estoy seguro de que Maharaj tiene alguna.

Maharaj era mi otro primo hermano y el actual marajá de Kapurthala. No llegué a conocerlo en aquel primer viaje, ni tampoco a mi tercer primo hermano, Arun Singh, padre de Hanut.

Mientras paseaba con Hanut por Delhi pude comprobar lo mucho que había cambiado la ciudad. Había desaparecido gran parte de la contaminación y parecía mucho más limpia de lo que recordaba. La semana pasó en un santiamén y con muchas cosas aún por descubrir, tuve que volver a Sevilla y después a Nueva York.

De repente empecé a recibir correos electrónicos de gente que no conocía y que se presentaban como familiares míos. Aquello me emocionó. Esa familia me recibía con los brazos abiertos y me apretaba contra su pecho como si siempre hubiera estado con ellos.

—Así que ahora eres una princesa, ¿no? —bromeó Duncan con una amplia sonrisa cuando le hablé de todos los correos que había recibido.

—Venga, Duncan...

—Bueno, me preguntaba si debería encargar unas tarjetas de visita en las que pusiera algo como «Duncan Macaulay, consorte de su Alteza Real Rajkumari de Kapurthala».

—Déjalo ya, Duncan. Para mí fue muy emotivo. A mis cuarenta y dos años he encontrado una familia que no sabía que tenía.

—Lo sé, Maha, lo sé —dijo cogiéndome la mano—. ¿Sabes? Te han dado más amor y cariño que el resto de tu familia en los ocho años que llevamos juntos.

—Sí, pero aún me quedan muchas cosas por saber.

—Acabas de conocerlos. En primer lugar te costará asimilar

311

todo lo que has descubierto. Después tendrás que volver a ver a Hanut, Maharaj y el resto de la familia. No puedes hacerlo de la noche a la mañana. Date tiempo.

Como siempre, Duncan tenía razón.

Epílogo

Sigo conociendo a mi familia. Me costará tiempo asimilar la historia de mi madre, el trato que le daba mi padrastro, el descubrimiento de que mi verdadero padre parecía haber cuidado de mi madre, a su manera, y quizá me habría querido como hija, de haber sido en otras circunstancias. Me pregunto por Ajit y por lo que hizo que Zahra atrajera a un hombre como él. Zahra no era sofisticada ni glamourosa. No había viajado ni era una mujer de mundo, tampoco era una persona exuberante ni la *femme fatale* que había sido su madre. Era sencilla, inocente, joven... y hermosa. Puede que fuera su belleza física, más que su alma, lo que captó la atención de Ajit. ¿Por qué no volvió para buscarla? Quizá nunca tuvo intención de hacerlo. Sin duda, para Zahra había sido el amor de su vida, pero ¿lo había sido ella para él?

Al final, todo había salido bien, tal como Zahra me había prometido:

Siempre había querido pertenecer a una familia, y ahora la tengo.

Siempre había querido ser bailarina, y lo soy.

Siempre había querido saber de dónde procedía, y finalmente lo descubrí.

Siempre había querido sentirme segura, y ahora lo estoy.

Siempre había querido tener amor y felicidad, y lo he encontrado.

Glosario

Aacha, theek hai: (del hindi) «De acuerdo».

Aap jaiyeh. Aaj kay liay khatam: (del hindi) «Puedes marcharte. Hemos acabado por hoy».

Aare baba: (del hindi) expresión en lenguaje coloquial que según la entonación puede significar: ¡Por Dios santo!; Ya sabes; Sí, y qué más; Pero ¿qué dices?

abaya: (del árabe) Un vestido tradicional para muchas mujeres en la mayoría de países de la península arábiga, como los Emiratos Árabes. Se trata de un caftán negro y ancho, hecho con una tela ligera como el chiffon o el crepe. Algunos incluso llevan bordados.

Aray yaar: (del hindi) expresión coloquial que cambia de significado en función del tono de voz. Puede significar ¿Qué me dices?; ¡Venga, vamos!; ¿Me tomas el pelo?

babaganoush: (del árabe) plato típico de Oriente Medio hecho con puré de berenjenas y condimentos. En Líbano, las berenjenas se asan y pelan antes de hacer el puré y se mezclan con tahini (pasta de sésamo), ajo, sal y zumo de limón, y se rocía con aceite de oliva antes de servir. Hay muchas variedades de la receta que dependen sobre todo de los distintos condimentos. En la India, recibe el nombre de *baingan bharta*.

beti: (del hindi) hija.

bols: (del hindi) sílaba nemotécnica utilizada en la música india para definir la escala musical. Es una de las partes más importantes del ritmo.

chador: (del persa y del urdu) manto o chal muy largo que llevan las mujeres musulmanas, sobre todo en Irán y Pakistán. No tiene aberturas para las manos ni cierres y se suele sostener con una mano.

chalo: (del hindi) ¡Vamos!

chaprassi: (del hindi) mensajero o portero.

dopatta: (del hindi) chal de algodón, seda o muselina que llevan las mujeres indias.

Eid-ul-Adha: (del árabe) conocido como la «celebración del sacrificio», festividad religiosa celebrada por todos los musulmanes en la que se conmemora la buena voluntad de Abraham para sacrificar a su hijo Ismael, como acto de obediencia a Dios. Los festejos duran cuatro días y suelen coincidir con el día en que los peregrinos inician el *Hajj*, la peregrinación anual a la Meca en Arabia Saudí.

Eid-ul-Fitr: (del árabe) se suele abreviar como *Eid*. Fiesta islámica que marca el final del Ramadán (mes sagrado del ayuno). En árabe, *Eid*, significa festividad y *Fitr*, romper el ayuno. Las celebraciones del *Eid* duran tres días.

ghungroos: (del hindi) accesorio musical. Los *ghungroos* son cascabeles unidos por una cuerda que los bailarines clásicos indios se atan a los tobillos. El sonido que producen varía dependiendo de la composición metálica del cascabel y de su tamaño. Sirven para acentuar aspectos rítmicos de la danza y permiten a la audiencia oír la complejidad del movimiento con los pies. Una tira de *ghungroos* puede llevar entre 50 y 200 cascabeles. Un alumno novel empezará con 50 e irá añadiendo más a medida que progresa en la técnica de la danza.

Haj: (del árabe) peregrinaje islámico a la Meca, en Arabia Saudí. Es el mayor peregrinaje anual del mundo y el quinto pilar del islam: todo musulmán debe peregrinar a la Meca al menos una vez en su vida y debe realizarlo durante el duodécimo mes del calendario musulmán.

haraam zadi: (del hindi) insulto, significa «puta».

hookah: (del hindi) pipa de agua que se usa para fumar tabaco o marihuana.

kalakand: (del hindi) delicioso dulce popular indio hecho con leche y *khoya*, queso parecido al requesón.

kathak: (del hindi) el nombre *kathak* deriva del sánscrito *katha*, que significa historia, y *kathaka*, que significa aquel que cuenta historias. El kathak es una de los ocho tipos de danza clásica india originaria del norte del país. Se puede considerar una danza narrativa caracterizada por el movimiento rápido de los pies, los giros y un innovador uso de la mímica. Sus orígenes se remontan a los bardos nómadas del norte de la India, conocidos como *kathakas* o contadores de historias. Los bardos actuaban en las plazas de los pueblos y en los patios de templos, donde relataban cuentos morales y mitológicos de las Vedas (escrituras indias). Adornaban sus recitales con gestos de manos y expresión facial. Se consideraba la quintaesencia del teatro, utilizando instrumentos musicales y la voz junto con estilizados gestos, para amenizar las historias. Hoy en día el *kathak* es el resultado de varias influencias: cuentos mitológicos de los *kathakas*, ritos de los templos hindúes e influencia persa de los mogoles. Hay tres grandes escuelas o *gharanas* de *kathak* que crean tendencia e influyen sobre los bailarines: la de Jaipur, Luknow y Varanasi. Hay una cuarta, más tardía, Raigargh *gharana*, que reunió las técnicas de las tres precedentes, pero que destacó por la creación de sus propias coreografías.

kibbeh: (del árabe) plato típico de Oriente Medio realizado con burgul (cereal integral), carne picada y especias. Puede ser redondo o plano, y cocinarse hervido o frito.

labneh: (del árabe) queso cremoso realizado con yogur griego.

lucknow gharana: (del hindi) en la música clásica india, un *gharana* es un sistema de organización en el que los músicos y bailarines están divididos por el linaje o por los estilos musicales. Así, el *lucknow gharana* es el estilo musical y de baile originario de Lucknow.

Maha bibi, aap ka fone hai...: (del hindi) Señorita Maha, tiene una llamada.

meri: (del hindi) «mi» como «mi hermana».

meri jaan: (del hindi) término cariñoso. «Mi vida.»

Nahin mahaji: (del hindi) «No, Maha.» La particular «ji» al final de la palabra es un modo de mostrar respeto por la persona a la que te diriges.

317

Nahin ro bitya: (del hindi) «No llores pequeña / hija.»

namaste: (del sánscrito) en la India, saludo en lenguaje coloquial. Literalmente significa «me inclino ante ti» y corresponde al saludo gestual de unir las palmas de las manos
con los dedos hacia arriba, a la altura del pecho.

paisa: (del hindi) unidad monetaria en India. La rupia es la
moneda de la India. 100 paisas equivalen a 1 rupia.

qawwali: (del persa y del urdu) podría traducirse como saeta.
Data de hace 800 años y originalmente fue cantada por los
sufíes de los lugares santos. Se dice que el intérprete, e
incluso la audiencia, entra en trance cuando siente que
Dios y él son uno, se considera el punto álgido del éxtasis
en el sufismo. Los *qawwalis* suelen empezar con suavidad
y construyen la pieza hasta un nivel altísimo para inducir
el estado hipnótico.

Salaam aleikum habibi: (del árabe) saludo tradicional entre los
musulmanes. Literalmente significa «La paz esté contigo».

sarangi: (del hindi) instrumento musical similar al arpa que se
usa para interpretar música clásica India. Se dice que su
sonido es el más parecido a la voz humana.

shamiana: (del persa y del urdu) amplia carpa colorida de exterior en la que se celebrant fiestas y bodas.

taal: (del hindi) escala musical similar a la métrica de la música occidental. Cada composición musical se ajusta a una
escala musical y la interpretación por parte del artista principal, el percusionista, en general quien toca la tabla, ejecu-
ta esa escala repetidamente marcando el tempo.

tabla: (del hindi) instrumento de percusión utilizado por los
músicos indios. Está compuesto por dos tambores hechos a
mano. La técnica para usarlos require una especial habilidad con los dedos y las palmas de las manos.

teen taal: (del hindi) escala más común en la música clásica india.
Tiene un ciclo de 16 tonos divididos en cuatro compases.

tihai: (del hindi) secuencia rítmica de la música clásica india.
El formato base debe seguir las siguientes reglas:
1. debe haber tres grupos de interpretación, de la misma
duración.
2. debe haber alternancia de dos grupos en relación al resto,
ambos con la misma duración.

3. la cadencia musical debe permitir al solista que baje el tono y se prepare para empezar la siguiente frase.

tika: (del hindi) colgante que las mujeres indias llevan en la frente, entre los ojos.

ubba: (del hindi) padre, papá.

umma: (del hindi) mamá, mami.

Umrah: (del árabe) conocido como peregrinaje menor, es el que se realiza a la Meca en cualquier momento del año.

Este libro utiliza el tipo Aldus, que toma su nombre
del vanguardista impresor del Renacimiento
italiano Aldus Manutius. Hermann Zapf
diseñó el tipo Aldus para la imprenta
Stempel en 1954, como una réplica
más ligera y elegante del
popular tipo
Palatino

***
**
*

La nieta de la maharaní
se acabó de imprimir
en un día de primavera de 2009,
en los talleres de Brosmac,
carretera Villaviciosa de Odón
(Madrid)

***
**
*